HEYNE BÜCHER

Fantasy

Herausgegeben von Friedel Wahren

Von Guy Gavriel Kay erschienen
im WILHELM HEYNE VERLAG:

in der Reihe
Hardcover Belletristik:

Die Löwen von Al-Rassan · 43/37

in der
Heyne Allgemeinen Reihe:

Ein Lied für Arbonne · 01/9951

in der Reihe
Heyne Science Fiction & Fantasy:

Tigana: Der Fluch · 06/5291
Tigana: Der Hofnarr · 06/5292

Die Reise nach Sarantium

1. *Das Komplott* · 06/9141
2. *Das Mosaik* · 06/9142
3. *Der Neunte Wagenlenker* · 06/9165 (in Vorb.)
4. *Herr aller Herrscher* · 06/9166 (in Vorb.)

GUY GAVRIEL KAY

Das MOSAIK

Die Reise nach Sarantium

ZWEITER ROMAN

Deutsche Erstausgabe

WILHELM HEYNE VERLAG
MÜNCHEN

HEYNE SCIENCE FICTION & FANTASY
06/9142

Titel der Originalausgabe
SAILING TO SARANTIUM
2. Teil
Übersetzung aus dem kanadischen Englisch
von Irene Holicki
Das Umschlagbild malte Donato Giancola
Die Karte auf Seite 6/7 entwarf Martin Springett

Umwelthinweis:
Dieses Buch wurde auf chlor- und
säurefreiem Papier gedruckt

Deutsche Erstausgabe 8/2001
Redaktion: Friedel Wahren

Erstausgabe bei VIKING, Penguin Books Canada Ltd., Toronto

Printed in Germany 2001
http://www.heyne.de
Umschlaggestaltung: Nele Schütz Design, München
Technische Betreuung: M. Spinola
Satz: Schaber Satz- und Datentechnik, Wels
Druck und Bindung: Nørhaven, Dänemark

ISBN 3-453-18811-X

Inhalt

N
W
O
S
SAURADIA
Inicische
Stämme
BATIARA
Varena
Mylasia
Rhodias
Baiana

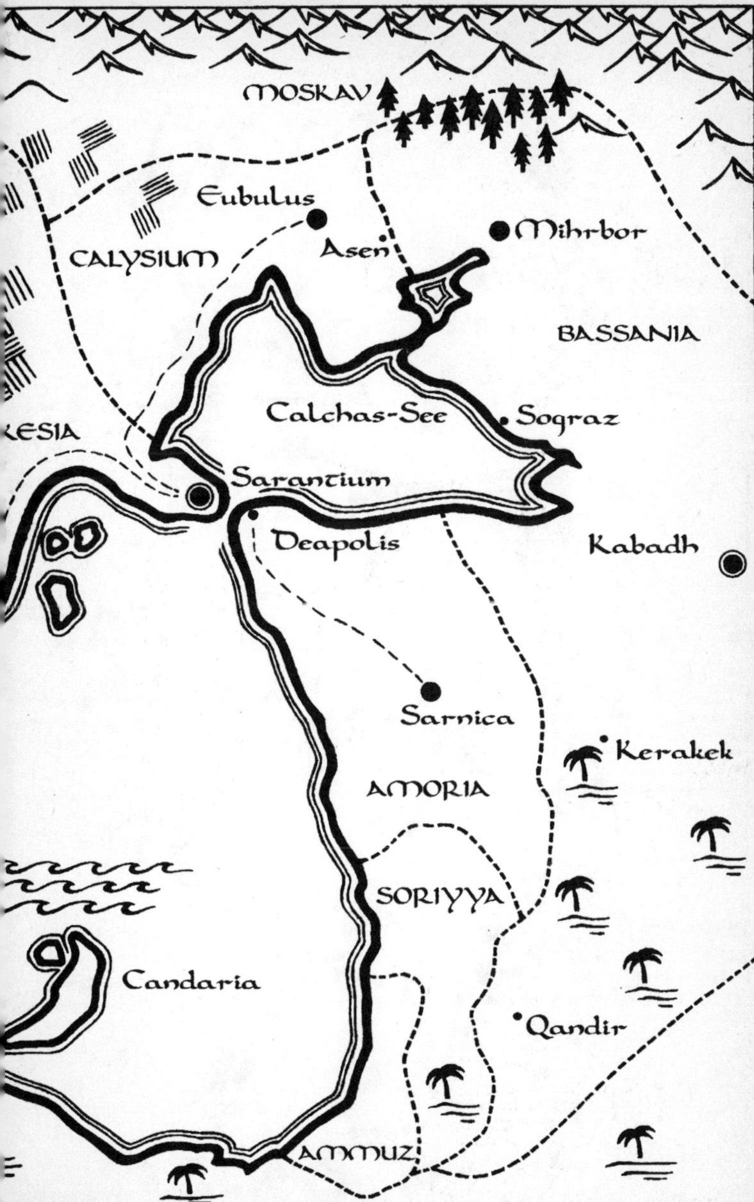
MOSKAV
Eubulus
Asen
Mihrbor
CALYSIUM
BASSANIA
Calchas-See
Sograz
ESIA
Sarantium
Deapolis
Kabadh
Sarnica
Kerakek
AMORIA
SORIYYA
Candaria
Qandir
AMMUZ

Teil II

Der Reise nach Sarantium

DAS MOSAIK

A starlit or a moonlit dome disdains
All that man is,
All mere complexities,
*The fury and the mire of human veins.**

* Aus: William Butler Yeats, *Byzantium*. Etwa: Im Schein der Sterne und des Mondes hat die Kuppel / Verachtung für den Menschen nur, / für seine Wirrungen und für die Wut, / die zähem Schleim gleich durch der Menschen Adern fließt. – *Anm. d. Übers.*

KAPITEL I

Durchdrungen von Gedanken und Gefühlen, die ihn angesichts der frühen Stunde ungewöhnlich stark beschäftigten, machte sich Plautus Bonosus, Ältester des Senats von Sarantium, am zweiten Jahrestag der Siegeskrawalle mit seiner Frau und seinen unverheirateten Töchtern auf den Weg zur nahe gelegenen Kapelle der Heiligen Blutzeugen, einem kleinen, aber vornehmen Heiligtum, um dort den Morgenlobpreis zu sprechen.

Bonosus war erst kurz zuvor im Dunkeln fröstelnd ins Haus geschlichen und hatte gerade noch Zeit gefunden, sich den Duft seines jungen Geliebten abzuwaschen – der Junge konnte es nicht lassen, sich mit einer besonders aufdringlichen Kräutertinktur zu parfümieren – und sich umzuziehen, bevor er bei Sonnenaufgang im Vestibül mit den Frauen zusammentraf. Erst das Stechpalmenzweiglein, das sich jede der drei zum Dykania-Fest ins Haar gesteckt hatte, rief jäh eine lebhafte Erinnerung wach. Genau die gleiche Szene hatte sich vor zwei Jahren abgespielt, an jenem Tag, als die Stadt in Blut und Feuer versank. (Nur der Junge war ein anderer gewesen.)

Dann stand Bonosus in dem prächtigen Heiligtum und stimmte, wie man es von einem Mann in seiner

Stellung erwartete, kraftvoll in die liturgischen Wechselgesänge ein. Doch in Gedanken weilte er in der Vergangenheit – nicht bei seinem kokett schmollenden Liebhaber, sondern in der Flammenhölle von vor zwei Jahren.

Was immer die Leute sagen, was immer die Historiker eines Tages schreiben mochten oder schon geschrieben hatten – Bonosus war dabei gewesen: im Attenin-Palast, im Thronsaal, zusammen mit dem Kaiser, dem Kämmerer Gesius, dem Strategos, dem Magister der Kaiserlichen Behörden und allen anderen. Er wusste, wer die Worte gesprochen hatte, die nach zwei Tagen die Wende brachten, als die Flut bereits das Hippodrom und den Großen Tempel überschwemmt hatte und gegen die Bronzetore des Kaiserlichen Bezirks brandete.

Faustinus, der Magister der Kaiserlichen Behörden, hatte dem Kaiser dringend empfohlen, die Stadt zu verlassen. An der verborgenen Anlegestelle unterhalb der Gärten warte ein Schiff, das ihn über die Meerenge nach Deapolis oder noch weiter bringen könne. Dort solle er abwarten, bis das Chaos die Hauptstadt vollends verschlungen habe.

Man saß schon seit dem Morgen zuvor im Kaiserlichen Bezirk fest. Als der Kaiser im Hippodrom erschienen war, um mit dem weißen Tuch die Rennen zum Dykania-Fest zu eröffnen, war er nicht mit Jubel empfangen worden, sondern mit einem aufgebrachten Murren, das ständig lauter wurde. Dann waren Scharen von schreienden, gestikulierenden Menschen von den Tribünen herabgeströmt und hatten sich vor der Kathisma zusammengerottet, um Jads gesalbtem Kaiser unmissverständlich klarzumachen, dass sie den Kopf des Calysiers Lysippus wollten, des obersten Steuereinnehmers des Reiches.

Die Gardisten, die der Hippodrom-Präfekt routinemäßig losgeschickt hatte, um die Störenfriede auseinander zu treiben, waren von der Menge überrannt und aufs Grausamste niedergemetzelt worden. Damit verschwand auch der letzte Anschein von Routine.

»Sieg!«, schrie jemand und schwenkte den abgetrennten Arm eines Gardisten wie eine Fahne. Bonosus hatte diesen Moment nie vergessen; manchmal träumte er davon. *»Sieg den ruhmreichen Blauen und Grünen!«*

Beide Zirkusparteien hatten den Schrei aufgenommen. Unerhört. Und er wurde weitergetragen, bis das ganze Hippodrom davon widerhallte. Die Gardisten waren dicht vor der kaiserlichen Loge getötet worden. Daraufhin gebot die Vorsicht, dass Valerius II. und seine Kaiserin die Kathisma durch die Tür in der Rückwand verließen und durch den geschlossenen Verbindungskorridor in den Kaiserlichen Bezirk zurückkehrten.

Für den Pöbel sind die ersten Morde immer die schwersten. Wenn die Schwelle erst überschritten ist, befindet man sich wie in einem anderen Land und dann wird es erst wirklich gefährlich. Es kommt zu weiterem Blutvergießen, Brände brechen aus. Einen Tag und eine Nacht hatte der Sturm bereits getobt. Dies war der zweite Tag.

Leontes hatte mit Auxilius, dem Kommandeur der Exkubitoren, einen Erkundungsgang durch die Stadt unternommen und war soeben mit blutigem Schwert zurückgekehrt. Ganze Straßenzüge und der Große Tempel stünden in Flammen, berichteten sie. Blaue und Grüne marschierten Seite an Seite singend durch den Qualm und zwängen Sarantium in die Knie. Verschiedene Namen würden gerufen, fügte der hoch gewachsene Strategos leise hinzu, Männer, die den Kaiser ersetzen sollten.

»Ist von den Genannten schon jemand im Hippodrom?« Valerius stand neben seinem Thron und hörte aufmerksam zu. Die grauen Augen in dem glatten, etwas schwammigen Gesicht wirkten nicht verängstigt, sondern eher nachdenklich, als konzentriere er sich mit aller Kraft auf die Lösung eines Problems. *Seine Stadt steht in Flammen,* hatte Bonosus gedacht, *und er steht da wie einer der Gelehrten, die in den alten Akademien versuchen, den Rauminhalt fester Körper zu berechnen.*

»Offenbar ja, Majestät. Einer von den Senatoren. Symeonis.« Taktvoll wie immer vermied es Leontes, zu Bonosus hinüberzusehen. »Einige Anführer der Zirkusparteien haben ihn in Purpur gehüllt und ihm ein Diadem auf den Kopf gesetzt. So zeigt er sich nun in der Kathisma. Gegen seinen Willen, wie mir scheint. Der Pöbel hat ihn auf der Straße aufgegriffen und einfach mitgeschleppt.«

»Er ist ein alter Mann und er hat Angst«, bemerkte Bonosus. Seine ersten Worte in diesem Raum. »Er handelt nicht aus persönlichem Ehrgeiz. Sie schieben ihn nur vor.«

»Das weiß ich«, sagte Valerius leise.

Auxilius von den Exkubitoren schaltete sich ein. »Sie wollten auch Tertius Daleinus auf die Straße locken. Sie sind sogar in sein Haus eingebrochen, aber es heißt, er habe die Stadt bereits verlassen.«

Jetzt lächelte Valerius, aber seine Augen blieben ernst. »Natürlich, was sonst? Er ist ein vorsichtiger junger Mann.«

»Oder ein Feigling, Dreifach Erhabener«, bemerkte Auxilius. Der Kommandeur der Exkubitoren war Soriyyaner, ein mürrischer Mensch, der zum Jähzorn neigte. Was in diesem Amt nicht unbedingt ein Nachteil war.

»Vielleicht ist er auch einfach loyal«, sagte Leontes mit einem nachsichtigen Blick auf den Soldaten.

Möglich, aber nicht sehr wahrscheinlich, dachte Bonosus bei sich. Der fromme Strategos war bekannt dafür, die Motive seiner Mitmenschen stets in so freundlichem Licht zu sehen, als lasse sich der Maßstab seiner eigenen Tugendhaftigkeit auf jedermann anwenden. In Wirklichkeit brachte der jüngste Sohn des ermordeten Flavius Daleinus diesem Kaiser sicher nicht mehr Loyalität entgegen als dem ersten Valerius. *Sein* Ehrgeiz war beträchtlich, aber er würde sich hüten, in einem so wichtigen Spiel zu früh nach dem Würfelbecher zu greifen. Vom nächstgelegenen Landgut der Daleinoi aus konnte er die Stimmung in der Stadt beobachten und wäre im geeigneten Moment rasch zur Stelle.

Bonosus, selbst starr vor Angst, konnte sich einen bösen Blick auf den Mann nicht verkneifen, der an der ganzen Misere schuld war. Er saß nicht weit von ihm: Lysippus der Calysier, Quaestor des Kaiserlichen Schatzamtes.

Der oberste Steuereinnehmer des Reiches hatte sich mit keinem Wort an der Diskussion beteiligt. Sein fetter Körper quoll auf allen Seiten über die geschnitzte Bank hinaus, die unter seinem Gewicht zusammenzubrechen drohte. Er stand sichtlich unter großem Druck. Sein Gesicht war fleckig vor Angst, das schwarze Gewand an manchen Stellen völlig durchgeschwitzt. Die unverwechselbaren grünen Augen huschten unruhig von einem Sprecher zum anderen. Er spürte wohl, dass der Gedanke, ihn öffentlich hinrichten zu lassen – oder ihn gar dem aufgebrachten Pöbel vor den Bronzetoren vorzuwerfen –, derzeit durchaus im Raum stand, auch wenn ihn noch niemand ausgesprochen hatte. Es wäre nicht das erste Mal gewesen, dass ein Beamter des Kaiserlichen Schatzamtes dem Volk geopfert wurde.

Valerius II. ließ allerdings keine dahingehende Absicht erkennen. Er hatte immer treu zu dem abstoßend fetten Mann gestanden, der im Amt peinlich korrekt war und ihm zuverlässig die Mittel für seine Bauten und die hohen Zuwendungen an verschiedene Barbarenstämme beschafft hatte. Man munkelte, Lysippus habe auch bei der Thronbesteigung des ersten Valerius die Hand im Spiel gehabt. Ob das zutraf, blieb dahingestellt; auf jeden Fall brauchte ein ehrgeiziger Kaiser einen Steuereinnehmer, der rücksichtslos und vertrauenswürdig zugleich war: So hatte sich Valerius einmal ganz nüchtern zu Bonosus geäußert. Der calysische Koloss mochte in seinem Privatleben den übelsten Lastern frönen, aber man konnte ihm nicht nachsagen, er habe sich jemals in irgendeiner Form bestechen lassen, und seine Erfolge waren unbestritten.

Zwei Jahre danach stand Plautus Bonosus in der Kapelle neben Frau und Töchtern und spürte wieder jene wirre Mischung aus Bewunderung und Entsetzen, die ihn damals erfasst hatte. Der Lärm des Pöbels an den Toren zum Kaiserlichen Bezirk war bis in den Saal mit seinen Dekorationen aus Sandelholz und Elfenbein und den künstlichen Vögeln aus Gold und Halbedelsteinen gedrungen, wo sie sich alle um den goldenen Thron scharten.

Wäre es nach Bonosus gegangen, er hätte nicht gezögert, den Quaestor den Zirkusparteien vorzuwerfen. Wie konnte Lysippus zwei allseits beliebte Priester verhaften und foltern lassen, nur weil sie einem behördlich gesuchten adligen Steuerflüchtling Zuflucht gewährt hatten, wenn seit eineinhalb Jahren in jedem Quartal die Steuern erhöht wurden? Auch dann noch, als die Wirtschaft durch die Pestepidemie geschwächt war? Die Reichen zu drangsalieren, war eine Sache (obwohl Bonosus auch dazu seine eigene Meinung hatte); aber man konnte sich nicht an Priestern vergreifen, die sich um das einfache Volk verdient machten.

Jeder gewöhnliche Beamte hätte Rücksicht auf die Stimmung in der Stadt genommen, auf die knisternde Spannung am Vorabend des Herbstfestes. Dykania war für die Obrigkeit *immer* gefährlich. Alle Kaiser gingen zu dieser Zeit auf Zehenspitzen und bemühten sich, die Bürger mit Spielen und großzügigen Geschenken zu beschwichtigen. Sie wussten nur zu gut, wie viele von ihren Vorgängern ihr Augenlicht, Arme und Beine oder gar ihr Leben verloren hatten, wenn Sarantium in diesen Tagen am Ende des Herbstes ausgelassen feierte – oder außer Rand und Band geriet.

Zwei Jahre später hob Bonosus seine kräftige Stimme und sang: »*Lass dein Licht leuchten für uns und unsere Toten, und lass es leuchten in der Stunde unseres Todes, o Herr. Heiliger Jad, nimm uns auf in dein Reich, auf dass wir uns nicht verirren in der Finsternis.*«

Wieder war der Winter nahe. Lange, düstere Monate voller Regen und Wind. An jenem Nachmittag vor zwei Jahren hatte ein Licht geleuchtet – der rote Widerschein des Großen Tempels, der in hellen Flammen stand. Ein schier unermesslicher Verlust.

»Das Nordheer steht in Trakesia und kann in vierzehn Tagen hier sein«, hatte Faustinus, der phantasielose, aber tüchtige Faustinus, damals gemurmelt. »Der Oberste Feldherr wird dies bestätigen. Der Pöbel hat keine Führung und kein klares Ziel. Jede Marionette, die er im Hippodrom zum Kaiser ausriefe, wäre ein hoffnungslos schwacher Herrscher. Symeonis als Kaiser? Lächerlich. Wenn Ihr jetzt geht, könnt Ihr als Sieger in die Stadt zurückkehren, bevor es noch richtig Winter geworden ist.«

Valerius hatte eine Hand auf die Lehne des Thronsessels gelegt und erst Gesius, den greisen Kämmerer, und dann Leontes angesehen. Der Kämmerer und der Strategos mit dem Goldhaar, des Kaisers langjähriger Weggefährte, zögerten.

Bonosus wusste, warum. Faustinus mochte Recht haben, aber wenn er sich irrte, wäre alles aus. Noch nie hatte ein Kaiser, der vor seinem Volk geflohen war, jemals wieder die Macht übernommen. Der verängstigte Symeonis mochte nur ein Aushängeschild sein, aber was hinderte andere daran, auf der Bildfläche zu erscheinen, sobald bekannt wurde, dass Valerius Sarantium verlassen hatte? Wenn nun der Daleinus-Spross plötzlich Mut fasste oder man ihm das Amt auf silbernem Tablett darbot?

Allerdings hatte auch kein Kaiser, der von einer tobenden Volksmenge im Machtrausch in Stücke gerissen worden war, jemals wieder regiert. Der Einwand lag Bonosus auf der Zunge, aber er schwieg. Ob der Pöbel, sollte er jemals bis hierher vordringen, wohl einsähe, dass die Anwesenheit des Senatsältesten reine Formsache war? Dass er keinerlei Autorität besaß, keine Gefahr darstellte, dem Volk keinen Schaden zugefügt hatte? Dass er finanziell gesehen genau wie jeder andere nur ein Opfer des verhassten Quaestors des Kaiserlichen Schatzamtes war?

Bonosus bezweifelte es.

In diesem schicksalsschweren Moment sprach keiner der Männer ein Wort. Durch die geöffneten Fenster sah man züngelnde Flammen und schwarzen Rauch – der Große Tempel brannte. Von den Toren und vom Hippodrom schallte das dumpfe Grollen des Pöbels herüber. Leontes und Auxilius hatten berichtet, im und um das Hippodrom hätten sich mindestens achtzigtausend Menschen versammelt, die bereits auf das Forum hinausdrängten. Noch einmal so viele irrten vermutlich durch die Straßen der übrigen Stadt, bis hinaus zu den dreifachen Mauern. Das gehe schon die ganze letzte Nacht so. Die Massen hätten Schenken und Kaschemmen gestürmt und geplündert. Noch immer finde sich Wein in den Kellern, und in den lärmenden, verqualmten Straßen würden die Krüge von Hand zu Hand gehen.

Im Thronsaal war die Angst förmlich zu riechen.

Zwei Jahre danach sang Plautus Bonosus in der Kapelle unweit seines Hauses andächtig den Lobpreis an Jad und wusste, dass er diesen Augenblick niemals vergessen würde.

Keiner der Männer im Saal sprach ein Wort. Aber die einzige Frau im Raum erhob die Stimme.

»Ich möchte mein Leben lieber in Porphyr gekleidet in diesem Palast beenden«, sagte Kaiserin Alixana ruhig, »als irgendwo im Exil am anderen Ende der Welt an Altersschwäche zu sterben.« Sie hatte am Ostfenster gestanden und auf die brennende Stadt jenseits der Gärten und Paläste geschaut, während die Männer diskutierten. Nun drehte sie sich um und sah nur Valerius an. »Jads Kinder werden geboren, um zu sterben. Die Kaiserlichen Gewänder geben ein passendes Leichentuch ab. Findet Ihr nicht auch, mein Gemahl?«

Bonosus erinnerte sich, dass Faustinus totenbleich geworden war. Gesius hatte den Mund geöffnet und wieder geschlossen und mit einem Mal so uralt ausgesehen, als hätten sich die Falten tiefer in die fahle Pergamenthaut eingegraben. Und noch etwas würde der Senator nie vergessen: wie der Kaiser neben seinem Thron plötzlich zu der kleinen, zarten Frau am Fenster hinübersah und lächelte.

Plautus Bonosus war zusammengezuckt wie unter einem Schlag. Neben vielem anderem war ihm zu Bewusstsein gekommen, dass er in seinem ganzen Leben keinen Mann, keine Frau je so angesehen und niemals einen Blick empfangen hatte, wie ihn nun die zur Kaiserin aufgestiegene Tänzerin Valerius schenkte.

»Es ist *unerträglich*«, sagte Cleander laut, um den Lärm in der Schenke zu übertönen, »dass dieser Mensch eine solche Frau besitzen soll!« Er trank und wischte sich über die ersten Ansätze seines liebevoll gehätschelten Schnurrbarts.

»Er besitzt sie doch nicht«, gab Eutychus sachlich zurück. »Er schläft nicht einmal unbedingt mit ihr. Und er *ist* nun einmal ein ziemlich angesehener Mann, du Knirps.«

Cleander sah ihn wütend an, die anderen lachten.

In der *Spina* verstand man kaum sein eigenes Wort. Es war Mittagspause, die Vormittagsrennen waren beendet und die für den Nachmittag angesetzten Veranstaltungen hatten noch nicht begonnen. Die gefragteste Schenke im Umkreis des Hippodroms platzte aus allen Nähten. Die schwitzende, grölende Gästeschar setzte sich aus Anhängern beider Zirkusparteien zusammen.

Die fanatischeren Gefolgsleute der Blauen und Grünen bevorzugten die billigeren Kneipen, die nur von jeweils einer Partei besucht wurden. Doch die Inhaber der *Spina* hielten – ein kluger Schachzug – seit dem Tag ihrer Eröffnung aktive und ehemalige Wagenlenker aller Farben frei, und die Aussicht, mit den Fahrern ein Bier oder einen Becher Wein zu trinken, hatte das Lokal von Anfang an zu einem rauschenden Erfolg gemacht.

Das war auch dringend nötig… die Einrichtung hatte ein Vermögen gekostet. Die lange Mittelachse war der echten Spina nachgebildet – jener Insel in der Mitte des Hippodroms, um die alle Wagen in wilder Fahrt herumjagten. Hier war die Spina jedoch nicht von rasenden Pferdegespannen umgeben, sondern von einem Marmortresen, und die Trinker, die auf beiden Seiten standen oder lehnten, konnten maßstabsgetreue Kopien jener Statuen und Monumente betrachten, die das Vorbild im Hippodrom zierten. Die eigentliche Theke befand sich an einer der Längsseiten und bestand ebenfalls aus Marmor. Auch davor drängten sich die Gäste. Wer umsichtig – und zahlungskräftig – genug gewesen war, um vorab zu reservieren, hatte vielleicht eine der Nischen an der gegenüberliegenden Wand ergattert, die sich bis in die Schatten im hinteren Teil des Gastraums erstreckten.

Eutychus war immer umsichtig, und Cleander und Dorus – oder vielmehr ihre Väter – waren als zahlungskräftig bekannt. Die fünf jungen Männer, natürlich alles Grüne, hatten an Renntagen ein Dauerabonnement für die zweite Nische, wo man besonders gut gesehen wurde. Die erste Nische war für Wagenlenker oder gelegentliche Gäste aus dem Kaiserlichen Bezirk reserviert, die sich unter das Volk mischen wollten.

»Man kann ohnehin keine Frau wirklich besitzen«, bemerkte Gidas mürrisch. »Wenn man Glück hat, bekommt man eine Zeitlang ihren Körper, aber in ihre Seele wirft man allenfalls einen flüchtigen Blick.« Gidas war Dichter, jedenfalls wäre er gern einer gewesen.

»Falls sie überhaupt eine Seele haben«, spottete Eutychus und trank. Vorsichtig wie er war, hatte er seinen Wein reichlich gewässert. »Die Frage ist religiös umstritten.«

»Nicht mehr«, widersprach Pollon. »Ein Patriarchalisches Konzil hat sie vor etwa hundert Jahren positiv entschieden.«

»Mit einer einzigen Stimme Mehrheit«, lächelte Eutychus. Eutychus war auf vielen Gebieten beschlagen und hielt mit seinem Wissen nicht hinter dem Berg. »Hätte nur einer der erlauchten Priester in der Nacht zuvor schlechte Erfahrungen mit einer Hure gemacht, dann hätte das Konzil den Frauen vermutlich ein für allemal die Seele abgesprochen.«

»Das ist wahrscheinlich Gotteslästerung«, murmelte Gidas.

»Heladikos beschütze mich!«, lachte Eutychus.

»Das *ist* Gotteslästerung«, sagte Gidas mit einem strahlenden Lächeln, das er nur selten zeigte.

»Nein«, murmelte Cleander, ohne auf den letzten Teil des Geplänkels einzugehen. »Frauen haben *keine* Seele. *Diese* Frau jedenfalls nicht, sonst würde sie sich nicht von einer graugesichtigen Kröte den Hof machen lassen. Mein Geschenk hat sie nämlich zurückgeschickt.«

»Wir wissen es, Cleander. Du hast es uns erzählt. Ein Dutzend Mal«, sagte Pollon gönnerhaft und fuhr seinem jungen Freund durch das Haar. »Vergiss sie. Sie hängt für dich nun einmal zu hoch. Pertennius hat eine Stellung im Kaiserlichen Bezirk *und* im Heer. Kröte oder nicht, das sind die Männer, die mit solchen Frauen schlafen... jedenfalls so lange, bis jemand von noch höherem Rang kommt und sie aus dem Bett wirft.«

»Eine Stellung im Heer?« Cleanders Stimme wurde schrill vor Empörung. »Bei Jads Schwanz, das kann doch nur ein schlechter Witz sein! Pertennius von Eubulus ist ein blutleerer Arschkriecher, Schreiberling bei einem aufgeblasenen Strategos, der über seinem Stand geheiratet und allen Kampfgeist verloren hat, sobald er feststellte, dass Gold und weiche Betten durchaus ihren Reiz haben.«

»Sprich leiser, du Schwachkopf!« Pollon packte Cleander am Arm. »Eutychus, gieß ihm Wasser in den verdammten Wein, bevor wir uns seinetwegen mit dem halben Heer prügeln müssen.«

»Zu spät«, bedauerte Eutychus. Sein Blick wanderte zur Marmor-Spina in der Mitte des Raumes und die anderen folgten ihm. Ein breitschultriger Mann in Offiziersuniform, der sich bisher die Kopie der zweiten Statue der Grünen zu Ehren des Wagenlenkers Scortius angesehen hatte, drehte sich um und sah mit eisiger Miene zu ihnen herüber. Auch seine beiden Nebenmänner – keiner davon Soldat – hoben die Köpfe, widmeten sich aber weiter ihren Getränken.

Pollons fester Griff hatte Cleander zwar zum Schweigen gebracht, aber der junge Mann starrte den Soldaten an der Spina so lange streitlustig an, bis der sich abwandte. Cleander rümpfte die Nase. »Wie gesagt«, erklärte er, immerhin leise. »Das ganze Heer besteht aus nichtsnutzigen Prahlhänsen und die Schlachtfelder existieren nur in ihrer Phantasie.«

Eutychus schüttelte belustigt den Kopf. »Du bist wirklich ein vorlauter Knirps!«

»Du sollst mich nicht so nennen.«

»Wie, vorlaut?«

»Nein. Das andere. Ich bin siebzehn Jahre alt und es gefällt mir nicht.«

»Dass du siebzehn Jahre alt bist?«

»Nein! Der Name. Hör auf damit, Eutychus. Du bist nicht so viel älter.«

»Nein, aber ich spiele mich nicht auf wie ein kleiner Junge, der seinen ersten Ständer hat. Wenn du nicht Acht gibst, wird er dir noch abgeschnitten.«

Dorus zuckte zusammen. »Eutychus!«

Eine Gestalt stand vor der Nische. Die drei schauten auf. Ein Kellner mit einer Kanne Wein in der Hand.

»Der Offizier an der Spina lässt grüßen«, sagte er und leckte sich unruhig die Lippen. »Er lädt Euch ein, mit ihm auf das Wohl des Obersten Strategos Leontes zu trinken.«

»Ich lasse mir nicht vorschreiben, worauf ich zu trinken habe«, ereiferte sich Cleander. »Ich kann meinen Wein selbst bezahlen.«

Der Soldat hatte sich nicht umgedreht. Der Kellner wurde noch verlegener. »Er, äh, ich soll Euch außerdem bestellen, wenn Ihr seinen Wein ablehnt und nicht auf das Wohl des Strategos trinken wollt, dann ist er tief gekränkt, und das äußert sich so, dass er... das schlimmste Großmaul von Euch an seiner Tunika an den Haken vor der Tür hängt.« Er hielt inne. »Wir wollen hier keinen Ärger.«

»Ich scheiße auf ihn!«, sagte Cleander laut.

Es dauerte einen Augenblick, bis der Soldat sich umdrehte.

Diesmal folgten die beiden kräftigen Männer neben ihm seinem Beispiel. Der eine hatte rotes Haar und einen roten Bart, seine Herkunft war schwer zu bestimmen. Der andere kam irgendwo aus dem Norden, wahrscheinlich ein Barbar, obwohl er sein Haar kurz geschnitten trug. Der Lärm in der *Spina* tobte unvermindert weiter. Der Kellner sah zu den drei Männern hinüber und bat sie mit einer flehentlichen Handbewegung um Mäßigung.

»Kleine Jungen scheißen nicht auf mich«, sagte der Soldat ruhig. Die Worte veranlassten einen Mann, der etwas weiter unten an der Spina stand, sich umzudrehen. »Kleine Jungen, die ihr Haar so lang tragen wie die Barbaren, denen sie nie gegenübergestanden haben, und sich kleiden wie die Bassaniden, die sie nie gesehen haben, sollten lieber tun, was ein ehrlicher Soldat ihnen sagt.« Er stieß sich vom Tresen ab und ging langsam auf die Nische zu. Sein Gesichtsausdruck blieb freundlich. »Ihr frisiert euch wie die Vrachae. Wenn Leontes' Heer heute nicht an eurer Nord- und Westgrenze stünde, wäre womöglich schon längst ein vrachaeischer Speerwerfer über die Mauern gesprungen und stünde hinter euch. Wisst ihr, was sie mit kleinen Jungen machen, die sie im Kampf erbeutet haben? Soll ich es euch erzählen?«

Eutychus hob eine Hand und lächelte schwach. »Nein, vielen Dank, heute ist Feiertag. Und es ist sicher keine erfreuliche Geschichte. Aber warum brecht

Ihr wegen Pertennius von Eubulus einen Streit vom Zaun? Ist er ein Bekannter von Euch?«

»Keineswegs, aber wenn jemand meinen Strategos beleidigt, werde ich wütend. Ich habe euch die Wahl gelassen. Der Wein ist gut. Wenn ihr auf Leontes' Wohl trinkt, schließe ich mich an. Danach trinken wir auf einige von den alten grünen Wagenlenkern, und einer von euch kann mir erklären, wie es den verdammten Blauen gelungen ist, uns Scortius wegzunehmen.«

Eutychus grinste. »Das hört sich ganz so an, als wärt Ihr ein Anhänger der ruhmreichen und erhabenen Grünen?«

»Mein ganzes elendes Leben lang.« Der Mann grinste gequält zurück.

Eutychus lachte laut auf und rückte beiseite, um dem Soldaten Platz zu machen. Dann schenkte er den angebotenen Wein ein, und sie tranken auf Leontes, gegen den ohnehin keiner etwas hatte. Selbst Cleander fiel es schwer, einer solchen Persönlichkeit den Respekt zu verweigern, auch wenn er beiläufig bemerkte, jeder müsse sich nach dem Schreiber beurteilen lassen, den er sich halte.

Die Kanne des Soldaten war bald leer, zwei weitere wurden benötigt, um auf eine lange Reihe von grünen Fahrern zu trinken. Der Soldat kannte eine Unmenge von Wagenlenkern aus allen Städten des Reiches und aus der Regierungszeit der letzten drei Kaiser. Von den meisten hatten die fünf jungen Männer noch nie gehört. Die beiden Freunde des Mannes lehnten mit dem Rücken an der Spina und schauten herüber. Gelegentlich prosteten sie der Gruppe über den Gang hinweg zu. Einer lächelte ein wenig, der andere verzog keine Miene.

Dann ließ der Inhaber der *Spina* die Hörner blasen, das gleiche Signal wie für die Parade der Streitwagen im Hippodrom. Alle bezahlten hastig ihre Zeche, stürmten lärmend hinaus in den windigen, sonnigen Herbstnachmittag und überquerten mit den Scharen, die sich aus den anderen Schenken und den Badehäusern wälzten, das Forum, um ins Hippodrom zurückzukehren.

Das erste Rennen nach der Mittagspause war das wichtigste des ganzen Tages und das wollte niemand versäumen.

»Diesmal sind alle vier Farben dabei«, erklärte Carullus, als sie über den freien Platz eilten. »Acht Quadrigen, für jede Farbe zwei, eine große Prämie. Eine solche Prämie gibt es nur noch einmal, beim letzten Rennen des Tages, wenn die Roten und die Weißen draußen bleiben und je vier Grüne und Blaue mit der Biga fahren – die ist nur mit zwei Pferden bespannt. Dieses letzte Rennen ist vergleichsweise sauber, als das wildere gilt dieses. Wahrscheinlich geht es auf der Bahn nicht ohne Blutvergießen ab.« Er grinste. »Vielleicht überfährt jemand diesen dunkelhäutigen Bastard Scortius.«

»Das würde dir gefallen?«, fragte Crispin.

Carullus überlegte kurz. »Eigentlich nicht«, sagte er dann. »Es macht zu viel Spaß, ihm zuzusehen. Obwohl er sicher jedes Jahr ein Vermögen ausgeben muss, um sich vor Zaubertäfelchen und Verwünschungen zu schützen. Seit er zu den Blauen übergelaufen ist, sähe nämlich eine ganze Reihe von Grünen nichts lieber, als dass er durch den Sand geschleift und zu Tode getrampelt würde.«

»Zum Beispiel die fünf, mit denen wir getrunken haben?«

»Jedenfalls einer davon. Der Schreihals.«

Die fünf jungen Männer hatten sich vor ihnen durch die Menge auf dem Hippodrom-Forum gedrängt und strebten nun den Patriziertoren und ihren reservierten Plätzen zu.

»Wer war die Frau, über die er gelästert hat?«

»Eine Tänzerin. Es geht immer um eine Tänzerin. Der neueste Liebling der Grünen. Shirin heißt sie wohl. Eine richtige Schönheit, nach allem, was man hört. Die meisten sehen gut aus. Die jungen Adligen balgen sich immer darum, wer mit der Tänzerin oder Schauspielerin des Tages ins Bett steigen darf. Das hat lange Tradition. Immerhin hat der Kaiser eine Tänzerin geheiratet.«

»Shirin?« Crispin musste lächeln. Der Name stand auf einem abgerissenen Fetzen Pergament, den er in seinem Gepäck hatte.

»Ja, warum?«

»Erstaunlich. Wenn es sich um dieselbe Person handelt, sollte ich sie besuchen, um ihr Grüße von ihrem Vater zu bestellen.« Zoticus hatte sie zunächst als Prostituierte bezeichnet.

Carullus sah ihn erstaunt an. »Bei Jads Feuer, Rhodianer, du bist doch immer für eine Überraschung gut. Erzähl bloß meinen neuen Freunden nichts davon. Der jüngste stößt dir am Ende noch ein Messer in den Leib oder dingt einen Meuchelmörder, wenn er hört, dass sie dich empfängt.«

»Ich könnte ihm auch anbieten, mich zu begleiten, dann gewinne ich einen Freund fürs Leben.«

Carullus lachte. »Der Junge kommt aus reichem Haus. Seine Freundschaft könnte nützlich sein.« Die beiden Männer wechselten einen spöttischen Blick.

Vargos, der auf der anderen Seite von Crispin ging, hörte aufmerksam zu und schwieg. Kasia war in dem Gasthof geblieben, wo sie letzte Nacht Zimmer genommen hatten. Die drei Männer hatten sie zwar zum Mitkommen aufgefordert – unter Valerius und Alixana waren auch Frauen im Hippodrom zugelassen –, aber ihr machte das wilde Treiben in der Stadt seit der Ankunft zu schaffen. Auch Vargos fühlte sich dabei nicht unbedingt wohl, aber er befand sich nicht zum ersten Mal hinter Mauern und hatte eine gewisse Vorstellung gehabt, was ihn erwartete.

Sarantium übertraf zwar alle Erwartungen, aber davor hatte man sie gewarnt.

Tags zuvor hatte der lange Fußmarsch von den Landmauern bis zu ihrem Gasthof in der Nähe des Hippodroms Kasias inneres Gleichgewicht schwer erschüttert. Sarantium feierte ein Fest; der Lärm und die Menschenmassen auf den Straßen waren überwältigend. Sie kamen an einem halbnackten Asketen vorbei, der schwankend auf einem quadratischen Obelisken hockte. Sein langer weißer Bart wehte im Wind. Eine kleine Gruppe von Stadtbewohnern hörte zu, wie er sich über die Laster der großen Stadt ereiferte. Er säße schon seit drei Jahren da oben, sagte jemand. Man stelle sich besser nicht gegen den Wind.

Mehrere Prostituierte schlichen um den Menschenauflauf herum. Carullus sah sich eine davon näher an, und als sie ihn anstrahlte und langsam mit schwingenden Hüften wegging, wies er lachend auf den Abdruck ihrer Sandalen im Staub. Da stand ganz deutlich: ›Folge mir.‹

Crispin erinnerte sich, dass Kasia nicht gelacht hatte.

Und heute sie war lieber im Gasthof geblieben, als sich schon wieder auf die Straße zu wagen.

»Hättet Ihr Euch wirklich mit ihnen geprügelt?«, fragte Vargos. Es waren seine ersten Worte an diesem Nachmittag.

Der Tribun sah zu ihm hinüber. »Aber gewiss. Ich kann doch nicht tatenlos zuhören, wie Leontes von einem weibischen kleinen Stadtschnösel verleumdet wird, dem noch nicht einmal ein richtiger Schnurrbart wächst.«

»Wenn du diese Einstellung beibehältst, musst dich noch oft prügeln«, sagte Crispin. »In Sarantium scheint man seine Ansichten recht freimütig zu äußern.«

Carullus schnaubte. »Du willst *mir* etwas über die Stadt erzählen, Rhodianer?«

»Wie oft warst du denn schon hier?«

Carullus machte ein verdrießliches Gesicht. »Eigentlich nur zweimal, aber...«

»Dann habe ich vermutlich mehr Erfahrung mit dem Stadtleben als du, Soldat. Varena ist nicht Sarantium, und Rhodias ist nicht mehr, was es einmal war, aber eins ist mir klar: Du bist hier nicht in deiner Kaserne. Wenn du dich über jede Bemerkung aufregst, die du zufällig mitbekommst, lebst du nicht lange.«

Carullus runzelte die Stirn. »Er hat den Strategos angegriffen. Meinen Oberbefehlshaber. Ich habe unter Leontes bei Eubulus gegen die Bassaniden gekämpft. Im Namen des Gottes, ich *weiß*, wie er ist. Diese Bettwanze mit seinem reichen Vater und den albernen östlichen Gewändern dürfte nicht einmal seinen Namen in den Mund nehmen. Wo war denn dieser kleine Junge vor zwei Jahren, als Leontes die Siegeskrawalle niedergeschlagen hat? Bei Jads Blut, dazu gehörte wirklich Mut! Ja, ich hätte mich mit ihnen geprügelt. Das war... Ehrensache.«

Crispin zog eine Augenbraue hoch. »Ehrensache«, wiederholte er. »So, so. Dann dürfte es eigentlich nicht so schwer zu begreifen sein, wie ich mich gestern bei unserer Ankunft an der Mauer verhalten habe.«

Carullus schnaubte. »Das ist damit doch nicht zu vergleichen. Du hast einen anderen Namen angegeben als den, der auf deinem Geleitbrief steht. Dafür hätte man dir die Nase aufschlitzen können. Mit diesen Papiere zu reisen, war ein *Verbrechen*. In Jads Namen, Martinian...«

»Crispin«, verbesserte Crispin.

Eine Horde von aufgeregten und nicht mehr ganz nüchternen Blauen drängte sich an ihnen vorbei und eilte auf ihr Tor zu. Vargos wurde angerempelt, behielt aber das Gleichgewicht. Crispin sagte: »Ich wollte Sarantium eben nicht unter falschem Namen betreten, sondern als Caius Crispus – so wie mein Vater und meine Mutter mich einst genannt haben.« Er sah den Tribun an. »Ehrensache.«

Carullus schüttelte energisch den Kopf. »Es gibt nur einen – einen *einzigen* – Grund warum der Gardist sich deine Papiere nicht genauer angesehen und dich festgehalten hat, als die Namen nicht übereinstimmten. Ich war bei dir.«

»Ich weiß«, sagte Crispin und grinste plötzlich. »Darauf habe ich mich verlassen.«

Vargos konnte sich nicht beherrschen und prustete hörbar. Carullus warf ihm einen wütenden Blick zu. »Hast du wirklich vor, an den Bronzetoren deinen eigenen Namen anzugeben? Im Attenin-Palast? Soll ich dich nicht vorher noch zu einem Notar bringen, damit du die Verteilung deiner irdischen Güter regeln kannst?«

Zufällig hatten sie in diesem Moment die legendären Tore zum Kaiserlichen Bezirk an einem Ende des Hippodrom-Forums im Blickfeld. Dahinter ragten die Kuppeln und Mauern der Kaiserpaläste auf. Unweit davon erhob sich im Norden des Forums, umgeben von Gerüsten, Lehm und Mauersteinen, ein gewaltiger Rohbau: der neue Tempel von Jads Heiliger Weisheit, den Valerius II. errichten ließ. Crispin – beziehungsweise Martinian – war berufen worden, bei seiner Ausgestaltung mitzuwirken.

»Ich habe mich noch nicht entschieden«, erklärte Crispin.

Das stimmte tatsächlich. An der Zollstation in der

Mauer hatte er spontan gehandelt. Erst als er zum ersten Mal seit seiner Abreise seinen eigenen Namen laut aussprach, war ihm klar geworden, dass er von einem halben Dutzend Soldaten begleitet – ja, eigentlich bewacht – wurde und der wegen der Feiertage ohnehin überforderte Gardist seine Papiere deshalb wahrscheinlich nicht genauer kontrollieren würde. Und seine Rechnung war aufgegangen. Sobald sie außer Hörweite des Wachpostens waren, hatte ihn Carullus natürlich mit einem Schwall von Flüchen und empörten Fragen überfallen, aber das hatte er nicht anders erwartet.

Crispin hatte alle Erklärungen aufgeschoben, bis sie in einem von Carullus empfohlenen Gasthof in der Nähe des Hippodroms und des neuen Großen Tempels ihre Zimmer bezogen hatten. Die Soldaten der Vierten Sauradischen Legion meldeten sich in einer der Kasernen zum Rapport, und einer wurde mit der Nachricht in den Kaiserlichen Palast entsandt, der rhodianische Mosaikmeister sei wie befohlen in Sarantium eingetroffen.

Im Gasthof hatte Crispin bei gedünstetem Fisch, gefolgt von süßem Quark mit Feigen und Melonen, den beiden Männern und der Frau dann auseinander gesetzt, wie es kam, dass er mit einem Kaiserlichen Geleitbrief reiste, der einem anderen gehörte. Wobei er nicht mehr verraten hatte, als ohnehin auf der Hand lag. Alles, was mit den Toten und einer gewissen Barbarenkönigin zusammenhing, behielt er für sich.

Sogar Carullus hatte es die Sprache verschlagen. Er hatte weitergegessen und zugehört, ohne zu unterbrechen. Als Crispin fertig war, hatte er nur gesagt: »Ich schließe gern Wetten ab, aber ich würde keine Kupfermünze darauf setzen, dass du im Kaiserlichen Bezirk als Caius Crispus auch nur einen Tag überlebst, wenn auf Befehl des Kaisers ein Mann mit Namen Martinian eingeladen wurde. Dieser Hof liebt keine… Überraschungen. Also überleg es dir gut.«

Das hatte Crispin leichten Herzens versprochen. Schließlich zerbrach er sich über das Problem erfolglos den Kopf, seit er Varena verlassen hatte.

Als sie jetzt das Hippodrom-Forum überquerten, hinter sich den Tempel, zur Rechten den Kaiserlichen Bezirk, bemerkten sie einen untersetzten Mann mit schütterem Haar, der hinter einem eilends aufgestellten Klapptisch saß und den Vorübergehenden unentwegt Namen und Zahlen zurief. Carullus blieb vor ihm stehen.

»Die Positionen für das erste Rennen?«, fragte er.

»Alle?«

»Natürlich nicht. Nur die von Crescens und Scortius.«

Der Buchmacher grinste und zeigte dabei seine schiefen schwarzen Zähne. »Interessante Ausgangssituation. Bahn Sechs und Bahn Acht. Scortius steht außen.«

»Auf Bahn Acht gewinnt er nie. Welche Quote bietest du für Crescens von den Grünen?«

»Einem ehrlichen Offizier? Drei zu zwei.«

»Fick deine Großmutter! Zwei zu eins.«

»Bei zwei zu eins tue ich genau das, obwohl sie längst im Grab liegt, aber meinetwegen. Allerdings mindestens einen Silber-Solidus. Für ein Trinkgeld gehe ich kein solches Risiko ein.«

»Einen *Solidus*? Ich bin Soldat, kein Gierhals von einem Buchmacher.«

»Und das ist ein Wettschalter und keine Heeresapotheke. Wenn du Silber hast, dann mach deinen Einsatz. Sonst blockierst du nur meinen Tisch.«

Carullus biss sich auf die Unterlippe. Das war eine Menge Geld.

Er kramte in seiner Börse, zog ein Silberstück heraus – Crispin war ziemlich sicher, dass es sein einziges war – und schob es über die behelfsmäßige Theke. Dafür erhielt er einen grünen Zettel, auf dem der Name des Buchmachers und darunter ›Crescens‹ stand. Auf der Rückseite hatte der Mann gewissenhaft die Nummer des Rennens, die Höhe des Einsatzes und die Quote vermerkt.

Sie ließen sich von der Menge weiterschieben. Der Lärm vor den hohen Toren des Hippodroms war ohrenbetäubend. Carullus schwieg. Erst als sie eintraten, erwachten seine Lebensgeister. Den Wettschein hielt er fest in der Hand.

»Er startet von Position Acht, also ganz außen. Von da aus kann er nicht gewinnen.«

»Ist Position Sechs denn so viel besser?«, fragte Crispin etwas vorschnell.

»Ha! Ein Vormittag im Hippodrom, und schon hält sich dieser eingebildete Rhodianer mit dem falschen Namen für einen Fachmann! Schweig still, du syphilitischer Handwerker, und halte Augen und Ohren offen. Nimm dir ein Beispiel an Vargos. Vielleicht lernst du noch etwas! Wenn ihr euch anständig benehmt, gebe ich von meinem Gewinn heute noch einige Becher sarnicischen Roten aus.«

Bonosus ging gern zu den Wagenrennen.

Als Vertreter des Senats in der Kaiserlichen Kathisma im Hippodrom zu sitzen, war eine der wenigen Aufgaben seines Amtes, die ihm aufrichtig Freude bereiteten. Bei den acht Rennen heute Morgen hatte er sich prächtig unterhalten: Die Blauen und die Grünen lagen dicht beieinander; Crescens, der neue Held der Grünen, und Scortius, ein wahrhaft begnadeter Wagenlenker, hatten je zwei Siege eingefahren. Unerwartet aufregend gestaltete sich das fünfte Rennen. Ein waghalsiger Fahrer der Weißen hatte sich bei der letzten Wendung vor den grünen Zweiten gesetzt und einen Sieg errungen, der ihm eigentlich gar nicht zustand. Die Anhänger der Blauen feierten den Triumph ihrer Zweitfarbe wie einen glänzenden militärischen Erfolg. Mit gut organisierten rhythmischen Spottchören gegen die grünen und roten Verlierer provozierten sie eine Reihe von Prügeleien, bevor die Ordnungshüter des Hippodrom-Präfekten dazwischengingen und die Streithähne trennten. Bonosus fand den jungen weißen Fahrer mit dem strohblonden Haar, der strahlend und mit glühenden Wangen seine Ehrenrunde drehte, ungemein anziehend. Man sagte ihm, der junge Mann heiße Witticus und stamme aus Karch. Der Senator prägte sich den Namen ein, bevor er sich vorbeugte und mit den anderen in der Kathisma höflich Beifall spendete.

Ereignisse wie diese, ein überraschender Sieg oder auch ein Fahrer, der – ein weiteres Opfer der schwarzen Gestalt, die man den Neunten Wagenlenker nannte – mit gebrochenem Genick hinausgetragen wurde, sorgten für Spannung im Hippodrom. Vor dem Drama der Wagenrennen gerieten Hunger und Steuern, Altersbeschwerden, undankbare Kinder oder Liebeskummer in Vergessenheit.

Bonosus wusste, dass der Kaiser anders darüber dachte. Valerius wäre den Rennen am liebsten ferngeblieben und hätte an seiner Stelle eine Schar von Höflingen und ausländischen Gesandten in die Kathisma geschickt. Der sonst so unerschütterliche Kaiser schäumte jedes Mal vor Wut, wenn er einen ganzen Arbeitstag damit vergeuden musste, Pferde im Kreis herumlaufen zu sehen. Nach einem Renntag ging er meist gar nicht zu Bett, um das Versäumte wieder einzuholen.

Valerius' Arbeitsgewohnheiten waren noch aus der Zeit seines Onkels wohlbekannt. Damals wie heute trieb er Sekretäre und Beamte zur Verzweiflungsausbrüchen, raubte ihnen den Schlaf und ängstigte sie zu Tode. Man nannte ihn den Kaiser der Nacht, und es gab zahllose Anekdoten darüber, wie er, begleitet von einem Sklaven oder Gardisten mit einer Laterne, die zuckende Schatten über die Wände und die hohe Decke warf, in stockfinsterer Nacht durch die Gänge des einen oder anderen Palastes wanderte und einem müde hinterher stolpernden Sekretär Briefe diktierte. Sogar von unheimlichen Lichtern oder gar Geistererscheinungen wurde gemunkelt, die bei dieser Gelegenheit durch die Schatten huschten, aber an derartigen Unsinn glaubte Bonosus nun wirklich nicht.

Nun lehnte er sich auf seinem gepolsterten Stuhl in der dritten Reihe der Kathisma zurück und verlangte, während er auf den Beginn des Nachmittagsprogramms wartete, mit erhobener Hand einen Becher Wein. Noch bevor er die Hand wieder sinken ließ, hörte er hinter sich ein Klopfen und erhob sich rasch. Die diensthabenden Exkubitoren entriegelten und öffneten die stets sorgsam verschlossene Tür in der Rückwand, und Valerius und Alixana betraten mit dem Magister der Kaiserlichen Behörden, dem Strategos Leontes und seiner hoch gewachsenen jungen Frau und einem Dutzend anderer Höflinge die Kaiserliche Loge. Bonosus und alle anderen zu früh Gekommenen fielen auf die Knie und verneigten sich dreimal.

Valerius war sichtlich schlecht gelaunt. Er rauschte an ihnen vorüber und stellte sich vorn an der Barriere neben das Podest mit seinem Thron, wo er für die Menge gut sichtbar war. Am Vormittag war er nicht gekommen, aber den ganzen Tag wagte er doch nicht zu versäumen. Nicht heute, am Ende des Festes, am letzten Renntag des Jahres und schon gar nicht, solange die Erinnerung an die Geschehnisse von vor zwei Jahren noch so frisch war. Er musste sich seinem Volk zeigen.

So abwegig es sich auch anhörte, die allmächtigen, gottähnlichen Kaiser von Sarantium waren Sklaven der Hippodrom-Tradition, von der eine fast mythische Kraft ausging. Der Kaiser war der geliebte Diener, der Stellvertreter des Heiligen Jad auf Erden. Der Gott fuhr mit seinem Feuerwagen über den Taghimmel und stürzte sich in die Finsternis, um dort Nacht für Nacht den immer gleichen Kampf zu führen. Mit dem Kampf der Wagenlenker im Hippodrom huldigten die Menschen dem ruhmreichen Gott und seinen Schlachten.

Seit Jahrhunderten zogen die Mosaikleger, die Dichter und sogar die Priester eine Verbindung zwischen dem Kaiser von Sarantium und den Männern, die ihre Quadrigen und Bigen über den Sand jagten – wobei die Priester zugleich wetterten, die leidenschaftliche Liebe des Volkes zu den Wagenlenkern führe dazu, dass die Gotteshäuser leer blieben. Doch dieses Problem, dachte Bonosus bitter, bestand – aus welchen Gründen auch immer – schon seit Jahrhunderten, lange bevor der Jad-Glaube in Rhodias aufgetaucht war.

Jedenfalls war die Vorstellung eines unsichtbaren Bandes zwischen Thron und Streitwagen in der sarantinischen Seele tief verwurzelt, und sosehr Valerius es auch verabscheuen mochte, sich von seinen Planungs- und Verwaltungsaufgaben losreißen zu müssen, seine Anwesenheit hier war mehr als eine diplomatische Mission; sie war eine heilige Pflicht. Das Mosaik auf dem Dach der Kathisma zeigte den Stadtgründer Saranios in einem Wagen mit vier Pferden und dem Siegerkranz statt einer Krone auf dem Haupt. Valerius verstand die darin enthaltene Botschaft nur zu gut, und so war er trotz aller Klagen zu seinem Volk gekommen, um die Streitwagen zu Ehren des Gottes fahren zu sehen.

An der rechten Seite der Loge hob der Mandator – der Kaiserliche Herold – seinen Stab. Sofort löste sich aus achtzigtausend Kehlen ein ohrenbetäubender Schrei. Alle hatten die Kathisma beobachtet und auf diesen Augenblick gewartet.

»*Valerius!*«, schrien die Grünen und die Blauen, schrien alle, die hier versammelt waren: Männer und Frauen, Adlige, Handwerker und Arbeiter, Lehrlinge und kleine Kaufleute, ja sogar die Sklaven, die zu Dykania einen Tag Ausgang bekommen hatten. Das für seine Launenhaftigkeit berüchtigte Volk von Sarantium hatte in den vergangenen zwei Jahren die Liebe zu seinem Kaiser wieder entdeckt. Der verhasste Lysippus war fort, und der goldene Leontes hatte einen Krieg gewonnen, Gebiete bis zur weit im Südwesten gelegenen Marjiti-Wüste erobert und damit Erinnerungen an Rhodias' Glanzzeit geweckt. *Heil dem Dreifach Erhabenen! Heil unserem Dreifach Ruhmreichen Kaiser! Heil der Kaiserin Alixana!*

Die Menschen haben allen Grund, ihr zuzujubeln, dachte Bonosus, ist sie doch mehr ein Kind des Volkes als jeder andere hier in der Kathisma. Ein lebendes Beispiel dafür, wie weit man es bringen konnte, selbst wenn man aus einem Rattenloch von einer Wohnung im Bauch des Hippodroms kam.

Mit einer überschwänglichen Geste des Wohlwollens begrüßte Valerius II. von Sarantium seine jubelnden Bürger. Dann winkte er, man möge der Kaiserin das Tuch reichen, damit die Parade beginnen und die Nachmittagsrennen ihren Lauf nehmen könnten. Ein Sekretär kauerte – vor dem Volk verborgen – hinter der Brüstung der Kathisma und hielt sich bereit für den Strom von kaiserlichen Diktaten, der einsetzen würde, sobald die Pferde gestartet waren. Valerius mochte sich den Forderungen beugen, die dieser Tag an ihn stellte, er mochte sich seinem Volke zeigen, um hier im Hippodrom, wo die Begeisterung für den Sport und den Mut der Fahrer – die Vertreter des Gottes Jad in seinem heiligen Wagen – Herrscher und Untertanen vereinte, seine Verbundenheit zu dokumentieren; aber er würde ganz sicher keinen ganzen Nachmittag *verschwenden.*

Bonosus sah, wie die Kaiserin das strahlend weiße Seidentuch entgegennahm. Alixana hielt sich wie immer großartig. Niemand schmückte Haar und Körper wie sie – niemand *durfte* sich so schmücken. Ihr Parfüm war einmalig und unverwechselbar. Keine Frau würde auch nur im Traum daran denken, den Duft zu kopieren, und nur einer einzigen außer ihr war es gestattet, ihn zu tragen: Alle Welt wusste, dass ihr Alixana im vergangenen Frühling diese Gnade gewährt hatte.

Die Kaiserin hob den schlanken Arm. Die rasche, theatralische Gebärde erinnerte Bonosus daran, dass er diesen Arm genauso schon vor fünfzehn Jahren gesehen hatte, als sie fast nackt auf einer Bühne tanzte.

»Die Kaiserlichen Gewänder geben ein passendes Leichentuch ab. Findet Ihr nicht auch, mein Gemahl?«, hatte sie vor zwei Jahren im Attenin-Palast gesagt, als sie auf einer anderen Bühne die Hauptrolle spielte.

Ich werde allmählich alt, dachte Plautus Bonosus. Er rieb sich die Augen. Immer wieder überlagerte die Vergangenheit die Gegenwart: Was er jetzt sah, war wie durchwirkt mit Bildern aus früherer Zeit. Zu viele ineinander verwobene Erinnerungen. Irgendwann würde er sterben, der Tag lag jetzt schon auf der Lauer, und dann wäre alles gestern – beschienen von Jads mildem Licht, wenn ihm der Gott gnädig war.

Das Tuch mit dem beschwerten Saum flatterte wie ein toter Vogel auf den Sand hinab. Eine Windbö trieb es nach rechts. Das nähmen die Chiromanten zum Anlass für eine Flut widersprüchlicher Prophezeiungen. Am anderen Ende des Hippodroms schwangen die Tore auf, Bonosus vernahm den Klang der Hörner, die hohen, schrillen Töne der Flöten, das Rasseln der Becken, das Pochen der Kriegstrommeln. Tänzer und Gaukler führten die Wagen ins Hippodrom. Ein Mann jonglierte geschickt mit brennenden Stöcken, während er in drolligen Sprüngen über den Sand hüpfte. Bonosus dachte an andere Flammen.

»Wie viele von deinen Männern«, hatte Valerius zwei Jahre zuvor in die eisige Stille hinein gesagt, die auf die Worte der Kaiserin gefolgt war, »brauchst du, um durch die Kathisma ins Hippodrom vorzudringen? Wäre es überhaupt machbar?«

Die wachen grauen Augen ruhten auf Leontes. Der Arm lag immer noch lässig über der Lehne des Thronsessels. Natürlich, der geschlossene Korridor, der das Hippodrom mit dem Kaiserlichen Bezirk verband und an der Rückwand der Kathisma endete.

Alle hielten den Atem. Bonosus sah, wie Lysippus der Steuereinnehmer zum ersten Mal den Blick zu seinem Kaiser hob.

Leontes legte lächelnd die Hand an den Schwertgriff. »Wir sollen uns Symeonis schnappen?«

»Ja. Er ist im Augenblick das Symbol des Widerstands. Bring ihn hierher, zwing ihn, sich dir zu unterwerfen.« Der Kaiser hielt kurz inne. »Ohne Blutvergießen wird es wohl nicht abgehen.«

Leontes nickte. »Wir gehen hinunter, in die Menge hinein.« Er überlegte. Dann verbesserte er sich: »Nein, zuerst ein Schwarm Pfeile, davor gibt es kein Entrinnen. Sie haben weder Harnische noch Waffen. Und sie kommen nicht zu uns herauf. Damit lösen wir Chaos aus. Panik an den Ausgängen.« Wieder nickte er. »Es ist machbar, Majestät. Es kommt allerdings darauf an, wie schnell die Leute in der Kathisma begreifen, vorausgesetzt, sie haben sich ordentlich verbarrikadiert. Auxilius, wenn ich mir mit dreißig Mann Zutritt verschaffe und im Innern Unruhe stifte, könnt Ihr Euch dann mit Euren Exkubitoren einen Weg aus dem Bezirk hinaus und bis zu den Toren des Hippodroms bahnen und einrücken, wenn die Menge die Ausgänge stürmt?«

»Ich werde es versuchen, und wenn es mich das Leben kostet«, versprach Auxilius. Der Mann mit dem schwarzen Bart und den harten Augen blühte förmlich auf. »Ich werde Euch von der Sandbahn aus meinen Gruß entbieten. Da draußen sind nur Sklaven und einfache Bürger. Und Verbrecher, die gegen Jads Gesalbten aufbegehren.«

Der Gesalbte trat neben seine Kaiserin ans Fenster und schaute hinaus auf die Flammen. Lysippus saß immer noch schwer atmend auf der Bank, die sein Gewicht kaum zu tragen vermochte.

»Damit ist die Entscheidung gefallen«, sagte der Kaiser ruhig. »Der Befehl ist kurz vor Sonnenuntergang auszuführen. Wir verlassen uns auf Euch beide. Unser Leben und unser Thron liegen in Euren Händen.« Nun wandte sich Valerius an den Kämmerer und den Magister der Kaiserlichen Behörden. »Ihr lasst in der Zwischenzeit von den Bronzetoren verkünden, der Quaestor des Kaiserlichen Schatzamtes werde zur Strafe für seinen Übereifer seines Amtes enthoben, seines Ranges entkleidet und in Schmach und Schande in die Provinzen verbannt. Der Mandator soll die Proklamation auch im Hippodrom ausrufen, falls es ihm gelingt, sich Gehör zu verschaffen. Nimm ihn mit, Leontes. Faustinus, Ihr sorgt dafür, dass Eure Spitzel die Kunde auf den Straßen verbreiten. Gesius, Ihr setzt den Patriarchen davon in Kenntnis: Zakarios und seine Priester sollen das Urteil jetzt und heute Abend in allen Heiligtümern bekannt geben. Wenn die Soldaten ihre Pflicht tun, werden die Menschen in die Gotteshäuser flüchten. Ohne Unterstützung durch die Geistlichkeit wird der Plan scheitern. Kein Blutvergießen in den Gotteshäusern, Leontes.«

»Natürlich nicht, Majestät«, versprach der Strategos. Seine Frömmigkeit war allgemein bekannt.

»Wir sind Eure Diener. Alles soll geschehen, wie Ihr sagt, Dreifach Ruhmreicher«, gelobte Gesius der Kämmerer und verneigte sich mit einer Gelenkigkeit und Eleganz, die in Anbetracht seines Alters bemerkenswert waren.

Bonosus beobachtete, wie auch andere sich aufrafften und zur Tat schritten. Er selbst war wie gelähmt. Zu gewichtig war die eben getroffene Entscheidung. Valerius wollte um seinen Thron kämpfen. Mit einer Hand voll Männern. Dabei hätten der Kaiser und die Kaiserin von hier aus nur ein paar Schritte durch die herbstlich bunten Gärten nach Westen zu schlendern und über eine steinerne Treppe zum Fuß der Klippe hinabzusteigen brauchen, wo ein kleines Schiff bereitlag. Sie wären auf dem offenen Meer gewesen, bevor irgendjemand es bemerkte. Wenn die Berichte stimmten, waren im Augenblick mehr als hundertfünfzigtausend Menschen auf den Straßen unterwegs. Leontes hatte dreißig Bogenschützen angefordert. Auxilius hatte seine Exkubitoren. Zweitausend Mann vielleicht, nicht mehr. Bonosus sah zur Kaiserin hinüber, die aufrecht wie eine Statue vor dem Fenster stand. Vermutlich hatte sie den Platz nicht zufällig gewählt. Sie wusste immer, wie sie sich am besten zur Geltung bringen konnte. *Die Kaiserlichen Gewänder. Ein Leichentuch.*

Der Senator erinnerte sich auch an den Blick, mit dem der Kaiser auf seinen beleibten, schwitzenden

Steuereinnehmer hinabgesehen hatte. Es war viel darüber getuschelt worden, was Lysippus in seinen Kellerräumen mit den beiden Priestern angestellt hatte. Gerüchte über das Treiben dort unten machten schon seit längerem die Runde. Hässliche Gerüchte. Lysippus der Calysier war früher ein stattlicher Mann gewesen: kräftige Züge, eine unverwechselbare Stimme, diese ungewöhnlich grünen Augen. Aber er hatte lange Zeit große Macht besessen. In seiner Amtsführung war er unbestechlich, das war allgemein bekannt, ebenso bekannt war freilich, dass Korruption auch… andere Formen annehmen konnte.

Bonosus war sich bewusst, dass seine eigene Lebensweise an die Grenzen des gesellschaftlich Vertretbaren stieß, doch was er über die Exzesse dieses Fettwansts gehört hatte – der Mann trieb es nicht nur mit Knaben, sondern schändete auch Frauen, Verbrecher und Sklaven –, widerte ihn an. Außerdem hatte Bonosus durch Lysippus' Steuerreformen, die besonders auf die wohlhabenderen Schichten zielten, in der Vergangenheit beträchtliche Summen verloren. Er wusste nicht, was von beidem ihn mehr empörte, aber er wusste nur zu gut – man war mehr als einmal heimlich an ihn herangetreten –, dass hinter den Krawallen nicht nur die blinde Wut des einfachen Volkes steckte. Ein großer Teil der Aristokratie von Sarantium und aus den Provinzen hätte nichts dagegen gehabt, wenn Valerius von Trakesia gestürzt und eine… zugänglichere Persönlichkeit auf den Goldenen Thron gehoben worden wäre.

Bonosus beobachtete stumm, wie der Kaiser dem Mann auf der Bank etwas ins Ohr raunte. Lysippus hob rasch den Kopf, errötete und richtete sich mühsam auf. Valerius lächelte schmal, dann rückte er von ihm ab. Bonosus sollte nie erfahren, was der Kaiser gesagt hatte. Im Saal herrschte aufgeregte Betriebsamkeit und draußen wurde in einem fort gegen die Tore gehämmert.

Bonusus, der nur der Form halber an dieser Versammlung teilnahm – offiziell war es nach wie vor Aufgabe des Senats, im Namen des Volkes den Kaiser zu beraten –, hatte unsicher, überflüssig und verängstigt zwischen einem kunstvoll gearbeiteten Silberbaum und dem offenen Ostfenster gestanden, als die Kaiserin den Kopf drehte und ihn bemerkte. Alixana hatte gelächelt.

Jetzt saß Plautus Bonosus drei Reihen hinter ihr in der Kathisma und die Erinnerung an jene Szene trieb ihm abermals das Blut in die Wangen. Damals hatte ihm seine Kaiserin eine sehr vertrauliche Frage gestellt, in einem schalkhaft vorwitzigen Ton, als teile sie beim Gastmahl für irgendeinen Gesandten ein Ruhebett mit ihm. »Senator, seid doch so gut und stillt meine weibliche Neugier. Wenn Regalius Paresis' jüngerer Sohn seine Kleider ablegt, ist er dann noch genauso schön?«

Taras, Vierter Fahrer der Roten, war nicht zufrieden mit seiner Position. Sie gefiel ihm ganz gar nicht. Ja, wenn er so ehrlich war, wie man sich selbst und seinem Gott gegenüber sein sollte, dann wären ihm nur Skorpione in den Stiefeln noch unangenehmer gewesen.

Während die Betreuer seine unruhigen Pferde hinter der eisernen Startbarriere festhielten, suchte Taras den scharfen Blicken des Fahrers zu seiner Linken zu entgehen, indem er den Zügelknoten auf seinem Rücken kontrollierte. Die Zügel mussten festgebunden werden. Allzu leicht geschah es, dass sie einem in der Hektik während des Rennens aus der Hand glitten. Als Nächstes prüfte Taras den Sitz des Messers an seinem Gürtel. Er wäre nicht der Erste, der vom Neunten Wagenlenker geholt würde, weil ihm der Wagen umkippte und er die Zügel nicht durchschneiden konnte und von den Pferden wie eine Strohpuppe mitgeschleift wurde. Jedes Rennen wurde auf dem schmalen Grat zwischen verschiedenen Katastrophen gefahren. Immer.

Und heute, bei diesem ersten Lauf am Nachmittag des Feiertages, galt dies für ihn ganz besonders. Er stand auf Bahn Sieben – eine schlechte Position, aber das sollte eigentlich keine Rolle spielen. Er fuhr schließlich nur für die Roten. Niemand *erwartete,* dass er gegen die Ersten und Zweiten Fahrer der Blauen und Grünen ein großes Rennen gewann.

Allerdings hatte er – wie alle roten und weißen Fahrer – bei jedem Rennen eine Aufgabe zu erfüllen und das wurde ihm in diesem Fall sehr erschwert. Die Männer auf Bahn Sechs und Acht hatten trotz ihrer äußeren Startpositionen fraglos *sehr* gute Siegeschancen und auf jedem von ihnen ruhten die glühenden Hoffnungen von etwa der Hälfte der achtzigtausend Zuschauer auf den Tribünen.

Taras fasste die Peitsche fester. Die Männer rechts und links von ihm waren durch den silbernen Paradehelm als Erste Fahrer ihrer Farbe ausgewiesen. Jetzt sah Taras mit einem verstohlenen Seitenblick, wie sie die Helme abnahmen. Die letzten Takte der Musik verklangen, alles machte sich für den Start bereit. Links hinter ihm auf Bahn Sechs drückte sich Crescens von den Grünen den ledernen Rennhelm fest auf den Kopf. Ein Betreuer hatte ihm den Silberhelm abgenommen und hielt ihn wie einen Säugling in den Armen. Crescens schaute rasch zu Taras hinüber und diesmal konnte der den Blick nicht rechtzeitig abwenden.

»Wenn er die Linie vor dir erreicht, du Wurm, dann sorge ich dafür, dass du in irgendeinem verkommenen Hippodrom an der Grenze zum eisigen Karch die Ställe ausmistest. Ich habe dich gewarnt.«

Taras schluckte und nickte. *Sehr anständig von dir,* dachte er bitter, aber er schwieg und starrte über die Barriere hinweg auf die Bahn. Die Linie, ein weißer Kreidestrich auf dem Sand, war etwa zweihundert Schritt entfernt. Bis zu dieser Stelle musste jeder Wagen auf seiner Bahn bleiben, damit die gestaffelten Startpositionen ihren Zweck erfüllten und Kollisionen schon an den Starttoren vermieden wurden. Sobald die weiße Linie erreicht war, konnten die äußeren Fahrer nach innen einscheren. Falls sie Platz fanden.

Das war natürlich das Problem.

In diesem Moment wünschte sich Taras tatsächlich, er führe noch in Megarium. Das kleine Hippodrom in seiner Heimatstadt im Westen mochte nicht so berühmt und nur ein Zehntel so groß sein wie dieses, aber dort war er als Zweiter für die Grünen gefahren und nicht für die verachteten Roten und hatte gute Aussichten gehabt, nach einer erfolgreichen Saison den Silberhelm zu tragen. Außerdem hatte er zu Hause geschlafen und bei seiner Mutter gegessen. Doch dieses gute Leben hatte er weggeworfen wie eine zerbrochene Peitsche, als ein Vertreter der Grünen von Sarantium nach Westen kam und ihn anwarb, nachdem er ihn auf der Bahn beobachtet hatte. Man hatte ihm gesagt, er müsse noch eine Weile für die Roten starten, fast jeder in der Stadt fange so an. Wenn er sich bewähre... nun, dazu brauche er sich nur die Lebensgeschichten der großen Fahrer anzusehen.

Wer an sich glaube und Erfolg haben wolle, sagte der Vertreter der Grünen, der gehe nach Sarantium. So einfach sei das. Taras wusste, dass er Recht hatte. Er war noch jung. Es war eine günstige Gelegenheit. Man sprach von einer *Reise nach Sarantium,* wenn jemand eine solche Gelegenheit beim Schopf ergriff. Sein Vater war stolz gewesen. Seine Mutter hatte zuerst geweint, dann hatte sie ihm einen neuen Mantel und zwei versiegelte Amphoren mit einem abscheulichen Gebräu eingepackt. Das Allheilmittel der Großmutter gegen alle möglichen Leiden. Seit Taras in die Stadt gekommen war, hatte er jeden Tag einen Löffel voll geschluckt. Im Sommer hatte ihm die Mutter mit der Kaiserlichen Post zwei weitere Krüge geschickt.

So war er am allerletzten Tag seiner ersten Rennsaison in der Hauptstadt gesund wie ein junges Pferd. Er hatte sich nichts gebrochen in diesem Jahr und die frischen Narben konnte man an den Fingern einer Hand abzählen. Nur einmal war er böse gestürzt, danach war ihm ein paar Tage schwindlig gewesen und er hatte Flötenmusik gehört. Keine *schlechte* Saison, dachte er, schließlich hatten die Pferde der Roten und Weißen – besonders der unteren Fahrer – nicht die geringste Aussicht auf den Sieg, wenn sie auf der großen Bahn gegen die Blauen und Grünen antreten mussten. Taras hatte ein unbeschwertes Gemüt, er arbeitete fleißig, lernte schnell und erfüllte – wie ihm der Faktionarius seiner Partei anerkennend versichert hatte – inzwischen alle Aufgaben einer zweitrangigen Partei zu voller Zufriedenheit. Und die waren schließlich auf jeder Bahn die gleichen. Blockaden und Behinderungen, kleinere Kollisionen (größere konnten die Hauptfarbe den Sieg kosten, und man selbst bekam womöglich eine Sperre und einen Peitschenhieb über den Rücken oder ins Gesicht, wenn einen der Erste Fahrer in den Umkleideräumen erwischte), manchmal sogar ein Sturz im richtigen Moment, um ein nachfolgendes gegnerisches Gespann zu Boden zu werfen. Wobei man selbst den Sturz natürlich tunlichst ohne Knochenbrüche oder gar tödliche Verletzungen überstehen sollte.

Bei den kleineren Rennen für die unteren Fahrer der Grünen und Blauen und der Roten und Weißen hatte er sogar schon dreimal gewonnen. Diese Rennen dienten der Volksbelustigung. Die Wagen rasten mit halsbrecherischer Geschwindigkeit dahin und fegten verwegen um die Ecken, es kam zu gefährlichen Massenkarambolagen, und die jugendlichen Heißsporne suchten aufzufallen, indem sie mit der Peitsche nach ihren Gegnern schlugen. Drei Siege waren ein respektables Ergebnis für einen jungen Burschen, der als Vierter für die Roten in Sarantium fuhr.

Die Schwierigkeit war nur, dass *respektabel* in diesem Fall nicht genügte. Das bevorstehende Rennen war aus einer ganzen Reihe von Gründen überaus wichtig, und Taras haderte mit dem Schicksal, das ihn an die Außenbahn zwischen den jähzornigen Crescens und den Wirbelwind Scortius gestellt hatte. Dabei war er für dieses Rennen eigentlich gar nicht *vorgesehen*. Aber der Zweite von den Roten war am Vormittag gestürzt und hatte sich die Schulter ausgerenkt, und der Faktionarius hatte entschieden, seinen Dritten im nächsten Rennen zu belassen, wo er Aussichten auf den Sieg hatte.

Infolgedessen stand der siebzehnjährige Taras von Megarium nun hier am Start, mit einem Gespann, das er kaum kannte, eingeklemmt zwischen den zwei besten Fahrern des Tages, von denen ihm der eine soeben ganz deutlich zu verstehen gegeben hatte, dass sein kurzes Gastspiel in der großen Stadt schon bald beendet sein könnte, wenn er, Taras, dem anderen nicht den Weg abschnitte.

Natürlich kam das alles nur daher, dass er nicht genug Geld hatte, um sich ausreichend gegen Zaubertäfelchen zu schützen. Aber was sollte er tun? Was konnte er dagegen schon tun?

Der erste Trompetenstoß ertönte, der Start stand unmittelbar bevor. Die Betreuer traten zurück. Taras beugte sich nach vorn und redete seinen Pferden gut zu. Die Füße fest in die Metallschuhe auf dem Wagenboden gestemmt, schaute er nach rechts. Dann senkte er rasch den Blick. Scortius, der sein erfahrenes Gespann mühelos am Platz hielt, hatte ihm *zugelächelt*. Der drahtige Soriyyaner mit der dunklen Haut war für sein unbekümmertes Grinsen berühmt (seine Wirkung auf die Frauen der Stadt war angeblich unfehlbar) und im Augenblick ruhte sein Blick mit deutlicher Belustigung auf Taras.

Taras zwang sich aufzusehen. Er durfte nicht den Eindruck vermitteln, sich einschüchtern zu lassen.

»Miserable Position, wie?«, fragte der Erste der Blauen freundlich. »Aber zerbrich dir darüber nicht allzu sehr den Kopf. Crescens hat unter seiner rauen Schale ein weiches Herz. Und er weiß genau, dass du nicht schnell genug bist, um mich zu blockieren.«

»Verdammt will ich sein, wenn ich das weiß!«, blaffte Crescens von der anderen Seite. »Ich will dieses Rennen gewinnen, Scortius. Ich will fünfundsiebzig Siege, und zwar in diesem Jahr. Baras oder wie immer du heißt, entweder, du hältst ihn draußen, oder du gewöhnst dich daran, dass dein Haar nach Pferdemist stinkt.«

Scortius lachte. »*Daran* sind wir doch alle gewöhnt, Crescens.« Er schnalzte seinen vier Pferden beruhigend zu.

Das größte, ein prächtiger Brauner, war links außen eingespannt und hieß Servator. Taras wünschte sich nichts sehnlicher, als einmal im Leben hinter diesem herrlichen Tier in einem Wagen zu stehen. Jedermann wusste, dass Scortius ein großartiger Fahrer war, aber man wusste auch, dass er einen großen Teil seines Erfolges – Beweis dafür waren zwei Statuen an der Spina, die man ihm noch vor Vollendung seines dreißigsten Lebensjahres errichtet hatte – diesem Servator verdankte. Vor der Festhalle der Grünen hatte bis zu diesem Jahr sogar eine Bronzestatue zu Ehren des *Pferdes* gestanden. Erst letzten Winter hatte man sie eingeschmolzen. Die Grünen hatten mit dem Fahrer auch das Pferd verloren, denn in Scortius' letztem Vertrag stand – eine unerhörte Verfügung –, dass Servator *ihm* gehöre und nicht der Partei.

Scortius war im letzten Winter für eine Ablösesumme und zu Bedingungen, die niemand genau kannte, obwohl die wildesten Gerüchte kursierten, zu den Blauen übergewechselt. Als Ersatz hatte man sich aus dem Norden den athletischen Crescens mit dem rüden Mundwerk geholt. Er war als Erster für die Grünen von Sarnica gefahren und das Hippodrom der zweitgrößten Stadt des Reiches war berüchtigt für seine rauen Sitten. Inzwischen hatte er seine Partei ein wenig über den Verlust hinweggetröstet, denn er war ein harter, tapferer Bursche, robust und aggressiv, und er fuhr Siege ein. Fünfundsiebzig gewonnene Rennen in der ersten Saison seien ein phantastisches Ergebnis für den neuen Bannerträger der Grünen.

*Vier*undsiebzig wären auch genug, hätte Taras nur zu gern gesagt, aber er schwieg.

Ihm blieb auch keine Zeit mehr. Sein rechtes Außenpferd hatte zu tänzeln begonnen und musste beruhigt werden. Er hatte das Gespann diesen Sommer erst einmal gefahren. Der Starter hatte die Trompete gehoben. Ein Betreuer kam zurückgelaufen und half Taras, die Position zu halten. Er schaute nicht zu Crescens hinüber, aber er hörte den wilden Amorianer schreien: »Eine Kiste Roten aus meiner Heimat, wenn du den soriyyanischen Dreckskerl eine Runde lang draußen hältst, Karas!«

»Er heißt Taras!«, schrie Scortius von den verhassten Blauen zurück. Er lachte immer noch. In diesem Augenblick ertönte die Trompete, die Barrieren sprangen auf und die weite Bahn lag offen vor ihm wie ein Hinterhalt oder wie ein Ruhmestraum.

»Gib Acht auf den Start!«

Carullus packte Crispin am Arm und überschrie den ohrenbetäubenden Lärm. Unten standen zweiunddreißig Pferde an den Barrieren und soeben ertönte der erste Trompetenstoß. Crispin war ganz bei der Sache. Er und Vargos hatten am Vormittag eine Menge gelernt. Carullus war erstaunlich gut informiert und natürlich sehr gesprächig. Der Start sei fast das halbe Rennen, hatte er ihnen erklärt, besonders, wenn die besten Fahrer auf der Bahn seien und auf den sieben Runden um die Spina kaum Fehler gemacht würden. Wenn erst einer der Spitzenfahrer der Grünen oder der Blauen an der ersten Wendung die Führung übernommen habe, sei er im Gedränge nur noch mit viel Glück und unter großen Anstrengungen zu überholen.

Wirklich dramatisch wurde es, wenn – wie jetzt – die beiden besten Fahrer so weit außen waren, dass sie unmöglich gewinnen konnten, es sei denn, sie kämpften sich von hinten durch die Blockaden und Störmanöver der zweitrangigen Farben.

Crispin behielt die Fahrer auf der Außenbahn im Auge. Er hielt Carullus' Einsatz für gut angelegt: Scortius von den Blauen hatte eine miserable Position direkt neben einem roten Fahrer, der – das hatte er im Lauf des Vormittags erfahren – nur die Aufgabe hatte, den Spitzenmann der Blauen möglichst lange am Bahnwechsel zu hindern. Über längere Zeit auf der Außenbahn zu fahren, war für die Pferde eine ungeheure Strapaze. Crescens von den Grünen hatte zur Linken seinen grünen Partner, ein weiterer Vorteil, auch wenn er selbst außen starten musste. Wenn Crispin inzwischen irgendetwas begriffen hatte, dann musste der zweite grüne Fahrer die Barrieren hinter sich lassen, so schnell er nur konnte, und dann, sobald er den weißen Kreidestrich am Anfang der Spina überfahren hatte, nach links auf die Innenspur drängen, um Crescens Platz zum Einscheren zu schaffen. Von da an kämpfte sich jeder allein durch das Chaos.

Crispin hätte nicht geglaubt, dass ihn die Rennen so fesseln könnten, doch jetzt schlug ihm das Herz bis zum Halse und schon am Vormittag hatte er immer wieder geschrien. Achtzigtausend grölende Menschen rissen einen mit. Er war noch nie inmitten einer so riesigen Menge gewesen. Allmählich begriff er, dass Menschenmassen eine ganz eigene Macht hatten, der man sich nicht entziehen konnte.

Nun war auch der Kaiser da: ein neues Element, das die freudige Erregung noch steigerte. Die ferne Purpurgestalt am westlichen Ende der Tribünen – da, wo die Wagen die erste Wende um die Spina machten – symbolisierte eine zweite Dimension von Macht. Eine dritte verkörperten die Fahrer, die mit der Peitsche in der Hand, die Zügel um die harten, durchtrainierten Körper gebunden, da unten die leichten Wagen lenkten. Crispin hob kurz den Kopf. Es war ein klarer, windiger Tag und die Sonne stand hoch am Himmel: Der Gott fuhr in seinem Wagen über Sarantium. Macht oben und unten und überall.

Das Licht war so grell, dass Crispin kurz die Augen schloss, und in diesem Augenblick hatte er eine Vision. Sie überfiel ihn ohne jede Vorwarnung, wie ein Speer oder ein Blitz aus heiterem Himmel. Ein gewaltiges Bild, vollendet und unvergesslich, ein unerwartetes Geschenk.

Und zugleich eine Last, denn das waren solche Bilder für ihn immer: Zu erdrückend empfand er die Kluft zwischen dem Kunstwerk, das er im Geist vor sich sah, und dem, was er in dieser unvollkommenen

Welt mit unvollkommenen Mitteln und den eigenen, begrenzten Fähigkeiten tatsächlich schaffen konnte.

Und doch, hier auf den Marmorbänken im sarantinischen Hippodrom, umbrandet vom Lärm der Menge, erkannte Caius Crispus von Varena mit überwältigender Klarheit, wie er die Kuppel des Großen Tempels gestalten würde, sollte er tatsächlich die Gelegenheit dazu erhalten. Eine gewisse Aussicht war vorhanden. Immerhin hatte man nach einem Mosaikmeister verlangt. Er schluckte, die Kehle war ihm trocken geworden. Er spürte ein Kribbeln in den Fingern, schlug die Augen auf und betrachtete seine von Narben und Kratzern übersäten Hände.

Der zweite Trompetenstoß ertönte. Crispin hob den Kopf. Unten wurde die Barriere weggerissen, und die Wagen sprangen donnernd vorwärts, als zögen sie in die Schlacht. Die Vision wurde in den Hintergrund gedrängt, aber sie ging nicht verloren. Nicht verloren.

»Beeil dich, du verfluchter Roter! *Los!*« Carullus schrie, was seine kräftige Stimme hergab, und Crispin wusste, warum. Er konzentrierte sich auf die Außenbahn und sah den roten Fahrer erstaunlich schnell von der Startlinie losschießen – er war offenbar als Erster weggekommen. Crescens war kaum langsamer, und der Zweite Fahrer der Grünen auf Bahn Fünf peitschte wie wild auf seine Pferde ein, um seinen Spitzenmann nach innen führen zu können, sobald sie die weiße Linie passierten. Auf Bahn Acht schien Scortius von den Blauen doch tatsächlich von der Trompete überrascht worden zu sein; er hatte sich umgedreht und mit jemandem gesprochen.

»*Vorwärts!*«, brüllte Carullus. »Los! Nimm die Peitsche! *Guter Mann, der Rote!*«

Der rote Fahrer hatte Scortius bereits eingeholt, obwohl der äußere Wagen dank der gestaffelten Aufstellung vor ihm lag. Carullus hatte am Vormittag gesagt, die Hälfte der Rennen würde vor der ersten Wendung entschieden. Hier traf dies offenbar zu. Nachdem der Rote bereits jetzt auf gleicher Höhe war – und dank seiner hohen Startgeschwindigkeit *vorbei*zog –, nahm er dem besten Fahrer der Blauen die Möglichkeit, von der Außenbahn nach innen zu kommen. Dessen Helfer auf den inneren Bahnen würden schwer zu kämpfen haben, um Crescens außen zu halten oder zu blockieren. Zudem hielt sich der grüne Fahrer bereit, seinem Anführer den Weg freizumachen.

Die ersten Wagen erreichten die weiße Linie. Der rote Fahrer auf der siebten Bahn war nur verschwommen zu erkennen, so heftig peitschte er auf seine Pferde ein, um das Letzte aus ihnen herauszuholen. Welchen Platz das Gespann am Ende belegt, spielt keine Rolle, dachte Crispin, solange es nur Scortius möglichst lange außen hält.

»Er hat's *geschafft*!«, johlte Carullus und umklammerte Crispins linken Arm wie mit einem Schraubstock.

Die beiden grünen Wagen überfuhren die Linie und strebten sofort schräg nach innen; nichts behinderte sie. Der weiße Wagen auf der vierten Bahn war nicht schnell genug weggekommen. Selbst wenn sein Fahrer den Grünen an der Spitze rammen und beide stürzen würden, bekäme Crescens damit nur noch mehr Platz. Eine ausgezeichnete Strategie, das erkannte sogar Crispin.

Dann sah er noch etwas.

Scortius von den Blauen, der ganz außen an der schlechtesten Position fuhr, während der wild entschlossene rote Fahrer seine Pferde mit der Peitsche zur Raserei trieb, um ihn zu überholen, *ließ den Wagen vorbei.*

Dann beugte sich der blaue Fahrer plötzlich so weit nach links, dass sich sein Oberkörper außerhalb der

Plattform befand, schwang in dieser Haltung – zum ersten Mal – die Peitsche und schlug nach dem rechten Außenpferd. Zugleich zog Servator, der große Braune auf der linken Seite, scharf nach links. Der blaue Wagen hätte sich fast um die eigene Achse gedreht, und Scortius warf sich rasch nach rechts, um gegenzuhalten. Es war unglaublich, aber der Wagen blieb aufrecht und rollte weiter. Die vier Pferde überquerten in atemberaubend spitzem Winkel *hinter* dem roten Fahrer, der immer noch beschleunigte, die Bahn und hängten sich *hinten an Crescens' Wagen* an.

»Dass Jad dem Mann die Seele ausbrenne!« Carullus schrie wie in Todesqualen. »Es ist nicht zu fassen! Ich *glaube* es nicht! Das war ein Trick! Er ist absichtlich so gestartet! Das war *Berechnung*!« Er fuchtelte hilflos vor Erregung mit beiden Fäusten in der Luft herum. »O Scortius, mein Herz, warum hast du uns nur *verlassen*?«

Ringsum schrien sich auch auf den Tribünen, die nicht ausschließlich für Anhänger der einen oder anderen Partei reserviert waren, Männer und Frauen die Kehle heiser. Diese waghalsige Schrägfahrt war zu überraschend gekommen. Crispin hörte Vargos' Stimme und brüllte selbst mit. Im Geist stand er neben dem Mann in der blauen Tunika und den Lederriemen im Wagen. Mit donnernden Hufen gingen die Pferde unterhalb der Kaiserlichen Loge in die erste Wendung. Staub wirbelte auf, der Lärm war gewaltig. Scortius fuhr so dicht hinter seinem Rivalen, dass seine vier Pferde fast gegen das Ende des anderen Wagens stießen. Keiner von Crescens' Verbündeten konnte ihn blockieren, ohne auch den grünen Fahrer zu behindern oder ihn so schamlos von der Seite zu rammen, dass die betreffende Farbe sofort disqualifiziert werden müsste.

Die Wagen rasten an den gegenüberliegenden Tribünen vorbei. Crispin und die anderen reckten die Köpfe, um über die Spina und ihre Statuen hinwegzusehen. Der Zweite Fahrer der Blauen hatte seine Position auf der Innenbahn genützt, um die Führung zu übernehmen und zu halten. Er ging als Erster in die zweite Wendung und musste sich mit aller Kraft in die Zügel legen, damit ihm die Pferde nicht nach außen wegdrifteten. Der junge rote Fahrer von Bahn Sieben war überraschenderweise dicht hinter ihm. Nachdem er Scortius nicht hatte blockieren können, hatte er die einzige Alternative gewählt und war unter Ausnützung seines spektakulären – und spektakulär erfolglosen – Startvorsprungs selbst nach innen gegangen.

An einem Ende der Spina kippte das erste von sieben bronzenen Seepferdchen und fiel in ein silbernes Wasserbecken. Am anderen Ende drehte sich ein eiförmiges Zählwerk. Die erste Runde war vorbei. Sechs waren noch zu fahren.

Die umfassendste Chronik der Ereignisse bei den Siegeskrawallen hatte Pertennius von Eubulus verfasst. Er war Militärschreiber bei Leontes, ein Schmeichler und Speichellecker, wie er im Buche stand, dabei aber ein zweifellos gebildeter Mann von scharfem Verstand und guter Beobachtungsgabe. Bonosus hatte viele der von Eubulus beschriebenen Ereignisse selbst miterlebt und konnte daher bestätigen, dass sich der Chronist im Wesentlichen an die Fakten gehalten hatte. Eubulus war ein farbloser Mensch, der sich so stark zurücknehmen konnte, dass man seine Anwesenheit völlig vergaß… auf diese Weise sah und hörte er vieles, was andere nicht mitbekamen. Seine Genugtuung darüber zeigte er allerdings etwas zu offen, und wenn er sich gelegentlich eine Information entschlüpfen ließ, erwartete er allzu deutlich, dass man sein Vertrauen erwiderte. Bonosus konnte ihn nicht ausstehen.

Trotzdem war der Senator bereit, Pertennius' Darstellung der Ereignisse im Hippodrom vor zwei Jahren gelten zu lassen. Außerdem wurde sie durch eine ganze Reihe von Quellen gestützt.

Gegen Ende des Tages war es den Spitzeln, die Faustinus in die Menge eingeschleust hatte, gelungen, zwischen Blauen und Grünen wieder ein wenig Zwietracht zu stiften. Die Ungewissheit zerrte an den Nerven und da und dort geriet die Einigkeit zwischen den Parteien bereits ins Wanken. Es war allgemein bekannt, dass die Kaiserin die Blauen bevorzugte, bei denen sie einst Tänzerin gewesen war. So fiel es nicht schwer, die Grünen im Hippodrom zu verunsichern, indem man ihnen einredete, vor allem sie würden unter den Vergeltungsmaßnahmen für die Ereignisse der vergangenen zwei Tage zu leiden haben. Angst konnte die Menschen zusammenführen, aber sie auch trennen.

Leontes und seine dreißig Bogenschützen aus der Kaiserlichen Garde schlichen lautlos durch den geschlossenen Verbindungskorridor vom Bezirk zur Rückseite der Kathisma. Dort entstand eine etwas undurchsichtige Situation, denn die Männer des Hippodrom-Präfekten, die den Korridor für die Insassen der Loge bewachten, konnten sich angeblich nicht sofort entscheiden, wem sie die Treue halten sollten. Nach Pertennius' Darstellung brachte sie der Strategos mit einer leisen, aber zündenden Ansprache im dunklen Korridor auf die Seite des Kaisers zurück.

Bonosus hatte keinen triftigen Grund, daran zu zweifeln, auch wenn eine derart wortgewandte und umfangreiche Rede, wie Pertennius sie wiedergab, in einer so verzweifelten Notlage seltsam anmutete.

Nun stürmten die Männer des Strategos – jeder war außer mit dem Bogen auch mit einem Schwert bewaffnet – gemeinsam mit den Soldaten des Präfekten die

Tür an der Rückwand der Kathisma. Symeonis saß tatsächlich auf dem Platz des Kaisers. Das war belegt: Das ganze Hippodrom hatte es gesehen. Später sollte er durchaus glaubwürdig behaupten, er habe keine andere Wahl gehabt.

Leontes riss dem entsetzten Senator eigenhändig den Kronenersatz und das Porphyrgewand herunter. Symeonis fiel auf die Knie und küsste dem Obersten Strategos die Stiefel. Man schenkte ihm das Leben; da das ganze Hippodrom die Szene verfolgen konnte, kam den Kaisertreuen die kriecherische Unterwerfungsgeste sehr gelegen.

Mit den Männern in der Kathisma, die Symeonis auf den Stuhl des Kaisers gesetzt hatten, machten die Soldaten allerdings kurzen Prozess. Die meisten, aber nicht alle waren Demagogen aus dem Volk. Auch vier oder fünf Aristokraten waren darunter, die gute Gründe zu haben glaubten, den unabhängigen Kaiser seines Amtes zu entheben und eine Marionette auf den Thron zu setzen, die sich von ihnen lenken ließe.

Die blutigen Leichenteile wurden aus der Loge geworfen und landeten auf Köpfen und Schultern. Die Menschen standen so dicht gedrängt, dass sie sich kaum bewegen konnten.

Das war der letzte Auslöser für das nun folgende Massaker.

Auf Leontes' Geheiß verkündete der Mandator die Verbannung des verhassten Steuereinnehmers. Pertennius gab auch diese Ansprache ausführlich wieder, obwohl Bonosus nicht glaubte, dass irgendjemand sie gehört hatte.

Bevor nämlich der Mandator seine Proklamation beenden konnte, gab Leontes seinen Bogenschützen den Schießbefehl. Einige zielten auf die Menschen direkt unterhalb der Kathisma; die Pfeile der anderen flogen in hohem Bogen durch die Luft und gingen weit entfernt als tödlicher Regen auf die wehrlosen Zuschauer nieder. Niemand auf der Sandbahn war bewaffnet oder trug einen Harnisch. Die ungezielten, in gleichmäßigen Abständen abgeschossenen Pfeile lösten helle Panik aus. Die Menschen versuchten verzweifelt, die Ausgänge des Hippodroms zu erreichen. Viele stürzten und wurden zu Tode getrampelt. Andere prügelten wie von Sinnen aufeinander ein.

In diese Phase fiel laut Pertennius der Auftritt des Auxilius mit seinen zweitausend Exkubitoren. Sie trafen in zwei Gruppen an zwei einander gegenüberliegenden Toren des Hippodroms ein. Das eine war – eine Behauptung, die sich hartnäckig hielt und auf große Resonanz stieß – die so genannte Todespforte, durch die man die toten und verletzten Wagenlenker hinauszutragen pflegte.

Die Exkubitoren trugen Helme mit Gesichtsschutz und hatten die Schwerter bereits gezückt. Sie richteten ein Blutbad an. Das Gedränge war so groß, dass die Menschen kaum die Arme heben konnten, um sich zu schützen. Das Schlachtfest dauerte bis weit nach Sonnenuntergang. Die herbstliche Dämmerung verlieh dem Grauen eine neue Dimension. Unzählige Menschen starben an Schwerthieben und Pfeilschüssen oder wurden im blutigen Getümmel zertreten oder erstickt.

Es war eine klare Nacht, wie Pertennius penibel vermerkte, die Sterne und der weiße Mond waren Zeugen des Geschehens. Eine ungeheuere Zahl von Menschen fand im Lauf des Abends und der Nacht im Hippodrom den Tod. Die Siegeskrawalle ertranken in einem schwarzen Blutstrom, der im Mondlicht im Sand versickerte.

Zwei Jahre später sah Bonosus auf dem gleichen Sand die Wagen um die Spina rasen. Ein weiteres Seepferdchen fiel (bis vor kurzem waren es noch Delphine gewesen); am Zählwerk drehte sich ein weiteres Ei. Fünf Runden gefahren. Als Leontes – unversehrt und so gelassen wie bei einem Besuch in seinem Badehaus, nur das goldene Haar ein wenig zerzaust, als käme er soeben aus dem Dampfraum – mit dem zitternden, wirr vor sich hin plappernden Symeonis im Schlepptau in den Attenin-Palast zurückkehrte, hatte der weiße Mond durch das Ostfenster des Thronsaals geschienen. Der greise Senator warf sich vor Valerius auf den Mosaikboden und weinte vor Angst.

Der Kaiser saß jetzt auf dem Thron und schaute auf ihn hinab.

»Wir sind der Überzeugung, dass man Euch gezwungen hat«, murmelte er, während Symeonis immer wieder aufheulend mit der Stirn auf den Boden schlug.

Bonosus hatte die Szene deutlich in Erinnerung.

»Ja! O *ja,* o mein geliebter, dreifach erhabener Kaiser! Man *hat* mich gezwungen!«

Ein seltsamer Ausdruck erschien auf Valerius' rundem, glattem Gesicht. Der Kaiser war bekannt dafür, dass er nur ungern Menschen tötete. Er hatte die Rechtsprechung bereits dahingehend ändern lassen, dass bei vielen Verbrechen keine Todesstrafe mehr verhängt werden konnte. Und der bedauernswerte alte Symeonis war in erster Linie ein Opfer des Pöbels. Bonosus wäre jede Wette eingegangen, dass der greise Senator mit Verbannung davonkommen würde.

»Mein Gemahl?«

Alixana stand immer noch am Fenster. Valerius wandte sich ihr zu. Was immer seine Absicht sein mochte, noch hatte er nicht gesprochen.

»Mein Gemahl«, wiederholte die Kaiserin ruhig, »man hat ihn gekrönt. Er hat vor dem Volk das Porphyrgewand getragen. Selbst wenn er es nicht aus freien Stücken tat, befinden sich damit zwei Kaiser in diesem Raum. Und in dieser Stadt. Zwei… lebende Kaiser.«

Bonosus erinnerte sich, dass daraufhin sogar Symeonis verstummt war.

Die Eunuchen des Kämmerers töteten den alten Mann noch in derselben Nacht. Am nächsten Morgen stellte man seinen nackten, geschundenen Leichnam an der Mauer neben den Bronzetoren zur Schau. Das fahle, gedunsene Stück Fleisch bot einen schmachvollen Anblick.

Am gleichen Morgen wurde an allen heiligen Stätten Sarantiums in einer neuen kaiserlichen Proklamation verkündet, Jads gesalbter Kaiser habe dem Wunsch seines innig geliebten Volkes entsprochen und den verhassten Lysippus bereits aus den Mauern gejagt.

Die beiden gefangenen Priester waren nach der Behandlung durch den Quaestor des Kaiserlichen Schatzamtes übel zugerichtet, aber noch am Leben. Sie wurden erst freigelassen, nachdem sie in einer geheimen Zusammenkunft vom Magister der Kaiserlichen Behörden und von Jads Allerheiligstem Patriarchen des Ostens Zakarios eindringlich ermahnt worden waren, über die erduldeten Misshandlungen Stillschweigen zu bewahren. Sie wirkten ohnehin nicht sehr gesprächig.

Wie immer war es wichtig, sich die Mitarbeit der sarantinischen Priester zu sichern, um die Ordnung wiederherzustellen. Die Unterstützung der Geistlichkeit war jedoch nur für teures Geld zu haben. Bei besagter Zusammenkunft kamen auch die *ausnehmend* ehrgeizigen Pläne des Kaisers für den Wiederaufbau des Großen Tempels erstmals offiziell zur Sprache.

Wie Pertennius davon erfahren hatte, war Bonosus bis auf den heutigen Tag nicht klar. Dafür sah er sich im Stande, die Chronik der Krawalle in einem anderen Punkt zu bestätigen. Die sarantinische Verwaltung hatte stets Wert auf exakte Zahlen gelegt. Die Spitzel des Magisters der Kaiserlichen Behörden und des Stadtpräfekten hatten eifrig beobachtet und gerechnet. Bonosus hatte als Ältester des Senats den gleichen Bericht erhalten wie Pertennius.

Vor zwei Jahren waren im Hippodrom im Schein des weißen Mondes einunddreißigtausend Menschen ums Leben gekommen.

Nach der Aufregung beim Start gab es in den nächsten vier Runden keine wesentlichen Veränderungen. Die drei Quadrigen auf der Innenbahn waren schnell genug von der Linie weggekommen, um ihre Position zu halten, und da es sich um einen roten, einen weißen und den Zweiten Fahrer der Blauen handelte, war das Tempo nicht allzu hoch. Crescens von den Grünen hing hinter den dreien und seinem eigenen Zweiten fest, der ihn noch beim ersten Manöver auf die Innenbahn gelotst hatte. Scortius' Pferde liefen nach wie vor dicht hinter dem Wagen seines Rivalen. Als die Gespanne durch die fünfte Runde jagten, griff Carullus wieder nach Crispins Arm und stieß heiser hervor: »Wart's ab! Jetzt gibt er die Befehle!« Crispin spähte angestrengt durch den Staubschleier und sah, dass Crescens tatsächlich etwas nach links schrie und dass die Nummer Zwei der Grünen die Botschaft nach vorn weitergab.

Zu Anfang der sechsten Runde, gleich nach der Wendung, kippte das rote Gespann auf Bahn Zwei – der Mannschaftskamerad der Grünen – ohne Vorwarnung um und riss die zweite Quadriga der Blauen mit. Eine Staubwolke erhob sich. Alles schrie erschrocken auf.

Genau vor Crispin löste sich ein Wagenrad und rollte allein über die Bahn. Dieses Bild, ein Rad, das vom allgemeinen Chaos unberührt dahintrudelte und hinter sich ein Blutbad zurückließ, blieb ihm als Einziges klar im Gedächtnis. Wie durch ein Wunder gelangte es unversehrt zwischen den schwankenden und schlitternden Wagen hindurch bis an den äußeren Rand der Bahn. Dort kippte es um und blieb liegen.

Crescens und der zweite Grüne konnten die beiden Wracks umfahren. Auch Scortius zog weit nach rechts und kam vorbei. Das zweite Gespann der Weißen hinter ihm war nicht schnell genug. Sein innerstes Pferd rannte in den Trümmerhaufen hinein, der Wagen kippte und der Fahrer säbelte verzweifelt mit dem Messer an den Zügeln herum. Er kam frei, wurde weggeschleudert und rollte unaufhaltsam über die Bahn auf die Spina zu. Den Fahrern dahinter blieb genügend Zeit, um weit auszuscheren. Sobald sich der weiße Fahrer von seinen Zügeln befreit hatte, war er außer Gefahr. Eins seiner Innenpferde lag jedoch am Boden und schrie vor Schmerzen. Es hatte ein Bein gebrochen. Und neben den beiden Wracks lag der Zweite Fahrer der Blauen reglos im Sand.

Crispin sah die Hippodrom-Wärter über die Bahn laufen, um die Männer – und die Pferde – zu bergen, bevor die anderen Wagen das nächste Mal um die Spina bogen.

»Das war Absicht!«, schrie Carullus und starrte auf das heillose Durcheinander aus Pferden, Menschen und Wagen hinab. »Großartig! Damit hat er Crescens den Weg gebahnt, sieh nur! *Vorwärts, ihr Grünen!*«

Crispin riss sich mit Mühe von der Unfallstelle und dem reglosen Wagenlenker los und konzentrierte sich wieder auf die Quadrigen, die jetzt über die Gerade auf die Kaiserloge zuflogen. In diesem Moment schwenkte der Zweite der Grünen, der seit der Kollision auf Platz Zwei fuhr, unvermittelt weit nach außen und hinter ihm peitschte Crescens auf seine Pferde ein. Das Manöver lief so präzise ab wie ein Tanz. Der Spitzenmann der Grünen raste an seinem Partner vorbei, war unversehens auf gleicher Höhe mit dem weißen Wagen, der bis zu diesem Moment geführt hatte – und *überholte* ihn, von außen, aber in unglaublich geringem Abstand. Ein jäher Ausbruch von Kraft und Schnelligkeit, der dem weißen Fahrer keine Zeit ließ, sein Gespann noch vor der Wendung von der Bande wegzulenken und ihn damit zu weiterem Ausholen zu zwingen.

Crescens von den Grünen schoss triumphierend vorbei und raste in die Kurve, doch in diesem Moment gab der weiße Fahrer jeden Versuch auf, ihn zu behindern. Stattdessen bremste er seine eigenen Pferde mit hartem Griff in die Zügel ab und hielt sie dicht an der Bande – und plötzlich war Scortius da.

Der prachtvolle Braune an der Innenseite des blauen Gespanns drohte das äußere Pferd des Weißen zu streifen. Die beiden Wagen kamen sich so nahe, dass ihre Räder miteinander zu verschmelzen schienen. Crispin sprang zugleich mit allen anderen Zuschauern im Hippodrom auf, und alle schrien, als hätte die Spannung sie zu einer einzigen Person zusammengeschweißt.

Crescens war in Führung, als sie unter der Kaiserloge vorbeischossen, aber er war so schnell gewesen, dass die Pferde in der Kurve nach außen drifteten. Scortius von den Blauen hatte sich wieder so weit nach links gebeugt, dass sich sein Oberkörper *außerhalb* des heftig schwankenden Wagens befand. Sein großer Brauner hatte die drei anderen nach innen gezogen und ihn mit nur einer halben Länge Rückstand aus der Kurve auf die gegenüberliegende Gerade getragen. Achtzigtausend Menschen waren auf den Beinen und brüllten aus Leibeskräften.

Die beiden Ersten waren allein an der Spitze.

Crispin hatte sich heiser geschrien. Angestrengt spähte er an den Obelisken und Statuen vorbei über die Spina. Crescens von den Grünen beugte sich so weit nach vorn, dass er mit dem Kopf fast über den Schwänzen seiner Pferde war, und peitschte auf sie ein. Von den Tribünen der Grünen kam donnernder Beifall, als die tapferen Tiere gehorchten und einen kleinen Abstand zwischen sich und den blauen Verfolger legten.

Der kleine Vorsprung genügte. Er konnte das Rennen entscheiden. Denn sobald Crescens diese halbe Länge zurückgewonnen hatte, beugte er sich nach links, opferte mit einem raschen, prüfenden Blick nach hinten ein Quentchen Geschwindigkeit für eine scharfe Seitwärtsbewegung und *belegte wieder die Innenbahn.*

»Er hat's geschafft!«, heulte Carullus und schlug Crispin auf den Rücken. »*Ho, Crescens!* Vorwärts, ihr Grünen! Vorwärts!«

»Wie?«, fragte Crispin verständnislos. Jetzt gebrauchte auch Scortius mit einiger Verspätung die Peitsche, um sein Gespann zu noch größeren Leistungen anzuspornen. Seine Pferde sprachen ebenfalls an und beide Quadrigen flogen förmlich über die lange Gerade. Der blaue Wagen holte wieder auf, nickende Pferdeköpfe schoben sich neben Crescens' Wagen, aber es war zu spät, sie waren außen. Der Grüne hatte mit seinem glänzenden Manöver nach der Wende die Bande zurückerobert, und so kurz vor dem Ende musste die kürzere Strecke auf der Innenseite den Ausschlag geben.

»Heiliger Jad!« Vargos, der auf der anderen Seite von Carullus stand, würgte die Worte hervor, als würden sie ihm aus der Kehle gerissen. »Oh, bei Heladikos, *seht doch nur!* Das war Absicht! Auch diesmal wieder!«

»*Was?*«, schrie Carullus.

»Da! Vor uns! Oh, Jad, woher konnte er es nur *wissen*?«

Crispin folgte Vargos' Finger und stieß seinerseits, von Aufregung und Ehrfurcht überwältigt, einen unartikulierten Schrei aus. Er krallte sich in Carullus' Arm, hörte die Qualen, die unbändige Begeisterung in der Stimme des anderen; dann verstummte er und riss nur noch die Augen auf. Das Geschehen hatte die gleiche grausige Faszination wie eine Gestalt, die unaufhaltsam auf eine unsichtbare Klippe zurennt.

Die Wärter, die dem Hippodrom-Präfekten unterstellt und damit streng neutral waren, machten ihre Sache gewöhnlich ganz ausgezeichnet. Zu ihren Aufgaben gehörte es, den guten Zustand der Rennbahn zu gewährleisten, die Startbarrieren in Stand zu halten, für gerechte Startbedingungen zu sorgen, Behinderungen und Regelverstöße während des Rennens zu bewerten und die Ställe zu beaufsichtigen, um – zumindest innerhalb des Hippodroms – Giftanschläge auf die Pferde oder Angriffe auf die Wagenlenker zu verhindern. Was außerhalb geschah, ging sie nichts an.

Zu den anspruchsvollsten Tätigkeiten der Wärter zählte die Räumung der Bahn nach einer Kollision. Sie konnten einen Wagen, die Pferde und den verletzten Fahrer rasch und fachgerecht entweder in die sichere Zone um die Spina oder an die Außenseite der Bahn vor die Tribünen schaffen. Sie hatten gelernt, zwei verklemmte Quadrigen voneinander zu lösen, die verängstigten und sich aufbäumenden Pferde loszuschneiden und verbogene Räder aus dem Weg zu schaffen, und zwar so schnell, dass die anderen Wagen weiterfahren konnten, ohne an Schnelligkeit zu verlieren.

Aber drei umgestürzte und zertrümmerte Quadrigen, zwölf in ein Gewirr aus Jochen und Zaumzeug verstrickte Pferde einschließlich eines weißen Innenpferdes mit gebrochenem Bein, das seinen um sich schlagenden Jochgefährten unerbittlich mitgerissen hatte, als es zu Boden ging, und ein bewusstloser, schwer verletzter Wagenlenker stellten selbst diese Mannschaft vor gewisse Probleme. Die Helfer legten den Verletzten auf eine Trage und brachten ihn zur Spina hinüber. Sie schnitten alle sechs Außenpferde los und schirrten zwei Paar Jochpferde aus. Sie zogen einen Wagen so weit nach außen wie nur möglich. Als sie sich den beiden letzten zuwandten, um das verängstigte gesunde Pferd von dem mit dem gebrochenen Bein zu trennen, schrie man ihnen zu, die ersten Fahrer hätten die Spina umrundet und kämen nun – mit rasender Geschwindigkeit – auf die Gegengerade. Die gelb gekleideten Männer mussten um ihr Leben rennen.

Der Unfall hatte sich auf der inneren Bahnhälfte ereignet. Außen war genügend Platz, damit die herandonnernden Quadrigen die Trümmer umfahren konnten.

Sollten sie freilich fast gleichauf sein und der äußere Fahrer keine Bereitschaft zeigen, so weit auszuscheren, dass auch der innere noch Platz fand, dann käme nur einer ungehindert vorbei.

Zufällig waren sie fast gleichauf. Scortius von den Blauen war außen und etwas weiter hinten, als die beiden Wagen die Wendung nahmen und das letzte Seepferdchen ins Becken fiel. Er schwenkte leicht zur Seite, als sie auf die Gerade kamen – aber nur so weit, dass seine eigene Quadriga die Trümmer und die letzten ineinander verhedderten Pferde gefahrlos passieren konnte.

Crescens von den Grünen musste deshalb blitzschnell und in fieberhafter Erregung zwischen drei klar erkennbaren, aber ausnahmslos unerfreulichen Möglichkeiten wählen. Er konnte in das Hindernis hineinrasen und damit sein Gespann und womöglich auch sich selbst zerstören. Er konnte auf Scortius zuhalten und versuchen, sich neben ihm außen an dem Trümmerhaufen vorbeizudrängen – das hätte die sichere Disqualifikation und eine Sperre für den Rest des Tages bedeutet. Oder er konnte seine dampfenden Pferde gewaltsam zügeln, Scortius vorbeilassen und hinter ihm wieder einschwenken. Damit hätte er jetzt, in der letzten Runde, seine Niederlage besiegelt.

Er war ein mutiger Mann. Und das spannende Rennen hatte sein Blut in Wallung gebracht.

Er entschloss sich, innen vorbeizufahren.

Die gestürzten Pferde befanden sich fast in der Mitte. Nur ein Wagen lag näher zur Bande hin. Crescens lenkte sein linkes Außenpferd – ein prachtvolles Tier – mit einem einzigen Peitschenschlag dicht an die Bande und *zwängte* sich mit allen vier Pferden durch die Lücke. Das linke Pferd schrammte hart gegen das Holz. Das rechte Außenpferd streifte mit einem Huf ein Rad, das sich noch drehte – aber sie schafften es. Der grüne Wagen tat einen Satz, Crescens schien durch die Luft zu fliegen wie einst Heladikos. Aber auch er kam durch. Der Wagen schlug wieder auf dem Boden auf. Crescens blieb, eine Meisterleistung, auf den Beinen. Peitsche und Zügel hatte er noch in der Hand. Die Pferde gaben alles, was sie geben konnten.

Bei so viel Mut und Geschicklichkeit war es umso bedauerlicher, dass das äußere Rad seines Wagens *hinterdrein* hüpfte. Es hatte sich bei der Fahrt durch die Trümmer gelöst.

Mit einem einrädrigen Wagen konnte auch der mutigste und geschickteste Lenker kein Rennen zu Ende fahren. Crescens schnitt die Zügel um seinen Oberkörper durch, stand noch einen Moment lang aufrecht in seinem wild schleudernden Wagen und entbot dem sich entfernenden Scortius mit erhobenem Messer deutlich sichtbar einen kurzen Gruß. Dann sprang er ab.

Er rollte ein paarmal um sich selbst, wie es alle Fahrer schon in jungen Jahren lernten, und stand auf. Jetzt war er allein auf der Bahn. Er nahm seinen Lederhelm ab und verneigte sich – ohne die anderen Gespanne zu beachten, die jetzt um die Kurve bogen – vor der Kaiserloge. Dann breitete er zum Zeichen seiner Niederlage die Arme aus und verneigte sich ebenso tief vor der Tribüne der Grünen.

Endlich verließ er die Bahn und ging zur Spina. Ein Wärter reichte ihm eine Flasche mit Wasser. Er trank in tiefen Zügen, den Rest goss er sich über den Kopf. Seine Enttäuschung war so groß, dass sie förmlich die Luft zwischen den Statuen zum Flimmern brachte. Scortius verwandelte die letzte Gerade in einen Triumphzug mit einem Wagen. Erst dann fuhr er die eigentliche Ehrenrunde, und als er seinen Kranz entgegennahm, gerieten die Blauen vollends außer sich. Sogar der Kaiser in der Kathisma – der Kaiser, dem die Rennen gleichgültig waren und der keine Partei vorzog – grüßte den siegreichen Wagenlenker mit erhobener Hand.

Scortius spielte sich nicht auf, er prahlte nicht mit seinem Erfolg. Das hatte er noch bei keinem der sechszehnhundert Siege getan, die er in den letzten zwölf Jahren errungen hatte. Er fuhr sein Rennen und er gewann. Ehren ließ er sich erst in der Nacht in einem Palais oder einem Bett der sarantinischen Aristokratie.

Crescens hatte Einblick in die Bücher seiner Partei und wusste, welche Summe die Grünen Jahr für Jahr für Schutzmaßnahmen gegen die Zaubertäfelchen angesetzt hatten, die bei den Magiern für Scortius bestellt wurden. Die Blauen hatten für dieses

Jahr vermutlich das Eineinhalbfache dieses Betrages vorgesehen.

Es wäre schön, dachte er, als er am letzten Renntag seines ersten Jahres in Sarantium zwischen den Statuen stand und sich Schmutz und Schweiß aus dem Gesicht wischte, es wäre schön, diesen Mann hassen zu können. Er hatte nicht die leiseste Ahnung, wie Scortius darauf gekommen war, dass nach einem an sich harmlosen Unfall mit zwei Streitwagen die Bahn noch nicht wieder frei sein könnte. Er würde ihn nicht direkt danach fragen, aber er hätte es zu gerne gewusst. Sein Gegner hatte ihm nach der letzten Wendung die Innenbahn *überlassen*, und er hatte sich auf das Angebot gestürzt wie ein Kind, das sich eine Leckerei schnappt, wenn es glaubt, der Lehrer sehe nicht hin.

Nicht ohne Bitterkeit stellte er fest, dass der Junge, der auf der siebten Bahn für die Roten fuhr – Baras, Varas oder wie er auch heißen mochte – und von Scortius am Start eingelullt worden war, an der letzten Wendung tatsächlich ein weißes Gespann eingeholt und den zweiten Platz belegt hatte. Die Prämie dafür konnte sich sehen lassen. Ein beachtlicher Erfolg für einen jungen Mann, der als Zweiter für die Roten fuhr. Außerdem hatte er damit einen blau-weißen Doppelsieg verhindert.

Crescens hielt es in Anbetracht der Umstände nicht für ratsam, dem Jungen eine Standpauke zu halten. Am besten vergaß man dieses Rennen möglichst schnell. Heute wurden noch sieben weitere gefahren, für vier davon war er aufgestellt, und er hatte die Hoffnung auf seine fünfundsiebzig Siege noch nicht aufgegeben.

Als er zu den Umkleideräumen unter den Tribünen ging, um sich vor seinem zweiten Start an diesem Nachmittag noch etwas auszuruhen, erfuhr er, dass

Dauzis, der Zweite Fahrer der Blauen, den Unfall nicht überlebt hatte; er hatte sich entweder beim Sturz oder beim Transport das Genick gebrochen.

Der Neunte Wagenlenker war immer mit im Rennen. Heute hatte er sein Gesicht gezeigt.

Die Rennen im Hippodrom wurden zu Ehren des Sonnengottes und zur Freude der Menschen gefahren. Manche Fahrer huldigten mit ihrer Leistung auch dem tapferen Heladikos, und jedem Einzelnen war bewusst, dass er – sobald er hinter seinen Pferden in die Bahn einfuhr – auf diesem Sand auch sein Leben lassen konnte.

KAPITEL II

Konnte man die Freiheit verlernen?

Die Frage war ihr schon auf der Reise in den Sinn gekommen und verfolgte sie seither, ohne dass sie eine Antwort gefunden hätte. War man nach einem Jahr in der Sklaverei für immer gezeichnet? Allein durch die *Tatsache*, dass man verkauft worden war? Zu Hause war sie eine Kratzbürste gewesen, schlagfertig und bissig. *Erimitsu*. Zu klug zum Heiraten, wie ihre Mutter befürchtet hatte. Jetzt war sie zutiefst verängstigt, unruhig, entwurzelt, zuckte bei jedem Geräusch zusammen, konnte keinem Menschen in die Augen sehen. Ein Jahr lang war sie jedem Mann, der Morax dafür bezahlte, zu Willen gewesen. Ein Jahr lang war sie für die kleinste Verfehlung geschlagen worden, manchmal auch ohne jeden Grund, nur damit sie nicht vergäße, wer sie war.

Das hatte erst ganz am Ende aufgehört, als man für die Zeremonie im Wald ein unversehrtes, ein makelloses Opfer brauchte.

Kasia saß in ihrem Zimmer im Gasthof und hörte den Lärm vom Hippodrom wie ein ständiges Rauschen, das sie an die Wasserfälle nördlich ihres Dorfes erinnerte. Nur schwoll dieser Lärm immer wieder mörderisch an und wurde zum Gebrüll einer Bestie mit vielen Kehlen, wenn da drüben, wo die Pferde rannten, eine Wendung zum Guten oder zum Schrecklichen eintrat.

Der *Zubir* im Wald hatte kein Geräusch gemacht. Im Nebel unter und über dem Blätterdach war alles still gewesen. Die Welt war immer enger geworden, hatte alles ausgeschlossen bis auf das Eine, das Wesentliche, das gut sein konnte oder auch schrecklich. Dann war ihr das Leben wiedergeschenkt worden, man hatte sie aus dem Alten Wald herausgeführt, in die Freiheit, von der sie in jenem Jahr jede Nacht geträumt hatte. Und nach Sarantium, von dem sie noch nicht einmal geträumt hatte.

Im Augenblick befanden sich da drüben im Hippodrom achtzigtausend Menschen. Das hatte ihr Carullus erzählt. Eine unvorstellbare Zahl. Carullus behauptete, die Stadt habe fast fünfhunderttausend Einwohner. Trotz der Krawalle vor zwei Jahren und trotz der Pest. Mussten sie nicht alle zittern?

Sie war den ganzen Vormittag über in ihrem Zimmerchen geblieben. Sie hatte sogar daran gedacht, sich das Essen heraufbringen zu lassen – allein diese Möglichkeit stellte eine ungeheuerliche Veränderung dar –, und sich ausgemalt, wie ein misshandeltes, völlig verängstigtes Mädchen mit dem Tablett für die vornehme Dame eintreten würde.

Die Dame, die mit den Soldaten reiste. Und mit dem Mann, der im Palast erwartet wurde. Sie selbst war diese Dame. Carullus hatte dafür gesorgt, dass man das unten auch gebührend zur Kenntnis nahm. Wie man bedient wurde, hing hier wie überall davon ab, in welchem Ansehen man stand, und in Sarantium waren die Bronzetore nun einmal das Tor zur Welt.

Martinian – oder vielmehr Caius Crispus – wollte also in den Palast. Wenn sie unter sich seien, sollten sie ihn Crispin nennen, hatte er gesagt. So hieß er wirklich. Er war mit einer Frau namens Ilandra verheiratet gewesen. Doch sie und seine beiden Töchter waren tot. In jener Nacht nach dem Alten Wald hatte er ihren Namen laut in die Dunkelheit geschrien.

Seither hatte er Kasia nicht mehr angerührt. Selbst damals hatte er zunächst gewollt, dass sie unter seinem Mantel auf dem Boden schlief. Sie war von sich aus an sein Bett getreten, als sie ihn schreien hörte. Erst dann hatte er sich ihr zugewandt. Und nur dieses eine Mal. Als sie anschließend die Reise mit den Soldaten fortsetzten, hatte er stets darauf geachtet, dass sie ein eigenes Zimmer bekam. Im Herbstwind, umweht von fallenden Blättern, hatten sie erst Sauradias reißende Flüsse und seine Silberminen hinter sich gelassen und dann Trakesias weite Ackerflächen durchquert, bevor sich jener erste, überwältigende Blick auf die dreifachen Mauern der Stadt vor ihnen auftat.

Fünfhunderttausend Seelen.

Die Welt drehte sich so Schwindel erregend schnell, dass selbst ein kluges Mädchen wie sie mit den Veränderungen nicht Schritt halten konnte. Kasia kam mit ihren eigenen Gefühlen nicht mehr zurecht. Zu sehr war sie im Strom der Ereignisse gefangen. Aber das Blut schoss ihr in die Wangen, wenn sie sich – wie jetzt – erinnerte, was sie gegen Ende jener einen Nacht so unerwartet empfunden hatte.

Jetzt saß sie in ihrem Zimmer, hörte den Lärm vom Hippodrom herüberschallen und flickte mit Nadel und Faden ihren – oder vielmehr seinen – Umhang. Sie war im Nähen nicht sehr geübt, aber sie musste sich irgendwie beschäftigen. Zum Mittagessen war sie doch in die Schankstube hinuntergegangen. Sie war *Erimitsu,* die Kluge, und wusste, dass sie sich nicht hinter Mauern und verschlossenen Türen verschanzen durfte, sonst ginge sie womöglich nie wieder hinaus. Es fiel ihr schwer, aber sie überwand sich. Man hatte sie gut bedient, mit einer gewissen Selbstverständlichkeit, aber nicht unterwürfig. Mehr konnte sie als Frau, besonders hier in der Stadt, wohl nicht erwarten.

Sie hatte sich an einen Ecktisch gesetzt und sich ein halbes Brathuhn mit Lauchgemüse bringen lassen, dazu gutes Brot und ein Glas Wein, den sie mehr als zur Hälfte mit Wasser verdünnte. Beim Essen fiel ihr ein, dass sie soeben zum ersten Mal in ihrem Leben in einem Gasthaus eine Mahlzeit bestellt hatte und ein Glas Wein trank. Allein.

Sie blieb unbehelligt. Der Raum war fast leer. Alles war im Hippodrom oder feierte den letzten Tag des Dykania-Festes auf den Straßen, wo die Straßenverkäufer Speisen und viel zu viel Wein feilboten und wo man Krachmacher werfen oder die Fahne seiner Gilde oder Zirkuspartei schwenken konnte. Da draußen im Sonnenschein ging es hoch her. Sie zwang sich, langsam zu essen, trank ihren Wein und schenkte sich sogar ein zweites Glas ein. Schließlich war sie eine freie Bürgerin des sarantinischen Reiches unter Valerius II. Heute war ein öffentlicher Feiertag, ein Fest. Als ihr die Kellnerin eine Melone anbot, nickte sie zögernd.

Die Frau war so blond wie sie selbst. Aber sie war älter. Auf der Stirn trug sie eine verblasste Narbe. Kasia lächelte ihr zu, als sie die Melone brachte, aber sie erwiderte das Lächeln nicht. Doch wenig später stellte sie einen zweihenkeligen Becher mit heißem Würzwein auf den Tisch.

»Das habe ich nicht bestellt«, sagte Kasia erschrocken.

»Ich weiß. Aber das war ein Fehler. Es ist kalt heute, und der Wein beruhigt. Wenn die Männer zurückkommen, sind sie sicher sehr erregt. Das ist immer so nach den Rennen. Ihr werdet viel zu tun bekommen, meine Liebe.«

Immer noch ohne ein Lächeln ging sie weg, bevor

Kasia den Irrtum aufklären konnte. Aber sie war freundlich gewesen. *Meine Liebe.* Sie hatte es gut gemeint. Das gab es also noch in den Städten.

Der Würzwein schmeckte gut. Er roch nach Sommer und nach Ernte. Kasia blieb ruhig sitzen, trank den Becher leer und schaute durch die offene Tür auf die Straße hinaus. Ein nicht abreißender Menschenstrom wälzte sich in beide Richtungen. Menschen aus aller Welt. Sie dachte an ihre Mutter und an ihr Dorf und verglich es mit dem Ort, wo sie jetzt war. In diesem Augenblick. Mit diesem Platz in Gottes weiter Welt. Dann dachte sie an die Nacht mit Martinian – *Crispin,* und das weckte seltsame Gefühle, die ihr abermals das Blut in die Wangen trieben.

Sie ließ das Essen auf die Rechnung setzen, wie Carullus es ihr gesagt hatte, und ging wieder hinauf. Sie hatte ein eigenes Zimmer. Eine abschließbare Tür mit einem neuen Schloss. Hier konnte niemand einfach hereinkommen, um sich auf sie zu stürzen oder ihr irgendetwas zu befehlen. Das Glücksgefühl war so stark, dass es ihr Angst machte. Sie setzte sich wieder an das kleine Fenster ins schräg einfallende Sonnenlicht, legte sich den wärmenden Mantel über die Knie und nahm die Nadel zur Hand, aber der Würzwein und die zwei Gläser Wein zuvor hatten sie schläfrig gemacht, und so war sie wohl eingenickt.

Ein heftiges Klopfen riss sie aus dem Schlaf. Das Herz schlug ihr bis zum Hals. Hastig stand sie auf, warf sich den Mantel über, als könne der sie schützen, und trat an die verschlossene Tür, öffnete aber nicht.

»Wer ist da?«, rief sie. Ihre Stimme zitterte.

»Aha. Er hat sich also tatsächlich eine Hure mitgebracht.« Eine harte Stimme, östlicher Akzent, gebildet, aber unfreundlich. »Ich möchte den Westländer sprechen, diesen Martinian. Mach die Tür auf.«

Du bist die *Erimitsu,* ermahnte sich Kasia. Sie war

klug. Und sie war frei, sie stand unter dem Schutz des Gesetzes, und unten waren der Wirt und das Gesinde. Es war heller Tag. Und vielleicht war Martinian gerade jetzt darauf angewiesen, dass sie einen klaren Kopf behielt. Sie hatte oft genug mit angehört, wie Morax mit Händlern und Adligen redete. Das konnte sie auch.

Sie holte tief Atem. »Wer möchte ihn sprechen, wenn ich fragen darf?«

Ein kurzes, trockenes Lachen. »Ich verhandle nicht vor verschlossener Tür mit einer Dirne.«

Der Zorn gab ihr Kraft. »Und ich öffne keinem Fremden, der keine Manieren hat. Damit haben wir wohl ein Problem.«

Es wurde still. Im Korridor knarrte eine Diele. Der Mann hüstelte. »Unverschämtes Luder. Ich bin Siroes, Mosaikmeister am Kaiserlichen Hof. Und nun mach endlich auf.«

Sie gehorchte. Vielleicht war es ein Fehler, aber immerhin war Martinian – *Crispin* – in die Stadt gerufen worden, um für den Kaiser und für diesen Mann Mosaiken zu legen…

Draußen stand ein kleiner, dicklicher Mann mit schütterem Haar. Er trug eine kostbare, mit teurem Goldfaden durchwirkte dunkelblaue Leinentunika, die ihm bis zur Wade reichte, und darüber einen purpurroten Mantel mit einer kunstvoll verschlungenen, ebenfalls goldenen Bordüre. Er hatte ein rundes, selbstzufriedenes Gesicht mit schwarzen Augen und wirkte bis auf seine ungewöhnlich langen Finger insgesamt weich und rundlich. Die Hände waren wie bei Crispin mit Kratzern und Narben übersät. Er war allein gekommen, nur ein Diener stand hinter ihm im leeren Korridor.

»Aha«, sagte der Mann, der sich Siroes nannte. »Er steht also auf magere Frauen. Nichts dagegen einzuwenden. Was verlangst du für ein Schäferstündchen am Nachmittag?«

Sie musste Ruhe bewahren. Sie war eine freie Bürgerin. »Beleidigt Ihr jede Frau, der Ihr begegnet? Oder habe ich Euch irgendwie gekränkt? Man sagte mir, im Kaiserlichen Bezirk lege man großen Wert auf höfliches Benehmen. Aber da hat man mich offenbar falsch belehrt. Soll ich den Wirt rufen und Euch hinauswerfen lassen, oder soll ich einfach nur schreien?«

Zum zweiten Mal zögerte der Besucher, und diesmal glaubte Kasia, etwas bemerkt zu haben. Eine unerwartete Reaktion, aber sie war sich fast sicher.

»Hinauswerfen?« Wieder dieses kurze, bellende Lachen. »Du bist nicht unverschämt, du hast nur keine Ahnung. Wo ist Martinian?«

Vorsicht, ermahnte sie sich. Dies war ein wichtiger Mann. Vielleicht war Crispin auf ihn angewiesen, vielleicht musste er mit ihm oder gar für ihn arbeiten. Weder Panik noch Zorn durfte Macht über sie gewinnen.

Sie dämpfte die Stimme, schlug die Augen nieder und stellte sich Morax vor, wie er vor einem Händler mit dicker Börse dienerte. »Verzeiht, Gebieter. Ich bin vielleicht eine Barbarin und mit der großen Stadt nicht vertraut, aber ich bin keine Hure. Martinian von Varena ist mit dem Tribun der Vierten Sauradischen Legion ins Hippodrom gegangen.«

Siroes fluchte leise. Da war es wieder, dieses unerwartete Zusammenzucken.

Er hat Angst, dachte sie.

»Wann kommt er zurück?«

»Nach den Rennen, nehme ich an.« Jenseits der schmalen Gässchen und des riesigen Hippodrom-Forums ertönte ein Aufschrei. Jemand hatte ein Rennen gewonnen, ein anderer hatte verloren. »Wollt Ihr auf ihn warten? Oder wollt Ihr ihm eine Nachricht hinterlassen?«

»*Warten?* Wohl kaum. Ich muss schon sagen, der Rhodianer nimmt sich viel heraus. Zuerst dauert es eine heilige Ewigkeit, bis er hier eintrifft, und dann nimmt er sich noch die Zeit, zu den Spielen zu gehen.«

»Das ist an Dykania doch wohl kein Verbrechen? Man sagte uns, der Kaiser und der Kämmerer würden ebenfalls im Hippodrom erwartet. Für heute seien keine Audienzen angesetzt.«

»Aha. Und wer hat dich so umfassend in Kenntnis gesetzt?«

»Der Tribun der Vierten Sauradischen Legion kennt sich sehr gut aus.«

»Ha! Die Sauradische? Ein Haudegen vom Lande.«

»Gewiss. Aber er ist natürlich auch Offizier und wurde bereits zum Obersten Strategos bestellt. Das hat ihn wohl veranlasst, sich mit den Gepflogenheiten im Kaiserlichen Bezirk vertraut zu machen. So gut das eben möglich war. Ihr habt natürlich Recht, allzu viel *kann* er nicht wissen.«

Sie schaute auf, erhaschte den unsicheren Blick des Mosaikmeisters und schlug die Augen rasch wieder nieder. Nicht schlecht. Es war also doch möglich.

Siroes fluchte wieder. »Ich kann nicht warten, bis dieser Dummkopf von einem Westländer geruht, sich wieder einzufinden. Der Kaiser gibt heute Abend nach den Wagenrennen ein Gastmahl. Ich habe eine Ehrenliege.« Er hielt inne. »Sag ihm das. Sag ihm… ich wollte ihn als Kollegen begrüßen, bevor er sich… den Aufregungen einer Audienz bei Hofe… stellen muss.«

Sie hielt den Blick weiter gesenkt.

»Er wird die Ehre zu schätzen wissen. Und er wird es sehr bedauern, einen so vornehmen Besucher verfehlt zu haben.«

Der Mosaikmeister zog seinen Mantel an einer Schulter etwas höher und rückte die goldene Spange zurecht, die ihn zusammenhielt. »Spar dir das vornehme Getue und die schönen Worte. Das passt nicht zu einer mageren Hure. Für einen Sprung ins Bett reicht die Zeit noch. Genügt ein halber Solidus, damit du dich ausziehst?«

Sie verzichtete darauf, ihn scharf zurechtzuweisen. Überrascht stellte sie fest, dass sie keine Angst mehr hatte. Im Gegensatz zu *ihm*. Sie sah ihm in die Augen. »Nein«, sagte sie. »Ein halber Solidus genügt nicht. Aber ich werde Martinian von Varena von Eurem Besuch und Eurem Angebot unterrichten.«

Sie wollte die Tür schließen.

»Warte!« Seine Augen flackerten unruhig. »Ein Scherz. Es war nur ein Scherz. Dass Leute vom Lande den höfischen Witz einfach nicht verstehen können! Hast du... könntest du... du bist nicht zufällig mit Martinians Arbeitsweise vertraut oder kennst, äh, seine Ansichten zum, sagen wir zum Beispiel... zur Technik des Negativverfahrens?«

Der Mann litt Todesängste. Menschen in diesem Zustand konnten gefährlich werden. »Ich bin weder seine Hure noch sein Lehrling. Wenn er zurückkommt, werde ich ihm sagen, dass Ihr deshalb gekommen seid.«

»Nein! Ich meine... bemüh dich nicht. Ich werde die Frage natürlich noch persönlich mit ihm erörtern. Ich muss mich doch, äh, von seinen Fähigkeiten überzeugen. Versteht sich.«

»Versteht sich«, nickte Kasia. Dann schlug sie dem Kaiserlichen Mosaikmeister von Sarantium die Tür vor der Nase zu und drehte den Schlüssel um.

Erleichtert lehnte sie sich von innen gegen die Tür. Und dann konnte sie nicht mehr an sich halten und begann lautlos zu lachen und zu weinen.

Wäre Crispin nach den Rennen wie geplant in den Gasthof zurückgekehrt und hätte sich von Kasias Unterhaltung mit dem seltsamen Besucher erzählen lassen – die für ihn sehr aufschlussreich gewesen wäre –, er hätte sich in späteren Situationen sicher anders verhalten.

Dadurch hätten wiederum verschiedene Angelegenheiten teils persönlicher, teils sehr viel umfassenderer Natur eine gänzlich andere Entwicklung genommen. Genauer gesagt hätte dieses Gespräch nicht nur sein Leben und das Leben etlicher Mitmenschen, sondern womöglich die Geschichte des ganzen Reiches in andere Bahnen gelenkt.

Dergleichen kommt öfter vor, als man glaubt. Zwei Liebende lernen sich bei einem Essen kennen, an dem der eine um ein Haar nicht teilgenommen hätte. Ein Weinfass fällt von einem Wagen und zerschmettert einem Mann, der spontan einen anderen als den gewohnten Weg zu seinem Badehaus gewählt hatte, das Bein. Der Dolch eines Meuchelmörders verfehlt sein Ziel nur deshalb, weil sich das Opfer – ohne besonderen Grund – umdreht und ihn kommen sieht. Auf diese Weise wird der Lauf des Schicksals, wird das Leben der Menschen in der Welt des Gottes bestimmt und beeinflusst.

Crispin kehrte nicht in den Gasthof zurück.

Bei Sonnenuntergang war er zwar zusammen mit Carullus und Vargos dorthin unterwegs gewesen, doch bevor sie sich durch das tolle Treiben auf den Straßen gekämpft hatten, setzten sich sechs Männer in Bewegung, die vor dem Eingang gewartet hatten, und kamen auf sie zu. Sie trugen knielange, dezent gemusterte dunkelgrüne Tuniken mit einem senkrechten braunen Streifen zu beiden Seiten, braune Hosen und dunkelbraune Gürtel. Jeder hatte eine Kette mit einem Anhänger um den Hals, eine Art Dienstabzeichen, und sie bewegten sich mit einer gelassenen Ruhe, die in krassem Gegensatz zum allgemeinen Chaos stand.

Carullus blieb stehen, als er sie bemerkte, und sah ihnen misstrauisch, aber nicht erschrocken entgegen. Crispin nahm sich ein Beispiel an ihm und erwartete den Anführer der sechs in zwangloser Haltung. Er bewunderte sogar die geschmackvollen Farben und den guten Schnitt seiner Tracht. Kurz bevor ihn der Mann ansprach, bemerkte er, dass er Eunuch war.

»Ihr seid Martinian von Varena? Der Mosaikmeister?«

Crispin nickte. »Darf ich fragen, mit wem ich spreche?«

Kasia stand oben am Fenster und sah zu. Sie hatte nach den drei Männern Ausschau gehalten, seit der Jubel vom Hippodrom verstummt war. Jetzt überlegte sie, ob sie rufen sollte. Sie tat es nicht. Natürlich nicht.

»Der Kämmerer schickt uns. Ihr werdet im Kaiserlichen Bezirk erwartet.«

»Das ist mir bekannt. Deshalb bin ich nach Sarantium gereist.«

»Ihr versteht nicht. Man erweist Euch eine große Ehre. Ihr sollt noch heute Abend kommen. Sofort. Der Kaiser gibt in Kürze ein Gastmahl. Danach empfängt er Euch im Attenin-Palast. Begreift Ihr, was das heißt? Männer aus den höchsten Rängen warten oft Wochen oder Monate auf eine Audienz. Manchmal verlässt ein Gesandter die Stadt, ohne überhaupt vorgelassen worden zu sein. Ihr dagegen werdet schon heute Abend gerufen. Die Arbeiten am neuen Tempel liegen dem Kaiser sehr am Herzen. Wir sollen Euch mitnehmen, um die nötigen Vorbereitungen zu treffen.«

Carullus pfiff leise durch die Zähne. Einer der Eunuchen sah ihn an. Vargos stand reglos daneben und hörte zu. Crispin sagte: »Das ist tatsächlich eine große Ehre. Aber warum diese Eile? Soll ich etwa so gehen, wie ich bin?«

Der Eunuch lächelte kurz. »Wohl kaum.« Einer seiner Begleiter prustete hörbar.

»Dann muss ich baden und mich umziehen. Ich war den ganzen Tag im Hippodrom.«

»Das ist uns bekannt. Es ist nicht anzunehmen, dass irgendetwas von Eurer Kleidung für eine feierliche Audienz bei Hofe geeignet ist. Ihr seid auf Einladung des Kämmerers hier. Deshalb ist Gesius vor dem Kaiser für Euch verantwortlich. Wir werden uns um Eure äußere Erscheinung kümmern. Kommt.«

Crispin gehorchte. Dazu war er schließlich hier.

Kasia sah ihm nach und biss sich auf die Unterlippe. Sie spürte einen unbegreiflichen Drang, ihn zurückzurufen. Eine Vorahnung? Ein Hinweis aus der Zwischenwelt? Ein Schatten. Als Carullus und Vargos heraufkamen, erzählte sie ihnen von dem Mann, der sie am Nachmittag besucht hatte, und von seiner letzten, auffallend konkreten Frage. Carullus fluchte und bestätigte damit ihre Befürchtungen.

»Nichts zu machen«, sagte er dann. »Wir erreichen ihn nicht mehr. Sicher hat man ihm eine Falle gestellt, aber damit war an diesem Hof ohnehin zu rechnen. Er hat einen wachen Verstand, Jad weiß es. Hoffen wir, dass er ihn jetzt nicht im Stich lässt.«

Alle schwiegen. Endlich sagte Vargos: »Ich muss gehen. Sonnenuntergang.«

Carullus sah ihn an, warf Kasia einen wissenden Blick zu und führte die beiden auf die dämmrigen Straßen hinaus. Er schlug die Richtung zu den dreifachen Mauern ein. Bald erreichten sie ein geräumiges Gotteshaus. Vor dem Altar und der Sonnenscheibe an der Mauer dahinter hatten sich unzählige Menschen versammelt. Ein schmächtiger Priester mit schwarzem Bart sang die Sonnenuntergangslitanei. Kasia stand zwischen den beiden Männern, kniete nieder, wann immer es die Liturgie verlangte, und bemühte sich, weder an den *Zubir* noch an Caius Crispus oder an die vielen Menschen zu denken, von denen sie hier und in der ganzen Stadt umgeben war.

Hinterher aßen sie in einer Schenke ganz in der Nähe zu Abend. Auch hier war das Gedränge groß. Als sie eintraten, sah Kasia viele Soldaten. Carullus grüßte einige und wurde respektvoll zurückgegrüßt. Doch dann war er so rücksichtsvoll, eine Nische ganz hinten zu wählen, wo sie vor dem Lärm geschützt waren. Er bestand darauf, dass sie sich mit dem Rücken zum Raum setzte, damit sie außer ihm und Vargos niemanden anzusehen brauchte. Dann bestellte er Essen und Wein für drei und scherzte unbeschwert mit dem Kellner. Kasia hatte mitbekommen, dass er bei einem bestimmten Rennen am Nachmittag viel Geld verloren hatte. Doch das schien ihn nicht allzu sehr zu belasten. Wobei sie inzwischen gelernt hatte, dass er nicht so leicht unterzukriegen war.

Er war sprachlos vor Empörung, er fühlte sich missbraucht, in seiner Würde verletzt. Zuerst hatte er voll Inbrunst geflucht und so wütend um sich geschlagen, dass hohe Wasserfontänen aus der Badewanne spritzten und einige von ihnen bis auf die Haut durchnässten.

Sie hatten nur gelacht. Und da sie bereits eine breite Schneise geschlagen hatten, während er ahnungslos mit geschlossenen Augen im herrlich warmen, duftenden Wasser lag, blieb ihm eigentlich keine Wahl mehr. Irgendwann gingen ihm die Obszönitäten, die Verwünschungen und die grässlichen Drohungen aus, über die sie sich ohnehin nur amüsierten, und er musste sie ihr Werk vollenden lassen – wenn er nicht aussehen wollte wie ein tobender Irrer.

Sie schoren ihm den ganzen Bart ab.

Unter Valerius und Alixana erscheine man bei Hofe

glatt rasiert. Nur Barbaren, Soldaten aus der Provinz und Hinterwäldler, die es nicht besser wüssten, ließen ihre Gesichtshaare wachsen, sagte der Eunuch, der ihn erst mit der Schere und dann mit dem blitzenden Rasiermesser traktierte, und kräuselte in dezentem Abscheu die Lippen. Wie Bären, Ziegen, Bisons und andere Bestien, fügte er hinzu.

»Was wisst ihr schon von Bisons?«, fauchte Crispin voller Verachtung.

»Nicht das Geringste! Dem Heiligen Jad in seiner Gnade sei Dank!«, gab der Eunuch mit dem Rasiermesser gefühlvoll zurück und machte mit der Klinge das Zeichen des Sonnenkreises. Die anderen lachten.

Bei Hofe, erklärte er dann geduldig, während er mit präzisen Bewegungen das Messer über Crispins Wangen führte, sei es jeden Mannes Pflicht vor dem Gott und dem Kaiser, sich um ein möglichst kultiviertes Aussehen zu bemühen. Ein Bart bei einem Rothaarigen, fuhr er energisch fort, sei eine Provokation, eine Ungezogenheit, genauso schlimm, als… als ließe man während des Lobpreises bei Sonnenaufgang in der Kaiserlichen Kapelle einen Wind fahren.

Einige Zeit später stand Crispin in einem Vorzimmer des Attenin-Palastes und wartete. Zum zweiten Mal in seinem Leben spürte er Seide auf der Haut. Weiche, enge Lederschuhe umschlossen seine Füße, und über der langen taubengrauen Tunika mit dem groben schwarzen Saum trug er einen kurzen dunkelgrünen Umhang, der an der Schulter befestigt war. Immer wieder wanderte seine Hand wie von selbst nach oben und berührte sein Gesicht. In der Badewanne hatte man ihm einen Spiegel vorgehalten: ein wahres Prachtstück aus unglaublich glattem Glas, das kaum verzerrte, mit Griffen aus Elfenbein und einem silbernen Rücken mit eingravierten Trauben und Weinlaub.

Der Spiegel hatte ihm einen Fremden gezeigt, ein nasses, bleiches, zorniges Antlitz mit glatten Kinderwangen. Den Bart hatte er schon gehabt, bevor er Ilandra kennen lernte. Mehr als zehn Jahre hatte er ihn getragen. Den seltsam verletzlichen Mann mit dem kantigen Kinn, der ihm jetzt entgegenschaute, hätte er fast nicht wieder erkannt. Sein Mund – das ganze Gesicht – alles wirkte irgendwie wehrlos, wie entblößt. Er lächelte kurz, gab aber den Versuch sofort wieder auf. Das war nicht sein Gesicht. Es fühlte sich auch nicht so an. Man hatte ihn… verändert. Er war nicht mehr er selbst. Das war kein gutes Omen, wenn man gleich unter falschem Namen und mit einer geheimen Botschaft vor dem anspruchsvollsten und gefährlichsten Hof der Welt erscheinen sollte.

Das Warten konnte seinen Groll nicht dämpfen. Er wurde ihm zur Zuflucht vor seiner wachsenden Aufgeregtheit. Natürlich hatten die Eunuchen des Kämmerers in bester Absicht gehandelt und seinen von Spritzwasser begleiteten Temperamentsausbruch gutmütig über sich ergehen lassen. Sie *wollten*, dass er einen guten Eindruck machte. Das falle auf sie zurück, hatten sie ihm zu verstehen gegeben. Schließlich habe ihn Gesius mit seiner Unterschrift in die Stadt geholt und ihm unterwegs alle Wege geebnet. Jetzt stand er in diesem prunkvollen, von Kerzen erhellten Vorzimmer, hörte durch die Türen am anderen Ende den Hofstaat in den Thronsaal einziehen und war sozusagen – es war schwer zu erklären – ein Vertreter des Kämmerers, ohne den Mann je gesehen zu haben.

Crispin begriff erst jetzt, dass man im Kaiserlichen Bezirk sofort bei der Ankunft, noch bevor die ersten Worte gefallen, die ersten Kniebeugen gemacht waren, einer Partei zugeordnet wurde. Was die Kniebeugen anging, hatte er übrigens präzise Anweisungen bekommen und war auch zu praktischen Übungen angehalten worden, die sein Herz unwillkürlich schneller schlagen ließen. Das tat es auch jetzt, als er hinter den prächtigen Silbertüren die Höflinge Valerius' II. vernahm. An- und abschwellendes Gelächter, leise dahinplätschernde Gespräche. Man hatte ein Fest und ein Gastmahl hinter sich und war guter Stimmung.

Wieder rieb er sich das nackte Kinn. Ein verwirrendes, bestürzendes Gefühl. Als habe nach einer Reise um die halbe Welt ein glatt rasierter, in Seide gekleideter, nach Parfüm duftender sarantinischer Höfling seinen Körper in Besitz genommen und die Vorstellung von sich selbst zerstört, die er sich im Lauf der Jahre aufgebaut hatte.

Später sollte er erkennen, dass dieses Gefühl – diese aufgezwungene Veränderung im Aussehen und in der Identität – wahrscheinlich viel mit dem Folgenden zu tun hatte.

Geplant war davon nichts. So viel war klar. Er war einfach ein Mensch, der mit dem Kopf durch die Wand wollte. Das hatten seine Mutter, seine Frau und seine Freunde schon immer gesagt, und als alle ihn nur auslachten, wenn er dies bestritt, hatte er irgendwann damit aufgehört.

Crispin musste lange warten – vor dem Fenster, das auf einen Innenhof hinausging, war inzwischen der blaue Mond aufgegangen –, doch dann überstürzten sich die Ereignisse. Die Silbertüren schwangen auf. Crispin und die Eunuchen des Kämmerers drehten sich rasch um. Zwei Gardisten, baumlange Gestalten in schimmernden Silbertuniken, traten aus dem Thronsaal. Dahinter ein Meer von Farbe und Bewegung. Ein flüchtiger Duft nach Weihrauch durchzog den Raum. Crispin hörte Musik, dann verstummte sie – das Bild erstarrte. Hinter den Gardisten erschien ein Mann in Purpur und Weiß mit einem Amtsstab. Einer der Eunuchen nickte ihm zu. Dann sah er Crispin an, lächelte – was in diesem Moment mehr als großmütig war – und raunte ihm ins Ohr: »Ihr könnt Euch durchaus sehen lassen. Man wird Euch huldvoll empfangen. Jad sei mit Euch.«

Crispin trat zögernd neben den Herold in die Tür. Der Mann sah ihn gleichgültig an. »Ihr seid Martinian von Varena?«, fragte er.

Es war *wirklich* nicht geplant.

Noch während Crispin sprach, wurde ihm bewusst, dass er mit seinem Leben spielte. Er rieb sich das allzu glatte Kinn. »Nein«, sagte er ruhig. »Ich heiße Caius Crispus. Aber aus Varena komme ich, das ist richtig.«

Das erschrockene Gesicht des Herolds wäre in einer anderen Situation urkomisch gewesen. Neben Crispin trat einer der Gardisten von einem Fuß auf den anderen, sonst zeigte er keine Reaktion. Er drehte nicht einmal den Kopf. »Und wenn du's mit deinem Schwert treibst!«, flüsterte der Herold im vornehmen Tonfall der östlichen Aristokratie. »Ich denke nicht daran, einen anderen Namen auszurufen, als er auf meiner Liste steht! Wenn du erst drin bist, kannst du tun und lassen, was du willst.«

Damit trat er in den Saal und stieß seinen Stab einmal auf den Boden. Die Höflinge hatten bereits zu plaudern aufgehört und sich in zwei Reihen aufgestellt, damit eine Gasse entstand.

»Martinian von Varena!«, rief der Herold mit so kräftiger, weit tragender Stimme, dass der Name von der Kuppel widerhallte.

Crispin trat vor. Ihm schwirrte der Kopf, neue Düfte und unzählige Farben stürmten auf ihn ein, aber noch war alles verschwommen. Er tat die vorgeschriebenen drei Schritte, kniete nieder und berührte mit der Stirn den Boden. Zählte stumm bis zehn. Erhob sich. Ging weitere drei Schritte auf das goldschimmernde Gebilde im Kerzenschein zu, das wohl ein Thron war. Die nächste Kniebeuge, wieder kühlte ihm das Steinmosaik die Stirn. Bis zehn zählen, während das Herz wie rasend schlug. Aufstehen. Noch einmal drei Schritte, ein drittes Mal auf die Knie, ein drittes Mal die Demutsgebärde.

Er befand sich etwa zehn Schritte vor dem Kaiserlichen Thron und einem zweiten Sessel, auf dem eine mit blitzenden Juwelen geschmückte Frau saß. Diesmal blieb er liegen, wie man es ihm eingeschärft hatte. Er schaute nicht auf. Unter den versammelten Höflingen erhob sich erstauntes Gemurmel. Sie alle hatten das Festmahl verlassen, um sich den neuen Rhodianer anzusehen. Rhodianer hatten immer noch ihren Reiz. Ein Scherz, ein silberhelles Frauenlachen, dann wurde es still.

Und eine papierdünne, aber sehr klare Stimme sagte: »Willkommen am Kaiserlichen Hof von Sarantium, Martinian von Varena. Im Namen des Ruhmreichen Kaisers und der Kaiserin Alixana sei Euch hiermit gestattet, Euch zu erheben.«

Das muss Gesius sein, dachte Crispin. Der Kämmerer. Sein Gönner, falls er einen solchen hatte. Er holte tief Atem, schloss die Augen und blieb, die Stirn auf den Boden gedrückt, reglos liegen.

Eine Weile geschah nichts. Jemand kicherte.

»Ihr habt die Erlaubnis, Euch zu erheben«, wiederholte die dünne, trockene Stimme.

Crispin dachte an den *Zubir* im Wald. Er dachte an Linon, den Vogel – die Seele –, dessen Stimme für kurze Zeit in seinem Bewusstsein gewesen war. Und er erinnerte sich, dass nach Ilandras Tod auch er hatte sterben wollen.

Ohne den Kopf zu heben, sagte er so deutlich wie möglich: »Ich wage es nicht.«

Ein Rascheln, als wehten Blätter über den Boden – Stimmen oder Stoff? Crispin nahm verschiedene Gerüche wahr, spürte die Kühle des Mosaiks. Keine Musik mehr. Sein Mund war trocken.

»Wollt Ihr denn ewig liegen bleiben?« Gesius' Stimme war etwas strenger geworden.

»Nein, Herr. Nur so lange, bis man mir die Gunst gewährt, unter meinem eigenen Namen vor den Kaiser hinzutreten. Sonst bin ich ein Betrüger, der den Tod verdient.«

Das verschlug allen die Sprache.

Auch der Kämmerer schien verblüfft. Dafür ließ sich eine andere Stimme vernehmen, eine geschulte Frauenstimme von herrlichem Wohlklang. Crispin erinnerte sich hinterher, dass ihn ein Schauer überlaufen hatte, als er sie zum ersten Mal hörte. Die Stimme sagte: »Wenn alle Betrüger in diesem Saal sterben müssten, dann hätten wir wohl niemanden mehr, der uns beraten oder unterhalten könnte.«

Erstaunlich, wie eine Stille sich so völlig von der anderen unterscheiden konnte. Die Frau – Crispin wusste, dass es Alixana war und dass diese Stimme von jetzt an stets in seinem Geist gegenwärtig wäre – fuhr nach einer genau bemessenen Pause fort: »Ihr möchtet also lieber als Caius Crispus angesprochen werden? Als der Handwerker, der jung genug war für eine Reise, die dem eigentlich berufenen Kollegen zu beschwerlich erschien?«

Crispin schnappte nach Luft, als hätte er einen Hieb in den Magen erhalten. Sie wussten Bescheid. Sie wussten *Bescheid*. Es war unbegreiflich. Das hatte Folgen, beängstigend viele Folgen, aber er hatte nicht die Muße, sie im Einzelnen zu durchdenken. Ohne die Stirn vom Boden zu heben, rang er um Fassung.

»Der Kaiser und die Kaiserin sehen den Menschen bis auf den Grund der Seele«, brachte er endlich heraus. »Ich bin in der Tat an Stelle meines Partners gekommen, um meine bescheidenen Fähigkeiten in den

Dienst des Kaisers zu stellen. Die Kaiserin hat mir die Ehre erwiesen, meinen wahren Namen auszusprechen. Ich bekenne mich dazu, auch wenn ich für meine Vermessenheit Strafe verdiene.«

»Um keine Missverständnisse aufkommen zu lassen. Ihr seid *nicht* Martinian von Varena?« Eine neue Stimme von aristokratischer Schärfe aus der Richtung, wo die beiden Throne standen.

Carullus hatte es sich auf den letzten Etappen der Reise nicht nehmen lassen, Crispin alles über diesen Hof zu erzählen, was er wusste. Nun war der Mosaikmeister fast sicher, dass diese Stimme Faustinus gehörte, dem Magister der Kaiserlichen Behörden. Er war Gesius' Rivale und wahrscheinlich der mächtigste Mann hier im Saal – nach dem Mann auf dem Thron.

Der bisher noch kein Wort gesagt hatte.

»Einer Eurer Kuriere hat sich offenbar nicht vergewissert, ob er die Kaiserliche Sendung auch richtig zugestellt hatte, Faustinus«, bemerkte Gesius mit seiner knochentrockenen Stimme.

»Es hat eher den Anschein«, gab der andere zurück, »als hätten sich die Eunuchen des Kämmerers nicht vergewissert, ob der Mann, der feierlich bei Hofe vorgestellt werden sollte, auch tatsächlich der war, als den er sich ausgab. Das ist gefährlich. Warum habt Ihr Euch als Martinian ausrufen lassen, Handwerker? Das war Betrug.«

Es war nicht einfach, solche Fragen mit der Stirn am Boden zu beantworten. »Das war nicht meine Entscheidung«, sagte er. »Der Herold muss – was ich sehr bedauere – meinen Namen… missverstanden haben. Ich habe ihm gesagt, wer ich bin. Mein Name ist Caius Crispus, Sohn des Horius Crispus. Ich bin Mosaikleger, seit ich die Kinderschuhe abgelegt habe. Martinian von Varena ist seit zwölf Jahren mein Partner und Kollege.«

»Ein Herold«, sagte die Kaiserin leise mit ihrer erstaunlichen Seidenstimme, »der solche Fehler begeht, ist nicht viel nütze. Findet Ihr nicht auch, Faustinus?«

Das ist natürlich ein Hinweis darauf, wer hier die Herolde ernannte, dachte Crispin. Seine Gedanken überschlugen sich. Er machte sich mit jedem Wort, das er sprach, neue Feinde. Und er hatte immer noch keine Ahnung, woher die Kaiserin – und damit vermutlich auch der Kaiser – seinen Namen kannten.

»Ich werde der Sache natürlich nachgehen, Dreifach Erhabener.« Die Schärfe war mit einem Schlag aus Faustinus' Stimme verschwunden.

»Im Grunde ist das Problem nicht allzu groß.« Eine neue Stimme, nüchtern und schroff. »Ein Handwerker aus Rhodias wurde angefordert und ein Handwerker ist gekommen. Ein Mitarbeiter des ursprünglich Genannten. Wenn er den Aufgaben gewachsen ist, die man ihm zugedacht hat, ist der Tausch in meinen Augen nicht weiter von Belang. Es wäre ein Jammer, uns mit Streitigkeiten über solche Lappalien die Stimmung zu verderben, erhabener Kaiser. Sind wir nicht hier, um uns zu amüsieren?«

Der Mann hatte Valerius als erster direkt angesprochen. Crispin wusste nicht, wer er sein könnte. Aber er bemerkte zweierlei. Erstens machte sich einen Herzschlag später freudige Erleichterung breit und die Spannung wich aus dem Saal. Der Sprecher, wer immer er auch war, genoss beträchtliches Ansehen.

Zweitens vernahm er nur Augenblicke später genau vor sich ein nahezu unhörbares Knarren.

Kaum jemand, der wie Crispin in unbequemer Haltung mit dem Gesicht nach unten auf dem Boden lag, hätte mit dem Geräusch etwas anfangen können. Der Mosaikmeister war jedoch eine Ausnahme. Er spitzte, zunächst noch ungläubig, die Ohren. Unterdrücktes

Gelächter von links und rechts, gezischte Ermahnungen, doch leise zu sein. Das Knarren hielt an.

Der Hof hat einen angenehmen Abend hinter sich, dachte er. Mit Wein und gutem Essen und sicher auch mit geistreichen oder koketten Gesprächen. Nun war es Nacht – die Nacht nach einem Fest. Im Geist sah er Frauen, die erwartungsvoll die Hand auf einen Männerarm legten, wohlriechende Gestalten in seidenen Gewändern, die sich gespannt vorbeugten. Einem Rhodianer die Flügel zu stutzen – ein köstlicher Spaß.

Aber den Spaß wollte er ihnen verderben.

Er hatte sich am sarantinischen Hof unter dem Namen seiner Familie eingeführt, als Sohn eines Vaters, der in diesem Augenblick unsagbar stolz auf ihn gewesen wäre, und er war nicht bereit, sich zum Narren machen zu lassen.

Er wollte immer mit dem Kopf durch die Wand. Das hatte er längst zugegeben. Und er hatte auch eingesehen, dass das manchmal selbstmörderisch war. Aber er stammte von einem Volk ab, das schon über ein riesiges Reich geherrscht hatte, als diese Stadt aus ein paar Hütten auf einer sturmumtosten Felsklippe bestand.

»Nun gut«, sagte Kämmerer Gesius und jetzt klang seine Stimme nicht mehr ganz so trocken. »Ihr dürft Euch erheben, Rhodianer Caius Crispus. Seht dem Allmächtigen, dem Liebling Jads, dem hohen und erhabenen Kaiser von Sarantium, ins Angesicht.« Jemand lachte.

Crispin richtete sich langsam auf. Nun stand er vor den beiden Thronen.

Vor einem Thron. Nur die Kaiserin saß noch vor ihm. Der Kaiser war verschwunden.

Hoch und erhaben, dachte Crispin. *Wie unglaublich geistreich.*

Jetzt warteten alle darauf, dass er in Panik geriet.

Verstört, verwirrt, entsetzt um sich schaute oder gar auf der Suche nach dem Kaiser wie ein Bär im Kreis herum stolperte und fassungslos den Mund aufsperrte, wenn er ihn nicht fand.

Aber er hob nur ruhig den Kopf und schaute nach oben. Was er dort sah, entlockte ihm ein anerkennendes Lächeln. Manchmal war Jad auch gewöhnlichen Sterblichen gnädig, die seine Großmut nicht verdienten.

»Ich fühle mich über alle Maßen beschämt«, sagte er ernst zu der Gestalt, die über ihm, auf halber Höhe der zierlichen Kuppel, auf ihrem goldenen Thron saß. »Dreifach erhabener Kaiser, es wird mir nicht nur eine Ehre sein, an jedem Mosaik mitzuwirken, das Ihr oder Eure treuen Diener mir anvertrauen mögen. Ich könnte auch mit einigen Vorschlägen dazu beitragen, die Wirkung Eurer Himmelfahrt auf dem ruhmreichen Kaiserthron noch zu steigern.«

»Die Wirkung steigern?« Das war wieder Faustinus, die scharfe Stimme klang entgeistert. Leises Gemurmel durchlief den Raum. Der Spaß war misslungen. Der Rhodianer hatte sich aus irgendeinem Grund nicht täuschen lassen.

Crispin fragte sich, wie oft der Trick im Lauf der Jahre schon gewirkt hatte. Barbarenhäuptlinge und Könige, Handelsattachés, Bassaniden in langen Gewändern oder karchische Gesandte im dicken Pelz, alle hatten sie wohl zu spät reagiert. Wenn sie aufschauten, schwebte Jads heiliger Kaiser samt seinem Thron an unsichtbaren Seilen bereits so weit über ihnen, wie er ihnen auch an Macht überlegen war. Denn das war doch wohl die Botschaft, die das raffinierte Spiel vermitteln sollte.

Den Blick unverwandt nach oben und nicht auf den Magister der Kaiserlichen Behörden gerichtet, sagte er freundlich: »Als Mosaikmeister fährt man oft genug mit den verschiedensten Konstruktionen auf Plattformen auf und ab. Ich könnte den Mechanikern des Kaisers einige zweckmäßige Verfahren empfehlen, mit denen sich das Geräusch des Seilzugs unterdrücken ließe.«

Er spürte, wie ihn die Kaiserin von ihrem Thron aus ansah. Ihre Gegenwart drängte sich ihm förmlich auf. Alixanas Diadem war über und über mit Edelsteinen besetzt, eine Kostbarkeit, wie er noch keine gesehen hatte.

Er blickte weiter starr nach oben. »Ich möchte hinzufügen, dass es die Wirkung erhöht hätte, den dreifach Erhabenen in den Schein des Mondes zu bringen, der jetzt durch die Süd- und Westfenster der Kuppel fällt. Im Augenblick strahlt das Licht nur auf die kaiserlichen Füße. Wie viel eindrucksvoller wäre es, wenn Jads Liebling ganz im Glanz des blauen Vollmondes schwebte! Ich schätze, eineinhalb Drehungen weniger an der Seilwinde hätten genügt, um dies zu erreichen.«

Das Gemurmel wurde bedrohlicher. Crispin achtete nicht darauf. »Jeder fähige Mosaikleger besitzt Tabellen für den Auf- und Untergang der beiden Monde, nach denen sich auch die Mechaniker richten könnten. Bei der Ausgestaltung von Kuppeln in Heiligtümern oder Palästen in Batiara konnten Martinian und ich stets die besten Erfolge erzielen, wenn wir in unsere Planung mit einbezogen, wann und wo im Wechsel der Jahreszeiten das Licht der Monde zur Verfügung steht. Es wäre mir eine Ehre«, schloss er, »den Kaiserlichen Mechanikern in dieser Frage behilflich zu sein.«

Er verstummte, ohne den Blick zu senken. Auch das Gemurmel verstummte. Über den von Kerzen erhellten Thronsaal im Attenin-Palast mit seinen künstlichen Vögeln auf den Bäumen aus Gold und Silber, den Weihrauchfässern, den Dekorationen aus Elfenbein und Seide, aus Sandelholz und Halbedelsteinen legte sich eine Stille, die schwer zu deuten war.

Gebrochen wurde sie schließlich von einem Lachen.

Auch das sollte Crispin nie vergessen. Dieses Lachen war der erste Laut, den er von Petrus von Trakesia hörte. Der Mann, der erst seinen Onkel auf den Kaiserlichen Thron gesetzt hatte und ihm dann als Valerius II. nachgefolgt war, verlieh seiner Heiterkeit rückhaltlos und aus voller Kehle Ausdruck. Wie ein Gott etwas oberhalb des blauen Mondlichts über allem schwebend, lachte er gottgleich auf seinen Hof herab.

Auf einen Wink des Kaisers wurde der Thron herabgelassen und setzte lautlos neben der Kaiserin wieder auf. Währenddessen sprach niemand ein Wort. Crispins Herz raste noch immer. Er stand unbeweglich da und ließ die Arme seitlich herabhängen. Vor ihm saß Jads Liebling, der Kaiser von Sarantium.

Valerius II. hatte ein weiches, ziemlich unscheinbares Gesicht mit wachen grauen Augen und glatt rasierten Wangen – um derentwillen Crispin seinen Bart hatte opfern müssen. Das rotblonde Haar war von grauen Fäden durchzogen und wich an der Stirn bereits merklich zurück. Der Kaiser hatte das fünfundvierzigste Jahr überschritten und war kein junger Mann mehr, aber auch noch kein gebrechlicher Greis. Seine purpurrote Seidentunika, die in der Taille von einem Gürtel gehalten wurde, war an Saum und Kragen mit kunstvoll gewirkten Goldbändern besetzt. Kostbar, ohne protzig oder überladen zu wirken. Bis auf einen großen Siegelring an der linken Hand trug er keinen Schmuck.

Der Frau an seiner Seite war solche Bescheidenheit fremd. Crispin hatte es bisher bewusst vermieden, die Kaiserin direkt anzusehen. Einen Grund wusste er dafür nicht. Nun wandte er sich ihr zu. Die schwarzen Augen musterten ihn belustigt. Als er den Blick erwiderte, stürmten andere Bilder, eine andere Aura, andere Gefühle auf ihn ein. Ein Schwindel erfasste ihn und er schlug rasch die Augen nieder. Er hatte in seinem Leben schon andere schöne Frauen gesehen, die um einiges jünger waren. Auch in diesem Saal wären einige zu finden gewesen.

Doch die Kaiserin schlug ihn in ihren Bann, nicht nur wegen ihres Ranges und ihrer Vergangenheit. Alixana – die ehemalige Schauspielerin und Tänzerin Aliana von den Blauen – war aufs Prächtigste in rote und goldene Seide gekleidet. Der purpurne Überwurf über der Tunika setzte nur einen Akzent, war aber zugleich ein unübersehbarer Hinweis auf ihren Rang. Das Diadem in ihrem pechschwarzen Haar und das Geschmeide, das sie um den Hals trug, waren vermutlich mehr wert als alle Kronjuwelen der Königin der Antae. In diesem Augenblick durchzuckte ihn das Mitleid mit Gisel wie ein Messerstich: eine junge Frau, bedrängt von allen Seiten, die um ihr Leben kämpfte.

Die Kaiserin von Sarantium hielt trotz des schweren Schmucks das Haupt hoch erhoben. Crispin war geblendet. Die Belustigung in ihren scharfen schwarzen Augen mahnte ihn daran, dass die Frau an der Seite des Kaisers der gefährlichste Mensch auf dieser Erde war.

Sie setzte zum Sprechen an, als ihr überraschend jemand zuvorkam. Crispin hatte sie genau beobachtet, nur deshalb bemerkte er das Kräuseln der Lippen, das für einen Moment ihr Missfallen verriet.

»Der Rhodianer«, sagte eine elegante blonde Frau hinter ihr, »besitzt zwar die Vermessenheit, die man von ihm erwarten konnte, aber nicht die Manieren, auf die man zu hoffen wagte. Wenigstens hat man den Urwald beseitigt. Zu diesem Benehmen auch noch ein roter Bart, das wäre unerträglich gewesen.«

Crispin schwieg. Die Kaiserin lächelte schmal; dann

sagte sie, ohne sich umzudrehen: »Ihr wusstet also von seinem Bart, Styliane? Habt Ihr etwa Erkundigungen über ihn eingezogen? Obwohl Ihr jung verheiratet seid? Wie typisch für die Daleinoi.«

Jemand lachte unbehaglich und verstummte gleich wieder. Neben der Frau stand ein gut aussehender großer Mann mit offenem Gesicht. Er wirkte verlegen. Crispin wusste jetzt, wer die beiden waren. Die Teile ergaben ein Bild. Er hatte ein Talent für Zusammensetzspiele. Von jeher. Jetzt kam es ihm zugute.

Er hatte Carullus' geliebten Strategos vor sich, den größten Soldaten seiner Zeit, den Mann, um dessentwillen der Tribun von Sauradia hierher gereist war. Dieser Hüne war Leontes der Goldene und seine junge Frau war eine Tochter der reichsten Familie Sarantiums. Der Lohn für einen siegreichen General. Ein würdiger Lohn, wie Crispin zugeben musste. Styliane Daleina war eine strahlende Schönheit und die spektakuläre Solitärperle an ihrem goldenen Kollier womöglich…

In diesem Augenblick schenkte ihm der Zorn einen Einfall, der ihn selbst erschreckte. Das wäre gefährlich verwegen. Alles hatte seine Grenzen.

Styliane Daleina ließ sich durch die Bemerkung der Kaiserin nicht aus der Ruhe bringen. Natürlich, dachte Crispin, hat sie mit der Beleidigung absichtlich preisgegeben, dass sie über mich Bescheid weiß. Sie war auf den Gegenschlag vorbereitet gewesen. Plötzlich hatte er das Gefühl, nur noch eine unbedeutende Figur in einem ungeheuer komplexen Spiel zwischen zwei Frauen zu sein.

Vielleicht spielten auch drei Frauen mit. Er durfte seine Botschaft nicht vergessen.

»Meinethalben kann er sich einen Bart wachsen lassen wie ein Heiliger Narr«, bemerkte der Kaiser von Sarantium nachsichtig, »solange er das Zeug dazu hat, an den Tempelmosaiken mitzuwirken.« Valerius sprach leise, aber seine Stimme übertönte jedes andere Geräusch. Natürlich, dachte Crispin. Jedes Ohr im Saal war auf dieses Organ eingestimmt.

Crispin schlug sich die Frauen aus dem Kopf und sah den Kaiser an. »Ihr habt sehr eindrucksvoll über Mechanik und Mondschein gesprochen«, sagte Valerius von Sarantium. »Können wir uns nun über Mosaiken unterhalten?«

Er hörte sich an wie ein Gelehrter aus einer der Akademien und so sah er auch aus. Von diesem Mann erzählte man sich, dass er niemals schlafe, sondern die ganze Nacht diktierend oder im Schein einer Lampe Kriegsberichte lesend durch seine Paläste wandle. Dass er Philosophen oder Militärstrategen in Diskussionen verwickeln könne, die deren Kenntnisse aufs Äußerste strapazierten. Dass er sich mit allen Architekten getroffen habe, die sich um den Bau des Großen Tempels bewarben, um jede einzelne Zeichnung zu prüfen. Dass ein Baumeister sich sogar das Leben genommen habe, als der Kaiser seinen Entwurf ablehnte und dies auch noch präzise begründen konnte. Sogar bis nach Varena war die Kunde gedrungen, dass in Sarantium ein Kaiser saß, der nicht nur die Macht liebte, sondern auch die Schönheit.

»Aus keinem anderen Grund bin ich hier, Dreifach Erhabener«, sagte Crispin. Das war zumindest die halbe Wahrheit.

»Aha«, sagte Styliane Daleina schnell. »Noch eine rhodianische Eigenschaft. Er gibt uns zu verstehen, dass er nur reden will – nicht aber handeln. Deshalb konnten die Antae so mühelos siegen. Es ist doch immer wieder die alte Geschichte.«

Wieder hatte sie die Lacher auf ihrer Seite. Der zweite Einwurf war auf seine Art ungemein aufschlussreich: Sie musste sich aufgrund ihrer eigenen

Stellung oder als Gemahlin des Obersten Strategos, der ein langjähriger Freund des Kaisers war, sehr sicher fühlen, um ein solches Gespräch zu unterbrechen. Unverständlich war Crispin freilich, *warum* sie ihn angriff. Er wandte den Blick nicht vom Kaiser.

»Für Rhodias' Sturz gibt es verschiedene Gründe«, sagte Valerius II. freundlich. »Aber wir wollten über Mosaiken sprechen. Caius Crispus, was haltet Ihr von dem neuen Negativverfahren, bei dem die Tessellae schon in der Werkstatt auf Tüchern ausgelegt werden?«

Crispin hatte schon viel über diesen Mann gehört, aber auf eine derart präzise fachliche Frage – aus dem Mund eines Kaisers nach einem Gastmahl inmitten seines Hofstaats – war er nicht gefasst. Er schluckte und räusperte sich.

»Majestät, die Technik ist für große Wand- und Bodenmosaiken bestens geeignet. Man kann damit Glas- oder Steinwürfel gleichmäßiger verteilen, wo dies erwünscht ist, und hat mehr Ruhe, als wenn man die Tessellae direkt setzen muss, bevor der Untergrund trocknet. Auf Wunsch kann ich Euch das auch genauer erklären.«

»Nicht nötig. So weit kann ich folgen. Könnte man das Verfahren auch bei einer Kuppel anwenden?«

Später sollte Crispin sich fragen, wie sich die Dinge wohl entwickelt hätten, wenn er sich um eine diplomatischere Antwort bemüht hätte. Aber das versuchte er gar nicht erst, und so nahmen die Dinge ihren Lauf.

»Bei einer *Kuppel?*«, wiederholte er und hob die Stimme. »Dreifach Erhabener, nur ein Dummkopf dächte auch nur im Traum daran, dieses Verfahren bei einer Kuppel anzuwenden! Nur ein Stümper könnte einen solchen Vorschlag machen, aber niemals ein Meister seines Fachs.«

Hinter ihm begann jemand hilflos zu stammeln.

Styliane Daleina sagte eisig: »Ihr steht vor dem Kaiser von Sarantium. Ein Fremder, der sich so anmaßend benimmt, wird bei uns mit Auspeitschung oder Blendung bestraft.«

»Und ein Fremder«, sagte die Kaiserin Alixana mit ihrer herrlichen Stimme, »der auf direkte Fragen seine ehrliche Meinung kundtut, ist uns aller Ehren wert. Könnt Ihr diese… radikale Ansicht begründen, Rhodianer?«

Crispin zögerte. »Wünscht Ihr… in einer Dykania-Nacht am Hof des ruhmreichen Kaisers wirklich eine solche Diskussion zu führen?«

»Der Kaiser wünscht es«, sagte der Kaiser.

Crispin schluckte wieder. Martinian, dachte er, wäre *viel* taktvoller vorgegangen.

Aber er war nicht Martinian. Und so offenbarte er Valerius von Sarantium seine tief empfundene Überzeugung. »Ein Mosaik«, sagte er leise, »ist ein Traum aus Licht. Aus Farbe. Es nützt das Spiel des Lichts *mit* der Farbe. Bei meinem Handwerk – manchmal wage ich sogar, von Kunst zu sprechen – dreht sich alles darum, das Licht von Kerzen oder Laternen, den Schein der Sonne und der beiden Monde um die Farben unserer Glaswürfel, Edelsteine und Stein-Tessellae tanzen zu lassen. Etwas zu schaffen, das – in welch bescheidenem Maße auch immer – etwas von jener Bewegung besitzt, die Jad seinen sterblichen Kindern und der Welt schenkte. In einem Heiligtum, Majestät, geht unser Streben dahin, die Heiligkeit des Gottes und seiner Schöpfung zu beschwören.«

Er holte Atem. Unfassbar, dass er diese Dinge laut aussprach, noch dazu an diesem Ort. Er sah den Kaiser an.

»Weiter«, sagte Valerius. Die grauen Augen ruhten gespannt, mit kühler Intelligenz auf Crispins Gesicht.

»Und eine Kuppel«, sagte Crispin, »die Wölbung

einer Kuppel – ob Gotteshaus oder Palast, spielt keine Rolle –, bietet dem Mosaikleger dazu Gelegenheit. Hier kann er seiner Vision einen Anflug von Leben einhauchen. Eine Wand ist flach, ein Fußboden ist flach…«

»Das wäre jedenfalls zu wünschen«, scherzte die Kaiserin. »Ich habe schon Räume erlebt…«

Valerius lachte laut auf. Crispin hielt in seinem Gedankenflug inne und musste ebenfalls lächeln. »Gewiss, dreifach Huldvolle. Ich spreche natürlich nur grundsätzlich. Es handelt sich um Idealvorstellungen, die wir nur selten erreichen.«

»Eine Wand oder ein Fußboden sind also an sich flach«, sagte der Kaiser. »Eine Kuppel… ?«

»Wölbung und Höhe einer Kuppel vermitteln durch den wechselnden Lichteinfall die Illusion von Bewegung, Majestät. Das bietet unschätzbare Möglichkeiten. Die Kuppel ist die Heimat des Mosaiklegers. Seine… Zuflucht. Ein Fresko an einer flachen Wand kann alles, was auch ein Mosaik kann, und manchmal – auch wenn viele Angehörige meiner Gilde das als Ketzerei verdammen würden – kann es sogar mehr. Doch was ein Mosaikmeister an einer Kuppel erreichen kann, hat seinesgleichen nicht auf Jads Erde, *vorausgesetzt, er bringt die Tessellae direkt auf die Oberfläche auf.*«

Von hinten nörgelte eine kultivierte Stimme: »Ihr werdet mir doch eine Erwiderung auf diese haarsträubenden rhodianischen Dummheiten gestatten, Dreifach Erhabener…«

»Wenn der Mann fertig ist, Siroes. Und wenn es Dummheiten sind. Hört gut zu. Man wird Euch Fragen stellen. Haltet Euch bereit, sie zu beantworten.«

Siroes. Der Name war ihm unbekannt. Wahrscheinlich sollte er ihn kennen. Er hatte sich nicht ausreichend vorbereitet… aber er hatte ja auch nicht damit gerechnet, schon einen Tag nach seiner Ankunft in der Stadt bei Hofe zu erscheinen.

Außerdem hatte ihn der Einwurf erbost. *Haarsträubende Dummheiten*? Das war eine Beleidigung zu viel. Er versuchte sich zu beherrschen, aber das Thema berührte sein Innerstes. Er sagte: »Hier geht es nicht um Ost oder West, Majestät. Ihr hattet das Negativverfahren vorhin als neue Technik bezeichnet. Doch da hat man Euch leider falsch unterrichtet. In Rhodias, Mylasia und Baiana wurden schon vor fünfhundert Jahren Tücher mit umgedrehten Tessellae auf Wände und Fußböden aufgebracht. Es gibt noch Beispiele dafür zu besichtigen. Doch an einer Kuppel findet sich in ganz Batiara nichts dergleichen. Soll ich dem dreifach erhabenen Kaiser auch sagen, warum?«

»Sprecht!« verlangte Valerius.

»Weil die Mosaikmeister schon vor fünfhundert Jahren gelernt hatten, dass sie auf jede *Wirkung* verzichteten, die ihnen die Wölbung einer Kuppel ermöglichte, wenn sie Steine, Edelsteine und Glas nur auf klebrig gemachte Tücher legten und auf die jeweilige Fläche übertrugen. Bringt man eine Tessella von Hand auf eine Oberfläche auf, so platziert man sie gezielt. Man verkantet und man dreht sie. Man setzt sie in Beziehung zu den angrenzenden Würfeln, lässt sie ins Licht schauen, das durch die Fenster fällt oder vom Boden aufsteigt, oder lässt sie davon wegzeigen. Der Untergrund kann nach Belieben reliefförmig vorspringen oder zurückweichen. Man berücksichtigt – wenn man ein Meister seines Faches ist und nicht nur Glasstückchen in einen Brei klebt – die Zahl und den Standort der Kerzen im darunter liegenden Raum, die Anordnung der Fenster am Fuß der Kuppel und darüber, die Ausrichtung des Raums auf Jads heiliger Erde, den Aufgang der Monde und der Sonne des Gottes… Auf diese Weise wird einem das *Licht* zum

Werkzeug, zum Diener, zum… Geschenk. Es hilft einem, das Heilige wiederzugeben.«

»Und beim anderen Verfahren?« Diesmal meldete sich überraschend der Kämmerer Gesius zu Wort. Nachdenklichkeit spiegelte sich in den hageren, ausgemergelten Zügen des alten Eunuchen, er schien einer Spur zu folgen. Es ist wohl kaum das Thema, was ihn fesselt, dachte Crispin, sondern Valerius' Interesse daran. Dieser Mann hatte schließlich drei Kaiser überlebt.

»Beim anderen Verfahren«, sagte er leise, »wird das Geschenk, die hohe, gewölbte Fläche… zu einer Mauer. Einer schlecht gebauten, krummen Mauer. Man verzichtet auf das Spiel des Lichts, das die Seele jedes Mosaiks ist. Die Seele meines Handwerks. Das Ideal, das ich unermüdlich zu erreichen suche, erhabener Kaiser.«

Er redete zu einem zynischen, übersättigten Hof. Seine Worte kamen von Herzen, er legte viel zu viel Begeisterung hinein. Damit hatte er sich lächerlich gemacht. Er schämte sich. Was hatte ihn nur getrieben, seine tiefsten Gefühle so rückhaltlos zu offenbaren? Verlegen rieb er sich das nackte Kinn.

»Die Darstellung heiliger Bilder in einem Gotteshaus ist für Euch… ein Spiel?« Das war Leontes, der hoch gewachsene Strategos. Die Stimme eines Soldaten, schroff und ohne Schnörkel. Crispin erkannte sie wieder. Der Mann hatte schon einmal eingegriffen. *Die Handwerker aus dem Westen sind doch alle gleich,* hatte er damals unterstellt. *Was hat es schon zu bedeuten, welcher von ihnen gekommen ist?*

Crispin holte Atem. »Für mich ist das Licht etwas zum Schwelgen. Eine Quelle der Freude, ein Grund zur Dankbarkeit. Warum sprechen wir den Lobpreis der aufgehenden Sonne, erhabener Kaiser? Weil uns der Verlust der Sonne so schwer getroffen hat. Die

Dunkelheit ist kein Freund der Kinder Jads und das gilt ganz besonders für uns Mosaikleger.«

Leontes sah ihn an. Eine leichte Falte hatte sich in die edle Stirn gegraben. Sein Haar leuchtete golden wie reifer Weizen. »Für den Soldaten kann die Dunkelheit auch ein Verbündeter sein«, sagte er.

»Soldaten töten«, murmelte Crispin. »Das mag unumgänglich sein, aber es dient nicht der Verherrlichung des Gottes. Ich denke, da würdet Ihr mir zustimmen.«

Leontes schüttelte den Kopf. »O nein. Ganz und gar nicht. Wieso sollte es nicht der Verherrlichung des Gottes dienen, wenn wir Barbaren und Ketzer besiegen und ihre Zahl verringern, Menschen also, die Jad verhöhnen und verleugnen?« Crispin sah, wie ein magerer Mann mit gelblich blassem Gesicht sich aufmerksam vorbeugte.

»Dient es denn der Verherrlichung unseres Gottes, wenn wir andere zwingen, ihn zu verehren?« Zehn Jahre lang hatte er solche Debatten mit Martinian geführt. Er war darin geübt. Fast hätte er in seinem Eifer vergessen, wo er war.

Aber nur fast.

»Das Thema langweilt mich zu Tode«, protestierte die Kaiserin wie ein verwöhntes Kind. »Schlimmer noch als die Frage, wie man ein Stück Glas am besten in ein weiches Bett steckt. Ich halte weiche Betten ohnehin für kein passendes Thema. Styliane ist schließlich jung verheiratet.«

Damit hatte sie den Strategos zum Erröten gebracht, nicht aber seine elegante Frau. Das nachdenkliche Gesicht des Kaisers verzog sich zu einem Lächeln und ein boshaftes Kichern durchlief den Raum.

Crispin wartete, bis es verstummt war, dann sagte er kühn: »Die dreifach erhabene Kaiserin hat mich aufgefordert, meine Ansicht zu begründen. Ihr nanntet sie radikal. Von anderer Seite wurde sie als Dummheit bezeichnet. Ich würde mich in so erlauchter Gesellschaft niemals erdreisten, selbst ein Thema zu wählen. Aber Fragen beantworte ich, so gut ich kann. Und ich gebe mir alle Mühe, mich nicht dümmer anzustellen als unbedingt nötig.«

Er bemerkte ein leises Zucken um Alixanas ausdrucksvollen Mund, doch die schwarzen Augen blieben unergründlich. Sie war eine zierliche Frau mit einer makellosen Figur. »Ihr habt ein gutes Gedächtnis, Rhodianer. Die Aufforderung kam tatsächlich von mir, nicht wahr?«

Crispin nickte. »Die Kaiserin beweist Großmut. Natürlich könnte kein gewöhnlicher Sterblicher jemals ein Wort aus ihrem Mund vergessen.« Und jedes Wort, das *er selbst* an diesem Abend sprach, war eine Überraschung.

Valerius hatte sich auf seinem Thron zurückgelehnt und klatschte in die Hände. »Gut gekontert, wenn auch unverschämt. Unsere Höflinge können von diesem Westländer mehr lernen als nur die Technik des Mosaiklegens.«

»*Erhabener Kaiser!* Ihr nehmt sein Gefasel über das Negativverfahren doch wohl nicht…«

Die entspannte Freundlichkeit war wie weggeblasen. Messerscharf ging der graue Blick an Crispin vorbei.

»Siroes, als wir und unsere Architekten uns Eure Zeichnungen und Pläne ansahen, sagtet Ihr doch, die Technik sei ganz neu, nicht wahr?«

Die Atmosphäre hatte sich grundlegend verändert. Die Stimme des Kaisers war wie Eis. Er saß immer noch bequem zurückgelehnt, doch seine Augen blitzten.

Crispin hätte sich gern umgedreht und den anderen Mosaikmeister angesehen, aber er wagte es nicht. Der

Mann hinter ihm stammelte: »Majestät … Dreifach Erhabener, sie wurde noch *niemals* in Sarantium angewandt. An keiner anderen Kuppel. Ich wollte …«

»Und was hören wir soeben über Rhodias? Vor fünfhundert Jahren? Und die Gründe? Habt Ihr sie bedacht?«

»Majestät, was im besiegten Westen geschah, kann …«

»Wie?« Jetzt richtete sich Valerius II. auf. Sein Finger durchschnitt die Luft. »Das war *Rhodias*, Handwerker! Kommt uns nicht mit dem besiegten Westen. Wir sprechen von der Glanzzeit des rhodianischen Reiches! Im Namen des Gottes! Wie hat Saranios unsere Stadt genannt, als er mit seinem Schwert die Linie vom Kanal zum Meer zog, um dort die ersten Mauern zu errichten? Sagt es mir!«

Jetzt war die Angst im Raum mit Händen zu greifen. Männer und Frauen in eleganten Gewändern und gleißendem Schmuck schauten zu Boden wie gescholtene Kinder.

»Er … er … nannte sie Sarantium, Dreifach Erhabener.«

»Und wie noch? *Wie noch?* Heraus damit, Siroes!«

»Er … er nannte sie Neu-Rhodias, hoher Herr.« Die aristokratische Stimme war nur noch ein heiseres Krächzen. »Ruhmreicher Kaiser, wir wissen, wir *alle* wissen, dass es auf Erden nie ein Gotteshaus gab, wie es in Eurer Vorstellung entstand und nun Wirklichkeit wird. Der Große Tempel wird die Krone von Jads Welt sein. Die Kuppel … die Kuppel hat an Größe, an Majestät nicht ihresgleichen …«

»Der Tempel kann nur Wirklichkeit werden, wenn wir fähige Diener haben. Wollt Ihr jetzt behaupten, die Kuppel, die Artibasos entworfen hat, sei zu groß, um sie nach alter Art mit Mosaiken zu schmücken? Wollt Ihr das behaupten, Siroes?«

»Nein, Majestät!«

»Bekommt Ihr nicht genügend Mittel aus den kaiserlichen Schatzkammern? Zu wenige Lehrlinge und Gesellen? Seid Ihr mit Eurer Entlohnung nicht zufrieden, Siroes?« Kein Stein im tiefsten Winter konnte härter und kälter sein als diese Stimme.

Crispin bekam es mit der Angst. Der Mann, der da so gnadenlos vernichtet wurde, tat ihm Leid. Er konnte ihn nicht sehen, aber er hörte ihn hinter sich auf die Knie fallen.

»Der Kaiser überschüttet mich und alle anderen hier mit einer Großzügigkeit, die wir nicht verdienen, Dreifach Erhabener!«

»Das ist auch unser Eindruck«, nickte Valerius II. kalt. »Wir müssen einige Teile unseres Bauvorhabens neu überdenken. Ihr seid hiermit entlassen, Siroes. Wir danken der edlen Styliane Daleina, die uns Eure Fähigkeiten so warm ans Herz gelegt hat, aber leider zeigt sich nun, dass Ihr mit einem Projekt von der Größe unseres Tempels überfordert wärct. Dergleichen kommt vor. Man wird Euch für Eure bisherigen Leistungen angemessen entlohnen. Fürchtet nichts.«

Noch ein Teil, das sich ins Bild fügte. Die Gemahlin des Strategos hatte den anderen Mosaikmeister beim Kaiser protegiert. Crispins Auftritt heute Abend so kurz nach seinem Eintreffen in der Stadt war über diesen Mann auch für sie zur Bedrohung geworden.

Seine Vermutungen hatten sich geradezu erschreckend bewahrheitet: Er hatte Freunde und Feinde vorgefunden, bevor er zum ersten Mal den Mund geöffnet – oder den Kopf vom Boden gehoben hatte. *Das könnte mein Tod sein,* dachte er plötzlich.

Er hörte, wie sich hinter ihm die Silbertüren öffneten. Schritte entfernten sich. Eine Pause. Der entlassene Handwerker vollführte wohl gerade seine Kniebeugen.

Die Türen wurden wieder geschlossen. Die Kerzen

flackerten im Luftzug und beruhigten sich wieder. Im Thronsaal herrschte tiefe Stille, die Höflinge waren ernüchtert, verängstigt. Wer immer dieser Siroes sein mochte, er war gegangen. Crispin hatte soeben die Existenz eines Mannes ruiniert, indem er ehrlich und ohne diplomatische Ausflüchte eine einzige Frage beantwortet hatte. Ehrlichkeit bei Hof war gefährlich, für die anderen und für ihn selbst. Wieder schweifte Crispins Blick über den Mosaikfußboden. Im Zentrum eine Jagdszene. Ein Kaiser aus fernen Tagen mit einem Bogen im Wald, ein springender Hirsch, verfolgt vom kaiserlichen Pfeil. Wurde die Szene fortgesetzt, so endete sie im Tod.

Die Szene wurde fortgesetzt.

»Liebster«, sagte Alixana, »wenn du uns weiterhin an festlichen Abenden die Stimmung verdirbst, dann muss ich mich unserem wackeren Leontes anschließen und den Bau dieses neuen Tempels bedauern. Das Leben könnte wirklich sehr viel ruhiger sein, wenn wir stattdessen die Soldaten pünktlich bezahlten.«

Der Kaiser blieb ungerührt. »Die Soldaten werden ihren Sold bekommen. Aber dieser Tempel ist eines unser Vermächtnisse an die Nachwelt. Er soll unseren Namen für die Ewigkeit erhalten.«

»Und diese anspruchsvolle Aufgabe wollt Ihr nun einem unbekannten Westländer aufbürden, der sich nicht einmal zu benehmen weiß«, bemerkte Styliane Daleina gehässig.

Der Kaiser warf ihr einen unergründlichen Blick zu. Ihn in dieser Stimmung anzugreifen, bewies Mut, das musste Crispin zugeben.

»Ihr hättet Recht«, sagte Valerius, »wenn er die Bürde tatsächlich tragen müsste. Doch der Tempel steht bereits. Die Last der Verantwortung – und das Gewicht seiner gewaltigen Kuppel – trägt unserer wackerer Artibasos auf seinen Schultern wie ein Halbgott des trakesischen Pantheons. Er hat den Tempel für uns entworfen und gebaut. Sollte der Rhodianer sich als fähig erweisen, so hätte er nur den Auftrag, auf Jad und uns wohlgefällige Weise für die Verschönerung des Innenraums zu sorgen.«

»Dann bleibt zu hoffen, Dreifach Erhabener, dass er auch wohlgefälligere Manieren entwickelt«, gab die blonde Frau zurück.

Valerius lächelte. »Gut gekontert«, lobte er. Crispin war überrascht, aber er begriff allmählich, dass dieser Kaiser Intelligenz über alles schätzte. »Caius Crispus, es steht zu befürchten, dass Ihr Euch das Missfallen einer Zierde unseres Hofes zugezogen habt. Wenn Ihr für uns arbeiten wollt, sollet Ihr Euch bemühen, sie versöhnlich zu stimmen.«

Doch danach war Crispin ganz und gar nicht zu Mute. Diese Frau hatte – aus welchen Motiven auch immer – einen unfähigen Menschen unterstützt und wollte Crispin nun dafür büßen lassen. »Ich bin untröstlich«, murmelte er. »Die edle Styliane ist zweifellos ein Juwel unter den Frauen. Was könnte dies besser verdeutlichen als die Perle an ihrem Hals? Ein so prachtvolles Exemplar habe ich in dieser Größe noch nie gesehen.«

Diesmal wusste er sogar, was er tat.

Und es war ihm gleichgültig, dass er damit Kopf und Kragen riskierte. Diese hochmütige große Frau mit den ebenmäßigen Zügen, dem goldenen Haar, den kalten Augen und der scharfen Zunge stieß ihn ab.

Alles hielt hörbar den Atem an, Crispin entging auch der aufglimmende Zorn in den Augen der Dame nicht, doch vor allem war er gespannt auf die Reaktion der Kaiserin von Sarantium. Er wandte sich ihr zu und wurde nicht enttäuscht: Spott und Überraschung blitzten aus den schwarzen Augen. Sie hatte verstanden.

Betretenes Schweigen trat ein. Crispin hatte etwas angesprochen, was die edle Styliane Daleina lieber *nicht* so publik gemacht hätte. Die Kaiserin sagte trügerisch freundlich: »Es gibt viele Zierden an unserem Hof. Soeben fällt mir ein, dass eine andere versprochen hat, eine Wette zu entscheiden, die während des Gastmahls abgeschlossen wurde. Scortius, bevor ich mich zur Ruhe begebe, *muss* ich die Antwort auf die Frage des Kaisers wissen. Bislang hat sich niemand gemeldet, um Anspruch auf den ausgesetzten Edelstein zu erheben. Verratet Ihr uns nun die Lösung, Wagenlenker?«

Jetzt drehte Crispin sich doch um. Zu seiner Rechten teilte sich die Schar der bunt gekleideten Höflinge, ein drahtiger kleiner Mann trat mit festem, ruhigem Schritt vor und blieb neben einem Leuchter stehen. Crispin machte Platz und ließ Scortius von den Blauen vor den Thronen allein. Aber er konnte es nicht lassen, den Mann geradezu schamlos anzustarren.

Das dunkle Gesicht des soriyyanischen Wagenlenkers, der an diesem Tag ein wahres Wunder vollbracht hatte, war von mehreren leichten und einer oder zwei stärkeren Narben gezeichnet. Die Augen lagen tief in ihren Höhlen. Sein unbefangenes Auftreten zeigte, dass er im Palast kein Fremder war. Er trug eine knielange, mattweiße Leinentunika mit dunkelblauen, goldgeränderten Streifen von den Schultern bis zum Saum. Eine weiche blaue Mütze bedeckte das schwarze Haar. Der schlichte Gürtel bestand aus Gold und war sicher unbezahlbar. An einer einfachen Halskette hing ein goldenes Pferd mit Edelsteinaugen.

»Die Wünsche der Kaiserin«, sagte der Wagenlenker ernst, »sind uns allen oberstes Gebot.« Er legte eine wohlberechnete Pause ein, dann blitzten seine weißen Zähne auf. »Die Wünsche des Kaisers kommen natürlich gleich danach.«

Valerius lachte. »Steckt Euren tödlichen Charme nur wieder in die Scheide zurück, Wagenlenker. Vielleicht braucht Ihr ihn für die Frau, die Ihr gerade verführt.«

Die Frauen lachten. Doch Crispin bemerkte, dass einige von den Männern die Bemerkung nicht komisch fanden. Alixana murmelte mit blitzenden Augen: »Aber ich liebe es, wenn er ihn zückt, mein Kaiserlicher Gemahl.«

Crispin brach in schallendes Gelächter aus, bevor er sich beherrschen konnte. Es war nicht weiter schlimm. Valerius und der ganze Hof ließen ihrer Erheiterung freien Lauf. Der Wagenlenker machte eine tiefe Verbeugung und lächelte die Kaiserin ungeniert an. Crispin begriff endgültig, dass der Charakter dieses Hofes zumindest teilweise von seinen Frauen bestimmt wurde.

Auf jeden Fall von der Frau auf dem Thron. Der Kaiser hatte offensichtlich zu seiner guten Laune zurückgefunden. Beim Anblick der beiden Throne musste Crispin plötzlich an Ilandra denken und wieder einmal fuhr ihm der Schmerz wie ein Messerstich ins Herz. Auch bei seiner Frau hätte er sich über eine derart gewagte Bemerkung bedenkenlos amüsiert, denn er wäre sich ihrer sicher gewesen. Valerius und seine Kaiserin hatten ein ähnliches Verhältnis. Crispin fragte sich – nicht zum ersten Mal – wie es wohl sein musste, mit einer Frau verheiratet zu sein, der man nicht trauen konnte. Er warf einen Blick auf den Strategos Leontes. Der hoch gewachsene Mann lachte nicht. Auch seine aristokratische Gemahlin blieb ernst. Wobei es dafür viele Gründe geben mochte.

»Der Stein«, sagte der Kaiser, »ist so lange zu vergeben, bis Scortius uns sein Geheimnis verrät. Ein Jammer, dass unser Rhodianer das Ereignis nicht verfolgen konnte. Er scheint ja so gut wie nie um eine Antwort verlegen zu sein.«

»Meint Ihr die heutigen Rennen, Herr? Die habe ich gesehen. Ein großartiges Schauspiel.« Etwas zu spät fiel Crispin ein, dass er womöglich im Begriff war, den nächsten Fehler zu begehen.

Valerius verzog das Gesicht. »Ach? Ihr seid ein Freund der Sandbahn? Wir sind von Zirkusbegeisterten umringt.«

Crispin schüttelte den Kopf. »Das wäre zu viel gesagt. Ich war heute zum ersten Mal in einem Hippodrom. Mein Begleiter, der Tribun Carullus von der Vierten Sauradischen Legion, der darauf wartet, vom Obersten Strategos empfangen zu werden, war so freundlich, sich mir als Führer zur Verfügung zu stellen.« Es war sicher nicht zu Carullus' Schaden, wenn sein Name erwähnt wurde.

»Aha. Nun gut. Als Neuling habt Ihr ohnehin keine Aussicht, das Problem zu lösen. Vorwärts, Scortius. Wir warten auf eine Antwort.«

»O nein, Majestät. Stellen wir ihm doch die Frage«, bat Styliane Daleina. Sie war bei aller Schönheit eine boshafte, eiskalte Frau. »Unser dreifach erhabener Kaiser hat ganz Recht, der Handwerker ist auf so vielen Gebieten beschlagen. Warum sollten ihn ausgerechnet die Wagenrennen überfordern?«

»Ich fühle mich von vielen Dingen überfordert«, gab Crispin freundlich zurück. »Aber ich werde mir große Mühe geben, Euch... zufrieden zu stellen. » Er lächelte kurz. Jetzt rächte sie sich dafür, dass er ungewollt ihrem Günstling geschadet und ganz gezielt die Aufmerksamkeit auf ihre Perle gelenkt hatte. Hoffentlich ließ sie es bei spitzen Bemerkungen bewenden.

Alixana nahm die Sache in die Hand. »Die Frage, die wir beim Essen erörterten, Rhodianer, war folgende: Woher wusste Scortius im ersten Rennen heute Nachmittag, dass er die Innenbahn meiden musste? Er hat sie dem Wagen der Grünen nämlich absichtlich überlassen und den armen Crescens damit geradewegs in die Katastrophe geführt.«

»Ich erinnere mich, Majestät. Den Tribun der Vierten Sauradischen Legion hat dieses Rennen in eine finanzielle Katastrophe geführt.«

Ein matter Scherz. Die Kaiserin lächelte nicht. »Wie bedauerlich für ihn. Bisher hat jedenfalls niemand von uns eine einleuchtende Erklärung für das Manöver unseres großartigen Wagenlenkers gefunden. Noch hält er die Antwort zurück. Aber er hat sie uns versprochen. Wollt Ihr zuvor noch versuchen, das Rätsel zu lösen?«

»Es ist auch keine Schande«, fügte Valerius hinzu, »wenn Ihr scheitert. Schon gar nicht, wenn Ihr zum ersten Mal im Hippodrom wart.«

Crispin kam gar nicht auf den Gedanken, sich der Herausforderung zu entziehen. Vielleicht wäre es besser gewesen. Ein vorsichtiger Mensch, der die Schwingungen spürte, hätte vielleicht gezögert. Zum Beispiel jemand wie Martinian.

Doch Crispin sagte: »Ich habe tatsächlich einen Verdacht, Majestät. Er kann selbstverständlich vollkommen abwegig sein und wahrscheinlich ist er es auch.«

Der Wagenlenker zog die Augenbrauen hoch und streifte ihn mit einem Seitenblick. Doch in seinen braunen Augen stand nur wohlwollende Neugier.

Crispin erwiderte den Blick und lächelte. »Auf der Tribüne zu sitzen und eine Strategie nachzuvollziehen, ist natürlich etwas ganz anderes, als auf der Bahn in voller Fahrt auf eine Situation zu reagieren. Ob ich Recht habe oder nicht, gestattet mir, Euch meine Bewunderung auszudrücken. Ich hatte mir nicht viel erwartet, aber ich war hingerissen.«

»Zu viel der Ehre«, murmelte Scortius.

»Nun denn«, sagte der Kaiser. »Wie lautet Euer Verdacht? Ein Rubin aus Ispahani steht auf dem Spiel.«

Crispin sah ihn an und schluckte. Den Einsatz hatte er natürlich nicht gekannt. Das war keine Lappalie; das war ein Vermögen; ein Schatz aus dem fernen Osten. Wieder sah er Scortius an und räusperte sich. »Könnte es etwas mit der Menschenmenge und mit Hell und Dunkel zu tun haben?«

Das Lächeln des Wagenlenkers verriet, dass er ins Schwarze getroffen hatte. Sein Talent für Zusammensetzspiele hatte sich wieder einmal bewährt.

Und Crispin sagte mit wachsender Zuversicht in die gespannte Stille hinein: »Majestät, ich vermute, dass Scortius dank seiner großen Erfahrung bemerkte, wie dunkel die Menge war, als er unterhalb der Kaiserlichen Loge die Wendung nahm. Es gab sicher noch andere Hinweise, von denen ich keine Ahnung habe, aber ich könnte mir denken, dass dies den Ausschlag gab.«

»Die *Menge* war dunkel?«, fragte der Magister der Kaiserlichen Behörden und runzelte drohend die Stirn. »Was soll der Unsinn?«

»Ich hoffe, dass es kein Unsinn ist. Ich spreche natürlich von den Gesichtern.« Mehr sagte Crispin nicht. Er sah immer noch den Wagenlenker an. Auch die Blicke der anderen ruhten jetzt auf ihm.

»Mir scheint«, sagte der Soriyyaner nach einer Weile, »wir haben noch einen Wagenlenker unter uns.« Er lachte und zeigte seine gleichmäßigen weißen Zähne. »Ich fürchte, dieser Rhodianer ist gar kein Mosaikmeister, Majestät, sondern ein gefährlicher Betrüger.«

»Hat er etwa *Recht*?«, fragte der Kaiser scharf.

»Vollkommen, Dreifach Erhabener.«

»Erklärung!« Ein Befehl wie ein Peitschenknall.

»Es ist mir eine Ehre«, sagte der Spitzenfahrer der Blauen ruhig.

»Ihr seid nicht gefragt. Caius Crispus von Varena, von Euch verlange ich eine Erklärung.«

Zum ersten Mal wirkte Scortius verlegen. Crispin

erkannte, dass der Kaiser ehrlich verärgert war, und erriet auch, warum: Er selbst war wohl nicht der Einzige im Saal, der ein Talent für Zusammensetzspiele besaß.

Crispin sagte vorsichtig: »Wenn man etwas zum ersten Mal erlebt, sieht man manchmal Dinge, die andere gar nicht mehr wahrnehmen, weil sie zu sehr damit vertraut sind. Ich muss gestehen, es war ein langer Tag, und nach einigen Rennen war ich des Zuschauens müde geworden und ließ meine Blicke zu den Tribünen jenseits der Spina schweifen.«

»Und das hat Euch gelehrt, wie man ein Wagenrennen gewinnt?« Valerius hatte seinen Unmut überwunden. Er schien wieder ganz bei der Sache. Alixanas schwarze Augen waren unergründlich.

»Es hat mich gelehrt, wie jemand gewinnen könnte, der besser ist als ich. Wie bereits erwähnt, Majestät, muss man als Mosaikleger dem Spiel der Farben und des Lichtes in Jads Welt viel… Aufmerksamkeit widmen, will man bei seiner Aufgabe nicht versagen. Ich beschäftigte mich an diesem Nachmittag längere Zeit mit der Beobachtung, was geschah, wenn die Wagen an den gegenüberliegenden Tribünen vorbeifuhren und die Menschen die Köpfe drehten, um ihnen nachzusehen.«

Valerius hatte sich vorgebeugt und runzelte angestrengt die Stirn. Plötzlich hob er die Hand. »Halt! Lasst mich raten! Wartet. Ja… das Bild ist heller, blasser, wenn alle nach vorn schauen – einem das Gesicht zuwenden – und dunkler, wenn die Köpfe zur Seite gedreht sind und man Haar und Kopfbedeckung sieht.«

Crispin verneigte sich stumm. Scortius von den Blauen folgte wortlos seinem Beispiel.

»Ihr habt Euch Euren Rubin selbst verdient, Majestät«, sagte der Wagenlenker.

»O nein. Ich weiß noch immer nicht... jetzt ist die Reihe an Euch, Scortius. Erklärt es uns!«

Und der Soriyyaner sagte: »Als ich die Wendung unter der Kathisma erreichte und an Crescens vorbei auf die Innenbahn fuhr, erhabener Kaiser, waren die Tribünen zu meiner Rechten bunt und ziemlich dunkel. Das durfte nicht sein. Während die Ersten Wagen der Grünen und Blauen vorbeifuhren, mussten eigentlich alle gerade nach vorn schauen und wir mussten im Vorbeifahren eine helle Fläche im Sonnenschein sehen. Man hat während eines Rennens keine Zeit, einzelne Gesichter zu unterscheiden, man sieht nur – wie der Rhodianer sagte – Hell oder Dunkel. Die Tribünen vor der Wendung waren dunkel. Das hieß, die Zuschauer schauten von uns *weg*. Warum sollten sie das tun?«

»Ein Unfall hinter Euch«, sagte der Kaiser von Sarantium und nickte langsam mit dem Kopf. Er hatte die Finger dachförmig zusammengelegt, seine Arme ruhten auf den Armlehnen seines Throns. »Etwas, das noch spannender, noch dramatischer war als das Duell der beiden Spitzenfahrer.«

»Es musste ein schwerer Unfall sein, Majestät. Nur ein schwerer Unfall hätte die Menschen so abgelenkt, dass sie die Köpfe drehten. Ihr werdet Euch erinnern, dass es zu der ersten Kollision kam, *bevor* Crescens und ich die Stelle erreichten. Es war ein harmloses Hindernis, wir sahen es rechtzeitig und konnten es umfahren. So hatten sicher auch die Zuschauer gedacht. Wenn sich das ganze Hippodrom von uns beiden abwandte, musste *seit* jenem ersten Unfall noch etwas Schlimmeres geschehen sein. War aber ein dritter – oder gar ein vierter – Wagen in die beiden ersten hineingefahren, dann hatten die Betreuer keine Zeit gehabt, die Bahn zu räumen.«

»Und der erste Unfall ereignete sich auf der Innenbahn«, nickte der Kaiser und lächelte befriedigt. Die grauen Augen waren hellwach. »Rhodianer, Ihr habt das wirklich alles *durchdacht*?«

Crispin schüttelte entschieden den Kopf. »O nein, Majestät. Ich habe nur den einfachsten Teil erraten. Es... beschämt mich, dass ich Recht hatte. Ich kann nur mit Mühe nachvollziehen, was Scortius mitten in einem Rennen beschloss, während er vier dahinrasende Pferde lenkte und einen Gegner abwehrte.«

»Auch ich hatte es zu spät begriffen«, bedauerte Scortius. »Hätte ich besser aufgepasst, dann wäre ich erst gar nicht an Crescens vorbei auf die Innenbahn gefahren. Ich wäre schon in der Wendung außen geblieben und auf der anderen Geraden ebenfalls. So wäre es *richtig* gewesen. Manchmal«, murmelte er, »verdanken wir unsere Siege mehr dem Glück und der Gnade des Gottes als unserem Können.«

Niemand widersprach, aber Crispin bemerkte, wie Leontes, der Oberste Strategos, das Zeichen des Sonnenkreises machte. Gleich darauf nickte Valerius seinem Kämmerer zu, und Gesius winkte einem Mann, der neben der Tür hinter dem Thron stand. Der kam nun mit einem schwarzen Seidenkissen in den Händen zu Crispin. Auf dem Kissen lag ein Goldring mit einem Rubin. Crispin sah schon von weitem, dass der Preis, den der Kaiser aus einer Laune heraus bei seinem Gastmahl gestiftet hatte, mehr wert war, als er je besessen hatte. Der Diener blieb vor ihm stehen. Scortius lächelte breit. *Das Glück und die Gnade des Gottes.*

Crispin sagte: »Niemand hat dieses Geschenk weniger verdient als ich, aber ich hoffe, dem Kaiser in Zukunft noch bessere Dienste erweisen zu können.«

»Das ist kein Geschenk, Rhodianer. Es ist ein Preis. Jeder Mann – jeder Frau – in diesem Saal hätten ihn erringen können. Alle Anwesenden hatten schon vor Euch Gelegenheit dazu.«

Crispin senkte den Kopf. Ein spontaner Einfall blitzte auf, und ehe er sich versah, hörte er sich sagen: »Dürfte ich... dürfte ich dann meinerseits den Preis zum Geschenk machen, Majestät?« Die Worte blieben ihm fast im Halse stecken. Er war erfolgreich, aber nicht reich. Auch seine greise Mutter oder Martinian und seine Frau lebten in eher bescheidenen Verhältnissen.

»Der Stein gehört Euch«, sagte der Kaiser nach kurzem Schweigen streng. »Was man besitzt, kann man auch verschenken.«

Das stimmte natürlich. Aber was besaß man schon, wenn einem die Finsternis jederzeit das Leben, die Liebe entreißen konnte? War nicht *alles* nur... geliehen, geborgt, vergänglich wie eine Kerzenflamme?

Doch dies war nicht die Zeit, nicht der Ort für solche Überlegungen.

Crispin holte tief Atem, schob die Schatten in den Hintergrund und zwang sich, klar zu denken. Dann sagte er, wohl wissend, dass auch dies ein Fehler sein konnte: »Es wäre mir eine Ehre, wenn die edle Styliane diesen Ring von mir zum Geschenk annähme. Hätte sie meine Fähigkeiten nicht so hoch bewertet, ich wäre nie dazu gekommen, mich an die Aufgabe zu wagen. Außerdem befürchte ich, mit meinen unbedachten Worten von vorhin einem Kollegen geschadet zu haben, den sie schätzt. Vielleicht könnte der Stein sie versöhnen?« Er bemerkte, dass ihn der Wagenlenker mit offenem Mund anstarrte. Ein ungläubiges Raunen durchlief die Reihen der Höflinge.

»Wohl gesprochen!«, rief Faustinus hinter den beiden Thronen.

Der Magister der Kaiserlichen Behörden, der mächtige Herr über die gesamte Beamtenschaft, ist offenbar kein Mann von besonderem Scharfsinn, dachte Crispin. Im gleichen Augenblick weckten Gesius' nachdenkliche Miene und der wehmütig-scharfe Blick des Kaisers unwillkürlich den Verdacht, dass dies vielleicht nicht unbedingt ein Zufall sei.

Er nickte dem Diener in der silbrig glänzenden Livree zu, und der Mann trug das Kissen zu der Dame mit dem Goldhaar, die neben den Thronen stand. Crispin sah, dass der Strategos an ihrer Seite lächelte, während Styliane bleich geworden war. Vielleicht hatte er wirklich einen Fehler begangen; er konnte in dieser Umgebung seinen Instinkten nicht trauen.

Sie griff jedoch nach dem Rubinring und legte ihn sich auf die flache Hand. Eigentlich hatte sie keine Wahl. Neben der prachtvollen Perle in ihrem Kollier war das erlesene Kleinod fast eine Bagatelle. Sie war die Tochter der wohlhabendsten Familie des Reiches. Das wusste sogar Crispin. Sie brauchte diesen Rubin etwa so nötig wie er selbst… einen Becher Wein.

Kein guter Vergleich, dachte er. Dafür brauchte er diesen Becher Wein zu dringend.

Die Dame sah lange zu ihm herüber, dann sagte sie mit der kühlen Gelassenheit eines Eisblocks: »Zu viel der Ehre für mich, aber mit Eurer Großzügigkeit ehrt Ihr auch das Andenken des rhodianischen Reiches. Ich danke Euch.« Ohne zu lächeln, schloss sie die langen Finger über dem Rubin.

Crispin verneigte sich.

»Ich muss schon sagen«, beklagte sich die Kaiserin von Sarantium, »ich fühle mich sträflich übergangen. Habe nicht auch ich Euch zum Sprechen ermuntert, Rhodianer? Habe ich nicht sogar unserem geliebten Scortius Einhalt geboten, um Euch *Gelegenheit* zu geben, Euren Scharfsinn unter Beweis zu stellen? Was macht Ihr *mir* zum Geschenk, wenn ich fragen darf?«

»Du bist grausam, meine Liebste«, sagte der Kaiser. Doch seine Augen lachten.

»Man hat mich grausam gedemütigt und vernachlässigt«, stellte seine Frau fest.

Crispin schluckte hart. »Was immer ich für die Kaiserin tun kann, ich stehe zu ihren Diensten.«

»Gut!«, sagte Alixana von Sarantium so lebhaft, als habe sie genau auf diese Worte gewartet. »*Sehr* gut. Gesius, lasst den Rhodianer in meine Gemächer bringen. Ich möchte über ein Mosaik mit ihm sprechen, bevor ich mich zur Ruhe begebe.«

Wieder durchlief leise Unruhe den Raum. Laternen flackerten. Crispin sah, wie der gelblich blasse Mann neben dem Strategos die Lippen zusammenkniff. Der Kaiser mahnte, immer noch belustigt: »Er ist in erster Linie für den Tempel zuständig, meine Liebste. Von dieser Aufgabe darf ihn nichts ablenken.«

»Ich bin keine Ablenkung«, sagte die Kaiserin von Sarantium mit hochgezogenen Augenbrauen.

Doch sie lächelte dabei und das Gelächter im Thronsaal folgte ihr wie ein gut abgerichteter Hund.

Valerius stand auf. »Rhodianer, ich heiße Euch in Sarantium willkommen. Ihr habt Euch mit einem Paukenschlag hier eingeführt.« Er hob den Arm. Alixana legte die Hand mit den blitzenden Ringen darauf und erhob sich. Gemeinsam warteten sie, bis der Hof in die Knie gesunken war. Dann drehten sie sich um und verließen den Saal durch die Tür hinter den Thronen.

Crispin hob den Kopf, stand wieder auf und schloss für einen Moment überwältigt die Augen. Alles war so unglaublich schnell gegangen. Er kam sich vor wie in einem Streitwagen, der führerlos dahinraste.

Als er die Augen wieder öffnete, stand Scortius, der echte Wagenlenker, vor ihm und sah ihn an. »Nehmt Euch in Acht«, murmelte der Soriyyaner leise. »Hier könnt Ihr keinem trauen.«

»Was soll ich tun?«, brachte Crispin noch heraus, bevor sich der alte Kämmerer auf ihn stürzte wie ein

Raubvogel. Gesius legte ihm besitzergreifend die magere Hand auf die Schulter und dirigierte ihn über die Jagdszene auf dem Fußboden, vorbei an den Silberbäumen mit den edelsteinbesetzten Vögeln in den Ästen, vorbei an den gierigen Blicken der seidenglatten sarantinischen Höflinge aus dem Saal.

Als er die Silbertüren durchschritt und wieder im Vorraum stand, wurde hinter ihm dreimal scharf in die Hände geklatscht. Die Gespräche, das müde Gelächter setzten wieder ein und dazwischen hörte Crispin den Gesang der künstlichen Vögel.

KAPITEL III

Dass Jad den Dreckskerl in seiner eigenen Fischsauce koche!«, zischte Rasic, während er einen angebrannten Topf scheuerte. »Wenn wir schon die ganze verdammte Nacht zum Tage machen müssen, können wir auch zu den Schlaflosen gehen und uns Verdienste für die Ewigkeit erwerben!«

Kyros, der mit einem langen Holzlöffel in seiner Suppe über dem Feuer rührte, stellte sich taub. In der Fischsauce wurde ohnehin nichts gekocht und Strumosus war bekannt für seine scharfen Ohren. Außerdem ging das Gerücht, der exzentrische Koch hätte vor Jahren einmal einen Küchenjungen, der eingeschlafen war und nicht bemerkte, dass die Suppe zu kochen begann, kurzerhand in den großen Topf geworfen.

Kyros war ziemlich sicher, dass das nicht stimmte, aber er hatte selbst gesehen, wie der rundliche Meisterkoch sein Hackmesser einen Fingerbreit vor der Hand eines Unterkochs niedersausen ließ, der den Lauch nicht sorgfältig genug putzte. Das Messer war, bedenklich nahe neben den Fingern des Jungen, zitternd in der Tischplatte stecken geblieben. Der Unterkoch hatte erst das Messer und dann seine Hand angesehen und war in Ohnmacht gefallen. »Werft ihn in den Pferdetrog«, hatte Strumosus befohlen. Kyros hatte sich mit seinem schlimmen Fuß entschuldigen können, aber vier andere hatten den armen Bewusstlosen auf den Portikus hinaus und über die Stufen zum Innenhof hinunter getragen. Es war Winter gewesen, ein grauer, bitterkalter Nachmittag. Das Wasser im Pferdetrog am anderen Ende war mit einer Eisschicht überzogen. Das kalte Bad hatte den Unterkoch sehr schnell wieder zu sich gebracht.

Es gab sicher angenehmere Arbeitsstellen als die Küche eines Kochs, dessen Temperamentsausbrüche stadtbekannt waren.

Erstaunlicherweise hatte Kyros jedoch in den letzten eineinhalb Jahren festgestellt, dass es ihm hier gefiel. Die Zubereitung von Mahlzeiten war eine geheime Kunst, die ihn faszinierte. Der Vorteil war, dass es sich um keine gewöhnliche Küche und keinen gewöhnlichen Koch handelte. Der jähzornige kleine Mann mit dem stattlichen Bauch, der über die Speisen wachte, war eine Legende in der Stadt. Wenn ein Koch als Künstler bezeichnet werden konnte, dann Strumosus, auch wenn mancher fand, er sei sich seines Ruhmes nur allzu sehr bewusst. Sein Reich war die Festhalle der Blauen in Sarantium. Dort fanden bisweilen Gelage für zweihundert Gäste statt.

Heute war so ein Abend. Strumosus war wie im Fieber, er übertraf sich selbst, beherrschte das Chaos und warf dabei mit den wüstesten Beschimpfungen um sich. Auf dem Speiseplan standen acht Gänge mit kulinarischen Köstlichkeiten. Der Höhepunkt war eine Parade von fünfzig Knaben – einschließlich etlicher sauber gewaschener Stallburschen – die Weißfisch mit Krabbenfüllung in Strumosus' berühmter Sauce auf riesigen Silberplatten durch den Saal trugen, während die Trompeten schmetterten und die jubelnden Gäste wie wild ihre blauen Fahnen schwenkten. Clarus – der

Erste Tänzer der Blauen – war in überschäumender Begeisterung von der hohen Tafel aufgesprungen, zum Kücheneingang geeilt und hatte den Koch voll auf den Mund geküsst. Alles hatte geschrien und gegrölt, als Strumosus zunächst den kleinen Tänzer wie eine lästige Fliege abwehrte, um dann den Applaus und die Pfiffe dankend entgegenzunehmen.

Es war die letzte Dykania-Nacht, wieder ging eine Rennsaison zu Ende, und die gefeierten Blauen hatten es ein weiteres Mal geschafft, die armseligen grünen Milchgesichter zu schlagen. Sie waren die Gewinner der Saison und des heutigen Tages. Scortius' überwältigender Sieg im ersten Nachmittagsrennen war bereits auf dem besten Wege, für alle Ewigkeit zum Mythos zu werden.

Die ganze Nacht war der Wein in Strömen geflossen und man hatte zahllose Trinksprüche ausgebracht. Khardelos, der Hauspoet der Blauen, war schwankend aufgestanden, hatte sich mit einer Hand auf den Tisch gestützt, mit der anderen den Weinkrug erhoben und die folgenden Verse improvisiert:

Befeuert vom Donnergeschrei,
Fliegt Scortius unter dem Adlernest, der Kathisma,
Adlergleich über den Sand!
Allen Ruhm dem ruhmreichen Kaiser!
Ruhm dem Soriyyaner und seinen schnellfüßigen Rossen!
Allen Ruhm den weithin gefeierten Blauen!

Kyros waren Schauer des Entzückens über den Rücken gelaufen. *Adlergleich über den Sand!* Das war großartig! Die Augen wurden ihm feucht. Im Saal war es für einen Moment still geworden. Nur Strumosus, der neben ihm an der Küchentür stand, hatte leise vor sich hin geschnaubt. »Elender Pfuscher«, hatte er gemurmelt, wie so oft gerade so laut, dass Kyros es hören konnte. »Abgedroschene Bilder, lieblos zusammengeschustert. Muss mit Astorgus sprechen. Die Wagenlenker sind großartig, die Küche ist ohnehin beispiellos. Auch die Tänzer sind nicht schlecht. Aber der Poet muss weg. Weg.«

Kyros hatte zu Strumosus hinübergesehen und war rot geworden. Die scharfen Äuglein des Kochs ruhten auf ihm. »Auch das gehört zu deiner Ausbildung, mein Junge. Sei sparsam im Umgang mit den Gewürzen und fall nicht auf billige Gefühle herein. Der Beifall der Massen und das Lob des wahren Feinschmeckers sind zweierlei.« Damit drehte er sich um und kehrte in die heiße Küche zurück. Kyros eilte ihm nach.

Später gab der narbenübersäte Astorgus mit dem kantigen Gesicht, früher der gefeiertste Wagenlenker der Stadt und jetzt Faktionarius der Blauen, in seiner Ansprache bekannt, man werde an der Spina im Hippodrom eine weitere Statue für Scortius aufstellen. Zwar gebe es schon zwei, aber die stammten beide noch von den pickligen Grünen. Die neue Statue, so erklärte Astorgus, werde zur größeren Ehre der Blauen und ihres Wagenlenkers aus Silber und nicht aus Bronze gefertigt. Ohrenbetäubender Jubel brandete auf und erschreckte einen der jungen Kellner in der Küche so sehr, dass er eine Schale mit kandierten Früchten fallen ließ. Strumosus schlug ihn mit einem langstieligen Holzlöffel auf Kopf und Schultern, bis der Löffel zerbrach. Kyros war aufgefallen, dass diese Löffel immer sehr leicht brachen, sodass der Koch bei aller Wut kaum jemals größeren Schaden anrichtete.

Sobald Kyros wieder etwas Zeit fand, stellte er sich erneut in die Tür und beobachtete Astorgus. Obwohl der Faktionarius unentwegt trank, merkte man ihm kaum etwas an. Für jeden, der bei ihm stehen blieb, hatte er ein Lächeln und ein freundliches Wort. Der Mann strahlte eine Gelassenheit aus, die unendlich beruhigend war. Laut Strumosus war es vor allem Astorgus zu verdanken, dass die Blauen derzeit nicht nur in den Rennen, sondern auch auf vielen anderen Gebieten so stark waren. Er hatte nicht nur Scortius angeworben, sondern auch den Meisterkoch selbst, und arbeitete angeblich ständig an neuen, raffinierten Strategien. Aber Kyros fragte sich doch, wie es sein mochte, als fähiger Verwalter geschätzt zu werden, wenn man selbst einmal so ausgelassen umjubelt, mit Statuen geehrt, in überschwänglichen Reden und Versen mit Adlern und Löwen oder mit früheren Berühmtheiten des Hippodroms verglichen worden war. Ob einem das wohl schwer fiel? Vermutlich schon, dachte Kyros, auch wenn man Astorgus nichts anmerkte.

Das Gastmahl hatte sich lange hingezogen und war wie meist bei solchen Anlässen nur allmählich zu Ende gegangen. Ein paar Gäste gerieten in Streit, jemand erreichte den dafür bestimmten Raum nicht mehr und übergab sich heftig in eine Ecke des großen Saales. Der Tierarzt Columella saß, wie immer, wenn es spät wurde, zusammengesunken auf seinem Platz und rezitierte in monotonem Singsang uralte trakesische Verse. Er kannte mehr antike Gedichte als Khardelos. Seine beiden Nebenmänner hatten die Köpfe zwischen die Teller auf den Tisch gelegt und schliefen fest. Eine der jüngeren Tänzerinnen wiederholte konzentriert immer wieder den gleichen Bewegungsablauf. Sie drehte sich um sich selbst und ließ die Hände wie aufgescheuchte Vögel emporflattern und wieder herabsinken. Außer Kyros beachtete sie niemand, doch ihm gefiel sie. Zwei andere Tänzerinnen verließen das Fest und nahmen sie mit. Dann führte Astorgus Columella hinaus und bald danach war der Saal leer. Das war schon eine Weile her.

Es war ein erfolgreiches Mahl gewesen, soweit Kyros das beurteilen konnte. Scortius hatte natürlich nicht teilgenommen, aber er war entschuldigt. Er hatte eine Einladung in den Kaiserlichen Bezirk erhalten und eine solche Gunst ehrte die gesamte Partei.

Allerdings war der viel bewunderte Wagenlenker auch der Grund, warum der erschöpfte – und gefährlich reizbare – Strumosus mit einer Hand voll bedauernswerter Küchenjungen und Unterköche in dieser Herbstnacht noch in seiner Küche verweilte, obwohl selbst die fanatischsten Anhänger der Blauen längst nach Hause und in ihre Betten getorkelt waren. Das Dienst- und Verwaltungspersonal der Zirkuspartei schlief in dem Dormitorium auf der anderen Seite des Innenhofes oder, eine Vergünstigung für die höheren Ränge, in eigenen Zimmern. Auf den Straßen und Plätzen außerhalb der umfriedeten Anlage war nach dem Ende des Festes Ruhe eingekehrt. Sicher hatte das Amt des Stadtpräfekten bereits Sklavenkolonnen zur Straßenreinigung in Marsch gesetzt. Es war kalt geworden, von Trakesia fegte ein Nordwind heran, der nach Winter roch.

Bei Sonnenaufgang fing der Alltag wieder an. Die Feiern waren vorüber.

Offenbar hatte Scortius dem Meisterkoch der Blauen in die Hand versprochen, nach dem Gastmahl des Kaisers noch in seine Küche zu kommen, um zu kosten, was er hier aufgetischt hatte, und es mit dem Angebot im Kaiserlichen Bezirk zu vergleichen. Aber er war längst überfällig. Es war spät. Es war *sehr* spät. Und immer noch waren draußen keine Schritte zu hören.

Alle hatten sich unbändig darauf gefreut, die letzten Nachtstunden nach diesem glorreichen Tag mit dem Wagenlenker zu verbringen, doch das war lange her. Kyros gähnte unauffällig, blinzelte ins weit heruntergebrannte Feuer und rührte sorgfältig in seiner Fischsuppe, um sie am Kochen zu hindern. Beim Probieren entschied er, kein Meersalz mehr zuzugeben. Für einen Küchenjungen war es eine große Ehre, ganz allein für ein Gericht verantwortlich zu sein, und als Kyros schon nach kaum einem Jahr schon mit solchen Aufgaben betraut wurde, hatte das in der Küche Empörung ausgelöst. Kyros selbst war völlig überrascht gewesen; er hatte nicht damit gerechnet, dass Strumosus ihn überhaupt wahrgenommen hätte.

Er hatte sich die Arbeit hier nicht ausgesucht. Als kleiner Junge wollte er natürlich Wagenlenker werden, das war ganz normal. Später hatte er gehofft, in die Fußstapfen seines Vaters treten und bei den Blauen als Dompteur unterkommen zu können, aber den Traum hatte die Wirklichkeit schon in jungen Jahren zunichte gemacht. Ein Dompteur mit Klumpfuß hätte bei Großkatzen und Bären wohl nicht einmal eine Saison überlebt. So hatte sich Kyros' Vater, sobald der Junge alt genug dafür war, an die Verwaltung der Zirkuspartei gewandt und sie gebeten, für seinen Sohn eine geeignete Stelle zu suchen. Die Blauen sorgten für ihre Leute. Auf den unteren Verwaltungsebenen hatten sich einige Rädchen in Bewegung gesetzt und alsbald war Kyros dem neu angeworbenen Meisterkoch als Lehrling zugewiesen worden. In der großen Küche gab es keine gefährlichen Raubtiere, denen man ausweichen oder vor denen man davonlaufen musste.

Höchstens den Koch.

Strumosus war auf den Portikus hinausgegangen und erschien nun wieder in der Tür. Rasic war bereits verstummt, ohne sich umzudrehen. Er besaß einen ausgeprägten Überlebensinstinkt. Der Küchenchef war so erregt, als hätte er Fieber, aber das war oft so und hatte nichts weiter zu bedeuten. Kyros' Mutter wäre entsetzt gewesen, hätte sie Strumosus zu so später Stunde zwischen der warmen Küche und dem kalten Hof hin und her wechseln sehen. Sie war fest überzeugt davon, dass die Nachtluft schädlich war. Wenn man nicht an den giftigen Dämpfen erkrankte, erwischten einen ganz sicher die Geister aus der Zwischenwelt.

Die Blauen hatten Strumosus von Amoria – für eine geradezu astronomische Summe, wenn die Gerüchte stimmten – dem einstigen Quaestor des Kaiserlichen Schatzamtes abgeworben, dem dicken Lysippus, der nach den Siegeskrawallen verbannt worden war. Die beiden Zirkusparteien bekämpften sich überall: in den Hippodromen mit ihren Streitwagen, in den Theatern des Reiches mit den Darbietungen ihrer Poeten und – keine Seltenheit – auf Straßen und Gassen mit Knüppeln und Messern. Irgendwann hatte der gerissene Astorgus beschlossen, den Kampf auch in die Küchen der Partei-Höfe zu tragen, und die Einstellung von Strumosus war – obwohl der Mann so stachlig war wie ein Kaktus aus der soriyyanischen Wüste – ein Geniestreich gewesen. Monatelang hatte man in der ganzen Stadt von nichts anderem gesprochen; eine Reihe von Patriziern hatten plötzlich ihre Liebe zu den Blauen entdeckt und sich gern in deren Festhalle mästen lassen. Im Gegenzug mästeten sie mit ihren Spenden Astorgus' Börse, sodass er bei den Pferde-Auktionen oder bei der Anwerbung von Tänzern oder Wagenlenkern nicht zu knausern brauchte. Es schien, als hätten die Blauen ein weiteres Gebiet gefunden, auf dem sie mit den Grünen wetteifern – und sie übertrumpfen – konnten.

Vor zwei Jahren bei den Siegeskrawallen hatten Blaue und Grüne Seite an Seite gekämpft, ein erstaunliches, geradezu beispielloses Bündnis, das sie aber nicht vor dem Tod bewahrt hatte, als die Soldaten ins Hippodrom eindrangen. Kyros erinnerte sich natürlich an die Krawalle. Einer seiner Onkel war auf dem Hippodrom-Forum von einem Schwert getötet worden und hinterher hatte seine Mutter zwei Wochen lang das Bett hüten müssen. Zu Hause bei Kyros und in vielen anderen Familien aller Stände und Klassen hatte man damals ausgespuckt, wenn der Name Lysippus der Calysier fiel.

Der Mann war nicht nur skrupellos gewesen, das waren alle Steuereinnehmer. Darüber hinaus kursierten unheimliche, hässliche Geschichten darüber, was sich nach Einbruch der Dunkelheit in seinem Stadtpalais abspielte. Wo immer junge Leute beiderlei Geschlechts verschwanden, richteten sich die Blicke auf diese glatten, fensterlosen Steinmauern. Der fette Calysier war sogar zum Schreckgespenst für unartige Kinder geworden.

Strumosus hatte zu den Gerüchten nichts beigetragen, er hielt sich auffallend zurück, wenn das Gespräch auf seinen früheren Arbeitgeber kam. Bei seiner Ankunft hatte er Küche und Keller der Blauen einen Tag lang mit finsteren Blicken begutachtet, um dann fast die ganze Ausstattung und einen großen Teil des Weins hinauszuwerfen. Er hatte mit zwei Ausnahmen alle Unterköche entlassen, die Küchenjungen das Fürchten gelehrt und – binnen weniger Tage – so erlesene Gerichte produziert, dass alles staunte.

Zufrieden war er natürlich nie: Er beklagte sich unaufhörlich, misshandelte das neu eingestellte Personal mit Worten und mit Schlägen, lag Astorgus wegen einer Erhöhung des Budgets in den Ohren, hatte von den Poeten bis zum Pferdefutter an allem und jedem etwas auszusetzen und stöhnte über die vielen ungebildeten Fresser, an die seine raffinierte Kochkunst verschwendet sei. Kyros entging es freilich nicht, dass die große Küche allen vielbeschworenen Unzulänglichkeiten zum Trotz eine unerschöpfliche Flut von immer neuen Gerichten produzierte und dass Strumosus keinerlei finanziellen Zwängen unterworfen schien, wenn er morgens auf dem Markt seine Einkäufe erledigte.

Für Kyros waren es die glücklichsten Stunden, wenn er den Koch gleich nach dem Lobpreis in der Kapelle auf den Markt begleiten und zusehen durfte, wie er die Ware prüfte, Gemüse, Fisch und Obst drückte, beroch, manchmal sogar *behorchte* und nach dem Angebot an Ort und Stelle die Mahlzeiten des Tages plante.

Wahrscheinlich, dachte er später, war es sein lebhaftes Interesse bei diesen Marktbesuchen, das den Koch bewogen hatte, ihn vom Teller- und Flaschenwaschen zu erlösen und ihm die Aufsicht über einige der Suppen und Brühen zu übertragen. Strumosus richtete so gut wie nie das Wort an den Jungen, aber wenn der hitzköpfige kleine Mann von Stand zu Stand eilte, führte er unermüdlich Selbstgespräche. Kyros hastete hinterher, so schnell sein Fuß es zuließ, und bewahrte alles im Gedächtnis. Zum Beispiel hätte er nie gedacht, dass Fische ein und derselben Sorte ganz unterschiedlich schmecken konnten, je nachdem, ob sie jenseits der Bucht bei Deapolis gefangen worden waren oder vor den Klippen östlich der Stadt.

Als Strumosus eines Tages Seebarsche aus Spinadia auf dem Markt entdeckte, erlebte Kyros zum ersten Mal, wie ein Mann beim Anblick von Lebensmitteln buchstäblich in Tränen ausbrach. Strumosus streichelte die glänzenden Fische so zärtlich wie ein Heiliger Narr seine Sonnenscheibe. Am Abend nach dem Essen bekamen Kyros und die anderen in der Küche eine Kostprobe – die Barsche waren mit Kräutern gewürzt und leicht in Salz gebraten worden – und der Geschmack vermittelte ihm eine erste Vorstellung von gehobener Lebensart. Später sollte er diesen Abend als den Beginn seines Erwachsenenlebens bezeichnen.

Manchmal datierte er das Ende seiner Jugend aber auch auf jene kalte, finstere Nacht am Ende des Dykania-Festes im gleichen Jahr, als sie auf Scortius den

Wagenlenker warteten und plötzlich einen Hilfeschrei und hastige Schritte aus dem Innenhof hörten.

Kyros drehte sich schwerfällig um und schaute zur Tür. Strumosus stellte rasch den Becher und die Weinflasche ab. Drei Männer drängten gleichzeitig durch den Eingang und plötzlich erschien der Raum viel zu klein. Einer der Männer war Scortius. Seine Kleider waren zerrissen und er hielt ein Messer in der Hand. Einer seiner Begleiter, ein wahrer Hüne, hatte sein Schwert gezückt. Er war blutüberströmt und auch die Klinge war blutig.

Kyros fiel die Kinnlade herunter. Der Stolz der Blauen, ihr geliebter Scortius, stieß heiser hervor: »Wir werden verfolgt! Holt Hilfe! Rasch!« Er war ganz außer Atem, so schnell war er gelaufen.

Erst später fiel Kyros auf, dass jeder andere selbst um Hilfe gerufen hätte, aber nicht Scortius. Stattdessen stürmte Rasic durch die Innentür, durchquerte den Festsaal und schrie vor dem Ausgang, der dem Dormitorium am nächsten lag, mit gellender Stimme: *»Blaue! Blaue! Ein Überfall! Alles in die Küche! Wacht auf, ihr Blauen!«*

Strumosus von Amoria hatte bereits sein bestes Hackmesser in der Hand. Ein irres Glitzern stand in seinen Augen. Kyros sah sich um, griff nach einem Besen und richtete den Stiel auf die Tür. Draußen im Dunkeln waren jetzt Geräusche zu hören. Männerschritte und Hundegebell.

Scortius und seine Begleiter waren weitergegangen. Der Verletzte mit dem Schwert wartete ruhig neben der Tür, bot sich jedem Angreifer als erstes Ziel an.

Die Geräusche im Hof verstummten. Zunächst war niemand zu sehen. Nach der ersten Aufregung war alles wie erstarrt. Kyros sah, dass sich auch die beiden Unterköche und die anderen Küchenjungen bewaffnet hatten. Einer hielt den eisernen Schürhaken in der

Hand. Aus der Wunde des Verletzten fiel das Blut in dicken Tropfen auf den Boden. Die Hunde bellten noch immer.

Im Dunkel des Portikus bewegte sich ein Schatten. Ein weiterer Hüne. Kyros erkannte die Umrisse eines Schwerts. Der Schatten sagte in nördlich gefärbtem Sarantinisch: »Wir nur wollen Rhodianer. Kein Ärger mit Blaue und zwei andere Männer. Wenn ihr ihn herausschicken, niemand wird sterben.«

Strumosus lachte laut auf.

»Du Narr! Wer immer du auch sein magst, weißt du denn nicht, wo du bist? Unwissender Tölpel! Nicht einmal der Kaiser schickt seine Soldaten in den Blauen-Hof.«

»Wir nicht wollen hierher kommen. Schicken Rhodianer heraus und wir gehen. Ich halten meine Männer zurück, damit...«

Der Satz blieb unvollendet. Der Fremde auf dem Portikus sollte unter Jads Sonne oder den beiden Monden und den Sternen auch keinen weiteren mehr sprechen.

»Hierher, ihr Blauen!«, hörte Kyros von draußen. Ein wilder Jubelschrei aus vielen Kehlen. *»Vorwärts, ihr Blauen! Ein Überfall!«*

Lautes Geheul an der Nordseite des Innenhofs. Menschen, keine Hunde. Der große Schatten mit dem Schwert verstummte und drehte sich um. Dann tat er einen stolpernden Schritt seitwärts und stürzte unter lautem Geklirr zu Boden. Andere Schatten sprangen auf den Portikus. Ein schwerer Stab, ein schwarzer Strich in der Dunkelheit, sauste immer wieder auf den Liegenden hinab. Ein ekelhaftes Knirschen war zu hören. Kyros schluckte krampfhaft und wandte sich ab.

»Wer immer sie sind oder waren, sie hatten keine Ahnung«, bemerkte Strumosus ungerührt und legte das Messer auf den Tisch.

»Soldaten. Auf Urlaub in der Stadt. Für eine Hand voll Münzen angeheuert. Wenn sie mit geborgtem Geld getrunken hatten, waren sie billig zu haben.« Das war der Verletzte. Kyros sah, dass er an der Schulter und am Oberschenkel blutete. Der Mann war selbst Soldat. Seine Augen blitzten hart und zornig. Draußen schwoll der Lärm an. Die übrigen Eindringlinge wollten sich den Weg nach draußen freikämpfen. Jemand lief mit Fackeln an der offenen Tür vorbei und zog rötlichgelbe Rauchschwaden hinter sich her.

»Wie gesagt, sie hatten keine Ahnung«, wiederholte Strumosus. »Sonst wären sie Euch nicht hierher gefolgt.«

»Sie haben zwei von meinen Männern und Euren Torwächter getötet«, sagte der Soldat. »Er wollte sie aufhalten.«

Kyros schlurfte zum nächsten Hocker und ließ sich schwer darauf fallen. Er wusste, wer heute Nacht vor dem Gastmahl den kürzesten Strohhalm gezogen und Torwache gehalten hatte. Übelkeit erfasste ihn.

Strumosus zeigte keine Regung. Er sah sich den dritten Mann in der Küche an. Der war glatt rasiert und sehr gut gekleidet, hatte flammend rotes Haar und machte ein grimmiges Gesicht.

»Seid Ihr der Rhodianer, hinter dem sie her waren?«

Der Mann nickte kurz.

»Natürlich. Seid doch so gut und beantwortet mir eine Frage«, bat der Meisterkoch der Blauen, während vor seiner Küche im Dunkeln ein tödlicher Kampf tobte. »Habt Ihr jemals Lampreten aus dem See bei Baiana gegessen?«

Für einen Augenblick trat Stille ein. Außer Kyros und dem übrigen Küchenpersonal war auf so etwas wohl niemand gefasst. Wie denn auch?

»Ich… bedaure sehr«, sagte der Rothaarige endlich

mit einer Ruhe, die ihm zur Ehre gereichte. »Aber ich muss die Frage leider verneinen.«

Strumosus schüttelte enttäuscht den Kopf. »Das ist jammerschade«, murmelte er. »Ich nämlich auch nicht. Dabei hat der Fisch einen geradezu legendären Ruf. Aspalius schrieb vor vierhundert Jahren darüber. Er servierte ihn mit einer weißen Sauce. Ich halte davon nichts. Nicht zu Lampreten.«

Wieder dieses fassungslose Schweigen. Jetzt war der Innenhof schon von einer ganzen Reihe von Fackeln erleuchtet. Immer mehr Blaue waren hastig in Kleider und Stiefel geschlüpft und kamen angelaufen. Die Nachzügler hatten die Schlacht bereits versäumt. Niemand leistete mehr Widerstand. Man hatte die Hunde beruhigt. Kyros spähte durch die Tür. Astorgus kam über den Hof und nahm rasch die drei Stufen zum Portikus. Der Faktionarius blieb kurz vor dem am Boden liegenden Mann stehen, dann betrat er die Küche.

»Da draußen liegen sechs Tote«, stellte er zornig fest. Sein Gesicht zeigte keine Spur von Müdigkeit.

»Alle tot?« Das war der große Soldat. »Das ist schade. Ich wollte sie noch verhören.«

»Sie sind in den Blauen-Hof eingedrungen«, stellte Astorgus kategorisch fest. »Mit Schwertern. Das darf nicht sein. Hier stehen unsere Pferde.« Er sah den Verletzten prüfend an. Dann drehte er den Kopf und befahl scharf: »Werft die Leichen zum Tor hinaus und benachrichtigt die Männer des Stadtpräfekten. Ruft mich, wenn sie kommen. Ich will mit ihnen reden. Wir brauchen Columella und jemand muss den Arzt holen.« Er wandte sich an Scortius.

Die beiden Männer sahen sich lange an. Kyros wusste Astorgus' Gesichtsausdruck nicht zu deuten. Vor fünfzehn Jahren war er genau das gewesen, was Scortius heute war: der gefeiertste Wagenlenker des ganzen Reiches.

»Was ist geschehen?«, fragte der Ältere endlich. »Schon wieder ein eifersüchtiger Ehemann?«

Genau das hatte er zunächst selbst vermutet.

Ein Teil seiner nächtlichen Erfolge nach den Rennen und den anschließenden Festmählern war immer darauf zurückzuführen, dass er den Frauen nicht nachlief, was nicht heißen sollte, dass er sie nicht heiß begehrt oder dass sein Herz nicht schneller geschlagen hätte, wenn er nach seiner Rückkehr vom Hippodrom oder den Stallungen zu Hause die eine oder andere Einladung vorfand.

Als er an diesem Abend – am Ende des Dykania-Festes und der Rennsaison – nach Hause kam, um sich für das kaiserliche Gastmahl umzukleiden, lag unter den Briefen, die ihn auf dem Marmortischchen gleich hinter der Tür erwarteten, eine kurze, unparfümierte und unsignierte Nachricht. Er brauchte weder Duft noch Unterschrift. Der lakonisch knappe Wortlaut war charakteristisch genug. Das Briefchen erklärte, er habe beim ersten Rennen dieses Nachmittags nicht nur Crescens von den Grünen besiegt.

»Wenn Ihr Euch zutraut, auch Gefahren anderer Art zu bestehen«, stand da in kleiner, sauberer Handschrift, *»erwartet Euch meine Zofe nach dem Gastmahl des Kaisers an der Ostseite des Traversit-Palastes. Ihr werdet sie erkennen. Ihr kann ich vertrauen. Euch auch?«*

Das war alles.

Die anderen Briefe wurden beiseite gelegt. Diese Frau begehrte er schon lange. Klugheit zog ihn in letzter Zeit geradezu unwiderstehlich an, und ihre heiter-spöttische Gelassenheit, die sie scheinbar … unerreichbar machte, reizte ihn besonders. Er war ziemlich sicher, dass die Zurückhaltung nur eine Maske war. Dass sich unter der herben Schale vieles verbarg, was selbst ihr mächtiger Gemahl nie ausgelotet hatte.

Das hoffte er an diesem Abend zu ergründen – oder wenigstens den Anfang dazu zu machen. Während des gesamten Gastmahls waren seine Vorfreude, seine Erregung ständig gestiegen. Natürlich durfte das Stelldichein nicht publik werden. Scortius war ein Muster an Diskretion: auch das ein Grund, warum er solche Briefchen bekam; und vielleicht eine Erklärung dafür, warum er noch am Leben war.

Was nicht hieß, dass es keine Anschläge – keine Warnungen gegeben hätte. Einmal war er verprügelt worden; aber damals war er noch sehr viel jünger gewesen. Heute schützten ihn seine Berühmtheit und sein Reichtum. Er hatte sich längst damit abgefunden, dass er wohl kaum in seinem eigenen Bett sterben würde – allenfalls in einem fremden. Wahrscheinlich holte ihn der Neunte Wagenlenker, oder er wurde eines Nachts von einem Schwert durchbohrt, wenn er ein Schlafgemach verließ, in dem er nichts zu suchen hatte.

Von einer solchen Bedrohung war er ausgegangen, als er durch ein verschlossenes, selten benütztes Pförtchen in der Mauer des Kaiserlichen Bezirks in die kalte Herbstnacht hinausschlüpfte.

Den Schlüssel zu dieser Pforte verdankte er der schwarzhaarigen Tochter eines Chiliarchen der Exkubitoren, mit der er vor Jahren eine Affäre gehabt hatte. Die Dame war inzwischen verheiratet, Mutter dreier Kinder und die Wohlanständigkeit in Person. Damals hatte ihn ihr Lächeln betört, ihre entzückende Art, im Dunkeln aufzuschreien und sich dann auf die Lippen zu beißen, als sei sie über sich selbst erschrocken.

Er benützte den Schlüssel nur selten, aber heute war es besonders spät geworden und er hatte mehr Grund zur Vorsicht als sonst. Die Dienerin hatte ihn in einen Raum geführt, der zwar nicht das Schlafgemach der Dame war, wo aber immerhin ein Diwan und Wein bereitstanden. Dort hatte er im Schein der Duftkerzen in atemloser Spannung gewartet, ob er unter der Maske kühler Höflichkeit wohl Leidenschaft und Nähe finden würde. Als sie endlich kam – gekleidet wie beim Festmahl und danach im Thronsaal – hatten sich seine Erwartungen voll erfüllt. Doch nach längerem Beisammensein, als die Eindrücke des Tages allmählich in den Hintergrund traten, hatte er mit wachsendem Unbehagen nur allzu deutlich festgestellt, dass er diese Gefühle erwiderte.

Darin lag an sich schon eine Gefahr. In seinem Leben – dem Leben, für das er sich entschieden hatte – spielte der Hunger nach Liebe, nach der Berührung, dem Duft, dem Verlangen einer Frau in seinen Armen eine zentrale und wichtige Rolle, doch der Wunsch nach ständiger Nähe in irgendeiner Form war bedrohlich.

Er wusste, dass er für die Damen aus dem Kaiserlichen Bezirk und den Adelspalästen der Stadt nur ein Spielzeug war. Sie befriedigten einige seiner Bedürfnisse, und er erfüllte Wünsche, von denen so manche bis dahin nichts geahnt hatte. Ein ehrlicher Handel, wenn man so wollte. So ging das seit fünfzehn Jahren.

Seine unerwartete Empfindsamkeit am heutigen Abend, sein Zögern, als er sie verlassen und in die kalte Nacht hinausgehen sollte, mochte ein Signal sein – alarmierend wie ein Trompetenstoß in der Ferne –, dass er allmählich alt wurde.

Bevor Scortius aus dem Schatten trat, verschloss er leise das Türchen hinter sich, drehte sich um und spähte in die Dunkelheit hinein. Er war nicht zum ersten Mal bei Nacht unterwegs; zu dieser Stunde war man nicht sicher auf Sarantiums Straßen.

Sein Ziel, der Blauen-Hof – er musste sein Versprechen an Strumosus von Amoria einlösen –, lag nicht weit entfernt: über den trümmerübersäten Bauplatz vor dem neuen Tempel, an der Nordseite des Hippodrom-Forums entlang bis zum anderen Ende, wo die Säule und die Statue des ersten Valerius standen, und schon war man am Tor. Dahinter erwarteten ihn vermutlich ein brennendes Feuer und ein erboster Küchenchef, dem er versichern musste, dass nichts, was er im Attenin-Palast gegessen hatte, mit den Köstlichkeiten zu vergleichen war, die man ihm im Morgengrauen in der nüchternen Atmosphäre der Blauen-Küche vorsetzte.

Wahrscheinlich stimmte es sogar. Strumosus war auf seine Art ein Genie. Trotz seiner Müdigkeit und der verwirrenden Gefühle, mit denen er kämpfte, freute sich der Wagenlenker sogar auf das späte Mahl. Schlafen konnte er morgen den ganzen Tag und das würde er wahrscheinlich auch tun.

Falls er noch lebte. Einer alten Gewohnheit folgend, blieb er eine Weile reglos hinter den Büschen und den niedrigen Bäumen an der Mauer stehen und suchte aufmerksam von links nach rechts und langsam wieder zurück die freien Flächen ab, die er überqueren musste. Weder Dämonen noch Geister oder Flammenzungen huschten über das Pflaster, aber unter dem Marmordach des fast fertig gestellten Portikus vor dem Großen Tempel standen mehrere Männer.

Die dort nichts zu suchen hatten. Nicht mitten in der Nacht und nicht in so präziser militärischer Formation. Betrunkene Zecher, die übersehen hatten, dass das Dykania-Fest zu Ende war, und nun in der Kälte durch das Baumaterial auf dem Platz stolperten, hätten Scortius nicht weiter überrascht, aber diese reglose Gruppe, die sich in ihren Mänteln und im Dunkeln hinter den Pfeilern für unsichtbar hielt, vermittelte eine andere Botschaft. Vom Portikus aus hatten die Männer – wer immer sie sein mochten – die Bronzetore genau im Blickfeld. Sobald er den ersten Schritt von der Mauer weg tat, würden sie ihn entdecken, auch wenn ihnen die kleine Pforte unbekannt war.

Plötzlich war Scortius von Soriyya nicht mehr müde. Er berauschte sich an Gefahren, sie waren für ihn Leben in seiner reinsten Form. Das wusste er schon seit vielen Jahren. Nicht zuletzt deshalb liebte er die schnellen, oft blutigen Rennen und die verbotenen Affären im Kaiserlichen Bezirk und anderswo.

Er schickte ein verbotenes Stoßgebet an Heladikos, dann führte er sich die Alternativen vor Augen. Die Männer im Schatten der Pfeiler waren natürlich bewaffnet. Sie waren in einer bestimmten Absicht hier. Er hatte nur ein Messer. Wenn er ohne Deckung zum Hippodrom-Forum rannte, könnte er sie überraschen, aber sie befanden sich seitlich von ihm. Wenn einer von ihnen ein Läufer war, würde er ihm den Weg abschneiden. Und einem Wett*lauf* mangelte es so völlig an… Würde.

Nur zögernd sah er ein, dass es jetzt, nachdem er die Männer entdeckt hatte, am klügsten wäre, sich in den Bezirk zurückzuschleichen. Bei den Exkubitoren in der Kaserne fände er sicher ein Bett – sie wären stolz darauf, ihn aufzunehmen, und würden keine Fragen stellen. Er könnte auch von innen ganz offen zu den Bronzetoren gehen und, auf die Gefahr hin, zu dieser späten Stunde unliebsame Spekulationen auszulösen, von dort eine Botschaft zum Blauen-Hof schicken. Dann hätte er im Handumdrehen Geleitschutz.

In beiden Fällen erführen mehr Menschen, als ihm lieb war, wie spät er sich hier noch aufgehalten hatte. Nicht dass er aus seinen nächtlichen Abenteuern ein großes Geheimnis gemacht hätte, aber er legte Wert darauf, dass die einzelnen Episoden möglichst nicht bekannt wurden. Auch das hatte mit Würde zu tun – und mit der Achtung vor den Frauen, die ihm ihr Vertrauen schenkten. Sein Leben spielte sich zu einem großen Teil in der Öffentlichkeit ab, aber gewisse Bereiche behielt er doch lieber für sich. Es war nicht nötig, dass jede neidische oder sensationsgierige Klatschbase in Sarantiums Badehäusern, Kasernen oder Kaschemmen damit hausieren ging.

Doch diesmal hatte er leider kaum eine Wahl. Entweder rannte er durch die Straßen wie ein Lehrling auf der Flucht vor dem Knüppel seines Meisters, oder er schlich sich wieder hinein und machte bei den Exkubitoren oder am Tor gute Miene zum bösen Spiel.

Vom Rennen hielt er nun wirklich nichts.

Er hatte den Schlüssel schon wieder aus dem Lederbeutel gezogen, als eine der großen Tempeltüren aufschwang und ein heller Lichtschein auf den Portikus fiel, in dem sich deutlich drei Gestalten abzeichneten. Es war *sehr* spät; das war äußerst merkwürdig. Noch war der Große Tempel nicht für die Öffentlichkeit zugänglich; nur die Arbeiter und die Architekten durften ihn betreten. Scortius beobachtete aus seinem Versteck, wie sich die Gruppe auf dem Portikus lautlos in Bewegung setzte und ausschwärmte. Die Entfernung war zu groß, als dass er etwas gehört oder jemanden erkannt hätte, aber er sah, wie sich zwei der Männer vor der Tür umdrehten und verneigten, worauf der dritte wieder hineinging. Das nahm er als Warnung anderer Art.

Die schwere Tür schloss sich, der Lichtschein verengte sich zu einem schmalen Streifen und verschwand. Die beiden Männer standen allein und ungeschützt zwischen dem Bauschutt im nächtlichen Wind. Einer wandte sich dem anderen zu und sagte etwas. Sie hatten offensichtlich keine Ahnung von den Bewaffneten, die dabei waren, sie einzukreisen.

Jede Nacht kamen in dieser Stadt Menschen ums Leben.

Andere kauften, unbeeindruckt von den Vorhaltungen der Geistlichkeit, Zaubertäfelchen bei den Chiromanten und gingen damit zu den Gräbern der Ermordeten, um Tod oder Verkrüppelung auf Wagenlenker und Pferde einer Partei herabzubeschwören, die leidenschaftliche Liebe einer begehrten Frau zu erflehen, das Kind oder das Maultier eines verhassten Nachbarn mit mancherlei Krankheiten schlagen zu lassen oder Stürme herbeizurufen, damit sie das Handelsschiff eines Feindes in Bedrängnis brächten. Gewalt und Zauberei und die Flammenzungen des Heladikos-Feuers auf den nächtlichen Straßen. Er hatte sie selbst schon gesehen.

Auch wenn es überall von Geistern aus der Zwischenwelt wimmeln mochte, da drüben auf der anderen Seite des Platzes standen echte Männer mit echten Schwertern. Es war dunkel, die Monde waren untergegangen und die Sterne verschwanden immer wieder hinter den dahinjagenden Wolken. Von Norden blies ein kalter Wind, und nach den alten soriyyanischen Sagen, die sich die Völker des Südens erzählt hatten, bevor sie Jad und die Legenden um seinen Sohn kennen lernten, wohnte im Norden der Tod.

Was auf dem Portikus geschah, ging Scortius im Grunde nichts an. Er musste selbst zusehen, wie er unbehelligt durch die Straßen kam. Wie sollte er, selbst unbewaffnet bis auf das lächerliche Messer, zwei wehrlosen Männern beistehen, die von Soldaten mit Schwertern überfallen wurden?

In gewissen Situationen brauchte man einen ausgeprägten Selbsterhaltungstrieb.

Der seine war leider ziemlich unterentwickelt.

»*Achtung!*«, schrie er, so laut er konnte, und sprang hinter den Bäumen hervor.

Im Sprung zog er sein Messerchen heraus. Eben hatte er noch beschlossen, auf keinen Fall zu rennen, und nun rannte er offenbar doch, noch dazu in die falsche Richtung. Vielleicht, dachte er mit einiger Verspätung, ist das ein wenig unklug. Immerhin ein kleiner Hinweis darauf, dass sein Verstand nicht vollends ausgeschaltet war.

»Mörder!«, schrie er, als er über den Platz jagte. *»Geht in den Tempel!«*

Die beiden Männer auf dem Portikus sahen sich nach ihm um. Er bemerkte im letzten Moment einen abgedeckten niedrigen Ziegelstapel und übersprang ihn mit einem Satz, knickte aber beim Aufkommen mit dem Knöchel um und wäre fast gestürzt. Er fluchte wie ein Seemann in einer Hafenkneipe, verwünschte sich selbst und die Langsamkeit der anderen, und rannte weiter. Da er jetzt die Augen offen hielt – nach Feinden, nach Bewegungen, nach weiteren verfluchten Ziegelsteinen –, sah er, wie sich an der Westseite des Portikus der Soldat umdrehte, der ihm am nächsten war, und nach seinem Schwert griff. Als die Klinge aus der Scheide glitt, war er schon so nahe, dass er das Klirren hörte.

Er hoffte inständig – ein allerdings wenig überzeugender Plan –, der dritte Mann möge die Tempeltür nicht verriegelt haben, damit sie ins Innere flüchten könnten, bevor die Meuchelmörder sie erreichten. Ziemlich spät fiel ihm ein, dass er auch einen Warnruf hätte ausstoßen können, ohne sich wie ein Schuljunge mitten ins Geschehen zu stürzen. Er war der Held aller sarantinischen Trinksprüche, er saß an der Kaiserlichen Tafel, er war der Stolz der Blauen, er war reicher als in allen seinen Jugendträumen.

Und dennoch hatte er sich in den letzten fünfzehn Jahren so gut wie nicht verändert. Was nicht unbedingt ein Vorteil war.

Er sprang die Stufen hinauf, zuckte zusammen, als er auf dem verstauchten Knöchel landete, drängte sich an den beiden Männern vorbei, packte den massiven Türgriff und versuchte ihn zu drehen.

Er gab nicht nach. Scortius rüttelte und zerrte daran und hämmerte auch einmal gegen die Tür. Dann drehte er sich um. Zum ersten Mal sah er die beiden Männer genauer und erkannte sie beide. Keiner hatte reagiert wie ein intelligenter Mensch. Sie waren vor Angst wie gelähmt. Scortius fluchte wieder.

Nun hatten die Soldaten sie umzingelt. Erwartungsgemäß. Der große, schlanke Anführer stand direkt vor den Stufen zum Portikus zwischen Materialstapeln, die mit Tüchern abgedeckt waren, und schaute zu den dreien empor. Im Dunkeln wirkten seine Augen pechschwarz. Er hielt das schwere Schwert so mühelos in der Hand, als hätte es kein Gewicht.

»Scortius von den Blauen!«, sagte er in eigenartig ratlosem Ton.

Schweigen trat ein. Scortius überlegte fieberhaft.

Endlich fuhr der Soldat nachdenklich fort: »Ihr habt mich heute Nachmittag ein Vermögen gekostet!« Er sprach mit trakesischem Akzent. Vielleicht war das des Rätsels Lösung: Soldaten auf Urlaub in der Stadt, in einer Kneipe gedungen, um jemanden zu ermorden und dann zu verschwinden.

»Diese beiden Männer stehen unter dem Schutz des Kaisers«, fauchte Scortius. »Rührt sie nicht an, wenn euch euer Leben lieb ist. Und lasst auch mich zufrieden. Sonst kann euch niemand schützen. Nicht im Reich, nicht außerhalb davon. Habt ihr verstanden?«

Das Schwert bewegte sich nicht. Doch die Stimme des Soldaten schraubte sich überrascht in die Höhe. »Wie? Ihr denkt doch nicht etwa, wir wollten sie *überfallen*?«

Scortius schluckte und ließ sein Messer sinken. Die Männer auf dem Portikus beobachteten ihn neugierig. Die Soldaten unten ebenfalls. Der Wind fuhr unter die

Tücher über den Ziegel- und Werkzeugstapeln und fegte welkes Laub über den Platz. Scortius öffnete den Mund, wusste nichts zu sagen und schloss ihn wieder.

Seit er beim Verlassen des Kaiserlichen Bezirks die wartenden Männer im Dunkeln entdeckt hatte, hatte er schnell hintereinander verschiedene Hypothesen aufgestellt. Richtig war offenbar keine davon.

»Hm, Wagenlenker, darf ich Euch Carullus vorstellen, den Tribun der Vierten Sauradischen Reiterlegion?« sagte der rothaarige Mosaikmeister – einer der Männer auf dem Portikus. »Er hat mich auf dem letzten Teil meiner Reise hierher begleitet, und seit wir in der Stadt sind, beschützt er mich. Übrigens hat er beim ersten Rennen heute Nachmittag tatsächlich eine Menge Geld verloren.«

»Das tut mir Leid«, sagte Scortius, ohne nachzudenken, und sah erst Caius Crispus von Varena und dann den berühmten Architekten Artibasos an, der mit zerzaustem Haar danebenstand und alles aufmerksam beobachtete. Er war für den Bau des neuen Tempels verantwortlich.

Scortius war jetzt ziemlich sicher, vor wem sich die beiden verneigt hatten, als er sie von ferne beobachtete. Die Erkenntnis kam allerdings zu spät. Die Bassaniden hatten für solche Fälle einen weisen Spruch; er hatte ihn in Soriyya oft von den Händlern gehört, wenn nicht gerade Krieg war. Aber im Augenblick war ihm nicht nach weisen Sprüchen zumute.

Wieder schwiegen alle. Der Nordwind pfiff zwischen den Pfeilern hindurch und brachte abermals die Tücher über Ziegeln und Gerätschaften zum Flattern. An den Bronzetoren bewegte sich nichts: Man musste sein Geschrei gehört haben, aber niemand kümmerte sich darum. Was außerhalb des Kaiserlichen Bezirks passierte, brachte die Wachen nur selten aus der Ruhe; ihnen ging es darum, solche Störungen *draußen* zu halten. Er hatte geschrien wie ein Wahnsinniger, war über den Platz gerannt, hatte mit seinem Dolch herumgefuchtelt und sich den Knöchel verstaucht... und alles völlig umsonst. Scortius stand im Dunkeln auf dem noch unvollendeten Portikus vor dem Großen Tempel von Jads Heiliger Weisheit und sah für einen verwirrenden Moment die elegante Frau vor sich, die er kurz zuvor verlassen hatte. Er roch ihren Duft, spürte ihren Körper.

Und stellte sich vor, sie hätte die Szene eben mit angesehen. Er malte sich aus, wie sie die Augenbrauen hochzog und spöttisch die Lippen kräuselte. Beschämend. Und dann – was sollte er auch sonst tun? – musste er lachen.

Einige Stunden zuvor war Crispin mit einer Eskorte vom Attenin- zum Traversit-Palast gegangen, dem Lieblingssitz der Kaiserin von Sarantium im Herbst und Winter, und hatte plötzlich an seine Frau gedacht.

Das kam immer wieder vor, aber er spürte den Unterschied sehr wohl. Diesmal diente ihm Ilandras Bild als Schutzschild, als Bollwerk, obwohl er noch immer nicht genau wusste, wovor er sich fürchtete. Ein kalter Wind fegte durch die Gärten; er zog sich den Mantel, den man ihm gegeben hatte, fester um die Schultern.

Bewacht von den Toten, verschanzt hinter der Erinnerung an seine Liebe, ließ er sich unter rasch dahinjagenden Wolken im letzten Schein der westwärts untergehenden Monde zum kleineren der beiden Hauptpaläste führen und durchschritt lange Marmorkorridore mit brennenden Laternen an den Wänden. Erst vor den Wachen an der Tür der Kaiserin, die ihn so spät nachts noch in ihre Privatgemächer hatte rufen lassen, blieb er stehen.

Er wurde bereits erwartet. Der vorderste Soldat nickte ihm zu und öffnete die Tür, ohne eine Miene zu verziehen. Crispin betrat eine goldene Insel aus Feuerschein und Kerzenlicht. Die Eunuchen und die Soldaten blieben draußen. Die Tür schloss sich hinter ihm. Ilandras Bild verblasste, als eine in Seide gekleidete Hofdame in leichten Schuhen geräuschlos auf ihn zukam und ihm einen Silberbecher mit Wein reichte.

Er war aufrichtig dankbar dafür. Sie nahm ihm den Mantel ab und legte ihn auf eine Bank an der Wand neben dem Feuer. Dann zog sie sich mit einem flüchtigen Lächeln durch eine Innentür zurück. Crispin blieb im Schein zahlloser Kerzen allein und sah sich um. Die Einrichtung war kostbar, aber geschmackvoll; für westliche Augen vielleicht etwas überladen, aber das war sarantinische Art. Doch dann stockte ihm der Atem.

Links von ihm stand an der Wand ein langer Tisch, und darauf lag eine goldene Rose. Am langen Stängel, schlank wie bei einer echten Blume und scheinbar ebenso biegsam, saßen vier Blütenknospen, makellos gearbeitete Blättchen und Dornen aus purem Gold. Die vier Knospen waren unterschiedlich weit geöffnet, eine fünfte an der Spitze war voll erblüht. Jedes ihrer dünnen, zarten Blütenblätter war ein Meisterwerk der Goldschmiedekunst und im Zentrum glühte ein feuerroter Rubin im Kerzenschein.

Die Blume war wunderschön und zugleich so ungeheuer zerbrechlich, dass es ihm ans Herz griff. Man brauchte den langen Stängel nur zwischen zwei Finger zu nehmen, um ihn zu verbiegen, zu verdrehen, zu zerstören. Ein nicht vorhandener Luftzug schien die zarte Blüte zu bewegen. So vollkommen und doch so vergänglich, so verletzlich. Crispin blutete das Herz – in dieses Meisterwerk waren so viel Zeit, Sorgfalt und Begabung eingeflossen, und dennoch war es, aller Kunstfertigkeit, aller Geschicklichkeit seines

Schöpfers zum Trotz, in höchsten Maße gefährdet, so gefährdet wie… wie jedes Glück im irdischen Leben.

Gefährdet wie eine Rose, die vom Wind geknickt wurde oder am Ende des Sommers verwelken musste.

Plötzlich fielen ihm die junge Königin der Antae und ihre Botschaft ein. Angst erfasste ihn und Mitleid mit sich selbst. Die Heimat war so fern.

Auf dem Tisch stand neben der Rose ein vielarmiger Silberleuchter. Die Kerzenflammen bewegten sich. Crispin hörte kein Geräusch, aber das leise Flackern bewog ihn, sich umzudrehen.

Sie hatte in ihrer Jugend auf der Bühne gestanden und wusste sich auch jetzt noch mit der Lautlosigkeit und Grazie einer Tänzerin zu bewegen. Die zierliche kleine Frau mit dem schwarzen Haar und den schwarzen Augen war auf ihre Art so herrlich wie die Rose. Auch an die Dornen erinnerte ihr Anblick, an das Blut, das sie hervorlockten, an die Gefahren im Herzen der Schönheit.

Sie hatte sich umgezogen und trug jetzt ein dunkelrotes Nachtgewand. Ihre Frauen hatten ihr das schwere Diadem und den Schmuck an Hals und Armen abgenommen. Das lange schwarze Haar hing, verwirrend in seiner Üppigkeit, offen herab. Die Diamantohrringe, ihr einziger Schmuck, funkelten im Schein der Kerzen. Ihr Parfüm schwebte aus einer Entfernung auf Crispin zu, die sie bestimmte, und mit dem Duft verbreitete sich eine ganz eigene Atmosphäre: Macht, spöttische Intelligenz und noch etwas, das er nicht benennen konnte, aber wohl zu Recht fürchtete.

»Wie gut mögen Euch, Rhodianer, wohl die Privatgemächer königlicher Hoheiten vertraut sein?« Ihre Stimme war leise, ironisch, von einer schockierenden Intimität.

Vorsichtig, ganz vorsichtig, ermahnte er sich, stellte den Weinbecher ab und verneigte sich tief und bewusst langsam, um seine aufkommende Verunsicherung zu verbergen. Dann richtete er sich auf. Räusperte sich. »Gar nicht, Hoheit. Ich fühle mich geehrt und vollkommen fehl am Platze.«

»Wie ein Batiaraner fern von seiner Halbinsel? Ein Fisch auf dem Trockenen? Wie würdet Ihr wohl schmecken, Caius Crispus von Varena?« Sie bewegte sich nicht. Der Schein des Feuers spiegelte sich in ihren schwarzen Augen und in den Diamanten an ihren Ohren, wurde von den Diamanten zurückgeworfen und ertrank in den Augen. Sie lächelte.

Er wusste, dass sie mit ihm spielte, trotzdem wurde ihm die Kehle trocken. Wieder hüstelte er. »Ich habe keine Ahnung, Dreifach Erhabene«, sagte er dann. »Aber ich stehe Euch jederzeit zu Diensten.«

»Das sagtet Ihr bereits. Man hat Euch den Bart abrasiert, wie ich hörte. Armer Mann.«

Sie lachte, dann kam sie auf ihn zu. Ihm stockte der Atem, doch sie ging vorbei. Vor dem langen Tisch blieb sie stehen und sah auf die Rose nieder. »Ihr hattet meine Blume bewundert?« Eine Stimme wie Honig, wie Seide.

»Sehr, Hoheit. Ein Meisterwerk von großer Schönheit, das zugleich traurig macht.«

»Traurig?« Sie drehte den Kopf, sah ihn an.

Er zögerte. »Rosen müssen sterben. Ein zartes Kunstwerk wie dieses gemahnt uns an die… Vergänglichkeit aller Dinge. Aller schönen Dinge.«

Alixana schwieg eine Weile. Sie war keine junge Frau mehr. Ihre dunklen, schwarz umrandeten Augen hielten seinen Blick fest, bis er es nicht mehr ertrug und die Augen niederschlug. Aus der Nähe war ihr Parfüm berauschend, ein östlicher Duft, der für ihn wie so oft eine Farbe annahm: diesmal war es ein Rot, fast wie ihr Gewand, aber satter, dunkler, wie Porphyr. Der königliche Purpur. Er überlegte, ohne sie anzusehen: Konnte es Absicht sein oder lag es nur an ihm, dass sich Düfte, Klänge, Geschmack in Farbe verwandelten? In Sarantium gab es geheime Künste, von denen er nichts verstand. Dies war die Stadt aller Städte, die Krone der Welt, das Auge des Universums. Hier war alles voller Geheimnisse.

»Die Vergänglichkeit des Schönen. Sehr treffend«, murmelte die Kaiserin mit einem Blick auf die Rose. »Deshalb liegt sie natürlich auch hier. Ihr seid ein kluger Mann. Könntet Ihr, Rhodianer, für mich ein Mosaik mit genau entgegengesetzter Aussage schaffen, etwas, das auf einen Zustand jenseits des Endlichen verweist?«

Sie hatte ihn also doch nicht nur aus einer Laune heraus zu sich gebeten. Er blickte auf. »Und was wäre ein solcher Verweis, Kaiserin?«

»Delphine«, sagte sie. Ein Schlag aus heiterem Himmel.

Er spürte, wie er erbleichte.

Sie drehte sich vollends um und sah ihn an. Jetzt stand sie mit dem Rücken zum Tisch und hatte die Hände mit gespreizten Fingern zu beiden Seiten auf die Elfenbeinplatte gestützt. Ihr nachdenklich abschätzender Blick verwirrte ihn mehr als jede Ironie.

»Trinkt Euren Wein«, sagte die Kaiserin. »Er ist sehr gut.« Er gehorchte. Sie hatte Recht.

Aber der Wein half ihm nicht. Nicht in dieser Situation.

Delphine waren am gegenwärtigen Punkt der Weltgeschichte ein Todesurteil. Sie waren nicht einfach nur Meerestiere, die aus dem Wasser sprangen, anmutige, dekorative Geschöpfe, mit denen jede Frau gern die Wände ihres Zimmers geschmückt hätte. Delphine waren untrennbar mit heidnischen Ritualen verbunden oder in die Netze des heladikischen Ketzerglaubens verstrickt. Womöglich sogar beides.

Delphine trugen die Seelen aus dem Reich der Sterblichen durch die Weiten des Meeres ins Reich der Toten, wo sie gerichtet wurden. Das war einst der Glaube der Antike gewesen, in Trakesia – und auch in Rhodias, bevor Jads Lehre sich ausbreitete. Delphine waren Diener der Jenseitswelt und ihres Gottes mit den vielen Namen gewesen, die einzige Möglichkeit für die Geister der Toten, das Niemandsland zwischen dem Leben und jenem Bereich zu durchqueren, der danach kam.

Einige dieser heidnischen Vorstellungen des Altertums hatten sich erhalten und waren – durch ein Niemandsland anderer Art – eingegangen in den Glauben an Jad und seinen Sohn Heladikos, der mit seinem Wagen umkam, als er den Menschen das Feuer brachte. Als Heladikos' Wagen wie eine brennende Fackel ins Meer stürzte – so die traurige Geschichte –, kamen die Delphine, bildeten mit ihren Rücken eine lebende Bahre und trugen den grausam entstellten Jüngling bis zum Ende des letzten Meeres der Welt. Dort wartete er auf seinen Vater. Als Jad am Abend unterging, legte er die Leiche seines Kindes in seinen Wagen und fuhr damit – wie jede Nacht – in die Finsternis hinab. Doch in dieser Nacht war die Finsternis tiefer und kälter als je zuvor, denn Heladikos war tot.

Und so galten die Delphine als die letzten Wesen aus der Welt der Lebenden, die den geliebten Heladikos gesehen und berührt hatten. Und weil sie ihm gedient hatten, wurden sie von allen, die an Jads sterblichen Sohn glaubten, als heilig verehrt.

Man hatte also die Wahl, welchen Frevel man begehen wollte. Entweder hielt man dem alten Pantheon der Heiden die Treue, dann trugen die Delphine die Seelen der Verstorbenen zum schwarzen Gott des Todes, oder man hing dem inzwischen verbotenen Ketzerglauben an, wonach sie die Leiche des einzigen Gottessohnes zu seinem Vater brachten.

So oder so, ein Handwerker, der eine Wand oder eine Decke mit Delphinen schmückte, musste seitens einer zunehmend wachsamen Geistlichkeit mit härtesten Konsequenzen rechnen. Früher hatte man im Hippodrom die Zahl der gefahrenen Runden mit springenden Delphinen angezeigt. Sie waren eingeschmolzen worden. Jetzt dienten Seepferdchen als Zähler.

Dem jetzigen Kaiser Valerius II. war es zu verdanken, dass Athan, der Oberste Patriarch in Rhodias, und Zakarios, der Patriarch des Ostens, jene gemeinsame Erklärung herausgegeben hatten. Valerius hätte alles getan, um dieses unerhörte Dokument zustande zu bringen. Es hatte die Spaltung des Jad-Glaubens gekittet und den tödlichen Streit beendet, der zweihundert Jahre lang zwischen den beiden Richtungen getobt hatte. Für den ehrgeizigen Kaiser und die nach außen hin wiedervereinte Geistlichkeit mochte dies ein Gewinn sein, doch der Preis dafür war hoch: Der Glaube an Heladikos wurde zur Ketzerei erklärt. Wer ihm anhing, lief Gefahr, angezeigt, in Kapellen und Tempeln öffentlich verflucht und schließlich verbrannt zu werden. Unter Valerius' Herrschaft wurde kaum noch jemand deshalb hingerichtet, weil er die Gesetze der Menschen gebrochen hatte, aber dafür wurden Menschen als Ketzer verbrannt.

Und nun stand Valerius' Kaiserin, von Wohlgerüchen umschwebt, in leuchtend rotem Gewand spät nachts im goldenen Kerzenschein vor Crispin und verlangte, dass er ihre Gemächer mit Delphinen schmücke.

Zu viel war in dieser Nacht auf ihn eingestürmt, er war nicht mehr im Stande, diese Forderung mit allen Auswirkungen zu durchdenken. Also suchte er Zeit zu gewinnen. Vorsichtig sagte er: »Es sind wirklich wunderschöne Geschöpfe, besonders wenn sie sich aus den Wogen emporschnellen.«

Alixana lächelte. »Und ob sie das sind.« Ihr Lächeln vertiefte sich. »Sie waren es auch, die Heladikos dorthin trugen, wo sich am Abend Meer und Himmel berühren.«

Sie duldete kein Ausweichen. Wenigstens wusste er jetzt, für welche Ketzerei er eventuell brennen würde.

Aber das machte es ihm auch leichter. Er blickte auf und sah sie an. Sie hatte ihn nicht aus den Augen gelassen. »Diese Lehre wurde von beiden Patriarchen verboten, Hoheit. Der Kaiser hat im alten Tempel von Jads Weisheit geschworen, sie darin zu unterstützen.«

»Davon habt Ihr also gehört? Sogar in Batiara? Unter den Antae?«

»Gewiss doch. Der Oberste Patriarch hat seinen Sitz schließlich in Rhodias, Hoheit.«

»Und hat der König der Antae… oder nach ihm seine Tochter…, den gleichen Eid geschworen?«

Diese Frau war unglaublich gefährlich. »Nein, Hoheit, und das wisst Ihr auch. Die Antae fanden schließlich erst über die heladikische Lehre zu Jad.«

»Und leider haben sie ihre Anschauungen nicht geändert.«

Crispin fuhr herum.

Die Kaiserin wandte nur den Kopf und lächelte dem Mann zu, der – ebenso lautlos wie sie – durch die Tür am anderen Ende des Raumes getreten war. Er hatte die Worte gesprochen.

Zum zweiten Mal stellte Crispin seinen Becher ab und verneigte sich, um sein wachsendes Unbehagen zu verbergen. Sein Herz klopfte wie rasend. Valerius trug dieselbe Kleidung wie vorher und er hatte auch sein Auftreten nicht geändert. Er ging zu dem Tisch an der Wand und schenkte sich selbst einen Becher Wein ein. Die drei waren allein, kein Diener war im Raum.

Der Kaiser nippte einmal und sah Crispin ruhig an. Man erwartete offenbar, dass er sich äußerte.

Es war sehr spät. In Crispin erwachte ein Trotz, der seiner Mutter und seinen Freunden nur zu bekannt gewesen wäre, für ihn jedoch ganz unerwartet kam. »Ein von den Antae hoch geschätzter Priester hat einmal geschrieben, Ketzereien seien nicht der Mode unterworfen wie Kleider oder Bärte, Majestät, die mit den Jahren oder Jahreszeiten wechseln«, murmelte er.

Alixana lachte laut auf. Valerius lächelte, doch die grauen Augen in dem runden, weichen Gesicht blieben wachsam. »Das habe ich gelesen«, sagte er. »Sybard von Varena. *Erwiderung auf eine Erklärung*. Ein kluger Mann. Ich habe ihm in einem Brief meine Anerkennung ausgesprochen und ihn hierher eingeladen.«

Davon hatte Crispin nichts gewusst. Wie sollte er auch?

Er wusste nur – und das war offenbar allgemein bekannt –, dass Valerius' massive Ansprüche auf der batiaranischen Halbinsel viel von ihrer Glaubwürdigkeit aus der religiösen Spaltung bezogen, die es seiner Aussage nach unumgänglich machte, die Region aus ihrem ›Irrglauben‹ zu erretten. Es war schon seltsam. Einerseits begründete der Kaiser die angestrebte Rückeroberung Rhodias' und des Westens mit religiösen Argumenten, und im gleichen Atemzug lobte er den Antae-Priester, dessen Werk das Dokument, das ihm die Rechtfertigung lieferte, Punkt für Punkt in Frage stellte. Aber es passte auch dazu, was Crispin bisher über diesen Mann herausgefunden hatte.

»Er hat die Einladung abgelehnt«, sagte Alixana leise, »in ziemlich rüdem Ton. Auch Euer Partner Martinian hat unsere Einladung abgelehnt. Woran liegt es, Rhodianer, dass keiner von euch zu uns kommen will?«

»Du bist ungerecht, mein Herz. Caius Crispus ist schließlich hier. Hat er die lange Reise durch den kalten Herbst auf sich genommen, hat er sich dem Messer des Barbiers und unserem Hof gestellt... nur um jetzt von einer mutwilligen Kaiserin mit einem gottlosen Auftrag bedrängt zu werden?«

»Besser mein Mutwille als Stylianes Gehässigkeit«, gab Alixana scharf zurück. Sie lehnte sich immer noch gegen den Tisch. Ihr Tonfall konnte sich fast unbemerkt verändern. Es war bemerkenswert: Crispin kannte bereits so viele Nuancen dieser Stimme, als hätte er sie schon immer gehört. »Wenn die Ketzereien mit den Jahreszeiten wechseln können«, murmelte sie, »warum dann nicht die Dekoration meiner Wände, mein kaiserlicher Gemahl? *Hier* bist du doch schon Sieger.«

Sie lächelte alle beide strahlend an. Für einen Moment wurde es still.

»Wer von uns bedauernswerten Männern«, sagte der Kaiser endlich und schüttelte ratlos den Kopf, »verfügt schon über so viel Witz, um dir widersprechen zu können?«

Das Lächeln der Kaiserin vertiefte sich. »Gut. Dann geht mein Wunsch in Erfüllung? Ich möchte Delphine in diesem Raum. Ich werde es so einrichten, dass unser Rhodianer...«

Sie hielt inne. Am anderen Ende des Gemachs hatte der Kaiser mit richterlicher Strenge die Hand erhoben. »Später«, sagte Valerius streng. »*Zuerst* kommt der Tempel. Und auch danach nur, wenn der Mann *will*. Es ist nun einmal Ketzerei, ob kurzlebig oder nicht, und wenn die Tat entdeckt würde, träfe die Strafe den Handwerker und nicht die Kaiserin. Bedenke das. Und dann entscheide.«

»Dein ›später‹«, sagte Alixana, »liegt wahrscheinlich noch in weiter Ferne. Du baust einen Tempel von gewaltigen Ausmaßen, mein Gemahl. Dagegen sind meine Gemächer erbärmlich klein.« Sie schob schmollend die Lippen vor.

Crispin hatte zunehmend den Verdacht, einem ganz alltäglichen Schlagabtausch des Paares *und* einer gestellten Szene beizuwohnen, die ihn ablenken sollte. Wovon, war ihm nicht klar, aber der Verdacht bewirkte genau das Gegenteil: Er blieb misstrauisch und wachsam.

In diesem Augenblick wurde an die äußere Tür geklopft.

Der Kaiser von Sarantium schaute rasch auf. Wie immer, wenn er lächelte, wirkte er jünger, fast knabenhaft. »Aha! Vielleicht verfüge ich doch noch über mehr Witz, als ich dachte. Wie beruhigend. Mir scheint«, murmelte er dann, »ich stehe im Begriff, eine Wette zu gewinnen, verehrte Gemahlin. Ich freue mich schon auf den versprochenen Einsatz.«

Alixana schien fassungslos. »Ich kann mir nicht vorstellen, dass sie das wagen würde. Es handelt sich bestimmt um etwas anderes. Etwas…« Sie brach ab und biss sich auf die Unterlippe. Die Hofdame war an der inneren Tür erschienen und zog fragend die Augenbrauen hoch. Der Kaiser stellte seinen Becher ab und trat schweigend an ihr vorbei in den dahinter liegenden Raum. Crispin sah, dass er immer noch lächelte.

Alixana nickte der Frau zu. Die Hofdame zögerte, deutete auf ihre Herrin, dann auf ihr eigenes Haar. »Hoheit…?«

Die Kaiserin zuckte die Achseln, verzog ungeduldig das Gesicht. »Die Leute haben schon mehr von mir gesehen als nur mein offenes Haar, Crysomallo. Lass es gut sein.«

Crispin wich unwillkürlich bis an den Tisch mit der Rose zurück, als sich die Tür öffnete. Alixana stand, bei aller Zwanglosigkeit eine stolze Erscheinung, nicht weit davon entfernt. Wer immer da Einlass begehrt, dachte er, kann nicht unwillkommen sein, sonst hätte er niemals Zutritt zum Palast erlangt. Kein Gardist hätte so spät nachts noch an die Tür geklopft.

Die Hofdame trat zurück und dicht hinter ihr betrat ein Mann mit einem Elfenbeinkästchen in den Händen den Raum. Er reichte das Kästchen Crysomallo, dann wandte er sich der Kaiserin zu, kniete nieder und berührte in einer feierlichen Verbeugung dreimal mit der Stirn den Boden. Crispin empfand das Zeremoniell als unangemessen, ja übertrieben. Als der Besucher endlich den Kopf wieder hob und auf einen Wink Alixanas hin aufstand, erkannte er ihn: Es war der hagere Mann mit dem schmalen Gesicht, der im Audienzsaal hinter dem Strategos Leontes gestanden hatte.

»Ein später Besuch, Schreiber Pertennius. Bringt Ihr mir ein persönliches Geschenk oder eine Botschaft von Leontes?« Der Tonfall der Kaiserin war schwer zu deuten: makellos höflich, aber auch nicht mehr.

»Von seiner edlen Gemahlin, Dreifach Erhabene. Styliane Daleina sendet ihrer dreifach verehrten und geliebten Kaiserin ein kleines Präsent. Sie würde es als unverdiente Ehre betrachten, solltet Ihr geruhen, es anzunehmen.« Der Mann sah sich rasch um, als er fertig war, und Crispin hatte ganz deutlich den Eindruck, als suche er sich alles genau einzuprägen. Das offene Haar der Kaiserin, die Intimität der Situation konnten ihm nicht entgangen sein. Doch Alixana war das offenbar vollkommen gleichgültig. Wieder fragte sich Crispin, welches Spiel hier ablief, wie er in diesem Moment eingesetzt wurde und zu welchem Zweck.

Die Kaiserin nickte, und Crysomallo löste die goldene Schnalle des Kästchens, klappte den Deckel auf und hielt, ohne ihr Staunen verbergen zu können, den Inhalt hoch. Das kleine Präsent. Es war sehr still im Raum.

»Du meine Güte«, sagte die Kaiserin von Sarantium endlich leise. »Ich habe die Wette tatsächlich verloren.«

»Hoheit?« Der Schreiber runzelte die Stirn. Darauf war er nicht gefasst.

»Schon gut. Sagt der edlen Styliane, wir freuen uns über die noble Geste und über die… Schnelligkeit, mit der sie uns das Geschenk zukommen ließ. Es wäre nicht nötig gewesen, einem fleißigen Schreiber die Nachtruhe zu rauben, um ihn zu Botendiensten zu verwenden. Ihr könnt gehen.«

Das war alles. Eine höfliche, aber unmissverständliche Entlassung. Crispin musste erst verarbeiten, dass das Kollier mit der riesigen Perle, die ihm an Styliane Daleina aufgefallen war – und auf die er so viel unerwünschte Aufmerksamkeit gelenkt hatte –, soeben in den Besitz der Kaiserin übergegangen war. Er hatte keine Ahnung, was der Schmuck wert sein mochte. Nur eines wusste er mit absoluter Sicherheit: Hätte er jene Bemerkung nicht gemacht, es wäre nie zu diesem Geschenk gekommen.

»Ich danke Euch, Hoheit. Ich werde Eure freundlichen Worte sofort übermitteln. Hätte ich gewusst, dass ich störe…«

»Lasst das, Pertennius. Sie wusste, dass Ihr stören würdet, und Ihr wusstet es auch. Ihr habt beide im Thronsaal gehört, wie ich den Rhodianer zu mir bestellte.«

Der Mann verstummte, senkte den Blick und schluckte verlegen. Crispin sah mit tiefer Genugtuung, wie Alixana von Sarantium ausnahmsweise jemand anderen aus dem Konzept brachte.

»Ich dachte… Hoheit. Sie dachte… Ihr könntet…«

»Mein armer Pertennius. Ihr solltet besser mit Leontes in die Schlacht ziehen und über die Attacken der Reiterei schreiben. Geht jetzt schlafen. Sagt Styliane, die Perle habe mich sehr erfreut und alles sei nach ihrem Plan gelaufen. Der Rhodianer sei tatsächlich noch bei mir gewesen und habe mit angesehen, wie sie ihn mit ihrem Geschenk an mich übertrumpfte. Ihr könnt ihr auch ausrichten«, fügte sie hinzu, »dass mir das Haar noch immer bis zu den Hüften reicht, wenn ich es offen trage.« Sie drehte sich langsam um sich selbst, damit sich Leontes' Schreiber davon überzeugen konnte, dann trat sie an den Tisch mit der Weinkaraffe und griff nach dem Becher, den Valerius dort abgestellt hatte.

Crysomallo öffnete die Tür. Bevor sich Pertennius – hatte er den Namen heute nicht schon einmal gehört? – zum Gehen wandte, bemerkte Crispin, wie seine Augen für einen Moment aufblitzten. Der Funke erlosch sofort wieder, der Schreiber warf sich noch einmal zu Boden, dann zog er sich zurück.

Alixana drehte sich erst um, als die Tür ins Schloss fiel.

»Dass Jad dich mit Blindheit und Kahlköpfigkeit schlage«, schalt sie mit ihrer bezaubernden Stimme.

In diesem Moment kehrte der Kaiser von Sarantium zurück, hörte die Verwünschung seiner Gemahlin und lachte entzückt. »Mein Haar ist ohnehin schon sehr gelichtet«, sagte er. »Der Fluch ist also verschwendet. Und sollte ich erblinden, dann musst du mich entweder in die Hand der Ärzte geben oder mich mit deinem Mund an meinem Ohr durchs Leben führen.«

Crispin beobachtete Alixana von der Seite und stutzte, als er ihren Gesichtsausdruck sah. Dieser beunruhigend intime Blick war sicher nicht beabsichtigt. Sein Herz zog sich schmerzhaft zusammen, die Vergangenheit schlug ihre Krallen in die Gegenwart.

»Ich hatte es nicht vorhergesehen«, murmelte Alixana. »Sehr klug von dir, mein Liebster.«

Valerius zuckte die Achseln. »Eigentlich nicht. Unser Rhodianer hatte sie mit seinem großzügigen Geschenk beschämt, nachdem er sie zuvor wegen ihrer Selbstüberschätzung öffentlich bloßgestellt hatte. Sie wusste genau, dass sie keinen kostbareren Schmuck tragen durfte als die Kaiserin.«

»Natürlich wusste sie das. Aber wer sollte sie in solcher Gesellschaft schon darauf hinweisen?«

Wie auf ein Stichwort drehten sie sich um und sahen Crispin an. Diesmal lächelten sie beide.

Crispin räusperte sich. »Offenbar nur ein ahnungsloser Mosaikleger aus Varena, der nun gern wüsste, ob er für seine diversen Vergehen mit dem Leben bezahlen muss.«

»Aber gewiss doch. Irgendwann einmal.« Alixana lächelte noch immer. »Eines Tages müssen wir alle sterben. Im Übrigen stehe ich tief in Eurer Schuld. Ich habe Euch ein unerwartetes Geschenk zu verdanken und ich bewundere solche Perlen über alle Maßen. Eine Schwäche von mir. Crysomallo?«

Die Hofdame brachte das Kästchen. Auch sie strahlte über das ganze Gesicht. Wieder nahm sie das Kollier heraus, öffnete die Schnalle und trat hinter die Kaiserin.

Valerius legte ihr die Hand auf die Schulter. »Trag sie noch nicht«, sagte er. »Gesius soll sie erst untersuchen lassen.«

Die Kaiserin sah ihn überrascht an. »Was? Wirklich? Petrus, du glaubst doch nicht…?«

»Nein, eigentlich nicht. Aber wir lassen sie trotzdem prüfen. Eine Kleinigkeit.«

»Gift ist keine Kleinigkeit, mein Herz.«

Crispin sah, wie Crysomallo erschrocken zusammenzuckte, die Kette hastig in ihr Behältnis zurücklegte und sich die Finger am Gewand abwischte. Die Kaiserin schien eher fasziniert als beunruhigt zu sein – soweit er das beurteilen konnte.

»Dergleichen ist Teil unseres Lebens«, sagte Alixana

von Sarantium leise. »Kein Grund zur Besorgnis, Rhodianer. Was allerdings Eure eigene Sicherheit angeht… Ihr habt an diesem Abend eine ganze Reihe von Leuten vor den Kopf gestoßen. Meinst du nicht, dass eine Leibwache angebracht wäre, Petrus?«

Sie hatte sich umgedreht und sah ihren Gemahl an. Valerius sagte nur: »Sie steht schon bereit. Ich habe mit Gesius gesprochen, bevor ich hierher kam.«

Crispin räusperte sich. Allmählich wurde ihm klar, wie schnell die beiden handelten. »Ich fände es… hinderlich, auf Schritt und Tritt von einer Leibwache verfolgt zu werden. Gestattet Ihr mir einen Vorschlag?«

Der Kaiser nickte zustimmend. Crispin sagte: »Ich erwähnte den Soldaten, mit dem ich in die Stadt gekommen war. Sein Name ist…«

»…Carullus von der Vierten Sauradischen, er ist hier, um mit Leontes zu sprechen. Wahrscheinlich über den Sold der Soldaten. Ihr hattet ihn tatsächlich erwähnt und ich habe ihn und seine Männer zu Eurer Leibwache bestimmt.«

Crispin schluckte. Im Grunde hätte sich der Kaiser nach diesem einen Hinweis nicht einmal an die Existenz des Offiziers erinnern dürfen, geschweige denn an seinen Namen. Allerdings sagte man diesem Mann nach, er vergesse nichts, er schlafe nie, und wenn er des Nachts durch die Korridore der Paläste wandle, halte er – im wörtlichen Sinne – Zwiesprache mit den Geistern aus der Zwischenwelt und beratschlage mit seinen verstorbenen Amtsvorgängern.

»Ich bin Euch sehr dankbar, Hoheit«, sagte Crispin und verneigte sich. »Carullus ist fast so etwas wie ein Freund geworden. Von ihm lasse ich mich gern durch die Stadt begleiten. Seine Anwesenheit wird mich beruhigen.«

»Was für mich natürlich nur von Vorteil sein kann«, lächelte der Kaiser. »Ich möchte, dass Ihr Euch ganz auf Eure Arbeit konzentriert. Möchtet Ihr den neuen Tempel sehen?«

»Ich kann es kaum erwarten, Majestät. Sobald es möglich ist…«

»Wozu warten? Wir gehen jetzt sofort.«

Es war weit nach Mitternacht. Selbst die Dykania-Festlichkeiten mussten inzwischen ein Ende gefunden haben. Nur die Bäcker an ihren Öfen, die Schlaflosen auf Nachtwache, die Straßenkehrer, die Stadtwache, die Prostituierten beiderlei Geschlechts und ihre Freier waren noch unterwegs. Doch dieser Kaiser brauchte angeblich keinen Schlaf.

»Das hätte ich mir denken können«, sagte Alixana gekränkt. »Ich hole mir einen klugen Mann in meine Gemächer, um mir seine… Fähigkeiten zunutze zu machen, und du entführst ihn mir.« Sie rümpfte demonstrativ die Nase. »Ich werde mich mit einem Bad trösten und mich dann zu Bett begeben, mein Gemahl.«

Wieder grinste Valerius wie ein kleiner Junge. »Du hast eine Wette verloren, Liebste. Schlaf mir nicht ein.«

Erstaunt sah Crispin, wie die Kaiserin von Sarantium errötete. Dennoch deutete sie eine kurze, spöttische Verbeugung an. »Der Wunsch meines Kaiserlichen Gemahls ist seinen Untertanen Befehl, wo immer dies möglich ist.«

»Das versteht sich von selbst«, sagte Valerius.

Die Kaiserin drehte sich um. »Ich lasse euch jetzt allein«, sagte sie und ging hinter Crysomallo auf die innere Tür zu. Durch den Spalt sah Crispin einen weiteren Kamin und dahinter ein breites Bett. Die Wände waren mit Fresken bemalt und mit bunten Stoffen behängt. In diesem Moment erkannte er, dass er tatsächlich mit dem Kaiser allein bleiben würde und was das bedeutete. Wieder wurde ihm der Mund trocken.

In der Tür blieb Alixana stehen und drehte sich

noch einmal um, als sei ihr etwas eingefallen. Sie legte einen Finger an die Wange und schüttelte in gespieltem Schuldbewusstsein den Kopf. »Fast hätte ich es vergessen. Wie dumm von mir. Die Perle und die Delphine hatten mich abgelenkt. Wir wollten doch die Botschaft hören, die Euch die Königin der Antae mitgegeben hat, Rhodianer. Was hat uns Gisel denn nun zu sagen?«

Nachdem Crispin eben noch damit gerechnet hatte, dem Kaiser genau diese Botschaft unter vier Augen übermitteln zu können, zog ihm die herrliche Stimme mit einem Schlag den Boden unter den Füßen weg. Sein Herz tat einen Satz; er glaubte, in einen Abgrund zu stürzen.

»Welche Botschaft?«, wiederholte er geistesgegenwärtig.

Der Kaiser murmelte: »Liebste, du bist launisch, grausam und entsetzlich ungerecht. Wenn Gisel unseren Caius Crispus überhaupt mit einer Botschaft betraut hat, dann war sie sicher nur für meine Ohren bestimmt.«

Heiliger Jad, dachte *Crispin* hilflos. Sie waren wirklich zu schnell für ihn. Und sie wussten zu viel. Er war überwältigt.

»Natürlich hat sie ihn mit einer Botschaft betraut.« Alixanas Stimme klang sanft, aber ihr Blick war sehr nachdenklich geworden und aller Spott war daraus verschwunden.

Crispin holte tief Atem. Ruhe bewahren. Er war einem *Zubir* begegnet. Als er den Alten Wald betrat, hatte er fest mit seinem Tod gerechnet, dann hatte er einem überirdischen Wesen gegenübergestanden und war lebend wieder herausgekommen. Jeder Augenblick, den er nach dieser Zeit im Nebel erleben durfte, war ein Geschenk. Er stellte fest, dass sich die Angst mit dieser Erinnerung beherrschen ließ.

»Habt Ihr mich deswegen hierher bestellt, Hoheit?«, fragte er leise.

Die Kaiserin verzog ironisch die Lippen. »Deswegen und wegen der Delphine. An ihnen ist mir wirklich gelegen.«

Valerius erklärte sachlich: »Wir haben natürlich unsere Leute in Varena. In diesem Herbst wurden in einer einzigen Nacht gleich mehrere Soldaten aus der Leibgarde der Königin getötet. Im Schlaf ermordet. Sehr ungewöhnlich. Dergleichen geschieht nur, wenn man ein Geheimnis bewahren will. Unsere Leute in Varena gingen der Sache nach und erfuhren ziemlich rasch von dem Kurier, der Eure Einladung überbrachte. Alle Welt redete davon. Er hatte den Inhalt des Schreibens öffentlich verkündet, nicht wahr? Und Ihr hattet Euch aus Gründen, die nicht ohne weiteres einsichtig waren, fälschlich für Martinian ausgegeben und die Einladung angenommen. Das erregte unsere Aufmerksamkeit. Wir ließen unsere Hilfstruppen aufmarschieren. Jemand hatte wohl beobachtet, wie Ihr spät in derselben Nacht von einem königlichen Diener nach Hause begleitet wurdet. Vielleicht nach einer Audienz im Palast? Danach kamen die nächtlichen Todesfälle. Aus alledem ließen sich logische Schlussfolgerungen ziehen, die an uns weitergeleitet wurden.«

Das klang so ruhig und präzise, als diktiere er einen Heeresbericht. Crispin dachte an Königin Gisel, die von allen Seiten bedrängt wurde und verzweifelt einen Ausweg suchte, einen Raum, wo sie leben, überleben konnte. Die Übermacht war erdrückend.

Er sah nur eine Möglichkeit. Er schaute vom Kaiser zur Kaiserin von Sarantium, hielt Alixanas festem Blick diesmal stand und sagte gar nichts.

Aber das war auch nicht nötig. Die Kaiserin erklärte gelassen: »Ihr sollt dem Kaiser ausrichten, er brauche nicht in Batiara einzumarschieren. Mit einer Heirat könne er die Halbinsel sicherer und unblutiger erobern.«

Im Grunde war jeder weitere Widerstand zwecklos, aber er senkte den Kopf und schwieg beharrlich. Doch vorher sah er noch ihr strahlendes Lächeln aufblitzen und hörte Valerius rufen: »Das geht nicht mit rechten Dingen zu! Da gewinne ich endlich einmal eine Wette und schon übertrumpft sie mich noch in derselben Nacht!«

Die Kaiserin sagte: »Die Botschaft war nur für den Kaiser bestimmt, nicht wahr?«

Crispin hob den Kopf, aber er antwortete nicht.

Obwohl er wusste, dass das sein Tod sein konnte.

»Natürlich war es so gedacht. Was blieb ihr denn sonst übrig?« Jetzt klang Alixanas Stimme kalt und sachlich. »Um eine Invasion zu vermeiden, dürfte ihr kaum ein Preis zu hoch sein.«

»Das gilt auch für mich«, sagte Crispin endlich, so ruhig er konnte. »Dächte nicht jeder Mann, jede Frau so?« Er holte Atem. »Eines will ich Euch sagen, denn das ist meine eigene Überzeugung: Batiara lässt sich vielleicht erobern, aber es lässt sich nicht halten. Die Tage eines einzigen großen Ost- und Westreiches sind vorüber. Die Welt ist nicht mehr, was sie einmal war.«

»So denke auch ich«, sagte Alixana. Eine neue Überraschung.

»Und ich denke anders«, erklärte der Kaiser kategorisch. »Sonst würde ich keine solchen Pläne schmieden. Wenn ich eines Tages tot in meinem Grab liege, soll man von Valerius II. sagen, er habe in seinem Leben unter Jads Sonne drei Dinge erreicht. Er habe den verfeindeten Glaubensrichtungen den Frieden gebracht, er habe dem Gott die prächtigsten Tempel errichtet und er habe Rhodias ins Reich zurückgeführt und ihm zu neuem Glanz verholfen. Wenn dies vollbracht ist, kann ich in Frieden ruhen.«

»Und wenn es nicht vollbracht wird?« Die Kaiserin hatte sich ihrem Gemahl zugewandt. Crispin hatte das Gefühl, Zeuge eines langen Gesprächs zu sein, das die beiden schon oft geführt hatten.

»Alternativen ziehe ich nicht in Betracht«, sagte Valerius. »Das weißt du, Liebste. Das war schon immer so.«

»Dann heirate sie«, sagte seine Frau sehr leise.

»Ich bin verheiratet«, sagte der Kaiser, »und Alternativen ziehe ich nicht in Betracht.«

»Nicht einmal, um nach deinem Tod in Frieden ruhen zu können?« Schwarze und kühlgraue Augen musterten einander im goldenen Kerzenschein. Crispin schluckte krampfhaft und wünschte sich irgendwohin, nur fort von hier. Kein Wort von Gisels Botschaft war ihm über die Lippen gekommen, aber die beiden schienen alles zu wissen. Sein Schweigen war ohne Bedeutung gewesen. Außer für ihn selbst.

»Nicht einmal dafür«, sagte Valerius. »Kannst du wirklich an mir zweifeln?«

Kaiserin Alixana zögerte lange, dann schüttelte sie den Kopf. »Nein«, sagte sie. Es wurde still. Endlich fuhr sie fort: »In diesem Fall sollten wir jedoch in Betracht ziehen, sie zu uns einzuladen. Wenn die Königin überlebt und ihr die Flucht gelingt, hätten wir mit ihr eine Waffe gegen jeden Räuber des Antae-Throns in der Hand – und ein solcher fände sich nach ihrem Weggang sicher.«

Nun lächelte Valerius, und Crispin fröstelte, als wäre das Feuer erloschen. Er hätte nicht sagen können, was ihn frieren machte, aber diesmal hatte der Kaiser nichts Knabenhaftes an sich. »Die Einladung ist schon vor längerer Zeit ergangen, Liebste. Ich habe Gesius veranlasst, jemanden damit in den Westen zu schicken.«

Alixana erstarrte, dann wiegte sie den Kopf hin und her und sah ihn merkwürdig an. »Wer glaubt, mit dir Schritt halten zu können, ist ein Tor, nicht wahr, mein Gemahl? Alle Scherze, alle Wetten ändern daran nichts. Wirst du denn niemals müde, klüger zu sein als alle anderen?«

Crispin war über das eben Gehörte so bestürzt, dass er ausrief: »Sie kann unmöglich kommen! Man wird sie töten, wenn sie die Einladung nur erwähnt.«

»Oder man lässt sie gehen, brandmarkt sie als Verräterin und bringt unter diesem Vorwand den Thron an sich, ohne königliches Blut vergießen zu müssen. Auf diese Weise könnte man auch die Rhodianer ruhig halten, nicht wahr?« Valerius' Blick war so kühl, als säße er spät nachts beim Spiel und überlege sich die nächsten Züge. »Ob die Antae-Adligen so gerissen sind, weiß ich allerdings nicht. Ich zweifle eher daran.« Aber hier geht es um Menschenleben, dachte Crispin entsetzt. Um eine junge Königin und die Bewohner eines vom Krieg zerrissenen, von der Pest heimgesuchten Landes. Um meine Heimat.

»Sind sie denn alle nur Spielfiguren für Euch, erhabener Kaiser? Die Menschen in Batiara, Eure Soldaten, Eure Untertanen im Osten, die ohne jeden Schutz sind, wenn Ihr das Heer nach Westen schickt? Was wird der König der Könige in Bassania tun, wenn er Eure Heerscharen von der Grenze abziehen sieht?« Crispin war so wütend, dass er alle Vorsicht vergaß.

Valerius ließ sich nicht aus der Ruhe bringen. Er sagte nachdenklich: »Die Bassaniden erhalten jährlich vierhundertvierzigtausend Gold-Solidi aus unserem Staatsschatz. Shirvan braucht das Geld. Er wird im Norden und im Süden bedrängt und auch er errichtet große Bauten in Kabadh. Ich könnte ihm vielleicht einen Mosaikmeister schicken.«

»Siroes?«, murmelte die Kaiserin trocken.

Valerius lächelte ein wenig. »Warum nicht?«

»Ich fürchte allerdings, du wirst keine Gelegenheit dazu bekommen«, sagte Alixana.

Der Kaiser sah sie kurz an. Dann wandte er sich wieder an Crispin. »Als Ihr vorhin im Thronsaal Scortius' Rätsel löstet, kam es mir so vor, als wärt Ihr aus dem gleichen Holz geschnitzt wie ich. Sind Eure Tessellae nicht auch... Teile eines Zusammensetzspiels, wie Ihr es ausdrückt?«

Crispin schüttelte den Kopf. »Es sind nur Würfel aus Glas und Stein, Majestät, keine unsterblichen Seelen.«

»Das ist richtig«, nickte Valerius. »Aber Ihr seid auch kein Kaiser. Ein Herrscher arbeitet mit anderem Material. Seid froh, dass Euch in Eurem Beruf gewisse Entscheidungen erspart bleiben.«

Schon seit Jahren wurde gemunkelt, dieser Mann habe, um seinem Onkel den Purpur zu verschaffen, den Anschlag mit Sarantinischem Feuer geplant, bei dem Flavius Daleinus am entscheidenden Tag ums Leben kam. In diesem Moment traute ihm Crispin dies durchaus zu.

Er sah die Frau an. Die beiden hatten an diesem Abend auf ihm gespielt wie auf einem Musikinstrument, aber er spürte keine Bosheit darin. Es war eher ein alltäglicher Zeitvertreib, und die Offenheit im Umgang mochte ein Zeichen von Vertrauen sein, von Respekt für das rhodianische Erbe... oder von anmaßender Gleichgültigkeit gegenüber seinen Gedanken und Gefühlen.

»Ich«, sage Alixana entschieden, »nehme jetzt mein Bad und gehe zu Bett. Die Wetten stehen doch wohl unentschieden, mein Gemahl. Solltest du sehr spät kommen, dann erkundige dich erst bei Crysomallo oder wer sonst Wache hält, über meinen... Zustand.« Sie schenkte dem Kaiser ein katzenhaft freundliches Lächeln, dann wurde sie wieder ernst und wandte sich an Crispin. »Ihr habt von mir nichts zu befürchten, Rhodianer. Ich verdanke Euch bereits eine Kette und einen unterhaltsamen Abend und vielleicht bekomme ich mit der Zeit noch mehr.«

»Delphine, Hoheit?«, fragte er.

Sie antwortete nicht, sondern ging in den hinteren Raum. Crysomallo schloss die Tür.

»Trinkt Euren Wein aus,«, sagte der Kaiser nach kurzer Pause. »Ihr seht so aus, als könntet Ihr ihn brauchen. Danach zeige ich Euch ein Weltwunder.«

Ich habe eben schon eins gesehen, dachte Crispin. Ihr Duft hing noch im Raum.

Er hätte es ruhig laut aussprechen können, aber er tat es nicht. Sie tranken beide. Carullus hatte irgendwann einmal erzählt, es gebe in der Stadt einen Gerichtsbeschluss, wonach keine andere Frau das Parfüm der Kaiserin Alixana benützen dürfe. »Und was ist mit den Männern?«, hatte Crispin scherzhaft gefragt. Der Soldat hatte schallend gelacht. Es war eine Ewigkeit her.

Jetzt war Crispin so tief in höfische Intrigen verstrickt, dass er das Geschehen nicht einmal mehr durchschaute. Er nahm seinen Mantel und verließ mit Valerius II. die Privatgemächer der Kaiserin. Der Kaiser führte ihn durch so viele Gänge, dass er bald die Orientierung verlor. Irgendwann traten sie ins Freie – aber nicht durch den Haupteingang – und wurden von kaiserlichen Gardisten mit Fackeln über einen gepflasterten Weg durch einen dunklen Garten geführt. Zu beiden Seiten ragten Statuen in die stürmische, wolkenverhangene Nacht empor. Sie ließen sie hinter sich zurück. Crispin hörte das Meer rauschen.

Alsbald erreichten sie die Mauer um den Kaiserlichen Bezirk, folgten ihr bis zu einer Kapelle und traten ein.

Drinnen brannten Kerzen. Ein Priester in weißer

Kutte wachte – offenbar einer von den Schlaflosen. Der Besuch des Kaisers zu so später Stunde schien ihn nicht zu überraschen. Er verneigte sich tief, dann löste er – ohne dass ein Wort gefallen wäre – einen Schlüssel vom Gürtel und führte die beiden zu einem schwarzen Türchen hinter dem Altar des Gottes und der goldenen Sonnenscheibe.

Jenseits der Tür führte ein kurzer Steinkorridor durch die Mauer. Er war so niedrig, dass Crispin sich bücken musste, um nicht mit dem Kopf anzustoßen. Am anderen Ende befand sich eine zweite Tür. Der Priester schloss sie mit demselben Schlüssel auf und trat beiseite.

Auch die Soldaten blieben zurück und so betrat Crispin allein mit dem Kaiser in tiefer Nacht den Tempel von Jads Heiliger Weisheit.

Er richtete sich auf und sah sich um. Der Raum war mit Tausenden von Lampen hell erleuchtet, obwohl er noch unvollendet und noch nicht geweiht war. Crispins Blick wanderte weiter und weiter nach oben, bis er allmählich die Kuppel erfasste, ein Werk von unvergleichlicher, ja überirdischer Majestät. Er stand wie erstarrt, denn er begriff: An diesem Ort konnte er erreichen, was sein Herz begehrte. *Dazu* war er nach Sarantium gekommen.

In der kleinen Straßenkapelle in Sauradia war er zusammengebrochen unter der Macht des Gottesbildes, das von der Kuppel auf ihn herabschaute. Der Anblick des gestrengen Richters, des ewigen Kriegers hatte ihm alle Kraft geraubt. Hier warf ihn nichts zu Boden. Hier wünschte er sich, fliegen zu können – die todbringende Gabe, die Heladikos von seinem Vater bekommen hatte –, um sich über die brennenden Lichter zu erheben und mit zärtlichen Fingern über die gewaltige Wölbung dieser heiligen Kuppel zu streichen.

Eine Flut von Bildern stürmte auf Crispin ein – Bilder aus Vergangenheit und Gegenwart, kurze, bunte Ausblicke auf eine mögliche Zukunft. Hinter ihm wurde die kleine Tür geschlossen. Er stand immer noch da und schaute nach oben, schwankend wie ein Schiffchen im Sturm, geschüttelt von Wogen scheuen Verlangens. Der Kaiser stand schweigend neben ihm unter der größten Kuppel aller Zeiten und auf der ganzen Welt und beobachtete ihn im flackernden Schein von abertausend Kerzen.

Endlich nach langer Zeit sagte Crispin flüsternd, um die Reinheit dieses Ortes nicht zu zerstören, das Erste, was ihm im Strudel seiner Gedanken auf die Lippen drängte: »Ihr braucht Batiara nicht zurückzuerobern, Majestät. Ihr und der Mann, der diesen Bau für Euch errichtet hat, Ihr seid bereits unsterblich.«

Der Tempel schien unendlich zu sein. Die vier Bogen, auf denen die gewaltige Kuppel ruhte, ragten in Schwindel erregende Höhen empor, die Kuppel mit den stützenden Halbkuppeln umschloss gewaltige Räume, weit reichten die Schiffe und Seitennischen im unruhigen Schein der Kerzen ins Dunkel hinein. An einer Seite befand sich eine Kapelle, die mit meergrünem Marmor verkleidet war, anderswo hatte man blau geäderten weißen, hellgrauen, roten oder schwarzen Marmor verwendet. Steinbrüche aus der ganzen Welt hatten das Material geliefert. Die Kosten waren unvorstellbar. Zwei der mächtigen Bogen ruhten auf Doppelpfeilern aus Marmor, die durch Balkone und Balustraden aus filigraner Steinmetzarbeit verbunden waren. Schon der erste Blick darauf erinnerte Crispin an seinen Vater und dessen Handwerk und trieb ihm die Tränen in die Augen.

Die Bogen im Osten und im Westen waren über der zweiten Pfeilerreihe von jeweils zwanzig Fenstern durchbrochen, und Crispin konnte sich selbst bei Nacht und im Kerzenschein vorstellen, was mit dem Tempel geschah, wenn das Licht der auf- oder untergehenden Sonne schwertgleich durch diese Fenster drang. Und, weicher und diffuser, durch die Fenster in der Kuppel selbst. Denn die Kuppel schwebte wie ein Abbild von Jads Himmel über einem geschlossenen Ring aus zierlichen Bogenfensterchen. Eiserne Leuchter hingen an langen Ketten von der Wölbung herab und erfüllten die Räume darunter mit Kerzenschein.

Hier würde es immer Licht geben, bei Tag und bei Nacht, herrliches, wechselndes Licht. Wie immer die Mosaikleger die Kuppel und die Halbkuppeln, die Bogen und die Wände in diesem Raum gestalteten, ihr Werk würde beleuchtet werden wie kein anderes auf der Welt. Der Raum atmete eine Erhabenheit, die nicht zu beschreiben war, die massiven Säulen und die mächtigen Pfeiler waren mit leichter Hand zu einem wohlproportionierten, harmonischen Ganzen zusammengeführt worden. Vom Zentralschacht unter der Kuppel – Crispin erkannte tief bewegt die Grundform, den Fußkreis, der größer war als die quadratische Basis, ohne die Ausführung zu begreifen – führten Seitenschiffe nach allen Richtungen. Überall gab es Nischen und dunkle Seitenkapellen, wo sich die Gläubigen ungestört und in aller Ruhe mit den Mysterien ihrer Religion beschäftigen konnten.

Hier, dachte er, wird die Heiligkeit Jads und seiner sterblichen Geschöpfe fassbar.

Der Kaiser hatte auf sein Flüstern nicht geantwortet. Crispin sah ihn gar nicht an. Sein Blick griff immer noch wie mit gierigen Fingern nach oben, vorbei an den Hängeleuchtern und dem Ring aus schwarzen Fenstern, die Nacht und Wind draußen hielten, dahin, wo verführerisch schimmernd im flackernden Kerzenschein seine Kuppel auf ihn wartete.

Endlich sagte Valerius: »Hier steht mehr auf dem Spiel als nur ein Name, Rhodianer, aber ich weiß wohl, was Ihr sagen wollt, und glaube Euch zu begreifen. Ihr seid also zufrieden mit dem, was man Euch bietet, Mosaikmeister? Ihr bedauert es nicht, gekommen zu sein?«

Crispin rieb sich das nackte Kinn. »Ich kenne nichts, was damit vergleichbar wäre, nicht in Rhodias, nicht auf der ganzen Welt... Wie diese Kuppel geschaffen wurde, ist mir unbegreiflich. Diese ungeheure Spannweite... *wer* hat sie gebaut, Majestät?« Sie standen immer noch vor dem Türchen, das durch die Mauer in die primitive Kapelle und in den Kaiserlichen Bezirk zurückführte.

»Er wird sicher bald kommen, wenn er unsere Stimmen hört. Er verbringt die Nächte meistens hier. Deshalb lasse ich seit dem Sommer die Kerzen anzünden. Mir sagt man nach, ich schliefe nie, und wenn ich die Menschen auch gern in dem Glauben lasse, so ist es doch nicht wahr. Bei Artibasos scheint es jedoch tatsächlich zuzutreffen: Ich glaube, er wandert die ganze Nacht herum, überprüft die verschiedensten Kleinigkeiten, brütet über seinen Zeichnungen oder fertigt neue an.« Der Ausdruck des Kaisers war schwer zu deuten. »Ihr... habt keine Angst vor dieser Aufgabe, Rhodianer? Ihr fühlt Euch nicht überfordert?«

Crispin sah Valerius an und zögerte. »Nur ein Narr hätte vor dieser Kuppel keine Angst. Wenn Euer Architekt kommt, dann fragt ihn doch, ob ihm sein Entwurf damals keine Angst machte.«

»Ich habe ihm diese Frage gestellt und erhielt zur Antwort, er habe Todesängste ausgestanden, und das sei immer noch so. Er bleibe nur deshalb jede Nacht hier, weil er sich einbilde, sie könne einstürzen, wenn er zu Hause schlafe.« Valerius zögerte. »Wie wollt Ihr die Kuppel meines Tempels gestalten, Caius Crispus?«

Crispins Herz schlug schneller. Die Frage kam nicht

ganz unerwartet. Dennoch schüttelte er den Kopf. »Vergebt mir, Majestät, aber dafür ist es noch zu früh.«

Doch das war gelogen.

Schon bevor er den Tempel zum ersten Mal betreten hatte, war ihm klar gewesen, was er hier schaffen wollte. Am Fest der Toten hatte er das Wissen wie einen Traum, ein Geschenk aus dem Alten Wald mitgebracht. Heute war ihm im Trubel des Hippodroms eine weitere Vision zuteil geworden. Auch dabei hatte die Zwischenwelt die Hand im Spiel gehabt.

»*Viel* zu früh«, ließ sich eine quengelnde Stimme vernehmen. »Wer *ist* dieser Mann, und wo ist Siroes geblieben? Majestät?«

Die Anrede wurde mit einiger Verspätung achtlos angehängt. Linker Hand war hinter einer Wand von Kerzen ein kleiner Mann mittleren Alters aufgetaucht, in einer Tunika, die ebenso zerknittert war wie sein Gesicht. Sein strohblondes Haar stand wirr nach allen Seiten ab. Er ging barfuß auf dem eiskalten Marmorboden. Seine Sandalen trug er in der Hand.

»Artibasos«, sagte der Kaiser. Crispin sah, wie er lächelte. »Ich muss schon sagen, genauso hätte ich mir den Obersten Architekten des Reiches immer vorgestellt. Euer Haar strebt himmelwärts wie Eure Kuppel.«

Der andere fuhr sich zerstreut über den Kopf und zerraufte sein Haar damit noch mehr. »Ich bin eingeschlafen«, sagte er. »Dann bin ich aufgewacht. Und hatte einen guten Einfall.« Er hob wie zur Erklärung die Sandalen hoch. »Seitdem wandere ich herum.«

»Tatsächlich?«, fragte Valerius geduldig.

»O ja«, sagte Artibasos. »Natürlich. Deshalb bin ich ja barfuß.«

Eine Pause trat ein.

»Natürlich«, wiederholte der Kaiser mit leiser Strenge. Crispin wusste bereits, dass dieser Mann es nicht liebte, im Dunkeln zu tappen. Auf welchem Gebiet auch immer.

»Es geht wohl um die rauen Steinplatten?«, vermutete Crispin. »Das ist sicher eine Möglichkeit, sie ausfindig zu machen. Wenn auch zu dieser Jahreszeit nicht gerade die angenehmste.«

»Den Einfall hatte ich, als ich aufwachte.« Artibasos sah Crispin scharf an. »Wollte sehen, ob es gelingt. Und es gelingt tatsächlich! Ich habe den Steinmetzen zwanzig Platten angezeichnet, die sie nachpolieren müssen.«

»Glaubt Ihr wirklich, die Leute kommen barfuß in den Tempel?«, fragte der Kaiser ratlos.

»Schon möglich. Nicht jeder, der hier beten will, wird Schuhe haben. Aber darum geht es nicht… *Ich* will, dass der Boden vollkommen ist. Ob das sonst jemand merkt, kümmert mich nicht. Majestät.« Der kleine Architekt hob den Kopf und blinzelte Crispin an. Mit seinen zusammengekniffenen Augen wirkte er fast etwas dümmlich. »Wer *ist* dieser Mann?«

»Ein Mosaikmeister«, sagte der Kaiser immer noch erstaunlich geduldig.

»Natürlich«, sagte der Architekt. »Das habe ich gehört.«

»Aus Rhodias«, fügte Valerius hinzu.

»Auch das kann man hören«, sagte Artibasos, ohne den Blick von Crispin zu wenden.

Der Kaiser lachte. »Caius Crispus von Varena, das ist Artibasos von Sarantium, ein Mann von gewissen bescheidenen Gaben, aber mit der ganzen überschwänglichen Höflichkeit des geborenen Sarantiners. Warum bin ich Euch gegenüber nur so nachsichtig, Architekt?«

»Weil Ihr ordentliche Arbeit schätzt. Natürlich.« Das war offenbar sein Lieblingsausdruck. »Dieser Mensch soll also mit Siroes zusammenarbeiten?«

»Er soll Siroes *ersetzen*. Siroes hat uns mit seinem Negativverfahren für die Kuppel irregeführt. Hatte er sich mit Euch jemals darüber unterhalten, Artibasos?«

Eine sehr zurückhaltende Frage, dennoch antwortete der Architekt zum ersten Mal nicht sofort, sondern drehte sich um und sah seinen Kaiser an.

»Ich bin Planer und Baumeister, Majestät. Ich baue Euch diesen Tempel. Seine Ausgestaltung ist Sache der kaiserlichen Kunsthandwerker. Sie kümmert mich wenig, und ich habe keine Zeit, mich damit auch noch zu beschäftigen. Von Siroes halte ich nichts, wenn Ihr es wissen wollt, und von seiner Gönnerin noch weniger, aber das spielt wohl auch keine Rolle, nicht wahr?« Wieder sah er Crispin an. »Ob mir der hier besser gefällt, möchte ich bezweifeln. Er ist mir viel zu groß und außerdem hat er rotes Haar.«

»Man hat mir heute Abend den Bart abgenommen«, lächelte Crispin. »Er hätte Eure Zweifel wohl endgültig beseitigt. Hattet Siroes Euch eigentlich schon wegen des Untergrunds für die Mosaiken angesprochen?«

Der kleine Mann rümpfte die Nase. »Wie käme ich dazu, mit einem Kunsthandwerker bauliche Fragen zu erörtern?«

Crispins Lächeln verblasste ein wenig. »Vielleicht«, sagte er freundlich, »sollten wir bald einmal bei einer Karaffe Wein überlegen, ob wir das nicht anders handhaben könnten. Ich wäre sehr dankbar dafür.«

Artibasos verzog das Gesicht. »Jetzt sollte ich wohl höflich sein. Neu in der Stadt und so weiter. Ihr stellt also gewisse Ansprüche an den Verputz, nicht wahr? Natürlich. Das spüre ich. Seid Ihr einer von den Naseweisen, die zu allem eine Meinung, aber von nichts eine Ahnung haben?«

Crispin hatte nicht zum ersten Mal mit Menschen dieses Schlags zu tun. »Ich habe durchaus eine Meinung dazu, wie guter Wein schmecken muss«, sagte er, »aber ich habe keine Ahnung, wo man in Sarantium den besten findet. Das überlasse ich Euch, wenn ich dafür einige Gedanken zum Verputz äußern darf.«

Der Architekt schwieg einen Augenblick, dann gestattete er sich ein kleines – ein winziges – Lächeln. »Dumm seid Ihr wenigstens nicht.« Der Marmorboden war kalt. Er trat von einem Fuß auf den anderen und unterdrückte mit Mühe ein Gähnen.

»Artibasos«, sagte Valerius, immer noch in diesem ironisch-nachsichtigen Ton. »Merkt gut auf, denn dies ist ein Befehl. Ihr zieht jetzt Eure Sandalen an – es nützt mir nichts, wenn Ihr Euch bei der Kälte den Tod holt. Dann sucht Ihr Euren Mantel, geht nach Hause und legt Euch schlafen. In Eurem Bett. Es nützt mir auch nichts, wenn Euch vor Müdigkeit die Augen zufallen. Es ist bald Morgen. Draußen wartet eine Eskorte auf Caius Crispus, jedenfalls sollte sie inzwischen da sein. Sie wird auch Euch nach Hause bringen. Schlaft Euch gründlich aus. Die Kuppel stürzt davon nicht ein.«

Der kleine Architekt machte hastig ein Zeichen zur Abwehr des Bösen. Zunächst schien er noch protestieren zu wollen, doch dann fiel ihm – wenn auch reichlich spät – ein, dass er mit seinem Kaiser sprach. Er schloss den Mund und fuhr sich noch einmal mit der Hand durch das Haar. Die Wirkung war verheerend.

»Ein Befehl«, wiederholte Valerius freundlich.

»Natürlich«, sagte Artibasos von Sarantium.

Er hielt jedoch ganz still, als sein Kaiser die Hand ausstreckte und – sehr behutsam – die sandfarbenen Strähnen glatt strich. Es war eine fast mütterliche Geste.

Valerius begleitete die beiden bis zum Haupttor – es war aus Silber und so hoch wie zwei Männer – und trat mit hinaus auf den zugigen Portikus. Dort drehten sich beide um und verabschiedeten sich. Crispin bemerkte, dass sich der kleine Mann ebenso förmlich verneigte wie er selbst. Der Kaiser kehrte in den Tempel zurück und schloss eigenhändig das schwere Tor. Man hörte, wie von innen ein Riegel vorgeschoben wurde.

Die beiden Männer drehten sich um und schauten in die Dunkelheit hinein. Der Wind zauste ihnen das Haar. Der Kaiser hatte angenommen, dass Carullus hier sein werde. Crispin sah niemanden. Plötzlich spürte er, wie erschöpft er war. Jenseits des Platzes brannten Lichter. Dort an den Bronzetoren stand die Kaiserliche Garde. Dichte Wolken bedeckten den Himmel. Es war sehr still.

Dann gellte ein Schrei – eine Warnung – durch die Nacht und eine Gestalt kam über die Baustelle auf den Portikus zugestürmt. Der Unbekannte nahm drei Stufen auf einmal, landete etwas unglücklich, schoss an Artibasos vorbei und rüttelte an den verschlossenen Toren.

Mit einem lästerlichen Fluch drehte er sich um. Er hielt ein Messer in der Hand. Crispin erkannte ihn – ohne zu begreifen, was eigentlich vorging – und starrte ihn mit offenem Mund an. Zu viele Überraschungen für eine einzige Nacht.

Jetzt wurde es ringsum lebendig. Crispin drehte sich um und atmete erleichtert auf. Eine vertraute Gestalt kam mit dem Schwert in der Hand die Stufen herauf. Carullus.

»Scortius von den Blauen!«, rief der Soldat. »Ihr habt mich heute Nachmittag ein Vermögen gekostet!«

Der Wagenlenker fauchte, sie stünden alle drei unter dem Schutz des Kaisers. Eine verwirrende Feststellung. Der Mann war wie eine gespannte Bogensehne. Carullus sah ihn überrascht an. »Ihr denkt doch nicht etwa, wir wollten sie *überfallen*?«, fragte er und senkte sein Schwert.

Der Wagenlenker ließ seinen Dolch langsamer sinken. Erst jetzt überblickte Crispin das ganze Ausmaß des Missverständnisses. Er sah erst die drahtige Gestalt an seiner Seite, dann seinen breitschultrigen Freund am Fuß der Treppe an. Und schließlich tat er das Nächstliegende und machte die Anwesenden miteinander bekannt.

Scortius von Soriyya begann zu lachen.

Carullus stimmte ein. Sogar Artibasos grinste verhalten. Als sich die Heiterkeit gelegt hatte, sprach der Spitzenfahrer der Blauen eine Einladung aus. Offenbar wurde er trotz der unglaublich späten Stunde noch zu einem Imbiss in der Küche seiner Zirkuspartei erwartet. Scortius erklärte, er sei viel zu feige, um Strumosus zu enttäuschen – außerdem sei er noch hungrig, auch wenn er dafür keinen vernünftigen Grund angeben könne.

Artibasos erinnerte daran, dass ihm der Kaiser ausdrücklich befohlen habe, zu Bett zu gehen. Carullus riss die Augen auf. Er begriff erst jetzt, wer da auf dem Portikus gestanden hatte, während er und die Soldaten im Schatten lauerten. Scortius protestierte. Crispin sah den kleinen Architekten an.

»Meint Ihr, das war ein echter Befehl?«, fragte er. »Nähme er Euch beim Wort?«

»Schon möglich«, erwiderte Artibasos. »Valerius ist schwer zu durchschauen und der Tempel ist sein Vermächtnis.«

Nicht sein einziges, dachte Crispin.

Er musste an seine Heimat denken und an die junge Königin und ihre Botschaft. Heute Abend war alles ans Licht gekommen, obwohl er selbst im Grunde nichts verraten hatte. Doch als er mit Valerius und Alixana allein war, hatte er einsehen müssen, wie weit sie im Spiel der höfischen Intrige allen anderen voraus waren. So weit, dass… es eigentlich kein Spiel mehr war. Das warf die Frage auf, wo hier sein Platz und was seine Rolle war. Ob er wohl hoffen konnte, sich hinter seinen Tessellae und dieser prachtvollen Kuppel zu verschanzen? Würde man ihm das gestatten? Diese Nacht hatte ihm so viele Verwicklungen gezeigt, dass er nicht wusste, ob sich das Knäuel bei Licht oder im Dunkeln jemals entwirren ließe.

Drei von Carullus' Männern bekamen den Auftrag, den Architekten nach Hause zu bringen. Carullus blieb mit zwei Soldaten bei Crispin und Scortius. Sie kehrten den Bronzetoren und der Reiterstatue den Rücken, überquerten im kalten Wind den Platz vor dem Tempel und das Hippodrom-Forum und erreichten die Straße, die zum Blauen-Hof führte. Unterwegs stellte Crispin fest, dass er übermüdet und aufgeputscht war und dass sich beides in etwa die Waage hielt. Er brauchte Schlaf und wusste, dass er ihn nicht fände. Vor seinem geistigen Auge verwandelte sich das Bild der Kuppel in das der Kaiserin und überlagerte die Erinnerung an die Hand einer gewissen Königin.

Delphine wollte sie. Er atmete tief ein. Der blässliche Schreiberling mit der Kette kam ihm in den Sinn, der Ausdruck, mit dem er von Crispin – der dem Anschein nach mit der Kaiserin in deren Allerheiligstem allein war – zu der Frau mit dem langen, offenen, schwarzen Haar geschaut hatte. Der kurze Blick – er hatte sich rasch beherrscht – war sehr vielschichtig, dachte Crispin. Ihn zu deuten, ging im Moment über seine Kräfte.

Seine Gedanken kehrten zum Tempel und zu dem Mann zurück, der ihn durch einen niedrigen Korridor und eine Tür in diese Wunderwelt geführt hatte. Im Geist sah er die Kuppel, umgeben von Halbkuppeln, getragen von Bogen, sah Marmor über Marmor und sah auch das, was er eines Tages dort schaffen würde.

Der Tempel ist Artibasos' Vermächtnis, dachte er, und vielleicht das Einzige, was dereinst von Kaiser Valerius II. bleibt. Er könnte die Welt – *vielleicht* – auch daran erinnern, dass der rhodianische Mosaikmeister Caius Crispus, einziger Sohn des Horius Crispus von Varena und seiner Gemahlin Avita, einst unter Jads Sonne und den beiden Monden gelebt und ein ehrbares Handwerk ausgeübt hatte.

So weit war er gekommen, als ihn der Überfall aus seinen Grübeleien riss.

Noch wenige Augenblicke zuvor hatte er sich gefragt, ob man ihm wohl gestatten würde, sich hinter seinen Tessellae, hinter Glas und Marmor, Gold und Perlmutt, Steinwürfeln und Halbedelsteinen zu verschanzen. Sich hoch über den Intrigen, den Kriegen, den Wünschen von Männern und Frauen auf ein Gerüst zu stellen und eine Vision zu erschaffen.

Es sah nicht danach aus. Die Nacht ertrank in Blut und Waffengeklirr.

Strumosus hatte Kyros – oder vielmehr in Kyros' Anwesenheit einem Fischhändler auf dem Markt – einmal erklärt, es sei sehr aufschlussreich, wie ein Mensch reagiere, wenn er zum ersten Mal besonders gut oder besonders schlecht esse. Kyros hatte daraufhin so oft wie möglich die Gäste beobachtet, die Strumosus gelegentlich in seine Küche einlud.

So auch heute Abend. Es war schon sehr spät, und nach den ungewöhnlichen Ereignissen herrschte in der Küche eine unerwartet entspannte, freundschaftliche Atmosphäre – die Erleichterung nach gemeinsam erlebten und überstandenen Gefahren.

Die Leichen der Angreifer hatte man vor das Tor geworfen. Die zwei Soldaten der Vierten Sauradischen Reiterlegion, die beim ersten Überfall auf der Straße umgekommen waren, als sie Scortius und den Mosaikmeister beschützten, und den toten Torwächter hatte man hereingeholt, um sie später mit gebührenden Ehren zu begraben. Neun Tote insgesamt und alle Opfer von Gewalt. Die Chiromanten der Stadt würden heute und morgen alle Hände voll zu tun haben, um genügend Zaubertäfelchen für die Gräber herzustellen. Frisch Verstorbene galten als Boten in die Zwischenwelt. Astorgus beschäftigte zwei fest angestellte Chiromanten, die immer neue Schutzzauber für die Wagenlenker der Blauen ersannen. Zu viele Menschen wünschten sich, die Fahrer tot oder verkrüppelt zu sehen, oder beschworen die Geister der Finsternis, ihren Pferden ein ähnliches Schicksal zu bereiten.

Der Tod des Torwächters hatte Kyros sehr mitgenommen.

Heute Nachmittag nach den Rennen hatte Niester auf einem der Bretter im Gemeinschaftsraum noch *Pferd und Fuchs* mit ihm gespielt. Jetzt lag er unter einem Tuch im kalten Innenhof und regte sich nicht mehr. Er hatte zwei kleine Kinder. Astorgus hatte einen Mann beauftragt, seine Frau zu benachrichtigen, ihm aber befohlen, bis nach dem Morgengebet zu warten. Die Frau sollte noch eine ruhige Nacht haben. Es reichte, wenn der Tod mit seiner schwarzen Faust morgen früh anklopfte.

Astorgus selbst hatte sich wutentbrannt auf den Weg gemacht, um mit den Beamten des Stadtpräfekten zu sprechen. Kyros war froh, dass nicht er dem Faktionarius der Blauen in dieser Stimmung gegenübertreten musste.

Man hatte den ersten Wundarzt der Partei geweckt – einen resoluten, bärtigen Kindath –, damit er den verwundeten Soldaten der Vierten Sauradischen versorgte. Der Mann hieß Carullus, und seine Verletzungen bluteten zwar stark, waren aber nicht weiter gefährlich. Er hatte das Reinigen und Verbinden mit stoischer Ruhe über sich ergehen lassen und, während sich der Wundarzt mit seiner Schulter beschäftigte, mit der freien Hand fleißig Wein getrunken. Dieser Carullus hatte ganz allein sechs Männer in der dunklen Gasse aufgehalten, bis Scortius und der Rhodianer die Tore des Blauen-Hofes erreicht hatten, und ärgerte sich offenbar immer noch, dass alle Angreifer tot waren. Nun ließ sich kaum mehr feststellen, wer sie gedungen hatte.

Endlich hatte der Arzt sein Werk vollendet und der Tribun der Vierten Sauradischen konnte sich an den Tisch setzen. Sein Appetit hatte nicht gelitten. Weder Schmerz noch Zorn konnten ihn von Schüsseln und Tellern ablenken. Er hatte in dieser Nacht zwei Männer verloren und selbst zwei Menschen getötet. Aber daran muss man sich als Soldat wohl gewöhnen, dachte Kyros. Wer nicht zur Tagesordnung übergehen konnte, der wurde verrückt. Manchmal verloren auch die Hinterbliebenen den Verstand, die Schwester von Kyros' Mutter zum Beispiel, deren Sohn vor drei Jahren bei der Belagerung der von Bassaniden besetzten Stadt Asen in der Nähe von Eubulus gefallen war. Kyros' Mutter war überzeugt, dass der Kummer ihre Widerstandskraft geschwächt hatte. Als im Jahr darauf die Pest ins Land kam, war seine Tante eines der ersten Opfer gewesen. Die Bassaniden hatten im darauffolgenden Frühjahr im Zuge eines Vertrages zur Befriedung der Ostgrenze freiwillig auf Asen verzichtet. Damit hatten die Belagerung und die vielen Opfer jeden Sinn verloren. Die Grenze veränderte sich ständig und hüben wie drüben wurden andauernd Städte erobert und wieder aufgegeben.

Aber die Rückgabe einer Stadt erweckte die Toten nicht wieder zum Leben. Man machte eben weiter wie dieser hungrige Offizier, der jetzt mit einer dicken Scheibe Brot die Fischsuppe austunkte. Was sollte man auch sonst tun? Den Gott verfluchen, sich die Kleider zerreißen, sich als Heiliger Narr in eine Kapelle oder auf einen Felsen in der Wüste oder in den Bergen zurückziehen? Letzteres wäre vermutlich möglich, aber Kyros hatte, seit er in dieser Küche arbeitete, so etwas wie Lebensgier entwickelt – man könnte auch sagen, er hatte Geschmack gefunden an den Gaben und Gefahren dieser Welt. Auch wenn er niemals Wagenlenker, Dompteur oder Soldat werden konnte, auch wenn er den Klumpfuß bis ans Ende seiner Tage mit sich herumschleppen musste – das Leben war trotzdem lebenswert. Das Leben in der Welt.

In diesem Augenblick schaute Scortius auf, der Erste der Blauen, dem man erst heute Abend eine silberne Statue für die Hippodrom-Spina versprochen hatte, und raunte Strumosus zu, ohne den Suppenlöffel aus der Hand zu legen: »Was soll ich sagen, mein Freund? Mit dieser Suppe brauchtet Ihr Euch selbst im Festsaal des Gottes Ehre nicht zu schämen.«

»Wahrhaftig«, pflichtete ihm der rothaarige Rhodianer bei, »sie schmeckt köstlich.« Er war völlig hingerissen, sein Gesicht wirkte wie ein offenes Buch. So sollten Gesichter in solchen Augenblicken aussehen, hatte Strumosus gesagt.

Der Koch saß ganz entspannt am Kopfende der Tafel, schenkte seinen drei Gästen Wein ein, legte freundlich den Kopf schief und sagte: »Der junge Kyros dort hat sie gemacht. Er hat das Zeug dazu, ein ordentlicher Koch zu werden.«

Zwei Sätze, ein paar einfache Worte, doch sie machten Kyros so stolz und glücklich, dass er fast in Tränen ausgebrochen wäre. Das tat er natürlich nicht. Er war schließlich kein Kind mehr. Nur wurde er leider doch rot, als alle ihm bewundernd zulächelten, und senkte den Kopf. Von da an konnte er es kaum erwarten, im Schlafsaal der Lehrlinge allein auf seinem Feldbett zu liegen und sich immer wieder diese wunderbaren Worte und die dazugehörigen Gesichter in Erinnerung zu rufen. Scortius hatte gesagt. Dann hatte der Rhodianer bestätigt. Und Strumosus hatte erklärt...

Kyros und Rasic bekamen zur Belohnung für die durchwachte Nacht den nächsten Tag frei: ein unerwartetes Geschenk. Rasic verzog sich vergnügt pfeifend zum Hafen, um sich in einer Kneipe eine Frau zu kaufen. Kyros nützte die Gelegenheit, um seine Eltern zu besuchen und ihnen schüchtern zu erzählen, was am Abend zuvor gesagt worden war. Sie lebten immer noch in einer der engen Wohnungen unter dem Hippodrom, wo auch er aufgewachsen war und wo es durchdringend nach Tieren roch. Sein Vater war ein wortkarger Mann. Er legte seinem Sohn nur eine Hand voller Narben und Bisswunden auf die Schulter und ging dann seine Tiere füttern. Seine Mutter war weniger verschlossen und weinte vor Freude.

Dann eilte sie aus der winzigen Wohnung, um allen ihren Freunden die wunderbare Nachricht zu bringen und zum Dank dafür in der Kapelle des Hippodroms eine ganze Reihe von Kerzen anzuzünden. Und Kyros fand das ausnahmsweise nicht einmal übertrieben.

Das Zeug zu einem ordentlichen Koch.

Und das aus *Strumosus'* Mund.

Sie gingen in dieser Nacht nicht mehr zu Bett. Das Essen hätte in den Palästen des Gottes hinter der Sonne nicht besser sein können, der Wein stand ihm in nichts nach, und in der Küche vor dem Feuer war es herrlich warm. Kurz vor Sonnenaufgang wurde noch Kräutertee serviert, und Crispin musste an Zoticus denken, der ihm vor Antritt seiner Reise das gleiche Getränk aufgetischt hatte. Das erinnerte ihn wiederum an Linon und an zu Hause und machte ihm einmal mehr bewusst, dass er weit weg und unter Fremden war. Aber das war nach dem heutigen Abend nicht mehr so schlimm. Er trank den heißen Tee in kleinen Schlucken und überließ sich dem leisen Schwindelgefühl völliger Erschöpfung. Worte und Bewegungen drangen nur wie aus weiter Ferne in sein Bewusstsein.

Scortius war zu den Ställen hinausgegangen, um nach seinem besten Pferd zu sehen. Jetzt kam er zurück, rieb sich die kalten Hände, denn draußen war es frisch gewesen, und setzte sich wieder neben Crispin auf die Bank. Ein ruhiger, aufmerksamer Mensch, der trotz seines Reichtums und seiner Berühmtheit bescheiden geblieben war. Hochherzig war er außerdem. Es war nicht selbstverständlich, wenn jemand wie ein Wahnsinniger durch die Nacht rannte, um zwei Fremde vor einer Gefahr zu warnen.

Crispin sah Carullus an, der ihm gegenüber am Steintisch saß. Der hünenhafte Soldat war längst kein Fremder mehr für ihn. Er kannte ihn sogar gut genug, um ihm anzusehen, dass er sich nicht besonders wohl fühlte. Der Wundarzt hatte ihnen versichert, die Verletzungen seien nicht gefährlich, aber im Moment schmerzten sie sicherlich, und Carullus würde zwei neue Narben behalten. Außerdem hatte er heute Nacht zwei alte Bekannte verloren. Vielleicht machte er sich deshalb sogar Vorwürfe, aber das wusste Crispin nicht genau.

Sie hatten keine Ahnung, wer hinter dem Überfall steckte. Soldaten auf Urlaub waren in der Stadt offenbar schon für wenig Geld zu haben. Mit etwas Entschlossenheit ließ sich jederzeit eine Entführung oder gar ein Mord veranlassen. Carullus hatte einen Läufer mit einer Botschaft an seine restlichen Männer geschickt. Die Soldaten, die den Architekten nach Hause geleitet hatten, sollten im Gasthof auf sie warten. Die Nachricht wird sie hart treffen, dachte Crispin. Carullus hatte als Vorgesetzter zwei ihm anvertraute Männer verloren, aber die Soldaten hatten zwei Kameraden verloren, und das war ein Unterschied.

Der Beamte von der Stadtpräfektur hatte Crispin und den Faktionarius sehr höflich empfangen und sich streng an die Vorschriften gehalten. Die Unterredung fand ohne weitere Zeugen im großen Festsaal statt. Der Mann hatte auf bohrende Fragen verzichtet. Crispin hatte begriffen, dass er gar nicht allzu viel über das Attentat wissen wollte. Er selbst hatte von sich aus weder den Mosaikleger erwähnt, den der Kaiser entlassen hatte, noch die adlige Dame, die das womöglich als Kränkung empfand – oder mit dem Hinweis auf ihren Halsschmuck in Verlegenheit gebracht worden war. Beides war in aller Öffentlichkeit geschehen: Wenn der Mann wollte, würde er es erfahren.

Beginge jemand wirklich aus solchen Gründen einen Mord?

Als man der Kaiserin die Kette brachte, hatte ihr der Kaiser nicht erlaubt, sie anzulegen.

Es gab so viele Fäden zu entwirren und zu verfolgen, aber sein Gehirn war wie benebelt vor Müdigkeit, vom Wein und von den unglaublichen Ereignissen dieser Nacht. Er konnte keinen klaren Gedanken fassen.

Als sich im Osten der erste helle Streifen am Himmel zeigte, verließen sie die Küche und begaben sich in die Kapelle auf der anderen Seite des Innenhofes, um mit dem Personal des Blauen-Hofes am Morgenlobpreis teilzunehmen. Crispin stimmte fast mit Inbrunst in die Wechselgesänge ein. Er hatte für so vieles zu danken: Wieder einmal war sein Leben verschont geblieben; der Kaiser hatte ihm mit der Kuppel ein großes Geschenk gemacht; Carullus war ihm ein treuer Freund geworden, und der Wagenlenker war auf dem besten Wege dazu; er hatte den Auftritt bei

Hofe, das Verhör in den Gemächern der Kaiserin und den nächtlichen Überfall heil überstanden.

Und schließlich – denn auch die kleinen Freuden des Lebens zählten – hatte er Weißfisch mit Krabbenfüllung in einer Sauce gegessen, die wie ein Traum war.

Scortius ging nicht nach Hause. Im Blauen-Hof stand immer ein Zimmer für ihn bereit, und so verabschiedete er sich vor der Kapelle, um dort ein paar Stunden zu schlafen. Die Sonne ging gerade auf. Als Crispin und Carullus, begleitet von einem kleinen Trupp von Blauen, ihrem Gasthof zustrebten, begannen ringsum die Glocken zu läuten, um die Sarantiner zu den späteren Morgengebeten in die Gotteshäuser zu rufen.

Der Wind hatte die Wolken nach Süden getrieben; ein klarer, kalter Tag zog herauf. Die Stadt erwachte allmählich zum Leben und schickte sich an, nach den Festtagen die Alltagsgeschäfte wieder aufzunehmen. Auf den Straßen lagen nicht so viele Abfälle, wie Crispin erwartet hätte: Die Arbeiter hatten schon in der Nacht fleißig aufgeräumt. Männer und Frauen strömten zu den Kapellen, Lehrlinge erledigten Botengänge, ein Wochenmarkt wurde mit viel Lärm aufgebaut, unter den Arkaden hielten Geschäfte und Stände ihre Waren feil. Wasserträger und Kinder mit Brotlaiben unter dem Arm eilten vorbei. Schon standen die Menschen Schlange vor den Garküchen, um die erste Mahlzeit des Tages einzunehmen. Ein Heiliger Narr mit grauem Bart schlurfte barfuß in seiner zerschlissenen, fleckigen gelben Kutte zu seinem Stammplatz, um alle jene abzukanzeln, die nicht in den Kapellen waren.

Vor dem Gasthof machten die Begleiter kehrt und gingen zurück zum Blauen-Hof. Crispin und Carullus traten ein. Die Schankstube war bereits geöffnet, das

Feuer brannte, und eine Hand voll Gäste saß beim Essen. Die beiden Männer gingen an der offenen Tür vorbei und stiegen die Treppe hinauf. Sie hatten es nicht eilig.

»Wir reden später?«, murmelte Carullus.

»Sicher. Alles in Ordnung?«, fragte Crispin.

Der Soldat seufzte nur müde und sperrte seine Zimmertür auf.

Crispin nickte, obwohl der andere die Tür bereits wieder geschlossen hatte. Er holte seinen eigenen Schlüssel heraus. Sein Zimmer lag weiter hinten am Gang. Der Weg kam ihm unendlich weit vor. Von draußen drang der Straßenlärm herauf. Die Glocken läuteten noch immer. Es war schließlich Morgen. Er konnte sich nicht entsinnen, wann er das letzte Mal eine ganze Nacht wach geblieben war. Der Schlüssel wollte nicht ins Schlüsselloch hinein. Er musste sich konzentrieren, aber schließlich gelang es ihm, die Tür zu öffnen. Zum Glück waren die Läden geschlossen, nur durch die Ritzen fielen ein paar Streifen Sonnenlicht in die Dunkelheit.

Er warf den Schlüssel auf das Tischchen neben der Tür und stolperte, schon halb im Schlaf, auf sein Bett zu. Zu spät – sein Schwung war zu groß – erkannte er, dass jemand im Raum war, auf seinem Bett, und ihn beobachtete. Und dann blitzte im matten Licht der Sonnenstreifen eine Klinge auf.

Etwas früher, es ist noch Nacht und der Himmel bewölkt, tritt der Kaiser von Sarantium, der durch den Steintunnel in der Mauer des Kaiserlichen Bezirks in die kleine Kapelle zurückgekehrt ist, ins Freie. Es ist kalt und windig. Ein Soldat erwartet ihn mit einem pelzgefütterten Mantel.

Der Kaiser ist dankbar für das wärmende Kleidungsstück. Dabei kann er sich – wenn auch inzwischen nur noch mit Mühe – erinnern, wie er einst, dem Ruf seines Onkels folgend, nur mit einer kurzen Tunika bekleidet und in zerrissenen, durchnässten Stiefeln im tiefen Winter von Trakesia nach Süden wanderte. Zum Traversit-Palast ist es nicht weit, aber gegen Kälte war er immer schon empfindlicher als gegen Müdigkeit.

Ich werde alt, denkt er nicht zum ersten Mal. Er hat keinen Erben. Es liegt nicht an ihm, er hat sich wahrhaftig alle Mühe gegeben, die Ärzte um Rat gefragt, den Gott und die Zwischenwelt um Hilfe angefleht. Einen Sohn zu haben, wäre gut, denkt er, aber er hat sich seit langem damit abgefunden, dass ihm dies versagt bleibt. Sein Onkel hat ihm den Thron übergeben: Es gibt also einen Präzedenzfall in der Familie. Leider sind die vier Söhne seiner Schwester schwach und zu nichts zu gebrauchen, und er hat ihnen allen strengstens verboten, Trakesia zu verlassen.

Wobei er nicht etwa fürchtet, sie könnten hier Unruhe stiften. Das würde Mut und Unternehmungsgeist erfordern und beides fehlt ihnen. Aber sie könnten zu Marionetten für andere werden, die mehr Ehrgeiz haben – und Machtgier gibt es in Sarantium weiß der Gott mehr als genug. Er könnte sie auch töten lassen, aber das hält er für überflüssig.

Der Kaiser schreitet durch die nächtlichen Gärten. Er fröstelt, aber das liegt nur an der feuchten Kälte. Angst hat er nicht. Soweit er sich erinnern kann, hat er sich als Erwachsener nur einmal gefürchtet: während der Krawalle vor zwei Jahren, als er erfuhr, dass sich die Blauen und die Grünen zusammengetan hatten und im Hippodrom und auf den brennenden Straßen Seite an Seite kämpften. Diese Entwicklung war zu unerwartet gewesen, zu unberechenbar, zu irrational. Er war – und ist – ein Mann, der seine Existenz und sein Denken auf geordnete Verhältnisse gründet. Ein so unwahrscheinliches Ereignis wie der Zusammenschluss der Zirkusparteien hatte ihn so tief erschüttert, dass er sich einfach treiben ließ wie ein steuerloses Schiff im Sturm.

An jenem Tag hätte nicht viel gefehlt und er wäre dem Rat seiner engsten Vertrauten gefolgt, in der kleinen Bucht unterhalb des Kaiserlichen Bezirks in ein Schiffchen gestiegen und vor den plündernden Horden geflohen. Um ein Haar hätten die törichten, jeder Logik zuwiderlaufenden Krawalle wegen einer kleinen Steuererhöhung und einiger Exzesse, die sich sein Quaestor des Kaiserlichen Schatzamtes erlaubt haben sollte, die Planungen und Erfolge eines ganzen Lebens zerstört. Das hatte ihn erschreckt und wütend gemacht. Diese Stunden sind ihm sehr viel lebhafter im Gedächtnis als jener längst vergangene Wintermarsch in die große Stadt.

Jetzt hat er den kleineren seiner beiden Hauptpaläste erreicht und steigt die breite Treppe hinauf. Die wachhabenden Soldaten öffnen ihm die Türen. An der Schwelle bleibt er kurz stehen und schaut zu den grauschwarzen Wolken empor, die im Westen über dem Meer hängen, dann erst betritt er den Palast. Er will sehen, ob die Frau, deren Worte vor zwei Jahren die Lage gerettet haben, noch wach ist oder ob sie ihre Drohung wahr gemacht hat und schläft.

Gisel – Hildrics Tochter, die Königin der Antae – ist jung und angeblich sogar schön, obwohl das im großen Plan kaum eine Rolle spielt. Sie könnte ihm wahrscheinlich einen Erben schenken; weniger wahrscheinlich ist freilich, dass sich durch eine Verbindung mit ihr der Einmarsch in Batiara vermeiden ließe. Käme sie nach Osten, um die Gemahlin des sarantinischen Kaisers zu werden, dann wäre das in den Augen der Antae Verrat. Wenn nicht von selbst ein Nachfolger aufstünde, würden sie einen benennen.

Die Antae wechseln ihre Herrscher ohnehin ziemlich rasch, denkt er. Schwert und Gift tun ganze Arbeit. Es ist richtig, dass Gisel als Vorwand für ein Eingreifen Sarantiums und als Legitimation für seine Heerscharen dienen könnte. Das wäre keine Kleinigkeit. Auch dürfte man wohl davon ausgehen, dass sich der Oberste Patriarch für die Königin einsetzen würde. Das hätte Gewicht bei den Rhodianern – und vielen Antae – und könnte in einem Krieg den Ausschlag geben. Mit anderen Worten, die junge Königin liegt nicht falsch mit ihrer Einschätzung, was sie für ihn bedeuten könnte. Kein Mann, der so stolz ist auf sein logisches Denken und seine analytischen und prognostischen Fähigkeiten, bestritte dies.

Eine Heirat mit ihr – falls es gelänge, sie lebend aus Varena herauszuschmuggeln – würde eine überwältigende Fülle von Möglichkeiten eröffnen. Und sie ist tatsächlich jung genug, um viele Kinder zu gebären. Auch er ist noch kein Greis, auch wenn er sich manchmal so fühlt.

Der Kaiser von Sarantium gelangt durch den Geheimgang, den er immer benützt, zu den Gemächern seiner Gemahlin und legt seinen Mantel ab. Ein Soldat nimmt ihn an sich. Der Kaiser klopft selbst. Er ist wirklich nicht sicher, ob Alixana noch wach ist. Sie schätzt den Schlaf mehr als er – wie die meisten Menschen. Aber er hofft, dass sie auf ihn gewartet hat. Das war eine unerwartet interessante Nacht, er ist hellwach und es drängt ihn, sich auszusprechen.

Crysomallo öffnet die Tür und lässt ihn ein ins Allerheiligste der Kaiserin. Vier Türen gibt es hier. Die Architekten haben aus dem Flügel ein Labyrinth von Frauengemächern gemacht. Nicht einmal er selbst weiß, wo alle diese Korridore hinführen und sich verzweigen. Die Tür schließt sich, die Soldaten bleiben draußen. Hier brennen noch Kerzen – ein gutes Zeichen. Er wendet sich mit fragend hochgezogenen Augenbrauen an die langjährige Hofdame, doch bevor Crysomallo zu Wort kommt, öffnet sich die Tür zum eigentlichen Schlafgemach, und Alixana erscheint, die Kaiserin Alixana, seine große Liebe.

»Du bist doch noch wach«, sagt er. »Das freut mich.«

Sie murmelt sanft: »Du bist ja halb erfroren. Komm ans Feuer. Ich überlege gerade, was ich an Kleidung einpacken soll, wenn du mich in die Verbannung schickst.«

Crysomallo senkt rasch den Kopf, aber es gelingt ihr nicht, ihr Lächeln zu verbergen. Ohne weitere Anweisungen abzuwarten, dreht sie sich um und zieht sich in einen anderen Teil des Labyrinths zurück. Der Kaiser wartet, bis die Tür hinter ihr zufällt.

»Und wie kommst du darauf«, sagt er mit ruhiger Strenge zu der Frau, die bei ihm zurückbleibt, »dass du überhaupt etwas mitnehmen darfst?«

»Ach«, sagt sie und legt in gespielter Erleichterung die Hand auf den Busen. »Das heißt, dass du mich doch nicht töten willst.«

Er schüttelt den Kopf. »Wozu? Das kann Styliane besorgen, nachdem ich dich entmachtet und verstoßen habe.«

Sie bedenkt diese neue Möglichkeit und ihr Lächeln erlischt. »Ein anderes Kollier?«

»Vielleicht auch Eisenketten«, sagt er freundlich. »Vergiftete Handschellen für deine Zelle im Exil.«

»Das würde wenigstens die Schmach verkürzen.« Sie seufzt. »Eine kalte Nacht?«

»Sehr kalt«, nickt er. »Und zu windig für die Knochen eines alten Mannes. Aber bis zum Morgen haben sich die Wolken sicher verzogen und wir werden die Sonne sehen.«

»Die Trakesier wissen immer, wie das Wetter wird. Nur von Frauen verstehen sie nichts. Man kann vermutlich nicht alles haben. Mit welchem alten Mann warst du denn unterwegs?« Sie lächelt. Er lächelt zurück. »Du trinkst doch einen Becher Wein, mein Gemahl?«

Er nickt. »Ich glaube übrigens, dass mit dem Kollier alles in Ordnung ist«, fügt er hinzu.

»Ich weiß. Du wolltest nur den Handwerker vor ihr warnen.«

Er lächelt wieder. »Du kennst mich zu gut.«

Sie schüttelt den Kopf und bringt ihm den Becher. »Dich kennt niemand zu gut. Ich bin nur mit einigen deiner Gewohnheiten vertraut. Er ist nach dem heutigen Abend ein begehrter Mann, und du wolltest, dass er auf der Hut ist.«

»Ich halte ihn für vorsichtig.«

»Aber hier gibt es viele Verführungen.«

Er grinst plötzlich. Manchmal sieht er immer noch aus wie ein kleiner Junge. »Sehr viele.«

Sie lacht und reicht ihm den Wein. »Hat er sich zu leicht verraten?« Sie geht zu einem Polstersessel und setzt sich. »Was Gisel angeht? Ist das eine Schwäche von ihm?«

Auch der Kaiser durchquert den Raum und lässt sich geschmeidig – keine Spur von steifen Gelenken – auf die Kissen zu ihren Füßen nieder. Neben dem niedrigen Sessel brennt hell das Feuer. Es ist warm, der Wein ist gut und enthält genau die richtige Menge Wasser. Der Wind und die Welt sind draußen geblieben.

Valerius, der Petrus hieß, als sie ihn kennen lernte, und den sie noch immer so nennt, wenn sie unter sich sind, schüttelt den Kopf. »Er ist ein intelligenter Bursche. Sehr intelligent sogar. Damit hatte ich nicht gerechnet. Wenn du genau überlegst, hat er eigentlich gar nichts preisgegeben. Er hat geschwiegen. Deine Fragen waren zu präzise, obwohl du behauptet hast, nur zu raten. Daraus hat er seine Schlüsse gezogen und sich entsprechend verhalten. Ich glaube, er ist nicht schwach, er ist nur ein scharfer Beobachter. Und inzwischen ist er sicher in dich verliebt.« Er lächelt zu ihr auf und nimmt einen kleinen Schluck Wein.

»Er sieht gut aus«, murmelt sie. »Obwohl der rote Bart, mit dem er angeblich gekommen ist, sicher abscheulich war.« Sie erschauert leicht. »Aber leider gilt meine Neigung nur sehr viel jüngeren Männern.«

Er lacht. »Warum hast du ihn dann kommen lassen?«

»Wegen der Delphine. Du hast es doch gehört.«

»Gewiss. Und wenn der Tempel fertig ist, sollst du sie auch bekommen. Welche Gründe hattest du sonst?«

Die Kaiserin zieht eine Schulter in die Höhe, eine Bewegung, die er immer geliebt hat. Ihr schwarzes Haar bewegt sich und glänzt im Licht. »Wie du sagst: Nachdem er Siroes in Verruf gebracht und das Rätsel des Wagenlenkers gelöst hatte, war er ein begehrter Mann.«

»Vergiss das Geschenk an Styliane nicht. Das hat Leontes nicht sonderlich gefallen.«

»Nicht das war es, was ihm nicht gefiel, Petrus. Und *ihr* mag ganz und gar nicht gefallen haben, dass sie sich mit seiner Großzügigkeit messen musste.«

»Er bekommt eine Leibwache. Zumindest für die erste Zeit. Immerhin hat Styliane den anderen Handwerker unterstützt.«

Sie nickt. »Ich habe dir mehr als einmal gesagt, dass diese Heirat ein Fehler war.«

Der Mann runzelt die Stirn. Nippt wieder an seinem Wein. Die Frau beobachtet ihn genau, obwohl sie ganz gelöst wirkt. »Er hat sie sich verdient, Alixana. Gegen die Bassaniden und in der Majriti.«

»Er hat sich eine angemessene Ehrung verdient, gewiss. Aber Styliane Daleina war als Belohnung nicht geeignet. Die Daleinoi hassen dich ohnedies schon genug.«

»Ich wüsste nicht, warum«, murmelt er spöttisch. Dann fügt er hinzu: »Leontes war der Traum jeder Frau im ganzen Reich.«

»Mit zwei Ausnahmen«, sagt sie leise. »Die eine sitzt hier bei dir und die andere hat man zur Heirat mit ihm gezwungen.«

»Dann muss er zusehen, dass er ihre Meinung ändert.«

»Oder du siehst zu, wie sie ihn ändert?«

Er schüttelt den Kopf. »Ich denke, Leontes versteht auch eine Belagerung dieser Art zu führen. Und gegen Verrat ist er immun. Er ruht in sich und seiner Vorstellung von Jad.«

Sie öffnet den Mund, um noch etwas zu ergänzen, dann überlegt sie es sich anders. Er bemerkt es und lächelt. »Ich weiß«, murmelt er. »Den Tempel aufschieben und dafür die Soldaten bezahlen.«

»Unter anderem«, nickt sie. »Aber was versteht eine Frau schon von so großen Fragen!«

»Genau«, sagt er mit Nachdruck. »Du bleibst besser bei deinen guten Werken und den Gebeten vor Sonnenaufgang.«

Sie lachen beide. Die Kaiserin ist berüchtigt dafür, dass sie am Morgen nicht aus dem Bett findet. Schweigen tritt ein. Er leert seinen Becher. Sie erhebt sich, schenkt nach, kommt zurück, reicht ihm den Wein und setzt sich wieder. Er legt eine Hand auf den Fuß im Pantoffel, der neben ihm auf einem Kissen ruht. Eine Weile schauen sie ins Feuer.

»Gisel von den Antae könnte dir Kinder gebären«, sagt sie leise.

Er sieht weiter in die Flammen. Und nickt. »Und sie wäre vermutlich sehr viel weniger anstrengend.«

»Soll ich mir nicht doch eine Garderobe für die Verbannung zusammenstellen? Darf ich das Kollier mitnehmen?«

Der Kaiser betrachtet die züngelnden Flammen. Heladikos' Geschenk, jedenfalls nach Ansicht der Ketzer, deren Unterdrückung er zustimmte, um die Harmonie innerhalb des Jad-Glaubens wiederherzustellen. Die Chiromanten behaupten, sie könnten aus den Flammen die Zukunft lesen, das Schicksal erkennen. Auch sie sollen unterdrückt werden. Wie alle Heiden. Er hat sogar – nur wenige werden je erfahren, wie unwillig – die alten heidnischen Akademien schließen lassen. Tausend Jahre Gelehrsamkeit. Selbst Alixanas Delphine sind ein Frevel. Manch einer würde den Handwerker verbrennen oder brandmarken, sollte er den Auftrag jemals ausführen.

Der Kaiser liest keine mystischen Offenbarungen aus den nächtlichen Flammen. Er sitzt nur zu Füßen der Frau und streicht mit einer Hand über ihren Fußrücken und den edelsteinbesetzten Pantoffel. Dann sagt er: »Du darfst mich nie verlassen.«

Sie zögert kurz. »Wohin sollte ich mich denn auch wenden?«, murmelt sie dann. Der scherzhafte Ton gelingt nicht ganz.

Er blickt auf. »Du darfst mich nie verlassen«, wiederholt er und diesmal lassen seine grauen Augen sie nicht los.

Er bringt es immer noch fertig, dass ihr vor Verlangen der Atem stockt und das Herz stehen bleibt. Auch nach so vielen Jahren.

»Nicht in diesem Leben«, antwortet sie.

KAPITEL IV

Kasia erwachte im Morgengrauen aus einem Traum. Verwirrt und schlaftrunken lag sie in ihrem Bett und begriff erst allmählich, dass draußen die Glocken läuteten. Zu Hause, wo die Götter im dunklen Wald, an den Flüssen oder in den Kornfeldern wohnten und mit Blut besänftigt werden mussten, hatte es keine Jadditen-Glocken gegeben. Das Geläut von den Heiligtümern war ein fester Bestandteil des Stadtlebens. Sie war in Sarantium. Eine halbe Million Einwohner, hatte Carullus gesagt. Sie würde sich schon an die Massen gewöhnen und mit der Zeit auch das Glockenläuten verschlafen, wenn sie wollte.

Geträumt hatte sie von ihrem heimatlichen Wasserfall im Sommer. Sie hatte am Ufer des Beckens unter den Kaskaden gesessen, im Schatten dicht belaubter Bäume, die sich tief über das Wasser neigten, zusammen mit einem Mann, den es zu Hause, im wirklichen Leben, nie gegeben hatte.

Sein Gesicht hatte sie im Traum nicht sehen können.

Die Glocken läuteten weiter und riefen Sarantium zum Gebet. Der Sonnengott Jad kam in seinem Wagen emporgefahren. Wer im Leben seinen Schutz und nach dem Tod seine Fürsprache begehrte, der sollte sich mit ihm erheben und auch jetzt noch Kapellen und Heiligtümer aufsuchen.

Kasia lag ganz still und dachte über ihren Traum nach. Eine merkwürdige Unruhe hatte sie erfasst; etwas ging ihr im Kopf herum. Endlich fiel es ihr wieder ein: Die Männer waren gestern Nacht nicht nach Hause gekommen, jedenfalls nicht, bevor sie eingeschlafen war. Und dann der seltsame Besuch des kaiserlichen Mosaikmeisters. Ein nervöser Mann, ein Mann, der sich fürchtete. Crispin war abgeholt und an den Hof gebracht worden, bevor sie ihn hatte warnen können. Carullus hatte ihr versichert, das sei nicht weiter schlimm, der Rhodianer wisse sich schon zu helfen, außerdem habe er mächtige Beschützer im Kaiserlichen Bezirk.

Schon diese Aussage schloss natürlich ein, dass es jemanden gab, vor dem er beschützt werden *musste,* aber das hatte sie für sich behalten. Sie hatte mit Carullus und Vargos zu Abend gegessen, dann waren sie durch den Trubel in der Stadt hierher gekommen, um in aller Ruhe noch ein Glas Wein zu trinken. Kasia wusste, dass der Tribun die letzte Dykania-Nacht nur zu gerne mit einem Krug Bier in der Hand auf den Straßen verbracht hätte und nur ihretwegen im Haus blieb, und sie war ihm dankbar für seine Rücksichtnahme. Außerdem war er immer für eine Geschichte gut. Oder auch für mehrere. Wenn er ihr ein Lächeln entlockte, grinste er. Bei der ersten Begegnung hatte er Crispin mit seinem Eisenhelm bewusstlos geschlagen und Vargos war von seinen Männern grausam verprügelt worden. Doch dann hatte sich in kurzer Zeit viel geändert.

Später hatte sich ein schneidiger Bote durch den Festestrubel in die Gaststube gedrängt. Die Soldaten sollten sich zum Kaiserlichen Bezirk begeben und vor den Bronzetoren warten – oder wohin man sie bei ihrer Ankunft sonst schickte. Wenn der rhodianische Mosaikleger Caius Crispus von Varena entlassen würde, hätten sie ihn nach Hause zu geleiten. Das sei ein Befehl des Kämmerers.

Carullus hatte Kasia über den Tisch hinweg zugelächelt. »Siehst du?«, hatte er erklärt. »Mächtige Beschützer. Und er ist sogar mit seinem eigenen Namen durchgekommen. Gute Nachrichten, Kind.« Er und fünf seiner Männer hatten ihre Waffen umgeschnallt und waren gegangen.

Vargos war gewöhnt, früh schlafen zu gehen und früh aufzustehen, und hatte sich bereits zurückgezogen. So war Kasia allein zurückgeblieben. Um sich selbst hatte sie eigentlich keine Angst. Nein, das stimmte nicht ganz. Sie wusste nicht, wie ihr Leben weitergehen sollte, und daraus konnte Angst entstehen, wenn sie sich länger damit beschäftigte.

Sie ließ den Rest des Weins stehen und ging in ihr Zimmer hinauf. Sie verriegelte die Tür, zog sich aus und schlief irgendwann ein. Im Lauf der Nacht hatte sie verschiedene Träume, wurde immer wieder vom Straßenlärm geweckt und lauschte auf Schritte im Flur.

Aber sie hatte nichts gehört.

Jetzt stand sie auf, wusch sich in der Waschschüssel Gesicht und Oberkörper und zog dieselben Kleider an, die sie auf der Reise und seit ihrer Ankunft getragen hatte. Crispin hatte gesagt, er wolle ihr etwas zum Anziehen kaufen. Die Bemerkung hatte ihr nur wieder die quälende Frage nach ihrer Zukunft ins Bewusstsein gerufen.

Jetzt waren die Glocken verstummt. Sie fuhr sich mit den Fingern durch das wirre Haar und trat auf den Flur hinaus. Vor Crispins Zimmer blieb sie zögernd stehen. Ob sie es wohl wagen konnte, nach ihm zu sehen, um ihm von dem anderen Mosaikleger zu erzählen und sich zu erkundigen, wie die Nacht verlaufen war? Sollte ihm das allerdings *nicht* recht sein, dachte Kasia, dann wäre es besser, wenn sie das gleich erführe. Sie war eine freie Bürgerin des Sarantinischen Reiches. Sklavin war sie nur ein knappes Jahr lang gewesen. Ein Jahr konnte *nicht* das ganze Leben bestimmen.

Seine Tür war natürlich verschlossen. Sie hob die Hand und wollte klopfen, als sie von drinnen Stimmen hörte.

Ihr Herz tat einen gewaltigen Satz, der sie zunächst überraschte, aus späterer Sicht jedoch nicht ganz so unbegreiflich war. Die Worte, die sie hörte, erschreckten sie zu Tode, und Crispins Antwort darauf nicht minder. Das Blut schoss ihr in die Wangen; die erhobene Hand zitterte.

Sie klopfte nicht, sondern wandte sich ab und ging verwirrt nach unten.

Auf der Treppe begegneten ihr zwei von Carullus' Männern und erzählten ihr von dem nächtlichen Überfall.

Kasia bekam weiche Knie und lehnte sich gegen die Wand. Zwei Soldaten waren ums Leben gekommen. Sie kannte sie beide: der kleine Soriyyaner und Ferix von Amoria. Die unbekannten Angreifer, sechs an der Zahl, waren alle tot. Crispin war nichts geschehen. Carullus war verletzt. Die beiden seien erst im Morgengrauen eingetroffen. Man habe sie die Treppe hinaufgehen sehen, aber sie seien nicht stehen geblieben.

Nein, sagten die Soldaten. Niemand sei bei ihnen gewesen.

Sie hatte nicht gehört, wie sie über den Flur gingen. Oder vielleicht doch, vielleicht hatten sie die Schritte – und nicht die Glocken – aus ihrem Traum geweckt oder ihn gar bestimmt. Ein gesichtsloser Mann an einem Wasserfall. Carullus' Männer gingen mit grimmigen Gesichtern an ihr vorbei, um ihre Waffen aus dem gemeinsamen Schlafraum zu holen. Die geben sie jetzt nicht mehr aus der Hand, dachte Kasia. Der Tod änderte vieles.

Tief erschüttert blieb sie auf der Treppe stehen. Vargos war sicher in der Kapelle; unten gab es niemanden, mit dem sie hätte reden können. Vielleicht war der Feind ja bereits oben, fiel ihr plötzlich ein, aber Crispin hatte nicht… bestürzt geklungen. Vielleicht sollte sie jemandem Bescheid sagen oder selbst nachsehen, auch wenn sie sich damit in eine peinliche Lage brachte. Vergangene Nacht hatte jemand versucht, ihn zu töten, und dabei waren zwei Männer ums Leben gekommen. Sie holte tief Atem. Spürte die rauen Mauersteine an der Schulter. Er hatte *nicht* bestürzt geklungen. Und die zweite Stimme war eine Frauenstimme gewesen.

Sie machte kehrt und ging zu Carullus' Zimmer. Die Soldaten hatten gesagt, er sei verletzt. Entschlossen klopfte sie an die Tür. Er fragte müde, wer da sei. Sie nannte ihren Namen. Die Tür öffnete sich.

Kleinigkeiten verändern ein Leben. Viele Leben.

Crispin warf sich heftig zur Seite, um dem Messer auszuweichen. Mit einer Hand hielt er sich am unteren Bettpfosten fest, sonst hätte er das Gleichgewicht verloren.

»Aha«, sagte die Frau. Er sah sie im schwachen Licht, das durch die Läden drang. »Ihr seid es also doch, Rhodianer. Gut. Ich hatte schon Angst um meine Tugend.«

Sie legte das Messer weg. Später erinnerte er sich, dass er in diesem Moment gedacht hatte, sie brauche die Waffe eigentlich gar nicht. Im Moment war er jedoch sprachlos.

»Nun«, sagte Styliane, die ganz selbstverständlich

auf seinem Bett saß. »Wie ich hörte, hat die kleine Schauspielerin in ihren Gemächern das Haar für Euch heruntergelassen. Ist sie auch niedergekniet, wie früher angeblich auf der Bühne, um Euch in den Mund zu nehmen?«

Sie lächelte. Ihre Gelassenheit war nicht zu erschüttern.

Crispin starrte sie an und spürte, wie er bleich wurde. Im ersten Moment versagte ihm sogar die Stimme. »Man hat Euch wohl falsch unterrichtet«, sagte er dann mit Bedacht. »Als ich in den Blauen-Hof kam, war dort keine einzige Schauspielerin mehr.« Er wusste, was sie gemeint hatte, aber er würde *nicht* darauf eingehen. »Und ich war nur in der Küche, in keinem der Schlafräume. Was wollt Ihr hier in meinem Schlafraum?« Er hätte wenigstens eine Anrede gebrauchen sollen.

Sie hatte sich umgezogen. Die höfische Pracht war verschwunden, jetzt trug sie ein dunkelblaues Gewand. Die Kapuze war zurückgeschlagen und umrahmte ihr goldenes Haar, das immer noch aufgesteckt, jetzt aber ohne jeden Schmuck war. Die Kapuze hatte sie vermutlich über den Kopf gezogen, um unerkannt durch die Straßen gehen und den Gasthof betreten zu können. Ob sie jemanden bestochen hatte? Das war wohl unvermeidlich. Oder nicht?

Sie beantwortete seine Frage nicht. Jedenfalls nicht mit Worten. Sie sah nur lange zu ihm auf, um sich dann vom Bett zu erheben. Hoch gewachsen, mit blauen Augen und blondem Haar stand sie vor ihm. Ein schwacher Duft ging von ihr aus, der Crispin an Blumen, an eine Bergwiese erinnerte, aber mit einer berauschenden Beimischung wie von Mohnblüten. Sein Herz raste: Gefahr und – gegen seinen Willen rasch aufschießend – Verlangen. Ihr Blick war nachdenklich, prüfend. Ohne Eile hob sie eine Hand und strich ihm mit einem Finger über das glatt rasierte Kinn. Sie berührte sein Ohr, zeichnete die Umrisse nach. Dann stellte sie sich auf die Zehenspitzen und küsste ihn auf den Mund.

Er bewegte sich nicht. Er hätte zurückweichen können, dachte er später, er brauchte nur einen Schritt nach hinten zu treten. Er war schließlich kein Kind mehr. Trotz seiner Müdigkeit, trotz des Spiels von Licht und Schatten war ihm der abschätzende Blick nicht entgangen, mit dem sie aufgestanden war. Er hatte sich nicht von der Stelle gerührt. Aber er hatte nach Kräften vermieden, ihr entgegenzukommen, auch dann, als sie mit der Zunge…

Das störte sie nicht. Es amüsierte sie sogar, dass er sich verweigerte und stocksteif vor ihr stand. Sie ließ sich bewusst Zeit, schmiegte sich an ihn, ihre Zunge streifte seine Lippen, zwängte sich dazwischen, glitt an seiner Kehle hinab. Er hörte ihr leises Lachen, spürte ihren warmen Atem auf der Haut.

»Ich hoffe nur, sie hat Euch nicht völlig verbraucht«, murmelte die vornehme Gemahlin des Obersten Feldherrn und tastete mit einer Hand suchend über seine Tunika – bis unterhalb der Gürtellinie.

Diesmal trat Crispin tatsächlich schwer atmend zurück, aber erst, nachdem ihre Hand unter der Seide gefunden hatte, was sie suchte. Als sie lächelte, sah er ihre gleichmäßigen kleinen Zähne. Diese Styliane Daleina war so edel wie reines Glas, wie weißes Elfenbein, wie die Messerklingen, die weit im Westen, in Esperana, als Kunstwerke und Mordinstrumente geschmiedet wurden.

»Gut«, sagte sie wieder. Sie sah ihn spöttisch an, mit der Selbstsicherheit der Tochter aus reichem und mächtigem Haus, der Frau eines reichen und mächtigen Mannes. Er hatte ihren Geschmack auf der Zunge, spürte, wo ihre Lippen seine Kehle berührt hatten. Sie sagte versonnen: »Ich fürchte, Ihr werdet enttäuscht sein. Wie könnte ich mit der Schauspielerin konkurrieren? Als sie noch jung war, soll sie geklagt haben, der heilige Jad habe ihr zu wenig Körperöffnungen für die Liebe geschenkt.«

»Hört auf!«, krächzte Crispin. »Das ist nur ein Spiel. Was bezweckt Ihr damit? Warum seid Ihr hier?« Wieder lächelte sie, zeigte die weißen Zähne, fasste sich mit den Händen ins Haar, sodass die langen, weiten Ärmel ihres Gewandes zurückfielen und die schlanken Arme enthüllten. Er kämpfte sein Verlangen nieder und sagte zornig: »Heute Nacht wollte mich jemand töten.«

»Ich weiß«, sagte Styliane Daleina. »Erregt Euch das? Ich will es doch hoffen.«

»Ihr wisst es also? Was wisst Ihr noch?«, fragte Crispin. Während er sprach, begann sie, das goldene Haar herunterzulassen.

Sie hielt inne. Jetzt stand ein anderer Ausdruck in ihren Augen. »Rhodianer, hätte ich Euren Tod gewollt, dann wärt Ihr nicht mehr am Leben. Warum sollte jemand von den Daleinoi ein paar Betrunkene in einer Kneipe anwerben? Warum sollte ich mir wegen eines Handwerkers die Hände schmutzig machen?«

»Warum kommt Ihr ungebeten in diesen Raum?«, fauchte Crispin.

Sie lachte wieder. Ihre Hände waren noch mit den letzten Haarnadeln beschäftigt, dann schüttelte sie den Kopf, und die üppige Pracht fiel ihr über die Schultern und füllte die Kapuze.

»Muss ich der Schauspielerin denn *alle* begehrenswerten Männer überlassen?«

Crispin schüttelte den Kopf. Der vertraute Jähzorn erfasste ihn und er suchte dahinter Schutz. »Ich sage es noch einmal: Ihr treibt nur Euer Spiel mit mir. Ihr seid nicht hier, um Euch von einem ausländischen

Handwerker beschlafen zu lassen.« Sie war nicht zurückgetreten. Der Abstand zwischen ihnen war sehr gering und ihr Duft umfing sie beide. Ein dunkles Rot, das zu Kopf stieg wie Mohn, wie unvermischter Wein. Ganz anders als das Parfüm der Kaiserin. Carullus und später die Eunuchen hatten ihm versichert, das müsse so sein.

Crispin setzte sich bewusst langsam auf die Holztruhe unter dem Fenster und atmete in tiefen Zügen. »Ich habe Euch einige Fragen gestellt, die ich in dieser Situation für berechtigt halte«, sagte er. »Ich warte.«

»Ich auch«, murmelte sie und strich sich mit einer Hand das Haar zurück. Aber ihre Stimme klang anders, sie hatte auf seinen scharfen Ton reagiert. Es wurde still im Raum. Unten auf der Straße ratterte ein Karren vorbei. Jemand schrie etwas. Es war Morgen. Helle und dunkle Streifen fielen über ihren Körper. Ein hübscher Effekt.

Sie sagte: »Vielleicht neigt Ihr dazu, Euch zu unterschätzen, Rhodianer. Ihr seid mit den Verhältnissen an diesem Hof nicht vertraut. Niemand wird so schnell zur Audienz bestellt. So mancher Gesandte muss *Wochen* warten. Aber der Kaiser ist wie besessen von seinem Tempel. Ihr wurdet bei Hofe eingeführt, man hat Euch die Mosaikarbeiten übertragen und auf Eure Veranlassung den Mann entlassen, der vor Eurer Ankunft dafür zuständig war, und Ihr hattet ein Privatgespräch mit der Kaiserin, und das alles in einer einzigen Nacht.«

»Siroes war Euer Mann«, sagte Crispin.

»So könnte man sagen«, nickte sie gleichgültig. »Er hatte ein paarmal für uns gearbeitet. Ich dachte, es könnte nicht schaden, Valerius einen Handwerker zu empfehlen, damit er uns verpflichtet wäre. Leontes war anderer Meinung, aber er hatte eigene Gründe, Siroes zu unterstützen. Er hat … bestimmte Vorstellungen, was Euch und anderen Handwerkern in den Gotteshäusern gestattet werden sollte.«

Crispin horchte auf. Damit sollte man sich vielleicht beschäftigen. Später. »Dann war es Siroes, der die Soldaten gedungen hat?«, vermutete er. »Es war nicht meine Absicht, einen Kollegen zu ruinieren.«

»Genau das habt Ihr aber getan«, sagte die Frau. Jetzt klang ihre Stimme wieder so kühl und aristokratisch, wie er sie in Erinnerung hatte. »Und zwar gründlich. Doch nein, ich kann bezeugen, dass Siroes heute Nacht nicht in der Lage war, Meuchelmörder zu dingen. Ihr könnt mir glauben.«

Crispin schluckte. Ihr Ton war nicht gerade beruhigend, aber ihre Beteuerung klang aufrichtig. Er wollte allerdings lieber nicht wissen, *warum* sie so sicher war.

»Wer war es dann?«

Styliane hob mit lässiger Anmut die Arme und drehte die Handflächen nach außen. »Ich habe keine Ahnung. Am besten geht Ihr die Liste Eurer Feinde durch und sucht Euch einen Namen heraus. Wie hat der Kaiserin mein Kollier gefallen? Hat sie es umgelegt?«

»Das hat der Kaiser nicht zugelassen«, sagte Crispin langsam.

Und sah sofort, dass er sie überrascht hatte. »Valerius war auch da?«

»Er war da. Und niemand lag auf den Knien.«

Erstaunlich, wie gut sie sich in der Hand hatte. Ihre lebenslange Erfahrung im Umgang mit Intrigen und gewöhnlichen Sterblichen zahlte sich aus. Sie lächelte ein wenig. »Noch nicht«, sagte sie. Ihre Stimme war tiefer geworden, ihr Blick direkter. Crispin wusste, dass sie nur mit ihm spielte, trotzdem regte sich erneut das Verlangen.

So vorsichtig wie möglich sagte er: »Es ist ungewohnt für mich, schon nach so kurzer Bekanntschaft solche Angebote zu erhalten. Das kenne ich nur von Huren. Und auch bei ihnen pflege ich nicht darauf einzugehen.«

Sie sah ihn fest an, und Crispin hatte – vielleicht zum ersten Mal – den Eindruck, als wolle sie sich wirklich ein Bild von dem Mann machen, den sie in seinem Zimmer aufgesucht hatte. Bisher hatte sie gestanden. Jetzt ließ sie sich am unteren Ende des Bettes nieder, nicht weit von der Truhe, auf der er saß. Als ihr Knie das seine berührte, zog sie es ein wenig zurück.

»Wäre das Euer Wunsch, Rhodianer?«, murmelte sie. »Mit mir umzuspringen wie mit einer Hure? Mir das Gesicht ins Kissen zu drücken und mich von hinten zu nehmen. Mich an den Haaren zu ziehen, wenn ich aufschreie und Euch mit Ausdrücken schockiere, die Euch erregen? Soll ich Euch verraten, was Leontes gerne hat? Ihr werdet es nicht für möglich halten, aber er genießt es besonders…«

»Nein!«, krächzte Crispin verzweifelt. »Was *soll* das? Wenn Ihr die Dirne spielen wollt, dann geht auf die Straße und sucht Euch einen Liebhaber! Hier im Gasthof sind noch genügend Zimmer frei!«

Ihr Gesichtsausdruck war nicht zu deuten. Er hoffte, dass seine Tunika die äußeren Zeichen seiner Erregung verbarg, wagte aber nicht, sich mit einem Blick nach unten zu vergewissern.

»Was das soll, fragt Ihr mich«, sagte sie. »Ich hätte Euch für klüger gehalten, Rhodianer. Im Thronsaal habt Ihr so etwas wie Verstand gezeigt. Seid Ihr jetzt zu erschöpft, um noch klar zu denken? Könnt Ihr Euch nicht vorstellen, dass es in dieser Stadt Menschen gibt, die einen Einmarsch in Batiara für eine katastrophale Dummheit halten? Menschen, die unterstellen, dass Ihr – als Rhodianer – diese Ansicht teilt und Euren Angehörigen und Eurem Land die Folgen eines solchen Angriffs gern ersparen würdet?«

Die Worte waren wie geschliffene Dolche und trafen mit fast militärischer Präzision ihr Ziel. Im gleichen Ton fuhr sie fort: »Bevor Ihr Euch völlig in den Netzen der Schauspielerin und ihres Gemahls verfangen hattet, wart Ihr noch ein aussichtsreicher Kandidat.«

Crispin rieb sich mit der Hand über Stirn und Augen. Das war immerhin ein Ansatz einer Erklärung. Neuer Zorn vertrieb die Müdigkeit. »Schlaft Ihr mit jedem, den Ihr für Eure Sache gewinnen wollt?«, fragte er und sah sie kalt an.

Sie schüttelte vorwurfsvoll den Kopf. »Besonders höflich seid Ihr nicht, Rhodianer. Ich schlafe, wo die Lust mich hinführt.« Crispin blieb unbeeindruckt. Sie sprach mit der grenzenlosen Selbstsicherheit einer Frau, der nie ein Wunsch versagt worden war. *Die Schauspielerin und ihr Gemahl.*

»Und Ihr sucht die Pläne Eures Kaisers zu durchkreuzen?«

»Er hat meinen Vater getötet«, erklärte Styliane schlicht. Sie saß auf seinem Bett. Das hellblonde Haar umrahmte ihr edles Patriziergesicht. »Er hat ihn bei lebendigem Leibe verbrannt – mit Sarantinischem Feuer.«

»Alte Gerüchte«, sagte Crispin, aber er hatte Mühe, seine Erschütterung zu verbergen. »Warum erzählt Ihr mir das?«

Ein unerwartetes Lächeln. »Um Euch zu stimulieren?«

Jetzt musste er lachen. Sosehr er sich auch zu beherrschen suchte, dieser mühelose Wechsel der Tonart, die Ironie der Situation waren einfach zu viel. »Mit Grausamkeiten könnt Ihr mich leider nicht reizen. Darf ich Euren Worten entnehmen, dass auch der Oberste Strategos von einem Krieg in Batiara nichts hält? Hat er Euch zu mir geschickt?«

Sie stutzte. »Wo denkt Ihr hin? Leontes tut alles, was

Valerius sagt. Er wird in Euer Land ebenso einmarschieren wie er in die Majriti-Wüste und die Steppen im Norden einmarschiert ist oder die Bassaniden-Städte im Osten belagert hat.«

»Und seine geliebte junge Frau tut alles, um ihn zu vernichten.«

Zum ersten Mal zögerte sie. »Seine neueste Siegesprämie, wollt Ihr wohl sagen, Rhodianer. Öffnet Augen und Ohren! Ihr solltet einiges in Erfahrung bringen, bevor Ihr Euch von Petrus dem Trakesier und seiner kleinen Tänzerin vor den Karren spannen lasst.«

Unverhohlene Verachtung lag in der aristokratischen Stimme. Sie hatte wohl, dachte Crispin, bei ihrer Heirat keine Wahl. Aber der Strategos war jung, ein strahlender Sieger und ohne Zweifel ein gut aussehender Mann. Wenn Crispin die Frau in seinem Zimmer ansah, hatte er das Gefühl, auf dunklen Wassern zu treiben und von tückischen Strömungen in die Tiefe gezogen zu werden. »Ich bin nur ein einfacher Mosaikleger«, sagte er. »Man hat mich in die Stadt geholt, damit ich helfe, die Wände und die Kuppel eines Tempels mit Bildern zu schmücken.«

»Erzählt mir«, befahl Styliane Daleina, als hätte sie kein Wort gehört, »von der Königin der Antae. Hat auch sie Euch mit ihrem Körper für Eure Dienste belohnt? Seid Ihr deshalb so übersättigt? Komme ich zu spät, um Euch noch reizen zu können? Lehnt Ihr mich als minderwertige Ware ab? Muss ich jetzt weinen?«

Das dunkle Wasser wallte auf. Das *musste* ein Schuss ins Blaue sein. Von dem geheimen Treffen in tiefer Nacht konnte unmöglich jeder erfahren haben. Jäh überfiel ihn eine Erinnerung: eine andere Hand, die ihm ins Haar fasste, als er niederkniete, um einen Fuß zu küssen. Eine andere Frau, womöglich noch jünger als diese, aber ebenso vertraut mit den Wegen der Macht und der Intrige. Oder vielleicht... doch nicht? Westen gegen Osten. Kam Varena jemals an Sarantiums Raffinesse heran? Gab es einen Ort auf der Welt, der sich damit messen konnte?

Er schüttelte den Kopf. »Ich bin nicht vertraut mit den Gedanken der Herrscher unserer Welt und weiß nicht, wie sie ihre... Gunst beweisen. Euer Besuch ist eine einmalige Erfahrung für mich.« Das war einerseits gelogen, aber wenn er sie so ansah im Spiel von Licht und Schatten, war es doch auch die Wahrheit.

Wieder dieses selbstsichere Lächeln, das ihn so verwirrte. Sie konnte offenbar in einem Atemzug von politischen Themen zu Bettgeschichten wechseln. »Wie schön«, sagte sie. »Ich bin gern einmalig. Aber wisst Ihr eigentlich, wie demütigend es für ein Frau ist, sich anzubieten und abgewiesen zu werden? Ich sagte Euch doch, ich schlafe, wo die Lust mich hinführt. Mich zwingt niemand.« Sie hielt inne. »Es sei denn, die Lust selbst würde zum Zwang.«

Crispin schluckte. Er glaubte ihr kein Wort, aber ihr Knie unter dem schlichten blauen Gewand war nur eine Handbreit von dem seinen entfernt. Verzweifelt klammerte er sich an seinen Zorn, an das Gefühl, missbraucht zu werden. »Auch als Mann hat man seinen Stolz und findet es demütigend, nur als Spielfigur betrachtet zu werden.«

Sie zog die Augenbrauen hoch und ihr Ton veränderte sich – ein weiteres Mal. »Wie töricht! Was wäret Ihr denn anderes? Das hat mit Stolz nichts zu tun. Jeder an diesem Hof ist stolz, und jeder ist eine Figur in einem Spiel, und nicht nur in einem. Bei manchen Spielen geht es um Mord oder um Leidenschaft, doch am Ende sind sie alle Teil eines großen Ganzen, und nur das zählt.«

Damit war seine unausgesprochene Frage vermutlich beantwortet. Ihr Knie berührte das seine. Absichtlich. Dieser Frau unterlief kein Versehen. *Bei manchen Spielen geht es um Leidenschaft.*

»Warum bildet Ihr Euch ein, eine Ausnahme zu sein?«, fügte Styliane Daleina leise hinzu.

»Weil ich es so *will*«, sagte er und war selbst überrascht.

Sie schwieg. »Ich muss zugeben, Rhodianer«, sagte sie dann, »Ihr beginnt mich zu interessieren, auch wenn ich mir wahrscheinlich etwas vormache. Ich nehme an, die Schauspielerin hat Euch bereits verhext, und Ihr habt es nicht einmal bemerkt. Jetzt muss ich wohl doch weinen.« Ihr Gesichtsausdruck hatte sich verändert, aber sie war keineswegs den Tränen nahe. Sie stand unvermittelt auf, war mit drei Schritten an der Tür und drehte sich um.

Auch Crispin erhob sich. Seit sie sich entfernt hatte, tobte in seinem Innern ein Wirrwarr von Gefühlen: Besorgnis, Reue, Neugier und ein Verlangen, das ihn erschreckte, weil es ihm so lange fremd gewesen war. Sie zog sich die Kapuze wieder über den Kopf und verbarg darunter das goldene Haar.

»Natürlich wollte ich mich auch für den Ring bedanken. Das war eine… ungewöhnliche Geste. Solltet Ihr Euch Gedanken um Eure Heimat und die Gefahr eines Krieges machen, Handwerker, so wisst Ihr mich schon zu finden. Ich glaube, Ihr werdet bald erkennen, dass der gleiche Mann, der Euch nach Sarantium holte, damit Ihr fromme Bilder schafft, Euer Batiara in Schutt und Asche legen will, nur um seinen Ruhm zu mehren.«

Crispin räusperte sich. »Es freut mich, dass Euch mein kleines Geschenk eines Dankes wert erschien.« Er hielt inne. »Ich bin nur ein einfacher Handwerker.«

Sie schüttelte den Kopf. Ihr Blick war wieder kühl geworden. »In Euch steckt ein Feigling, Rhodianer, der sich vor der wahren Welt verkriecht. Alle Menschen –

Männer wie Frauen – spielen mehrere Rollen. Oder wollt Ihr auch *darin* eine Ausnahme sein? Wollt Ihr auf einem Gerüst leben, während unter Euch Menschen sterben?«

Ihre Intelligenz war beängstigend. Genau wie die der Kaiserin. Hätte er nicht zuerst Alixana kennen gelernt, er wäre dieser Frau womöglich wehrlos ausgeliefert gewesen. Am Ende hatte Styliane Daleina sogar Recht. Doch dann fragte er sich, ob die Kaiserin nicht auch das berücksichtigt hatte. Hatte sie ihn deshalb noch zu später Stunde in den Traversit-Palast bestellt? Waren diese Frauen tatsächlich so schnell, so gerissen? Er war ganz benommen.

»Ich bin erst seit zwei Tagen hier und habe die ganze Nacht kein Auge zugetan. Wenn ich Euch recht verstehe, wollt Ihr mich nicht nur gegen den Kaiser aufwiegeln, der mich nach Sarantium geholt hat, sondern auch gegen Euren eigenen Gatten. Soll ich mich kaufen lassen, damit eine Frau für eine Nacht, einen Morgen ihr Haar über mein Kissen breitet?« Er zögerte. »Auch wenn es das Eure wäre?«

Das Lächeln kehrte zurück, rätselhaft und aufreizend. »Dergleichen kommt vor«, sagte sie. »Manchmal ist es auch länger als eine Nacht, oder die Nacht ist… länger als gewöhnliche Nächte. Manchmal läuft die Zeit anders. Habt Ihr das noch nie erlebt, Caius Crispus?«

Er wagte nichts zu erwidern und sie hatte wohl auch keine Antwort erwartet. »Wir können das Gespräch ein andermal fortsetzen«, sagte sie. Sie zögerte, schien mit sich zu ringen und fuhr schließlich fort: »Ein Wort noch zu Euren Bildern. Euren Kuppeln und Wänden. Hängt Euer… Herz nicht allzu sehr an diesen Auftrag, Rhodianer. Dies ist ein gut gemeinter Rat, den ich besser für mich behalten sollte. Eine Schwäche von mir.«

Er trat einen Schritt auf sie zu, doch sie hob abwehrend die Hand. »Keine Fragen.«

Er blieb stehen. Sie stand vor ihm, die verkörperte Schönheit, eiskalt und unnahbar. Aber sie war nicht unnahbar. Ihre Zunge hatte seine Lippen berührt, ihre Hand seinen Körper…

Und sie konnte offenbar auch seine Gedanken lesen. Das Lächeln kehrte zurück. »Seid Ihr jetzt doch erregt? Neugierig geworden? *Gefällt* es Euch, wenn eine Frau Schwäche zeigt, Rhodianer? Soll ich mir das merken, und das Kissen dazu?«

Er wurde rot, hielt aber ihrem spöttischen Blick stand. »Es gefällt mir, wenn die Menschen, die in mein Leben treten, etwas von sich… preisgeben. Wenn sie spontan sind. Wenn sie auch Züge machen, die nichts mit Eurem Spiel zu tun haben. Das könnte mich reizen, jawohl.«

Damit hatte er sie zum Schweigen gebracht. Reglos stand sie an der Tür. Die Morgensonne fiel durch die Fensterläden und warf blassgoldene Streifen über die Wand, den Fußboden und ihr blaues Gewand.

»Ich fürchte«, sagte sie endlich, »das ist in Sarantium zu viel verlangt.« Sie schien noch etwas hinzufügen zu wollen, doch dann schüttelte sie nur den Kopf und murmelte: »Geht schlafen, Rhodianer.«

Sie öffnete die Tür, ging hinaus und schloss sie hinter sich. Sie war fort. Zurück blieben nur ihr Duft, die leicht zerwühlten Laken und der Aufruhr in seinem Innern.

Voll angekleidet ließ er sich auf das Bett fallen und starrte mit offenen Augen an die Decke. Zuerst dachte er an gar nichts, dann erschienen ihm die erhabenen Mauern, die Marmorsäulen, die sich in mehreren Reihen übereinander türmten, und die alles überragende, gewaltige und doch so leichte Kuppel. Lange Zeit beschäftigte er sich mit verschiedenen Frauen, lebenden wie toten, und endlich fielen ihm die Augen zu, und er schlief ein.

Draußen pfiff der Wind, und die Sonne wanderte über den klaren Herbsthimmel, doch Crispin träumte zuerst vom *Zubir*, der Zeit und Welt im Nebel verschwinden ließ, und dann von einer einzigen Frau.

»*Lass dein Licht leuchten*«, sang Vargos mit den anderen in der kleinen, unweit des Gasthofs gelegenen Kapelle. Der Gottesdienst war zu Ende. Der Priester in dem hellgelben Gewand spendete, wie es in der Stadt üblich war, mit beiden Händen den Sonnensegen, dann strömten die Leute schwatzend zu den Türen und hinaus auf die morgendlichen Straßen.

Vargos ließ sich mit der Menge treiben. Draußen blieb er einen Augenblick lang stehen und blinzelte ins helle Licht. Der Nachtwind hatte die Wolken weggefegt, der Himmel war klar und die Luft frisch. Eine Frau mit einem kleinen Jungen auf der Hüfte und einem Wasserkrug auf der Schulter ging vorüber und lächelte ihm zu. Ein einarmiger Bettler löste sich aus der Menge, schwenkte aber ab, als Vargos den Kopf schüttelte. Es gab genügend wirklich Arme in Sarantium, da brauchte man einem Dieb, dem die Hand abgehackt worden war, kein Almosen zu geben. Vargos dachte in solchen Dingen ziemlich streng. Im Norden hatte man seine Grundsätze.

Er selbst war, wohlgemerkt, kein armer Mann. Auf Drängen von Carullus' Zenturio hatte ihm der Kaiserliche Postmeister, wenn auch widerwillig, noch vor der Abreise aus Sauradia seine Ersparnisse und den restlichen Lohn ausbezahlt. Vargos konnte sich jederzeit eine Mahlzeit, einen Wintermantel, eine Frau oder eine Karaffe Bier oder Wein leisten.

Im Moment hatte er tatsächlich Hunger. Von einem Stand auf der anderen Straßenseite stieg ihm der Duft nach gebratenem Lamm in die Nase und erinnerte ihn daran, dass er vor dem Morgengebet nicht gefrühstückt hatte. Er ließ einen Karren mit Feuerholz und eine Schar Kellnerinnen vorbei, die kichernd dem Brunnen am Ende der Gasse zustrebten, dann ging er hinüber, kaufte sich für eine Kupfermünze einen Fleischspieß und aß ihn im Stehen. Dabei beobachtete er die anderen Kunden des drahtigen Verkäufers – der Hautfarbe nach Soriyyaner oder Amorianer –, die sich rasch einen Happen gönnten, bevor sie weitereilten. Der kleine Mann machte gute Geschäfte. Vargos hatte schon festgestellt, dass in der Stadt alles schnell gehen musste. Die vielen Menschen und der Lärm waren wahrhaftig nicht nach seinem Geschmack, aber er war aus freiem Willen hier, und er hatte sich schon an schwierigere Verhältnisse gewöhnt.

Er aß das letzte Stück Fleisch, wischte sich das Fett vom Kinn und warf den Spieß auf einen Haufen neben dem Grillrost. Dann nahm er die Schultern zurück, holte tief Atem und machte sich auf den Weg zum Hafen. Er war auf der Suche nach einem Mörder.

Als letzte Nacht der Bote vom Blauen-Hof in den Gasthof gekommen war, um den Überfall zu melden, hatte Vargos tief und fest geschlafen. Das war ihm peinlich, obwohl er wusste, wie unvernünftig das war. Bei Sonnenaufgang hatten ihn die Glocken geweckt, und als er hinunterging, hatten ihm drei von den Soldaten die Neuigkeiten berichtet: Crispin überfallen, der Tribun verwundet, Ferix und Sigerus tot. Die sechs Angreifer vom Tribun und von Anhängern der Partei auf dem Blauen-Hof erschlagen. Wer hinter dem Anschlag stehe, sei unbekannt. Angeblich ermittelten die Männer des Stadtpräfekten, aber mit denen würde kaum jemand offen reden. Es sei ein Kinderspiel, für solche Aufträge Soldaten anzuheuern. Die Beamten würden vermutlich nicht viel erreichen – der nächste

Überfall sei nur eine Frage der Zeit. Vargos sah, dass Carullus' Männer ihre Waffen angelegt hatten.

Crispin und der Tribun seien noch nicht zurückgekommen, sagten die Soldaten. Aber sie hätten die Nacht bei den Blauen verbracht und dort seien sie in Sicherheit. Die Glocken läuteten noch immer. Vargos war in die kleine Kapelle in der gleichen Straße gegangen – von den Soldaten wollte keiner mitkommen – und hatte Zwiesprache mit seinem Gott gehalten und für die Seelen der beiden toten Soldaten gebetet, auf dass sie Zuflucht fänden im Licht.

Jetzt war der Lobpreis zu Ende, und Vargos der Inicier, der sich aus freien Stücken an einen rhodianischen Handwerker gebunden hatte, um ihm bei einem mutigen Hilfseinsatz beizustehen, der mit ihm in den Alten Wald gegangen und lebend wieder herausgekommen war, begab sich auf die Suche nach dem Mann, der seinem Freund den Tod wünschte. Einen Inicier zum Feind zu haben, war gefährlich, und wer immer dieser Mann war, er hatte sich Vargos zum Feind gemacht.

Vargos wusste es nicht – und wäre darüber auch nicht glücklich gewesen –, aber als er jetzt mitten auf der Straße dahinschritt, hatte er große Ähnlichkeit mit seinem Vater. Die Menschen machten ihm bereitwillig Platz. Sogar ein Mann auf einem Esel wich ihm hastig aus. Vargos bemerkte es nicht einmal. Er dachte nach.

Er hätte sich nicht unbedingt für einen großen Planer gehalten. Er sah Entwicklungen nicht voraus und setzte sie auch nicht in Gang, er reagierte darauf. Er hatte jahrelang Reisende aller Art über die Kaiserliche Straße durch Sauradia begleitet und dabei war vorausschauendes Denken nicht so wichtig gewesen. Gefragt waren vielmehr Durchhaltevermögen und unerschütterliche Gelassenheit, Körperkraft, ein gewisses Geschick im Umgang mit Zugtieren und Karren, ein derber Stock, um sich zur Wehr zu setzen, und ein fester Glaube an Jad.

Die letzte dieser Eigenschaften war vielleicht die einzige, die ihm beim Aufspüren des Hintermannes nützlich sein konnte. Vargos fiel zunächst nichts Besseres ein, als zum Hafen zu gehen und in einer der übleren Kaschemmen ein paar Münzen springen zu lassen. Vielleicht konnte er ein Gespräch belauschen, oder jemand bot ihm Informationen an. In solchen Kneipen verkehrten Sklaven, Diener, Lehrlinge und Soldaten, Leute also, die jede Kupfermünze zweimal umdrehten und kaum etwas dagegen hätten, sich freihalten zu lassen. Vargos war sich bewusst, dass die Sache gefährlich werden konnte. Aber er dachte nicht daran, seine Pläne zu ändern.

Noch vor Mittag hatte er die Erfahrung gemacht, dass sich Sarantium zumindest in einer Hinsicht wenig vom Norden oder von der Kaiserlichen Straße unterschied: Die Gäste in den Kneipen redeten nur ungern mit Fremden, die Fragen nach einem Gewaltverbrechen stellten.

In dieser verrufenen Gegend wollte niemand den Denunzianten spielen, und Vargos war nicht wortgewandt und auch nicht geschickt genug, um das Gespräch unbemerkt auf den nächtlichen Zwischenfall im Blauen-Hof zu lenken. Jedermann wusste offenbar Bescheid – wenn bewaffnete Soldaten in die Zentrale einer Zirkuspartei eindrangen und dort niedergemetzelt wurden, war das auch in dieser blasierten Stadt Tagesgespräch. Aber jeder beschränkte sich auf allgemeine Kommentare, und wenn Vargos drängte, erntete er nur finstere Blicke und Schweigen. Die sechs toten Soldaten kamen aus Calysium, wo sie Patrouillendienst an der bassanidischen Grenze verrichteten, und waren auf Urlaub in der Stadt gewesen. Sie waren einige Tage lang durch die Kneipen gezogen und hatten mit geliehenem Geld getrunken. Mehr oder weniger das Übliche. So viel war allgemein bekannt. Die Frage war, wer sie gekauft hatte, und das wusste niemand, jedenfalls wollte es niemand sagen.

Vargos schloss daraus, dass die Männer des Stadtpräfekten bereits in der Gegend herumschnüffelten. Als ihm jemand in einer Seemannskneipe absichtlich den Bierkrug umwarf, keimte in ihm der Verdacht, dass sie auch nicht mehr erfahren würden als er. Er hatte keine Angst vor einer Prügelei, aber weiterbringen würde sie ihn auch nicht. Also bezahlte er schweigend das verschüttete Bier und trat hinaus in den sonnigen Frühnachmittag.

Er schlenderte durch eines der engen, gewundenen Gässchen, die zu den lärmenden Kais führten, und sah schon die Masten in der frischen Brise schwanken, als ihm die Erinnerung an Carullus' Heerlager einen Einfall bescherte.

Genauso beschrieb er es später sich selbst und anderen gegenüber. Ihm wurde ein Einfall *beschert,* er überfiel ihn geradezu wie aus heiterem Himmel. Er schrieb ihn allerdings dem Gott zu und behielt die Erinnerung an eine gewisse Lichtung im Alten Wald für sich.

Er fragte zwei Lehrlinge nach dem Weg zu den Landmauern, ertrug klaglos ihr blödes Grinsen über seinen Akzent und schlug die angegebene Richtung ein. Die Stadt war groß, und der Weg war weit, aber die Burschen hatten ihn immerhin nicht in die Irre geführt, und irgendwann sah er ein Gasthaus mit dem Schild *Kuriers Einkehr* vor sich liegen. Dass es sich an den Dreifachen Mauern befinden musste, leuchtete ein: Hier kamen die Kaiserlichen Reiter in die Stadt.

Vargos hatte von diesem Gasthaus schon seit Jahren gehört. Verschiedene Kuriere hatten ihn eingeladen, dort vorbeizuschauen und ein paar Karaffen mit ihnen zu trinken, sollte er jemals in der Stadt sein. Als er noch jünger war, hatte er herausgehört, dass bei gewissen Reitern auf den gemeinsamen Umtrunk zumeist ein Abstecher in die oberen Räume folgte, wo man ungestört war. Das hatte ihn nie reizen können. Als er älter wurde, verschwand dieses Element aus den Einladungen, nun drückten sie nur noch aus, dass ihn die Männer, die sich ständig den Strapazen des Lebens auf der Straße aussetzten, als hilfsbereiten und immer freundlichen Kameraden schätzten.

An der Schwelle blieb er stehen. Die Läden waren geschlossen, und es dauerte eine Weile, bis sich seine Augen an das Dämmerlicht gewöhnt hatten. Der erste Teil seines Einfalls war noch nicht allzu weit hergeholt: Nach den Erfahrungen des Vormittags lag es auf der Hand, dass er in vertrauter Umgebung bessere Aussichten hatte, etwas zu erfahren, als wenn er weiterhin die mürrischen Fremden im Hafen mit seinen Fragen belästigte. Vargos musste zugeben, dass er Fragen dieser Art auch selbst nicht beantwortet hätte. Weder den Männern des Stadtpräfekten noch einem aufdringlichen Inicier, der noch dazu neu in der Stadt war.

Der Hintergrund – die eigentliche Eingebung – bestand darin, dass er nun nach einer bestimmten Person suchte, die er hier zu finden oder über deren Verbleib er etwas zu erfahren hoffte.

Kuriers Einkehr war ein großes Gasthaus, aber zu dieser Stunde herrschte wenig Betrieb. An mehreren Tischen saßen Männer allein oder zu zweit bei einem späten Mittagsmahl. Der Mann hinter dem Steintresen schaute zu Vargos auf und nickte höflich. Dies war keine Kaschemme; der Hafen war weit. Hier konnte man halbwegs anständiges Benehmen erwarten.

»Fickt den Barbaren in den Arsch«, ließ sich aus dem Halbdunkel eine Stimme vernehmen. »Was hat der denn hier verloren?«

Vargos fröstelte unwillkürlich. Zum Teil aus ganz natürlicher Angst, aber da war noch etwas anderes, ein Gefühl, als habe ihn die Zwischenwelt gestreift. Verbotene Magie, urzeitliche Finsternis war eingedrungen in diesen frischen, klaren Tag mitten in der Stadt. Wenn das vorüber war, musste er gleich noch einmal zum Gebet.

Die Stimme war ihm bekannt, er erinnerte sich an sie.

»Er will sich wahrscheinlich was zu essen oder zu trinken kaufen, du betrunkenes Schwein. Man könnte auch fragen, was *du* hier verloren hast.« Der Mann, der Speisen und Getränke servierte, funkelte die nur schwach erkennbare Gestalt über den Tresen hinweg empört an.

»Was *ich* hier verloren hab? Das is mein Gasthaus, seit ich bei der Post bin!«

»Aber jetzt bist du nicht mehr bei der Post. Schon gemerkt, dass ich dich trotzdem nicht rausgeschmissen habe? Gute Lust hätte ich. Also halt deine verdammte Zunge im Zaum, Tilliticus.«

Vargos' Verstand zeichnete sich nicht durch Schnelligkeit aus. Er brauchte Zeit, um Eindrücke zu verarbeiten. Er hatte die Stimme erkannt und der Name hatte seinen Verdacht bestätigt. Dennoch trat er zuerst an den Tresen, bestellte einen Becher Wein, mischte ihn mit Wasser, bezahlte und nahm den ersten Schluck. Erst dann hatte er alles in die richtige Ordnung gebracht. Die Stimme und seine Erinnerung an das Heerlager verschmolzen zu einer Erkenntnis. Er drehte sich um. Bevor er sprach, schickte er ein stummes Dankgebet an seinen Gott.

Er war sich seiner Sache jetzt ziemlich sicher.

»Pronobius Tilliticus?«, fragte er ruhig.

»Ja, verdammt«, sagte der Schatten am Ecktisch.

Einige Männer drehten sich angewidert nach dem Betrunkenen um.

»Ich kenne Euch«, sagte Vargos. »Aus Sauradia. Ihr seid Kaiserlicher Kurier. Ich habe dort an der Straße gearbeitet.«

Der andere lachte viel zu laut. Man merkte, dass er nicht mehr nüchtern war. »Dann sind wir schon zwei. Ich hab' auch an der Straße gearbeitet. Hab Pferde und Frauen geritten. Die ganze Straße lang.« Er lachte wieder.

Vargos nickte. Seine Augen hatten sich an das schlechte Licht gewöhnt, er sah jetzt besser. Tilliticus saß allein am Tisch und hatte zwei Karaffen vor sich stehen, aber nichts zu essen. »Ihr seid kein Kurier mehr?«

Die Antwort war ihm neben einigen anderen Dingen eigentlich schon bekannt. Der Heilige Jad hatte ihn hergeschickt. Jedenfalls *hoffte* er, dass es Jad gewesen war.

»Entlassen«, sagte Tilliticus. »Vor fünf Tagen. Letzter Sold. Fristlos entlassen. Einfach so. Willste auch 'nen Schluck, Barbar?«

»Ich bin versorgt«, sagte Vargos. Er war wütend, aber dabei eiskalt, ganz anders als sonst. »Warum hat man Euch entlassen?« Er musste ganz sicher gehen.

»Hab 'ne Sendung zu spät abgeliefert, aber das geht keinen was an, verdammt noch mal.«

»Obwohl es, verdammt noch mal, sowieso jeder weiß«, grollte ein anderer Gast. »Wenn du schon dabei bist, kannst du auch gleich erwähnen, dass du im Hospiz betrogen, Briefe weggeworfen und andere mit deiner Krankheit angesteckt hast.«

»Scheiß drauf«, lallte Pronobius Tilliticus. »Hast du noch nie 'ne syphilitische Hure erwischt? Hätt alles nix ausgemacht, wenn der rhodianische Stricher ...« Er verstummte.

»Was war mit dem Rhodianer?«, fragte Vargos ruhig.

Jetzt war ihm wirklich himmelangst. Unvorstellbar,

dass ihm der Gott auf diese Weise helfen sollte, und sosehr er sich auch dagegen wehrte, er konnte nicht aufhören, an den Alten Wald, den *Zubir* und den Vogel aus Leder und Metall zu denken, den Crispin um den Hals getragen und dort zurückgelassen hatte.

Der Mann am Ecktisch antwortete nicht. Aber das spielte keine Rolle mehr. Vargos stieß sich vom Tresen ab und ging zur Tür hinaus. Das Sonnenlicht war so grell, dass es in den Augen schmerzte. Blinzelnd sah er sich um und entdeckte am Ende der Straße einen Beamten des Stadtpräfekten in seiner braunschwarzen Uniform. Er ging zu ihm und meldete, der Auftraggeber der Soldaten, die vergangene Nacht drei Männer getötet hätten, sitze im Gasthaus *Kuriers Rast* gleich rechts neben der Tür. Man brauche ihn nur mitzunehmen. Er wartete, bis der junge Beamte die Schenke betrat, dann machte er sich auf den Rückweg zu seinem Gasthof.

Irgendwo an der Straße betrat er eine Kapelle – ein mit Marmor und Wandmalereien geschmücktes größeres Gotteshaus. Hinter dem Altar waren noch ganz schwach die letzten Reste eines Freskos zu erkennen, das den himmelwärts schwebenden Heladikos zeigte. Zwischen den Gottesdiensten war es dort ruhig. Vargos stellte sich im Halbdunkel vor die Sonnenscheibe und den Altar und betete um Hilfe, um einen Ausweg aus der Zwischenwelt, in die er unversehens hineingeraten war.

Er wandte sich nicht an den *Zubir*, auch wenn der eine uralte Gottheit seines eigenen Volkes verkörperte, aber in seinem Innern spürte er ihn ganz deutlich, erschreckend groß und schwarz wie die Wälder seiner Kindheit.

Carullus war noch in seinem Zimmer und schlief seine Verletzungen und die nachfolgende Behandlung aus, als Crispin kurz nach Mittag herunterkam. Auch er war benommen und verwirrt, und das nicht nur deshalb, weil er letzte Nacht zu viel Wein getrunken hätte. Im Gegenteil, der Wein bereitete ihm die geringsten Schwierigkeiten. Mühsam rief er sich einige der Ereignisse in den beiden Palästen, im Tempel und hinterher auf den Straßen in sein angeschlagenes Gedächtnis zurück und beschäftigte sich dann mit der Frau, die in seinem Zimmer – auf seinem Bett – gesessen hatte, als er im Morgengrauen hereingetorkelt war. Die Erinnerung an Styliane Daleina, an ihre ikonenhafte Schönheit, brachte ihn nur noch mehr durcheinander.

Daraufhin entschloss er sich zu einem Mittel, das ihm zu Hause in solchen Fällen noch immer geholfen hatte. Er ging ins Bad.

Der Wirt wusste mit einen Blick auf Crispins finsteres, unrasiertes Gesicht Bescheid und hatte auch eine Empfehlung parat. Crispin suchte nach Vargos, aber der war seltsamerweise nicht im Haus. Crispin zuckte verärgert die Achseln und trat allein in den Herbsttag hinaus, wo ihm das schmerzhaft grelle Sonnenlicht die Tränen in die Augen trieb.

Ganz allein war er freilich nicht. Zwei von Carullus' Soldaten begleiteten ihn. Sie hatten ihre Schwerter umgegürtet. Seit letzter Nacht hatte er auf kaiserlichen Befehl eine Leibwache. Jemand trachtete ihm nach dem Leben. Nicht der andere Mosaikmeister und auch nicht die vornehme Dame, falls man ihr glauben konnte. Crispin glaubte ihr tatsächlich, ohne allerdings einen triftigen Grund dafür angeben zu können.

Unterwegs erinnerte ihn die fensterlose Fassade eines Frauenklosters an Kasia – doch auch vor dem Gedanken scheute er zurück. Nicht heute. Er wollte heute keine wichtigen Entscheidungen treffen. Immerhin fiel ihm ein, dass sie Kleidung brauchte, und er nahm sich vor, einen der Soldaten auf den Markt zu schicken und ein paar Sachen für sie einkaufen zu lassen, während er im Bad war. Die Vorstellung, wie einer von Carullus' Männern auf dem Straßenmarkt sachkundig in weiblicher Unterwäsche wühlte, entlockte ihm zum ersten Mal an diesem Tag ein schwaches Lächeln.

Und sie brachte ihn auf einen besseren Gedanken. Im Bad angekommen, ließ er sich Papier und Stift geben, schrieb ein paar Zeilen an die Eunuchen des Kämmerers nieder und schickte sie durch Boten in den Kaiserlichen Bezirk. Die erfahrenen Männer, die ihn gestern Abend rasiert und eingekleidet hatten, waren besser geeignet, für eine junge Frau, die neu in der Stadt war, eine passende Garderobe auszusuchen. Crispin bat sie um ihre Hilfe und setzte nach reiflicher Überlegung eine bestimmte Summe für ihre Einkäufe aus.

Am Nachmittag wurde Kasia – die ihrerseits noch mit gewissen überraschenden Entdeckungen kämpfte – im Gasthof von einer quirligen, stark parfümierten Eunuchenschar aus dem Kaiserlichen Bezirk überfallen und mitgenommen. Gemeinsam widmete man sich sodann der unerwartet anspruchsvollen Aufgabe, sie mit angemessener Garderobe für das Leben in Sarantium auszustatten. Die Eunuchen waren amüsant und fürsorglich und sichtlich angetan von ihrem Auftrag. Ihre geistreich-schlüpfrigen Wortgefechte darüber, was sich für ein junges Mädchen schicke, brachten Kasia immer wieder zum Erröten und sogar zum Lachen. Keiner fragte, wie ihr Leben in Sarantium denn aussehen würde, und darüber war sie froh. Sie wusste es ja selbst nicht.

Im Badehaus ließ Crispin sich salben, massieren und mit dem Kratzeisen bearbeiten, dann legte er sich mit einem wohligen Seufzer in das angenehm duftende

Heißwasserbecken. Es gab noch andere Besucher, die sich leise unterhielten. Das Stimmengemurmel war so beruhigend, dass er fast eingeschlafen wäre. Er erfrischte sich mit einem Sprung in das benachbarte Kaltwasserbecken, dann wickelte er sich in ein weißes Laken und wandelte wie ein Gespenst zum Dampfraum. Als er die Tür öffnete, sah er im Dunst ein halbes Dutzend ähnlich verhüllter Gestalten auf den Marmorbänken liegen.

Ein Mann rückte wortlos zur Seite und machte ihm Platz. Ein anderer hob die Hand, worauf ein nackter Wärter einen neuen Krug Wasser über die heißen Steine goss. Mit lautem Zischen stieg Dampf auf und vernebelte den kleinen Raum noch mehr. Crispin verbot sich alle Assoziationen zu jenem nebelverhangenen Morgen in Sauradia, lehnte sich an die Wand und schloss die Augen.

Um ihn herum fiel nur hin und wieder ein vereinzeltes Wort. In dieser Hitze raffte man sich kaum zu lebhaften Gesprächen auf. Es war viel einfacher, mit geschlossenen Augen vor sich hin zu träumen. Crispin hörte ringsum Leute aufstehen, die Tür öffnete sich, andere kamen herein und brachten einen Schwall kühlerer Luft mit, dann kehrte die Hitze zurück. Der Schweiß trat ihm aus allen Poren, er spürte eine angenehme Mattigkeit. Badehäuser wie dieses gehörten in seinen Augen zu den wichtigsten Errungenschaften der modernen Zivilisation.

In Wirklichkeit, dachte er versonnen, hat dieser Dampf *nicht das Geringste* mit dem kalten Zwischenweltnebel im fernen, wilden Sauradia gemein. Wieder wurde Wasser aufgegossen und verzischte auf den Steinen. Crispin lächelte vor sich hin. Er war in Sarantium, dem Auge der Welt. Sein neues Leben hatte bereits begonnen.

»Ich wäre sehr begierig, Eure Haltung zur Einheit

von Jads Natur zu erfahren«, raunte eine Stimme. Crispin öffnete nicht einmal die Augen. Vor solchen Attacken hatte man ihn gewarnt. Drei Dinge gab es, für die sich ein Sarantiner begeisterte: Wagenrennen, Tanzveranstaltungen und Pantomimen und endlose Debatten über Religion. Carullus hatte ihm prophezeit, dass ihn der Obsthändler mit einem Wortschwall über die Bedeutung eines bärtigen oder bartlosen Jad überfallen werde; der Sandalenmacher werde ihm mit aller Entschiedenheit seine Meinung zur jüngsten Verlautbarung des Patriarchen zu Heladikos darlegen; und die Hure werde sich erst ausziehen, wenn sie erfahren habe, welchen Rang er den Statuen der Heiligen Blutzeugen zuschreibe.

Daher war Crispin nicht überrascht, dass solche Themen auch von gebildeten Männern beim Dampfbad erörtert wurden. Nicht gefasst war er jedoch darauf, einen Fuß an seinem Knöchel zu spüren und dieselbe Stimme sagen zu hören: »Im Dampfraum einzuschlafen, ist eigentlich nicht ratsam.«

Crispin riss die Augen auf.

Außer ihm saß nur noch eine Person in den wirbelnden Schwaden. Die Frage nach dem Gott hatte ihm gegolten.

Der Fragesteller hatte sich ein weißes Laken locker um den Körper gewunden und sah Crispin aus tief blauen Augen an. Er hatte prachtvolles goldenes Haar, fein geschnittene Züge und einen athletischen Körper mit vielen Narben. Der Oberste Strategos des Reiches.

Crispin richtete sich hastig auf. »Ihr seid es!«, rief er aus.

Leontes lächelte. »Eine gute Gelegenheit für ein Gespräch«, murmelte er und wischte sich mit einem Zipfel seines Lakens den Schweiß von der Stirn.

»Ist dies eine zufällige Begegnung?«, fragte Crispin vorsichtig.

Der andere lachte. »Wohl kaum. Dafür ist die Stadt zu groß. Ich habe das Treffen arrangiert, um Euren Standpunkt zu einigen strittigen Fragen in Erfahrung zu bringen.«

Er war die Höflichkeit selbst. Carullus hatte gesagt, seine Soldaten verehrten ihn und würden für ihn in den Tod gehen. Und sie hatten es bewiesen – auf den Schlachtfeldern in der westlich gelegenen Majriti-Wüste und im Norden an der Grenze zu Karch und Moskav.

Also keine Spur von Anmaßung. Ganz anders als seine Frau. Dennoch stand hinter dieser Begegnung eine Allmachtshaltung, die provozierend wirkte. Noch vor wenigen Augenblicken waren mindestens sechs Männer und ein Badewärter in diesem Raum gewesen…

»Strittige Fragen? Zum Beispiel meine Meinung über die Antae und ob sie reif sind für eine Invasion?« Ein plumper Angriff, wahrscheinlich unklug. Andererseits wusste zu Hause ohnehin jeder, welch ein Mensch er war, warum sollte man es nicht auch hier erfahren?

Leontes machte ein erstauntes Gesicht. »Warum sollte ich Euch diese Frage stellen? Habt Ihr eine militärische Ausbildung genossen?«

Crispin schüttelte den Kopf.

Der Strategos sah ihn an. »Oder kennt Ihr Euch aus mit Stadtmauern, Wasserreserven, dem Zustand der Straßen, den Pässen durch die Gebirge? Wisst Ihr, welcher der Kommandeure von den üblichen Truppenformationen abweicht? Wie viele Pfeile jeder Bogenschütze im Köcher trägt? Wer in diesem Jahr die Flotte befehligt und wie viel derjenige von Häfen versteht?«

Leontes lächelte. Er hatte ein unerwartet strahlendes Lächeln. »Ich weiß nicht, wie Ihr mir helfen könntet, selbst wenn Ihr wolltet. Und wenn tatsächlich eine Invasion, welcher Art auch immer, geplant wäre. Nein, nein, ich gestehe, dass mein Interesse mehr Eurem Glauben und Euren Ansichten über Abbildungen des Gottes gilt.«

Bei Crispin fiel eine Erinnerung an ihren Platz, es klickte, als drehe sich ein Schlüssel im Schloss. Sein Ärger verflog.

»Darf ich annehmen, dass Ihr solche Abbildungen missbilligt?«

Leontes' edles Gesicht war ohne Arg. »O ja. Ich bin der festen Überzeugung, dass es die Reinheit des Gottes beschmutzt, das Heilige bildlich darzustellen.«

»Und wenn die Menschen solche Bilder verehren oder gar anbeten?«, fragte Crispin. Er kannte die Antwort. Er erörterte diese Frage nicht zum ersten Mal. Allerdings hatte er die Diskussion noch nie in einem Dampfbad und mit einem solchen Mann geführt.

»Dann ist das natürlich Götzendienst«, gab Leontes zurück. »Ein Rückfall ins Heidentum. Oder wie seht *Ihr* das?«

»Die Menschen brauchen einen Weg zu ihrem Gott«, sagte Crispin ruhig. »Aber ich muss gestehen, dass ich meine Meinung zu solchen Fragen lieber für mich behalte.« Er zwang sich zu einem Lächeln. »So ungewöhnlich Diskretion in Glaubensdingen in Sarantium auch sein mag. Ich bin auf Wunsch des Kaisers hier und werde alles tun, um ihn mit meiner Arbeit zufrieden zu stellen.«

»Und die Patriarchen? Werden auch sie zufrieden sein?«

»Man hofft immer auf Billigung von oben!«, murmelte Crispin und fuhr sich mit einem Zipfel seines Lakens über das nasse Gesicht. Durch den Dampf glaubte er zu sehen, wie die blauen Augen aufleuchteten und der Mund sich leicht verzog. Leontes war nicht ohne Humor. Das war eine gewisse Erleichterung. Crispin vergaß keinen Augenblick, dass außer ihnen niemand im Raum war und dass ihn die Frau dieses Mannes erst heute Morgen in seinem Schlafzimmer aufgesucht und… gewisse Dinge gesagt hatte. Diese Begegnung konnte noch so manche Überraschung bringen.

Wieder rang er sich ein Lächeln ab. »Ihr haltet mich in militärischen Fragen für keinen ernst zu nehmenden Gesprächspartner – was ich gut verstehen kann –, aber wie kommt Ihr dann dazu, meine Arbeit im Tempel beurteilen zu wollen? Was versteht Ihr von Mosaiksteinchen und ihren Formen? Oder von der Kunst des Glasfärbens und Glasschneidens? Was weckt Eure Aufmerksamkeit daran? Habt Ihr Euch eine Meinung über die Vorzüge des Verfahrens gebildet, die Tessellae schräg in den Untergrund zu setzen? Oder über den Aufbau, die Schichtung eines Mosaikbetts? Wie denkt Ihr über die Verwendung von glatten Steinen für die Darstellung von menschlichem Fleisch?«

Das Gesicht des anderen war ausdruckslos. Crispin hielt inne und mäßigte seinen Ton. »Jeder erbringt Leistungen auf seinem Gebiet. Die Euren haben sicher sehr viel mehr Gewicht, aber dafür sind die meinen vielleicht… dauerhafter. Am besten wäre es wohl, ein anderes Thema zu wählen – falls Ihr mich eines Gesprächs für würdig erachtet. Wart Ihr gestern im Hippodrom?«

Leontes rutschte etwas zur Seite und dabei glitt ihm das Laken von den Schultern. Crispin sah, dass sich von seinem Schlüsselbein eine leuchtend rote Narbe wie eine Naht schräg bis zur Hüfte hinunter zog. Leontes beugte sich vor und goss noch einen Krug Wasser auf die Steine. Wieder nahm ihnen der Dampf die Sicht.

»Siroes fiel es nicht so schwer, uns seine Pläne und Absichten zu schildern«, sagte der Strategos.

Uns, dachte Crispin. »Ich hörte schon, dass Eure Gemahlin seine Gönnerin war«, murmelte er. »Ich glaube, er hat auch für Euch persönlich gearbeitet.«

»Ein Mosaik mit Bäumen und Blumen, richtig. Für unser Brautgemach. Hirsche am Bach, Eber und Hunde und ähnliche Szenen. Damit habe ich natürlich keinerlei Schwierigkeiten.« Das klang sehr ernst.

»Natürlich. Sicher eine sehr schöne Arbeit«, sagte Crispin freundlich.

Es wurde still.

»Das weiß ich nicht«, sagte Leontes schließlich. »Aber ich nehme an, sie wurde fachmännisch ausgeführt.« Wieder blitzten seine Zähne kurz auf. »Ihr habt ganz Recht, ich verstehe davon nicht mehr als Ihr von der Taktik eines Generals.«

»Ihr schlaft in dem Raum«, beharrte Crispin, obwohl er damit sein eigenes Argument entwertete. »Ihr seht das Mosaik jeden Abend.«

»Manchmal«, bemerkte Leontes, »beachte ich die Blumen an der Wand nicht weiter.«

»Aber um den Gott im Tempel macht Ihr Euch so große Sorgen, dass Ihr diese Begegnung arrangieren musstet?«

Der andere nickte. »Das ist etwas anderes. Habt Ihr denn vor, die Decke mit einem Abbild von Jad zu schmücken?«

»Ihr meint die Kuppel. Ich nehme an, dass man genau das von mir erwartet. Solange der Kaiser oder auch der Patriarch keine anders lautenden Anweisungen erteilen, fühle ich mich dazu verpflichtet.«

»Ihr fürchtet nicht, Euch der Ketzerei schuldig zu machen?«

»Seit meiner Lehrzeit fertige ich Bilder des Gottes an. Wenn dies inzwischen keine Streitfrage mehr ist, sondern amtlich zur Ketzerei erklärt wurde, so hat man es versäumt, mir dies mitzuteilen. Wird die kirchliche Lehre seit neuestem von der Armee bestimmt? Wollen wir uns vielleicht als Nächstes überlegen, wie man mit Lobpreisungen an Jad Breschen in feindliche Mauern schlägt? Oder mit dem Katapult Heilige Narren auf die Städte schießt?«

Jetzt war er wohl zu weit gegangen. Leontes' Miene verfinsterte sich. »Ihr werdet unverschämt, Rhodianer.«

»Das hoffe ich nicht. Ich will Euch nur zu verstehen geben, dass ich mit Eurer Themenwahl nicht einverstanden bin. Ich bin kein Sarantiner. Ich bin Rhodianer und Bürger von Batiara und weile als Gast des Reiches in dieser Stadt.«

Leontes reagierte mit einem unerwarteten Lächeln. »Ihr habt ganz Recht. Verzeiht mir. Ihr hattet gestern einen… sehr dramatischen Auftritt, und ich will nicht leugnen, dass mir die Innenausstattung des Tempels weniger Kopfzerbrechen machte, als die Planung noch in Siroes' Hand lag und er meiner Gemahlin seine Vorstellungen darlegte. Sein Entwurf… enthielt kein Abbild von Jad.«

»Ich verstehe«, sagte Crispin ruhig.

Damit hatte er nicht gerechnet aber es war ein weiteres Mosaiksteinchen. »Man hatte mir gesagt, dass Eure Gemahlin über die Entlassung des Handwerkers gekränkt sein könnte. Nun stelle ich fest, dass sie Euch ebenfalls belastet, wenn auch aus anderen Gründen.«

Leontes zögerte. »Ich gehe an Fragen des Glaubens mit großem Ernst heran.«

Crispin hatte seinen Ärger überwunden. »Und das ist gut so«, sagte er. »Wir alle sind Kinder des Gottes und müssen ihn ehren… jeder auf seine Weise.« Überdruss erfasste ihn. Er war doch nur nach Osten gereist, um etwas Abstand von seinem Schmerz zu gewinnen und in einem großen Werk Trost zu finden. Nun drohten ihn die Wirren dieser sarantinischen Welt zu… verschlingen.

Leontes lehnte sich auf seiner Bank zurück und schwieg. Nach einer Weile beugte er sich vor und klopfte an die Tür. Jemand zog sie von außen auf, kühle Luft strömte ein, dann wurde sie wieder geschlossen. Offenbar hatte nur ein Mann draußen gewartet. Der schlurfte nun, auf einem Fuß hinkend, am Strategos vorbei und nahm Crispin gegenüber Platz.

»Kein Wärter?«, brummte er.

»Er ist hinausgegangen, um sich abzukühlen«, sagte Leontes höflich. »Wenn er nicht bald zurück ist, kommt sicher ein anderer. Soll ich aufgießen?«

»Nur zu«, sagte der andere gleichgültig.

Er hatte offensichtlich keine Ahnung, wer sich gerade erboten hatte, den Badewärter zu spielen. Leontes nahm den Krug, tauchte ihn zweimal in den Trog und schüttete das Wasser über die heißen Steine. Mit lautem Zischen stieg der Dampf auf. Wie ein Tuch schlug die feuchte Hitze über Crispin zusammen, legte sich auf seine Brust, trübte ihm den Blick.

Er sah den Strategos spöttisch an. »Euer zweiter Beruf?«

Leontes lachte. »Nicht so gefährlich. Aber natürlich auch nicht so einträglich. Ich sollte Euch jetzt in Frieden lassen. Ihr kommt doch irgendwann einmal zu uns zum Abendessen? Meine Frau unterhielte sich gern mit Euch. Sie… sammelt kluge Köpfe.«

»Ich war noch nie Teil einer Sammlung«, murmelte Crispin.

Der dritte Mann sagte kein Wort. Er hatte sein Laken fest um sich gewickelt und nahm keine Notiz von den beiden. Leontes sah kurz zu ihm hinüber, dann stand er auf. In dem engen Raum wirkte er noch größer als am Abend zuvor im Palast. Er hatte auch auf dem Rücken Narben. Unter der Haut zeichneten sich knotige Muskelstränge ab. An der Tür drehte er sich um.

»Waffen sind hier verboten«, sagte er streng. »Wenn Ihr mir das Messer unter Eurem Fuß freiwillig aushändigt, habt Ihr Euch nur eines kleineren Vergehens schuldig gemacht. Wenn ich dagegen vor Gericht gegen Euch aussage, kostet Euch das mindestens eine Hand.«

Crispin war zunächst verblüfft. Doch dann reagierte er sehr schnell

Das war auch nötig. Der Mann auf der Bank gegenüber hatte sich mit drohendem Knurren gebückt und unter der Sohle seines linken Fußes eine papierdünne Klinge hervorgezogen. Die Spitze geschickt nach unten haltend, stach er ohne Warnung, ohne Herausforderung auf Crispin ein.

Leontes stand reglos an der Tür und beobachtete die Szene scheinbar unbeteiligt.

Crispin warf sich zur Seite, riss sich das Tuch von den Schultern und fing die Klinge damit ab. Der Angreifer fluchte. Er riss das Messer nach oben, um das Gewebe zu durchtrennen, aber Crispin sprang auf und wickelte ihm das große Laken mit weit ausholender Gebärde wie ein Leichentuch um Arme und Rumpf. Ohne zu überlegen – dafür war keine Zeit –, aber mit einer unbändigen Wut, die ihm den Atem nahm, rammte er seinem Gegner den Ellbogen gegen die Schläfe. Er hörte ein dumpfes Ächzen. Die Klinge glitt aus dem Stoff und fiel klirrend zu Boden. Crispin fuhr herum, holte aus und versetzte dem Mann einen mächtigen Fausthieb mitten ins Gesicht. Er hörte die Zähne wie Steinchen im Mund herumfallen, spürte, wie ein Knochen brach, und keuchte auf. Ein mörderischer Schmerz durchzuckte seine Hand.

Der andere fiel röchelnd auf die Knie. Bevor er nach dem Messer tasten konnte, trat ihn Crispin zweimal in die Rippen, und als er seitwärts über den nassen Boden schlitterte, noch einmal gegen den Kopf. Der Mann blieb liegen und regte sich nicht mehr.

Crispin ließ sich nackt auf die Steinbank zurücksinken. Sein Atem ging rasselnd. Er war triefend nass und glitschig vom Schweiß. Nur kurz schloss er die Augen, dann schlug er sie wieder auf. Sein Herz hämmerte wie rasend. Er sah zu Leontes hinüber. Der Strategos stand immer noch an der Tür. Er hatte sich keinen Schritt bewegt.

»Sehr freundlich… von Euch… mir beizustehen«, keuchte Crispin. Seine linke Hand schwoll bereits an. Er schickte einen wütenden Blick durch den feuchtheißen Dampf.

Der goldhaarige Soldat lächelte. Auch sein makelloser Körper war von einem glänzenden Schweißfilm überzogen. »Ein Mann muss sich seiner Haut wehren können. Das ist wichtig und gibt ein Gefühl der Befriedigung. Zieht Ihr es nicht vor, selbst mit ihm fertig geworden zu sein?«

Crispin atmete bewusst langsamer. Wütend schüttelte er den Kopf. Schweiß lief ihm in die Augen. Ein blutiges Rinnsal rann über den Steinboden und versickerte in dem weißen Laken, das den Gestürzten bedeckte.

»Das solltet Ihr aber«, sagte Leontes streng. »Sich selbst und seine Lieben schützen zu können, ist keine Kleinigkeit.«

»Verdammt. Sagt das den Pestgeschwüren«, fauchte Crispin. Ihm war übel und er konnte sich nur mit Mühe beherrschen.

»Du meine Güte. So dürft Ihr aber mit mir nicht reden«, mahnte der Strategos überraschend sanft. »Ihr wisst doch, wer ich bin. Außerdem habe ich Euch in mein Haus eingeladen… Ihr solltet wirklich nicht so mit mir reden.« Er sprach wie mit einem ungezogenen Jungen, der sich in guter Gesellschaft danebenbenommen hatte. Vielleicht hätte sich Crispin darüber amüsiert, hätte er nicht befürchtet, sich gleich übergeben zu müssen. Die feuchte Hitze war beklemmend und das Blut des Fremden tränkte immer noch das weiße Laken zu seinen Füßen.

»Was habt Ihr mit mir vor?«, krächzte er mit zusammengebissenen Zähnen. »Wollt Ihr mich mit einem verborgenen Messer töten? Oder von Eurer Frau vergiften lassen?«

Leontes lachte gutmütig. »Ich habe keinen Grund, Euch zu töten. Und Styliane ist bei weitem nicht so schlimm wie ihr Ruf. Ihr werdet es sehen, wenn Ihr zum Essen kommt. Aber jetzt solltet Ihr Euch abkühlen. Ihr könnt sicher sein, dass dieser Mann seinen Auftraggeber verraten wird. Meine Männer bringen ihn zum Stadtpräfekten. Dort versteht man sich ausgezeichnet auf Verhöre. Ihr habt das Rätsel der vergangenen Nacht gelöst, Handwerker, und solltet zufrieden sein. Die geprellte Hand ist dafür ein geringer Preis.«

Crispin lag ein Fluch auf der Zunge, aber er beherrschte sich. *Das Rätsel der vergangenen Nacht.* Offenbar wusste inzwischen alle Welt von dem Überfall. Er sah den hoch gewachsenen Feldherrn aller sarantinischen Heere an. Leontes' blauer Blick war durch die Dampfschwaden auf ihn gerichtet.

»Das«, sagte Crispin bitter, »ist also für Euch der Gipfel der Befriedigung? Einen Menschen niederzuschlagen, zu töten? Hat man auf diese Weise seinen Platz als *Mann* in Jads Schöpfung zu rechtfertigen?«

Leontes schwieg kurz. »Ihr habt ihn nicht getötet. Das Leben in Jads Schöpfung ist für uns Sterbliche voller Schwierigkeiten und Gefahren, Handwerker. Sagt mir, wie lange hatte Rhodias' Herrlichkeit noch Bestand, als es nicht mehr fähig war, sich gegen die Antae zu verteidigen?«

Rhodias' Herrlichkeit lag natürlich in Trümmern. Crispin wusste es. Er hatte die rußgeschwärzten Überreste der Mosaiken gesehen, zu denen einst alle Welt gepilgert war, um sie mit Lob und Bewunderung zu überhäufen.

Leontes fuhr unverändert freundlich fort: »Welch trauriges Geschöpf wäre ich, wenn ich nichts anderes zu schätzen wüsste als den blutigen Krieg. Ich habe mich für diese Welt entschieden, gewiss, und ich möchte einen stolzen Namen hinterlassen, aber ich halte es für nicht weniger ehrenvoll, wenn ein Mann seiner Stadt, seinem Kaiser und seinem Gott dient, seine Kinder erzieht und darauf achtet, dass auch seine Gemahlin ihre Pflichten erfüllt.«

Crispin dachte an Styliane Daleina. *Ich schlafe, wo die Lust mich hinführt,* hatte sie gesagt. *Mich zwingt niemand.* Er verdrängte die Erinnerung und fragte: »Und was ist mit der Schönheit? Mit den Dingen, durch die wir uns abheben von den Iniciern und ihren Ritualopfern oder von den Karchern, die Bärenblut trinken und sich Male ins Gesicht schneiden? Oder besteht der Unterschied nur in besseren Waffen und besserer Taktik?« Er fühlte sich ausgelaugt, der Zorn ließ ihn im Stich. Ein Mosaikmeister hinterließ – wie jeder Handwerker – offenbar niemals einen Namen, ob stolz oder nicht. Das war denen vorbehalten, die mit Schwertern kämpften oder mit der Axt einem Mann den Kopf vom Rumpf hieben. Er verzichtete jedoch darauf, das auszusprechen.

»Schönheit ist Luxus, Rhodianer. Sie braucht Mauern und… ja, die besseren Waffen und die bessere Strategie. Ihr seid bei Eurer Arbeit auf die meine *angewiesen.*« Leontes hielt inne. »Oder Ihr müsst sie selbst tun wie eben bei diesem Mann, der Euch sonst getötet hätte. Welche Mosaiken kann man noch schaffen, wenn man tot auf dem Boden eines Dampfraums liegt? Was hätte noch Bestand, wenn Robazes, der Feldherr der bassanidischen Heerscharen, im Auftrag seines Königs der

Könige unser Reich eroberte? Oder die Nordländer, vom Bärenblut berauscht? Oder irgendeine andere Macht, eine andere Religion, ein bislang unbekannter Feind?« Wieder wischte sich Leontes den Schweiß aus den Augen. »Was immer wir aufbauen – und das gilt auch für den Tempel des Kaisers –, schwebt in steter Gefahr und muss verteidigt werden.«

Crispin sah ihn an. Er wollte sich das nicht weiter anhören. »Und die Soldaten warten schon allzu lange auf ihren Sold, wollt Ihr wohl sagen? Wegen des Tempels? Wovon sollen denn die Huren des Reiches leben?«, fragte er bitter.

Leontes' Miene verfinsterte sich. Er sah Crispin durch die Dampfschwaden fest an. »Ich muss jetzt gehen. Um den Burschen kümmern sich meine Wachen. Wenn Ihr durch die Pest Angehörige verloren habt«, fügte er noch hinzu, »so bedaure ich das. Aber die Zeit hilft über alle Verluste hinweg.«

Er öffnete die Tür und ging, bevor Crispin irgendeine Antwort einfallen konnte.

Einige Zeit später verließ auch Crispin das Badehaus. Bei den Wärtern im Kaltraum hatte seine geschwollene Hand für große Aufregung gesorgt, und sie hatten darauf bestanden, dass er sie im Wasser kühlte, bis ein Arzt kam. Der Medicus hatte ihn zunächst beruhigt und dann mit zusammengebissenen Zähnen die Hand betastet, um sich zu vergewissern, dass nichts gebrochen war. Schließlich empfahl er einen Aderlass am rechten Schenkel, der verhindern sollte, dass sich am Herd der Verletzung schlechtes Blut staute, aber Crispin lehnte ab. Der Arzt schüttelte den Kopf über die Unwissenheit gewisser Patienten und gab ihm gegen den Schmerz einen Kräutersud, der mit Wein zu mischen war.

Crispin bezahlte für das Mittel, beschloss aber, es

nicht zu nehmen. Stattdessen suchte er sich einen Platz in der Weinstube des Badehauses und betäubte sich mit einer Karaffe Weißwein. Er hatte sich mehr oder weniger damit abgefunden, dass sich das eben Erlebte unmöglich entwirren ließ. Der dumpfe Schmerz in der Hand war erträglich. Der Mann, den er so brutal zusammengeschlagen hatte, war wie versprochen von der Leibwache des Strategos fortgeschafft worden. Als Carullus' Soldaten von dem Zwischenfall erfuhren, wurden sie aschgrau im Gesicht, aber ohne ihm von einem Becken zum anderen und bis in den Dampfraum zu folgen, hätten sie kaum etwas tun können.

Crispin musste sogar einräumen, dass er alles in allem nicht unzufrieden war. Natürlich war er froh, auch diesen Angriff überstanden zu haben und nun damit rechnen zu können, dass der Täter preisgab, wer hinter den Anschlägen steckte. Er empfand sogar – obwohl er das nur ungern zugab – eine gewisse Genugtuung darüber, die Sache selbst erledigt zu haben.

Als er sich zunächst unbewusst, dann aufmerksamer das Kinn rieb, konnte er sich einer unerfreulichen Erkenntnis nicht entziehen. Er erkundigte sich bei einem Wärter, nahm seinen Wein mit und begab sich äußerlich gelassen in den angegebenen Raum. Zwei Männer waren vor ihm an der Reihe. Er wartete auf einer Bank, und als es so weit war, bestieg er mit Todesverachtung den Barbierstuhl, um sich rasieren zu lassen.

Das parfümierte Tuch, das man ihm um den Hals legte, kam ihm vor wie eine Würgeschnur. Diese Prozedur musste er von nun an jeden Tag über sich ergehen lassen. Irgendein Barbier in der Stadt würde ihm schon versehentlich die Kehle durchschneiden, während er den wartenden Kunden eine besonders saftige Anekdote erzählte. Meuchelmörder zu dingen, hieß

Geld zum Fenster hinauswerfen; hier wurde einem die Arbeit abgenommen. Wenn der Mann bei seinen geistreichen Ausführungen nur nicht ständig mit der Klinge gestikuliert hätte! Crispin schloss die Augen.

Doch er verließ die Stätte des Grauens so gut wie unversehrt und hatte es sogar geschafft, der angebotenen Parfümwolke zu entgehen. Erstaunlicherweise war er hellwach und voller Energie und brannte darauf, sich mit seiner Kuppel im Tempel zu befassen. Mit leichter Selbstironie registrierte er, dass er in Gedanken bereits von *seiner* Kuppel sprach. Genau davor hatte ihn Styliane Daleina gewarnt, aber welcher halbwegs brauchbare Handwerker konnte eine solche Warnung beherzigen?

Er musste den Tempel wiedersehen und beschloss, ihn aufzusuchen, bevor er in den Gasthof zurückkehrte. Ob Artibasos wohl da sein würde? Anzunehmen. Der Mann lebte praktisch auf der Baustelle, hatte der Kaiser gesagt. Crispin konnte sich vorstellen, dass es ihm ähnlich ergehen würde. Er wollte mit dem Architekten über den Untergrund für seine Mosaiken sprechen. Außerdem musste er die sarantinischen Glaswerke finden und sich Siroes' Mannschaft aus Gesellen und Lehrlingen ansehen – und wahrscheinlich neu zusammensetzen. Auch die Sitten und Gebräuche der hiesigen Gilde galt es in Erfahrung zu bringen – um sie umgehen zu können. Und er musste zu zeichnen anfangen. Die besten Einfälle nützten ihm nichts, wenn sie außer ihm niemand sehen konnte. Er brauchte Rückendeckung. Wobei er bei den Skizzen einige Lücken lassen wollte. Niemand brauchte *alle* seine Einfälle zu kennen.

Er hatte eine große Aufgabe übernommen. Es gab eine Menge zu tun. Vorsichtig bewegte er seine Hand. Sie war geschwollen, aber das war nicht weiter schlimm. Er dankte Jad, dass er instinktiv mit der linken Faust zugeschlagen hatte. Die Arbeitshand war für einen Mosaikleger lebenswichtig.

Bevor er das Badehaus verließ, trat er spontan an den Marmortresen im Vestibül und fragte den Aufseher nach einer Adresse, die er vor langer Zeit bekommen hatte. Wie sich herausstellte, war sie ganz in der Nähe. Seltsamerweise hatte er sich das fast gedacht. Es war eine gute Wohngegend.

Crispin entschloss sich zu einem Besuch. Um eine Verpflichtung zu erfüllen. Bring es hinter dich, sagte er sich, bevor dich die Arbeit wieder auffrisst. Er rieb sich das glatte Kinn und trat in den sonnigen Spätnachmittag hinaus.

Hartnäckig verfolgt von zwei entschlossenen Soldaten, machte sich Caius Crispus von Varena auf den Weg zu einem Haus in einer Straße, deren Namen man ihm einst in einem Bauernhaus unweit von Varena auf ein Stück Pergament geschrieben hatte. Endlich gelangte er auf einen hübschen Platz und bog in eine breite, von soliden Steinhäusern gesäumte Allee ein. Bald stieg er die Treppe zu einem überdachten Portikus hinauf und klopfte mit der heilen Hand fest an die Tür.

Was er sagen wollte – oder sollte –, wusste er noch nicht. Das konnte peinlich werden. Während Crispin darauf wartete, dass ihm ein Diener öffnete, sah er sich um. Neben der Tür stand auf einem Marmorsockel eine Büste der Heiligen Blutzeugin Eladia, Beschützerin der Jungfrauen. Das konnte nach allem, was er bisher gehört hatte, nur ironisch gemeint sein. Es war eine ruhige Straße; außer ihm und den beiden Soldaten war nur ein junger Bursche zu sehen, der ein paar Schritte weiter eine friedliche Stute striegelte. Die Häuser wirkten gepflegt und verrieten einen gewissen Wohlstand. Die Fackelhalter an den Fassaden und auf den Portiken verhießen auch nach Einbruch der Nacht Licht und Sicherheit.

Crispin konnte sich vorstellen, dass hinter diesen glatten Mauern auch in Sarantium ein ruhiges Leben möglich war, obwohl er bisher nur Gewalt und Verwicklungen ungeahnten Ausmaßes erlebt hatte. Vor seinem geistigen Auge entstand ein Bild von wohlproportionierten Räumen mit pastellfarbenen Fresken, Elfenbein, Alabaster, gedrechselten Holzstühlen, Truhen und Bänken, gutem Wein, silbernen Kerzenleuchtern, einer sorgsam gehegten Handschrift aus der Antike vielleicht, in der man las, wenn man im Winter friedlich am Feuer saß oder im Sommer in einem Innenhof zwischen Blumen und summenden Bienen ruhte. Alles, was man brauchte, um in dieser großen Stadt, die so gut geschützt hinter ihren dreifachen Mauern an der Küste des Meeres lag, ein zivilisiertes Leben zu führen. Hier war das Zentrum der Welt. Sauradias schwarze Wälder lagen unendlich fern.

Die Tür öffnete sich.

Er drehte sich um und wollte seinen Namen nennen und sich anmelden lassen. Auf der Schwelle stand eine schlanke Frau in dunkelrotem Gewand. Schwarzes Haar, schwarze Augen, zierlicher Körperbau, sicher keine Dienerin. Weiter kam er nicht. Die Frau schrie plötzlich auf, warf sich ihm in die Arme und bedeckte sein Gesicht mit glühenden Küssen. Dabei krallte sie die Hände in sein Haar und zog seinen Kopf zu sich herab. Bevor er noch wusste, wie ihm geschah – die beiden Soldaten standen fassungslos mit offenem Mund daneben –, berührte ihr Mund sein Ohr. Er spürte ihre Zunge und hörte sie flüstern: »Ich beschwöre Euch in Jads Namen, tut so, als wären wir ein Liebespaar! Ihr sollt es nicht bereuen, das verspreche ich Euch!«

»Was tust du da?« Die Stimme war erschreckend vertraut, aber Crispin konnte nicht feststellen, woher sie kam. Sein Herz vollführte einen Satz. Er schnappte krampfhaft nach Luft, dann lag der Frauenmund

schon wieder auf dem seinen. Seine heile Hand wanderte – fast wie von selbst – nach oben und drückte die Unbekannte an sich. Sie küsste ihn wie einen lange verschollenen Geliebten.

»O nein!«, rief es von drinnen: Die Stimme war immer noch erschreckend bekannt, aber der weinerliche Ton war neu. *»Nein, nein, nein! Das gelingt doch nie! Wer immer er sein mag, man wird ihn deinetwegen verprügeln oder gar töten.«*

In diesem Moment war aus dem Flur des Hauses ein Räuspern zu hören.

Die Frau in der knielangen roten Tunika löste sich mit gut gespieltem Zögern aus Crispins Armen, und dabei traf Crispin ein neuer Schock: Erst jetzt fiel ihm auf, dass er ihren Duft kannte. Sie trug das Parfüm, das angeblich nur eine einzige Frau in der ganzen Stadt verwenden durfte. Aber sie war bestimmt nicht die Kaiserin Alixana.

Wenn ihn nicht alles täuschte, hieß sie Shirin und war die umjubelte Erste Tänzerin der Grünen, leidenschaftlich begehrt von mindestens einem der jungen Aristokraten, die Crispin erst gestern in einer Schenke kennen gelernt hatte, und wahrscheinlich auch von unzähligen anderen jungen und älteren Männern. Außerdem war Zoticus von Varena ihr Vater.

Und die klagende Stimme, die er soeben – zum zweiten Mal – im Geiste gehört hatte, war Linons Stimme.

Crispins Kopfschmerzen kehrten schlagartig wieder. Er wünschte, das Badehaus oder besser noch den Gasthof nie verlassen zu haben. Warum war er nicht ganz zu Hause geblieben?

Die Frau trat zurück, strich aber noch einmal mit der Hand über die Vorderseite seiner Tunika, als wollte sie ihn festhalten. Dann drehte sie sich nach der Person um, die gehustet hatte.

Crispin folgte ihrem Blick. Zu viel stürmte auf ihn ein. Plötzlich musste er sich sehr zusammennehmen, um nicht wie ein Kind oder ein Schwachsinniger laut aufzulachen.

»Oh!«, sagte die Frau und hielt sich erstaunt die Hand vor den Mund. »Ich wusste nicht, dass Ihr mir gefolgt seid! Liebster Freund, Ihr müsst verzeihen, aber ich konnte nicht an mich halten. Dies ist nämlich…«

»Ihr versteht Euch einzuschmeicheln, Rhodianer, das muss man Euch lassen«, bemerkte Pertennius von Eubulus, der Schreiber des Obersten Strategos, den Crispin vor kurzem im Dampf hatte entschwinden sehen. *Diesem* Mann war er zum letzten Mal vergangene Nacht begegnet, als er der Kaiserin eine Perle überbrachte.

Heute war Pertennius ausnehmend elegant gekleidet. Er trug eine Tunika aus feinem blauem Leinen mit Silberstickereien, dazu einen dunkelblauen Mantel und eine weiche Mütze in der gleichen Farbe. Sein schmales Gesicht mit der langen Nase war bleich, und die schmalen, wachen Augen verfolgten die Szene in der Tür nicht gerade mit Wohlwollen – was unter diesen Umständen auch nicht verwunderlich war.

»Ihr… kennt Euch schon?«, fragte die Frau unsicher. Crispin kämpfte noch immer mit seiner Heiterkeit, aber er bemerkte, dass auch sie blass geworden war.

»Der rhodianische Handwerker wurde gestern Abend bei Hofe vorgestellt«, erklärte Pertennius. »Er ist *eben* erst angekommen«, fügte er gewichtig hinzu.

Die Frau biss sich auf die Unterlippe.

»Ich habe dich gewarnt! Ich habe dich gewarnt! Die Folgen hast du dir ganz allein selbst zuzuschreiben«, zeterte die aristokratische Stimme. Linons Stimme. Sie kam aus einiger Entfernung, aber Crispin hörte sie wie früher in seinem Kopf.

Sie sprach nicht mit ihm.

Er verschob die Frage auf später. Ein Blick auf die schwarzhaarige Tochter des Alchimisten weckte sein Mitleid. Es war natürlich ausgeschlossen, dass sie sich als Liebespaar ausgaben, nicht einmal als enge Freunde, aber...

»Ich muss gestehen, dass ich nicht erwartet hätte, so herzlich empfangen zu werden«, sagte er freundlich. »Ihr müsst Euren teuren Vater sehr lieben, Shirin.« Er ließ ihr Zeit, die Aussage zu verdauen, dann fuhr er lächelnd fort: »Guten Tag, Schreiber. Wir scheinen die gleichen Ziele anzusteuern. Seltsam. Eigentlich hätte ich Euch zu dieser Zeit im Bad vermutet. Wir hätten einen Becher Wein zusammen trinken können. Immerhin bin ich Eurem Strategos dort begegnet und hatte die Ehre, mich ausgiebig mit ihm zu unterhalten. Habt Ihr Euren Botengang letzte Nacht gut überstanden?«

Dem Schreiber fiel die Kinnlade herunter. Jetzt sah er einem Fisch verblüffend ähnlich. Er bemühte sich natürlich um diese Frau, das war nicht zu übersehen. Außerdem hatten auch die jungen Grünen-Anhänger gestern in der *Spina* davon gesprochen.

»Der Strategos?«, fragte Pertennius, und dann: »Ihr *Vater*?«

»Mein Vater!«, wiederholte Shirin, zum Glück in unverfänglichem Ton.

»Ihr Vater«, bestätigte Crispin liebenswürdig. »Zoticus von Varena. Wie ich in meiner Botschaft bereits angekündigt hatte, möchte ich Grüße von ihm überbringen.« Er lächelte dem Schreiber leutselig zu, dann wandte er sich an die Frau, die ihn jetzt verständnislos anstarrte. »Ich störe doch hoffentlich nicht?«

»Nein, nein!«, sagte sie hastig und errötete leicht. »O nein. Pertennius war nur zufällig in der Gegend, sagte er. Und da... hat er mich mit seinem Besuch beehrt. Sagte er.« Crispin bewunderte ihre Geistesgegenwart. »Ich wollte ihm gerade erklären... da hörten wir Euer Klopfen... und ich war so aufgeregt...«

Crispin schenkte ihr sein verständnisvollstes Lächeln. »...dass Ihr mir einen unvergesslichen Empfang bereitet habt. Ich würde gern noch einmal nach Varena wandern und mit weiteren Nachrichten von Zoticus wiederkommen, wenn ich mit einer Wiederholung rechnen dürfte.«

Sie errötete noch mehr. Die kleine Strafe ist ihr zu gönnen, dachte er immer noch belustigt.

»Du hast mehr Glück, als du verdienst«, hörte er innerlich, und dann: *»Nein, ich werde mich nicht selbst in den Topf werfen und zum Abendessen kochen. Ich habe dich gewarnt, diese unerträglich alberne...«*

Die Stimme brach plötzlich ab.

Crispin konnte sich gut vorstellen, was geschehen war. Er hatte genau das Gleiche auf der Reise oft genug selbst praktiziert. Aber er hatte *keine* Ahnung, was hier vor sich ging. Er *dürfte* diese Stimme nicht hören. »Ihr seid Rhodianerin?« Pertennius verschlang die zierliche Frau fast mit den Augen. »Das *wusste* ich nicht.«

»Halbrhodianerin«, nickte Shirin. Sie fasste sich allmählich wieder. Crispin erinnerte sich, dass man sich leichter beruhigte, wenn der Vogel schwieg. »Mein Vater stammt aus Batiara.«

»Und Eure Mutter?«, fragte der Schreiber.

Shirin lächelte und warf den Kopf zurück. »Nun kommt schon, Schreiber, müsst Ihr denn alle Geheimnisse einer Frau ausloten?« Sie streifte ihn mit einem betörenden Seitenblick. Pertennius schluckte und räusperte sich wieder. Die Antwort lautet natürlich ›ja‹, aber das kann er kaum zugeben, dachte Crispin. Er selbst schwieg und sah sich rasch in der Diele um. Kein Vogel zu sehen.

Zoticus' Tochter fasste ihn – diesmal sehr viel förmlicher – am Ellbogen und führte ihn ein paar Schritte ins Haus. »Pertennius, *liebster* Freund, Ihr gestattet mir doch ein paar Worte mit diesem Mann? Ich habe *so* lange niemanden mehr gesprochen, der meinen geliebten Vater kennt.«

Sie ließ Crispin los, drehte sich um, nahm den Sekretär mit dem gleichen freundlich festen Griff am Arm und schob ihn in die entgegengesetzte Richtung auf die geöffnete Tür zu. »Es war ganz reizend, dass Ihr vorbeigekommen seid, um Euch zu erkundigen, ob ich die Strapazen des Dykania-Festes gut überstanden habe. Ihr seid wahrhaftig eine treue Seele. Ich bin *sehr* froh, mächtige Männer wie Euch zu haben, die so sehr um meine Gesundheit besorgt sind.«

»Meine Macht hält sich in Grenzen«, wehrte der Schreiber mit einer verlegenen Handbewegung ab. »Aber Euer Wohlergehen, mein liebes Kind, liegt mir wirklich sehr am Herzen, das ist ganz richtig.« Sie ließ seinen Arm los. Er schien noch bleiben zu wollen und sah erst sie und dann Crispin an, der mit locker gefalteten Händen dastand und eifrig zurücklächelte.

»Wir, äh, wir müssen einmal miteinander essen, Rhodianer«, sagte Pertennius nach kurzem Schweigen.

»Unbedingt«, nickte Crispin begeistert. »Leontes hat geradezu von Euch geschwärmt!«

Leontes' Sekretär zögerte immer noch. Seine hohe Stirn legte sich in Falten. Er sah so aus, als wolle er noch unzählige Fragen stellen, doch dann verneigte er sich vor Shirin und trat auf den Portikus hinaus. Sie schloss die Tür fest hinter ihm, dann blieb sie davor stehen, wendete Crispin den Rücken zu und drückte den Kopf an das Holz. Keiner von beiden sprach ein Wort. Draußen klirrte das Zaumzeug eines Pferdes, dann hörte man Pertennius mit leisen Hufschlägen davonreiten.

»O *Jad!*« seufzte Zoticus' Tochter, ohne die Stirn von

der schweren Tür zu heben. »Was müsst Ihr von mir denken?«

»Ich weiß es wirklich nicht« sagte Crispin vorsichtig. »Was sollte ich denn denken? Dass Ihr Besucher sehr herzlich begrüßt? Sarantiums Tänzerinnen sind berüchtigt für ihre Unmoral.«

Sie drehte sich um und lehnte sich mit dem Rücken gegen die Tür. »Ich bin nicht unmoralisch. Das hätten die Leute zwar gern, aber es stimmt nicht.« Sie trug keinen Schmuck und war auch nicht geschminkt. Ihr dunkles Haar war ziemlich kurz. Sie sah sehr jung aus.

Er hatte ihren Kuss nicht vergessen. Im Schwindeln war sie jedenfalls sehr geübt. »Wirklich nicht?«

Sie errötete wieder, aber sie nickte. »Wirklich nicht. Eigentlich müsstet Ihr erraten können, warum ich mich so benommen habe. Seit Ende des Sommers besucht er mich fast jeden Tag. Im Kaiserlichen Bezirk meinen die Hälfte der Männer, sie bräuchten nur mit einem Edelstein oder einem Seidentuch zu winken, und schon würde sich jede Tänzerin auf den Rücken legen und die Beine breit machen.«

Crispin lächelte nicht. »Das wurde früher auch von der Kaiserin behauptet, nicht wahr?«

Sie schnitt eine spöttische Grimasse und plötzlich sah er ihren Vater in ihren Zügen. »In ihrer Jugend mag das so gewesen sein. Doch als sie Petrus kennen lernte, hat sie sich verändert. Mehr habe ich dazu nicht zu sagen.« Sie stieß sich von der Tür ab. »Ich bin keine gute Gastgeberin. Ihr wart eben geistesgegenwärtig genug, mich aus einer sehr peinlichen Lage zu retten. Ich danke Euch. Pertennius ist harmlos, aber ein Klatschmaul.«

Crispin sah sie an und erinnerte sich an den gierigen Blick, mit dem der Schreiber vergangene Nacht, als Alixana mit offenem Haar vor ihm stand, zwischen ihm und der Kaiserin hin und her geschaut hatte. »Ihr solltet ihn nicht unterschätzen. Klatschmäuler können gefährlich werden, besonders, wenn sie verbittert sind.«

Sie zuckte die Achseln. »Ich bin Tänzerin. Da gibt es immer Gerüchte. Darf ich Euch einen Becher Wein anbieten? Kommt Ihr wirklich von diesem Schwein, das sich mein Vater nennt?«

Leicht hingeworfen, fast verächtlich.

Crispin stutzte. »Ja, gern«, sagte er dann freundlich. »Auch die zweite Frage kann ich bejahen. Wie hätte ich eine solche Geschichte auch erfinden sollen?«

Sie ging an ihm vorbei und er folgte ihr. Am Ende des Flurs führte eine Tür in einen Innenhof mit einem kleinen Springbrunnen und Steinbänken, aber es war zu kalt, um draußen zu sitzen. Shirin führte ihn in ein gemütliches Zimmer. Im Kamin war alles für ein Feuer vorbereitet. Shirin klatschte einmal in die Hände und sofort erschien eine Dienerin. Sie flüsterte ihr einige Anweisungen zu. Inzwischen hatte sie ihre Selbstsicherheit wiedergefunden.

Crispin musste feststellen, dass dafür die seine gefährlich ins Wanken geraten war.

An der Wand neben dem Kamin stand eine Holztruhe mit Bronzebeschlägen, und darauf lag ein mit Leder überzogenes Vögelchen aus Eisen, das wie ein Spielzeug aussah.

Shirin wandte sich ihm zu und folgte seinem Blick. »Das war tatsächlich ein Geschenk von meinem Vater, der mich so unendlich liebt.« Sie lächelte schmal. »Das einzige, das ich in meinem ganzen Leben von ihm bekommen habe. Es ist schon viele Jahre her. Ich schrieb ihm damals, ich sei nach Sarantium gezogen und bei den Grünen als Tänzerin angenommen worden. Warum ich ihm das überhaupt mitteilte, weiß ich nicht mehr, jedenfalls bekam ich dieses eine Mal eine Antwort. Er warnte mich davor, zur Dirne zu werden, und schickte mir ein Spielzeug. Einen Vogel, der singt, wenn man ihn aufzieht. Offenbar stellt er die Dinger selbst her. Ein Zeitvertreib besonderer Art? Habt Ihr einen von diesen Vögeln bei ihm gesehen?«

Crispin schluckte und nickte mit dem Kopf. Er hörte – wie sollte es auch anders sein – die weinende Stimme aus Sauradia.

»O ja«, sagte er endlich. »Als ich ihn vor meiner Abreise aus Varena besuchte.« Sie deutete auf einen Stuhl neben dem Feuer. Der wärmste Platz an diesem kalten Tag für den Gast. Er zögerte, dann setzte er sich. Sie nahm mit sittsam geschlossenen Beinen ihm gegenüber Platz. Wie alle Tänzerinnen hatte sie eine tadellose Haltung. Er fuhr fort: »Zoticus, Euer Vater... ist eigentlich ein Freund meines Kollegen Martinian. Ich hatte ihn, um ehrlich zu sein, noch nie zuvor gesehen. Deshalb kann ich Euch auch nicht viel mehr berichten, als dass es ihm offenbar gut ging. Er ist ein sehr gelehrter Mann. Wir haben... nur ein paar Stunden zusammen verbracht. Er war so freundlich, mir einige Ratschläge für die Reise zu geben.«

»Früher ist er weit herumgekommen, so viel ich weiß«, nickte Shirin. Wieder verzog sie spöttisch das Gesicht. »Sonst gäbe es mich vermutlich nicht.«

Crispin zögerte. Er hatte kein Recht, diese Frau nach ihrer Vergangenheit zu fragen. Aber da lag der zum Schweigen verdonnerte Vogel auf der Truhe. *Ein Zeitvertreib besonderer Art.* »Hat Euch das... Eure Mutter erzählt?«

Shirin nickte so heftig, dass das kurze schwarze Haar wippte. Crispin war nicht blind für ihre Reize: die tänzerische Anmut der Bewegungen, das lebhafte Temperament, die Begeisterungsfähigkeit. Die dunklen Augen, die ihn nicht losließen. Er konnte sich vorstellen, wie verführerisch sie aussah, wenn sie leichtfüßig über die Bühne schwebte.

»Ich will nicht ungerecht sein«, sagte sie. »Meine Mutter hat, so weit ich mich erinnern kann, nie schlecht von ihm gesprochen. Er habe die Frauen geliebt, sagte sie. Offenbar war er ein gut aussehender Mann von gewinnendem Wesen. Mutter war gerade im Begriff, der Welt zu entsagen und zu Jads Töchtern zu gehen, als er durch unser Dorf kam.«

»Und danach?« Crispin dachte an den graubärtigen, heidnischen Alchimisten auf seinem einsamen Gehöft inmitten seiner Pergamentrollen und Instrumente.

»Oh, sie ist doch noch in den Orden eingetreten und lebt bis heute im Kloster. Ich wurde bei den heiligen Frauen geboren und von ihnen erzogen. Sie haben mich nicht nur Beten, sondern auch Lesen und Schreiben gelehrt. Ich war wohl… jedermanns Tochter.«

»Aber wie…?«

»Ich bin ausgerissen.«

Shirin von den Grünen lächelte. Trotz ihrer Jugend war es kein unschuldiges Lächeln. Die Dienerin erschien mit einem Tablett. Wein, Wasser, eine Schale mit den letzten Früchten des Herbstes. Zoticus' Tochter entließ sie. Sie mischte den Wein selbst und brachte Crispin den Becher. Wieder stieg ihm ihr Parfum, das Parfüm der Kaiserin, in die Nase.

Shirin setzte sich wieder und sah ihn prüfend an. »Wer seid Ihr?«, wollte sie wissen. Keine unbillige Frage. Sie legte den Kopf ein wenig schief. Ihr Blick ging an ihm vorbei, kehrte zurück.

»Ist das die neueste Mode? Ich soll also schweigen, außer wenn du meine Meinung hören willst. Sehr freundlich, vielen Dank. Ja, wer ist dieser ordinäre Mensch denn nun wirklich?«

Crispin schluckte. Die Aristokratenstimme war jetzt klar und deutlich zu verstehen. Sie waren im gleichen Raum. Er zögerte, dann sendete er stumm: *»Kannst du mich hören?«*

Keine Antwort. Shirin beobachtete ihn abwartend.

Er räusperte sich. »Mein Name ist Caius Crispus. Ich komme aus Varena. Ich bin Handwerker. Mosaikleger. Ich soll an der Ausgestaltung des Großen Tempels mitwirken.«

Sie hielt sich die Hand vor den Mund. »Oh! Dann seid Ihr der Mann, den man letzte Nacht töten wollte!«

»Ach wirklich? Großartig! Dann solltest du unbedingt mit ihm allein sein.«

Crispin bemühte sich, die Stimme zu überhören. »Spricht sich das so schnell herum?«

»In Sarantium schon, besonders, wenn die Zirkusparteien betroffen sind.« Crispin fiel plötzlich wieder ein, dass diese Frau in ihrer Eigenschaft als Erste Tänzerin für die Grünen nicht weniger wichtig war als Scortius für die Blauen. So gesehen war es kein Wunder, dass sie so gut Bescheid wusste. Jetzt lehnte sie sich ein wenig zurück und betrachtete ihn, ohne ihre Neugier zu verhehlen.

»Das kann nicht dein Ernst sein! Mit diesem Haar? Diesen Händen? Sieh dir nur seine Linke an, er hat sich geprügelt. Gut aussehend? Ha. Du hast wohl gerade deine Tage?«

Crispin wurde rot und schaute unwillkürlich auf seine großen Hände mit den vielen Narben hinab. Die Linke war deutlich angeschwollen. Eine entsetzlich peinliche Situation. Er konnte zwar den Vogel hören, nicht aber Shirins Äußerungen, und keiner der beiden ahnte, dass er die eine Hälfte ihres Gesprächs belauschte.

Shirin fand seinen roten Kopf sehr erheiternd. »Ihr seid wohl nicht gern Tagesgespräch? Dabei kann das ganz nützlich sein. Besonders, wenn man neu ist in der Stadt.«

Crispin trank gierig einen Schluck Wein. »Das hängt vermutlich davon ab, was... die Leute reden.«

Sie lächelte. Ein sehr hübsches Lächeln. »Vermutlich. Ihr wurdet doch hoffentlich nicht verletzt?«

»Ist es etwa sein rhodianischer Akzent? Ja? Immer schön die Beine zusammenhalten, mein Kind. Wir wissen nichts über diesen Mann.«

Crispin wünschte allmählich, Shirin würde den Schweigebefehl aussprechen oder er könnte es tun. Es fiel ihm schwer, sich zu konzentrieren. Er schüttelte den Kopf. »Nicht verletzt, nein, danke der Nachfrage. Aber zwei von meinen Begleitern und der junge Mann an den Toren des Blauen-Hofes wurden getötet. Ich habe keine Ahnung, wer die Soldaten gedungen hat.« Aber das würde man bald genug erfahren. Schließlich hatte er vor kurzem einen Mann bewusstlos geschlagen.

»Dann seid Ihr wohl ein Mosaikleger, vor dem man sich fürchten muss?«, spottete Shirin. Ihre schwarzen Augen blitzten. Die Toten schienen sie nicht weiter zu stören. Man war in Sarantium.

»O ihr Götter! Am besten ziehst du dich gleich hier aus und legst dich hin. Dann sparst du dir den langen Weg zu deinem Bett…«

Wieder erließ Shirin den Schweigebefehl und Crispin atmete erleichtert auf. Er schaute auf seinen Becher nieder und leerte ihn mit einem Zug. Shirin erhob sich sofort, um nachzuschenken. Diesmal war sie mit dem Wasser sparsamer.

»Ich habe mich immer für einen harmlosen Menschen gehalten«, sagte er, als sie ihm den Wein brachte und sich wieder setzte.

Wieder dieses spöttische Lächeln. »Vielleicht sieht Eure Frau das etwas anders?«

Zum Glück schwieg wenigstens der Vogel. »Meine Frau ist vorletzten Sommer gestorben, zusammen mit meinen beiden Töchtern.«

Sie wurde ernst. »Die Pest?«

Er nickte.

»Das tut mir Leid.« Sie sah ihn kurz an. »Seid Ihr deshalb hier?«

Bei Jads Gebeinen. Noch eine von diesen überklugen sarantinischen Frauen. Crispin entschied sich für die Wahrheit: »Gerade deshalb wäre ich beinahe nicht gekommen. Aber man hat mich dazu gedrängt. Die Einladung war in Wirklichkeit für meinen Partner Martinian bestimmt. Ich habe mich für ihn ausgegeben, solange ich unterwegs war.«

Sie zog die Augenbrauen hoch. »Ihr seid am Kaiserlichen Hof unter falschem Namen aufgetreten? Und Ihr lebt noch? Vor Euch muss man sich wirklich hüten, Rhodianer.«

Er trank noch einmal. »Nicht ganz. Ich habe meinen richtigen Namen genannt.« Jetzt fiel ihm etwas ein. »Es könnte sein, dass auch der Herold, der mich ausrief, meinetwegen seine Stellung verlor.«

»Auch?«

Die Sache wurde allmählich schwierig. Er hatte schon im Badehaus ziemlich viel Wein getrunken und war jetzt nicht mehr ganz klar im Kopf. »Der… Mosaikmeister, der vor mir für den Tempel zuständig war, wurde vergangene Nacht vom Kaiser entlassen.«

Shirin von den Grünen sah ihn aufmerksam an. Es wurde still im Raum. Ein Holzscheit knackte im Feuer. Endlich sagte sie nachdenklich: »Demnach gibt es genügend Leute, die als Auftraggeber in Frage kommen. Ihr wisst doch, dass es nicht schwer ist, Soldaten für einen Anschlag zu finden.«

Er seufzte. »Ich lerne es allmählich.«

Natürlich war das noch nicht alles, aber er beschloss, Styliane Daleina und das eingeschmuggelte Messer im Dampfraum nicht zu erwähnen. Als er sich umsah, fiel sein Blick wieder auf den Vogel. Er hatte Linons Stimme – alle Vögel des Alchimisten redeten in diesem aristokratischen Tonfall –, aber einen völlig anderen Charakter. Kein Wunder. Inzwischen wusste er ja, was diese Vögel waren oder gewesen waren. Aber diese Frau wusste es sicher nicht. Er hatte keine Ahnung, wie er sich verhalten sollte.

»Also«, sagte Shirin, »bevor womöglich noch jemand hier auftaucht, um Euch aus irgendwelchen Gründen zu überfallen – was hat mein liebender Vater seiner Tochter mitzuteilen?«

Crispin schüttelte den Kopf. »Gar nichts, fürchte ich. Er hat mir Euren Namen nur für den Fall gegeben, dass ich Hilfe brauche.«

Es gelang ihr nicht, ihre Enttäuschung zu verbergen. Elternlose Kinder. Die seelischen Lasten dieser Welt. »Hat er wenigstens etwas *über* mich gesagt?«

Sie ist Prostituierte, hatte der Alchimist vor sich hingemurmelt, ohne eine Miene zu verziehen. Hinterher hatte er die Beschreibung ein wenig korrigiert. Crispin räusperte sich wieder. »Er sagte, Ihr wärt Tänzerin. Genaueres wusste er nicht.«

Sie wurde rot vor Zorn. »Und ob er Genaueres weiß. Als mich die Grünen zu ihrer Ersten Tänzerin machten, habe ich ihm geschrieben. Er hat nie geantwortet.« Sie warf den Kopf zurück. »Er hat natürlich viele Kinder. Auf seinen Reisen hat er überall Nachkommen in die Welt gesetzt. Vermutlich schreiben wir ihm alle und er antwortet nur seinen Lieblingen.«

Crispin schüttelte den Kopf. »Er selbst erwähnte, seine Kinder würden ihm nicht schreiben. Ich weiß nicht, ob das ernst gemeint war.«

»Er antwortet nie«, fauchte Shirin. »Zwei Briefe und ein Vogel, mehr habe ich von meinem Vater nie bekommen.« Sie griff nach ihrem Weinbecher. »Vermutlich hat er uns allen diese Vögel geschickt.«

»Nein«, sagte Crispin. Plötzlich kam die Erinnerung wieder. »Das… glaube ich nicht.«

»Ach ja? Und woher wollt Ihr das wissen?« Es klang empört.

»Er sagte mir, er habe nur einen einzigen von seinen Vögeln weggegeben.«

Sie wurde ganz still. »Das hat er gesagt?«

Crispin nickte.

»Aber warum? Ich meine...?«

Crispin hatte sogar einen Verdacht. »Leben... Geschwister von Euch hier in der Stadt?«, fragte er.

Sie schüttelte den Kopf. »Nicht dass ich wüsste.«

»Vielleicht ist das der Grund. Er sagte, er hätte immer vorgehabt, nach Sarantium zu reisen, aber es sei nie dazu gekommen. Er zeigte sich enttäuscht. Vielleicht weil Ihr hier seid...?«

Shirin sah kurz zu ihrem Vogel hinüber, schaute Crispin an und zuckte gleichgültig die Achseln. »Schön, aber ich habe wirklich keine Ahnung, was an einem mechanischen Spielzeug so besonders sein soll.«

Crispin wich ihrem Blick aus. Sie spielte ihm etwas vor, aber das musste wohl so sein. Im Übrigen tat er nichts anderes. Er brauchte einfach Zeit, um sich auch über diese Zusammenhänge noch klar zu werden. Jede Bekanntschaft, die er in dieser Stadt machte, stellte ihn vor neue Herausforderungen. In erster Linie bist du hier, um zu arbeiten, ermahnte er sich streng. An einer Kuppel. Einer alles überragenden Kuppel hoch über der Welt, die dir der Kaiser und durch ihn der Gott zum Geschenk gemacht haben. Du wirst dich *nicht* in die Intrigen dieser Stadt verstricken lassen.

Mit diesem Vorsatz stand er auf. Er hatte heute Nachmittag den Tempel aufsuchen wollen. Der Besuch hier war nur als kurzes Zwischenspiel gedacht, als Pflichtübung. »Ich bin Euch einfach so ins Haus geplatzt und will Eure Gastfreundschaft nicht zu lange in Anspruch nehmen.«

Sie stand hastig auf – die erste unkontrollierte Bewegung. Sie wirkte dadurch jünger.

Er trat näher. Wieder roch er ihr Parfüm. Auch wenn es ein Fehler war, er musste einfach fragen. »Ich … dachte, diesen besonderen … Duft dürfe nur die Kaiserin Alixana tragen. Ich möchte nicht indiskret sein, aber …«

Shirin lächelte geschmeichelt. »Ihr habt ihn erkannt? Sie hat mich im Frühling tanzen sehen. Daraufhin erhielt ich eine persönliche Botschaft von ihr, einen Brief und ein Fläschchen, und in der Stadt wurde bekannt gegeben, die Kaiserin habe mir in Anerkennung meiner Leistungen gestattet, das Parfüm zu benützen, das sonst ihr allein vorbehalten sei. Dabei steht sie bekanntlich auf Seiten der Blauen.«

Crispin schaute auf sie hinab. Eine junge Frau, klein und flink, mit schwarzen Augen. »Eine große Ehre.« Er zögerte. »Es steht Euch ebenso gut wie ihr.«

Ein ironischer Blick. Sie war natürlich an Komplimente gewöhnt. »Hat nicht jede Verbindung mit den Mächtigen ihren Reiz?«, murmelte sie.

Crispin lachte laut auf. »Bei Jads Blut! Wenn alle sarantinischen Frauen so gewitzt sind wie die, die ich bisher kennen gelernt habe …«

»Ja?«, fragte sie und sah ihn von unten herauf an. »Was dann, Caius Crispus?« Ihr schelmischer Ton sollte ihn verspotten.

Und er erreichte sein Ziel. Crispin war um eine Antwort verlegen. Sie lachte. »Ihr müsst mir natürlich von den anderen erzählen. In dieser Stadt sollte man seine Rivalinnen kennen.«

Crispin sah sie an. Er konnte sich lebhaft vorstellen, was ihr Vogel dazu zu sagen hätte. Nur gut, dass er stumm war. Sonst …

»O ihr Götter! Du bist unmöglich! Du ziehst einfach … alles in den Schmutz!«

Crispin zuckte zusammen und hielt sich rasch die Hand vor den Mund. Stumm war er offenbar nicht. Zoticus' Tochter hatte wohl ihre eigenen Methoden, das Tierchen unter Kontrolle zu halten. Sie hatte mit allen beiden gespielt. Shirin lächelte verhalten, drehte sich um und führte ihn durch den Flur zur Haustür.

Crispin blieb noch einmal kurz stehen. »Ich komme wieder«, murmelte er. »Wenn ich darf.«

»Natürlich. Ihr müsst sogar. Ich werde eine kleine Abendgesellschaft für Euch geben. Wo wohnt Ihr?«

Er nannte ihr den Gasthof. »Aber ich bin auf der Suche nach einem Haus. Ich glaube, die Beamten des Kämmerers kümmern sich schon darum.«

»Gesius? Tatsächlich? Und Leontes hat sich mit Euch im Bad getroffen? Ihr habt einflussreiche Freunde, Rhodianer. Mein Vater hat sich getäuscht. Wozu solltet Ihr jemanden wie mich brauchen?« Sie lächelte erneut und ihr scharfer Blick strafte die Worte Lügen. »Ihr müsst kommen und mich tanzen sehen. Die Wagenrennen sind vorbei, jetzt fängt die Theatersaison an.«

Er nickte. Sie öffnete die Tür und trat zurück, um ihn vorbeizulassen.

»Ich danke Euch noch einmal für den herzlichen Empfang«, sagte er. Warum nur? Um sie zu necken. Hauptsächlich. Er musste sich doch revanchieren.

»Du meine Güte«, murmelte Shirin von den Grünen. »Das werde ich wohl noch öfter zu hören bekommen, wie? Mein geliebter Vater würde sich zu Tode schämen. Dabei hat er mich so gut erzogen. Einen schönen Tag, Caius Crispus«, sagte sie abschließend. Diesmal hielt sie einen kleinen, aber deutlichen Abstand. Sie hatte genügend Gift verspritzt, jetzt sah er mit Genugtuung, dass auch er einen Treffer gelandet hatte.

»Hör auf! Du sollst ihn nicht küssen! Steht die Tür offen?«

Eine kurze Pause. *»Nein, das weiß ich nicht, Shirin! Bei dir kann man nie sicher sein.«* Wieder war es still, während Shirin antwortete, dann sagte der Vogel in einem ganz anderen Ton: *»Schon gut. Ja, meine Liebe. Ich weiß. Ich weiß ja.«*

Da schwang eine Zärtlichkeit mit, die ihn geradewegs in den Alten Wald zurückversetzte. Linon. *Vergiss mich nicht.*

Crispin verneigte sich. Unversehens schwappte eine Welle der Trauer über ihn hinweg. Zoticus' Tochter lächelte, dann fiel die Tür ins Schloss. Er stand auf dem Portikus und seine Gedanken überschlugen sich. Carullus' Soldaten warteten, beobachteten ihn, bewachten die Straße… sie war menschenleer. Ein kalter Windstoß fegte daher. Die Nachmittagssonne war im Westen hinter den Häusern verschwunden.

Crispin holte tief Atem und klopfte noch einmal.

Shirin öffnete sofort. Sie machte große Augen und setzte zum Sprechen an, doch als sie sein Gesicht sah, sagte sie nichts. Crispin trat ein und schloss selbst die Tür hinter sich.

Sie blickte zu ihm auf.

»Shirin, es tut mir Leid, aber ich kann den Vogel hören«, sagte er. »Wir haben einiges zu besprechen.«

Unter der Herrschaft des Kaisers Valerius II. war die Stadtpräfektur wie die gesamte Zivilverwaltung dem Magister der Kaiserlichen Behörden Faustinus unterstellt und wurde folglich mit seiner sprichwörtlichen Gründlichkeit und Wirksamkeit geführt.

Diese Eigenschaften wurden besonders deutlich, als der ehemalige Kurier Pronobius Tilliticus unter dem Verdacht des Meuchelmordes zum Verhör in das berüchtigte fensterlose Gebäude nahe dem Mezaros-Forum gebracht wurde. Die neuen Vorschriften, die Valerius' Quaestor Marcellinus für die Justiz aufgestellt hatte, wurden genauestens befolgt: Als der Inquisitor seine Instrumente zurechtlegte, waren ein Schreiber und ein Notar zugegen.

In diesem Fall kamen aber weder die Gewichte noch die Metallsonden oder die raffinierteren Folterwerkzeuge zum Einsatz. Tilliticus legte ein vollständiges und ausführliches Geständnis ab, als ihm der Inquisitor, der sein Opfer mit erfahrenem Blick gleich richtig eingeschätzt hatte, unversehens ins Haar griff und mit einem gezähnten Krummdolch eine Strähne absäbelte. Sobald die Locken auf den Steinboden fielen, schrie Tilliticus, als hätte ihn die Klinge durchbohrt. Dann sprudelte er viel mehr heraus, als die Beamten hören wollten. Der Schreiber zeichnete alles auf; am Ende bezeugte der Notar die Richtigkeit mit seinem Siegel. Der Inquisitor zog sich zurück. Er schien nicht enttäuscht zu sein. In anderen Zellen warteten noch andere Opfer.

Dank der umfassenden Enthüllungen erübrigte sich eine amtliche Befragung des amorianischen Soldaten, der in einem öffentlichen Badehaus einen weiteren Anschlag auf den rhodianischen Handwerker hatte verüben wollen, aber vom Obersten Strategos persönlich daran gehindert worden war.

Wie es die neuen Vorschriften verlangten, wurde unverzüglich ein Richter zur Stadtpräfektur entsandt. Bei seinem Eintreffen legte man ihm das Geständnis des ehemaligen Kuriers sowie alle weiteren Erkenntnisse vor, die man über die Vorgänge der vergangenen Nacht und des darauf folgenden Nachmittags gewonnen hatte.

Marcellinus' neue Gesetze gewährten dem Richter einen gewissen Ermessensspielraum. Die Todesstrafe war, ein kaiserlicher Gunstbeweis im Anschluss an die Siegeskrawalle, weitgehend abgeschafft worden, da sie angeblich dem Geist von Jads Schöpfung widersprach, aber dafür konnte er aus einem breiten Spektrum von anderen Strafen wählen, das von Geldbußen über das Abhacken von Gliedmaßen bis zu verschiedenen Formen der Verbannung und der Gefangenschaft reichte.

Der Dienst habende Richter an diesem Abend unterstützte zufällig die Grünen. Der Tod von zwei einfachen Soldaten und eines Parteigängers der Blauen war gewiss ein schweres Verbrechen, doch der Rhodianer, dem der Anschlag galt – die einzig *wichtige* Figur in dem ganzen Drama – war unverletzt geblieben, und der Kurier hatte seine Schuld freiwillig gestanden. Sechs von den Tätern waren ums Leben gekommen. Der Richter hatte kaum seinen schweren Mantel abgelegt, sich einen Becher Wein bringen lassen und einoder zweimal davon getrunken, als er auch schon sein Urteil fällte. Demnach war der Gerechtigkeit Genüge getan, wenn man Tilliticus ein Auge ausstach und die Nase aufschlitzte, um ihn als überführten Verbrecher zu kennzeichnen. Dass er lebenslänglich verbannt wurde, verstand sich von selbst. Ein solches Subjekt durfte in der Stadt nicht geduldet werden. Es hätte die frommen Bürger verderben können.

Der amorianische Soldat wurde des versuchten Mordes für schuldig gesprochen. Man drückte ihm mit einem heißen Eisen das übliche Brandmal auf die Stirn. Damit verlor er – natürlich – seine Stellung in der Armee und seine Pension. Auch er wurde verbannt.

Das ganze Verfahren wurde so straff durchgezogen, wie man es sich nur wünschen konnte. Der Richter fand sogar noch Zeit, seinen Wein auszutrinken und mit dem Notar schlüpfrige Klatschgeschichten über einen jungen Pantomimen und einen prominenten Senator auszutauschen. Trotzdem war er zum Abendessen rechtzeitig zu Hause.

Noch für den gleichen Abend wurde der Wundarzt bestellt, der bei der Stadtpräfektur unter Vertrag stand. Pronobius Tilliticus verlor sein linkes Auge und man schlitzte ihm mit einer glühenden Klinge die Nase auf. Zwei Nächte verbrachte er im Lazarett der Präfektur, dann wurde er in Ketten über die Bucht gefahren und in Deapolis freigelassen. Nun musste der einäugige Verbannte allein durch die Welt des Gottes wandern, bis er im Reich oder – nach Belieben – auch außerhalb der Grenzen eine neue Heimat gefunden hatte.

Tatsächlich wanderte er, die Welt des Gottes sollte es erfahren, nach Süden, durchquerte Amoria und gelangte schließlich nach Soriyya. Die kärgliche Summe, die sein Vater in der kurzen Zeit zusammengekratzt hatte, war bald verbraucht. Von da an musste er mit den anderen Krüppeln, den Waisen und den Frauen, die zu alt waren, um ihren Körper zu verkaufen, an den Türen der Gotteshäuser um Almosen betteln.

Aus diesen Niederungen des Daseins wurde er – so berichtet es die Geschichte – im darauf folgenden Herbst von einem tugendhaften Priester in einem Dorf nahe der Wüste von Ammuz errettet. Im darauf folgenden Frühling wurde Pronobius Tilliticus vom Blitzstrahl des Gottes getroffen und wanderte ganz allein und nur mit einer Sonnenscheibe versehen in die Wüste hinein, bis er einen steilen Felsen fand. Der Aufstieg war schwierig, aber er brauchte ihn nur einmal zu bewältigen.

Vierzig Jahre lebte er dort, zunächst versorgt von dem gottesfürchtigen Geistlichen, der ihn zu Jad bekehrt hatte, und später von den Pilgern, die den Nadelfelsen im Sand aufsuchten. Sie brachten ihm Körbe mit Speise und Trank, die der einäugige Eremit mit dem schmutzigen langen Bart und den halb verfaulten Kleidern mit einer Art Flaschenzug zu sich heraufzog und – leer – wieder hinunterließ.

Eine Reihe von Schwerkranken und Gehbehinderten, die sich in Sänften zum Felsen tragen ließen, und nicht wenige mit Kinderlosigkeit geschlagene Frauen sollten hinterher in korrekt bezeugten Aussagen erklären, von ihren Leiden in dem Augenblick geheilt worden zu sein, als sie von den halb zerkauten Speiseresten aßen, die der jadbesessene Anachoret von seiner hohen Warte herunterzuschleudern pflegte. Wenn Pronobius Tilliticus von den Hilfesuchenden um Weissagungen und fromme Ratschläge gebeten wurde, antwortete er in kurzen Parabeln und warnte mit schriller Stimme vor den Schrecken der Zukunft.

Womit er natürlich oft genug Recht behielt. Unsterblichkeit verlieh ihm der Umstand, dass er als erster heiliger Mann von den heidnischen Fanatikerhorden erschlagen wurde, die im Gefolge ihres eigenen sternenverzückten und Enthaltsamkeit predigenden Visionärs von Süden her in Soriyya einfielen.

Als die Vorhut des Wüstenheeres den Felsendolch erreichte, saß dort, scheinbar unangefochten vom Wind und der glühenden Sonne, immer noch der Eremit. Inzwischen war er ein alter Mann, der seine fanatischen Überzeugungen und seine geifernden Tiraden nicht mehr unter Kontrolle hatte. Die Krieger ließen ihn eine Weile wettern und amüsierten sich über ihn. Doch als er anfing, sie mit Essen zu bespeien, hörte der Spaß auf. Die Bogenschützen spickten ihn mit Pfeilen, bis er aussah wie ein groteskes Stacheltier. Er stürzte von seinem Felsen in die Tiefe. Nachdem man ihm wie üblich die Geschlechtsteile abgeschnitten hatte, ließ man ihn als Beute für die wilden Tiere im Sand liegen.

Zwei Generationen später sprach ihn der große Patriarch Eumedius heilig, erklärte ihn zum Wundertäter und zum Weisen und nahm ihn auf in die Reihen der Heiligen Blutzeugen, die eingingen ins Unsterbliche Licht.

In der *Lebensgeschichte,* die im Auftrag des Patriarchen erstellt wurde, stand zu lesen, dass Tilliticus lange Jahre die Strapazen und Gefahren im Dienst der Kaiserlichen Post erduldet und seinem Kaiser treu gedient habe, bevor ihn der Ruf einer höheren Macht ereilte. In herzergreifenden Worten wurde geschildert, wie der heilige Mann sein Auge in der Wüste an einen wilden Löwen verlor, als er einem verirrten Kind das Leben errettete.

»Man sieht den Heiligen Jad nur mit der Seele, nicht mit den Augen dieser Welt«, sollte er dem weinenden Kind und seiner Mutter erklärt haben. Deren Gewand, das befleckt war vom Blut aus den Wunden des weisen Mannes, konnte man in der Schatzkammer des Großen Tempels in Sarantium bewundern.

Die Rolle, die ein kleiner rhodianischer Handwerker auf dem Weg des heiligen Mannes zum ewigen Licht des Gottes gespielt hatte, wurde in der *Lebensgeschichte des heiligen Tilliticus* entweder vergessen oder von den Chronisten für bedeutungslos gehalten. Und der Soldatenjargon kommt und geht, er verändert und entwickelt sich. Zu jener Zeit löste der Name von Jads heißgeliebtem Pronobius längst keinerlei zotige Gedankenverbindungen mehr aus.

KAPITEL V

Am gleichen Tag, da der Mosaikmeister Caius Crispus von Varena in Sarantium zwei Mordanschläge überlebte, zum ersten Mal den Tempel von Jads Heiliger Weisheit mit seiner riesigen Kuppel sah und die Männer und Frauen kennen lernte, die hinfort sein Leben unter der Sonne des Gottes begleiten und bestimmen sollten, fand weit im Westen vor den Mauern seiner Heimatstadt in jenem weitaus kleineren Heiligtum, mit dessen Ausgestaltung er selbst und sein Partner mit ihren Lehrlingen und Gesellen beauftragt worden waren, eine Zeremonie statt.

Als das Volk der Antae – zusammen mit den Vrachae, den Iniciern und den anderen heidnischen Stämmen – noch in Sauradias wilden Wäldern lebte, hatte es seine Vorfahren am Fest der Toten mit blutigen Ritualen geehrt. Doch als die Antae südwestwärts auf die batiaranische Halbinsel vordrangen und das rhodianische Reich in sich zusammenfiel, übernahmen sie den Glauben an Jad und viele der Sitten und Gebräuche der von ihnen besiegten Völker. Besonders der kluge und fähige König Hildric hatte sich in den langen Jahren seiner Regierung sehr bemüht, sein Volk auf der Halbinsel heimisch zu machen und für ein halbwegs harmonisches Zusammenleben mit den unterjochten, aber immer noch hochmütigen Rhodianern zu sorgen.

Deshalb wurde es sehr bedauert, dass Hildric der Große als einzigen Erben eine Tochter hinterlassen hatte.

Die Antae mochten inzwischen Jad und den tapferen Heladikos verehren, sie mochten Sonnenscheiben tragen, Kapellen bauen und renovieren sowie Badehäuser und sogar Theater besuchen. Sie mochten sich aus einer Horde von Stämmen zu einem souveränen Staat entwickelt haben, der mit dem mächtigen sarantinischen Reich auf gleicher Ebene verhandelte ... aber sie blieben berüchtigt dafür, dass ihre Herrscher nie sehr fest auf ihrem Thron saßen. Und sie waren es ganz und gar nicht gewöhnt, von einer Frau regiert zu werden. In gewissen Kreisen konnte man sich nicht genug darüber wundern, dass Königin Gisel bislang weder eine Zwangsehe geschlossen hatte noch ermordet worden war.

Nach Ansicht kundiger Beobachter war nur das empfindliche Kräftegleichgewicht zwischen mehreren rivalisierenden Parteien dafür verantwortlich, dass dieser an sich unhaltbare Zustand bis zur lange ersehnten Einweihung von Hildrics Gedenkstätte vor Varenas Mauern andauern konnte.

Die Feier fand im Spätherbst statt, unmittelbar nach Ende des dreitägigen Dykania-Festes, mit dem die Rhodianer ihre Vorfahren zu ehren pflegten. Die rhodianische Religion wie die rhodianische Gesellschaft bewiesen Kultur: Man entzündete Kerzen und sprach Gebete, aber man vergoss kein Blut.

Viele der Besucher, die sich in dem erweiterten und eindrucksvoll gestalteten Heiligtum drängten, waren nach den Dykania-Exzessen noch so angeschlagen, dass sie selbst gern tot gewesen wären. Die Antae hatten sich, wie sollte es anders sein, von den vielen rhodianischen Festen und Feiertagen im Jahreskreis mit besonderer Begeisterung Dykanias mit seinen ausschweifenden Trinkgelagen angenommen.

Es war ein trüber Morgen, und der Himmel war bedeckt, als sich Varenas Höflinge in dicken Pelzmänteln und die von nah und fern angereisten Vertreter des Antae-Adels zusammen mit angesehenen Rhodianern und etlichen Angehörigen der hohen und niederen Geistlichkeit im Heiligtum einfanden. Für das einfache Volk war nur eine beschränkte Anzahl von Plätzen reserviert. Viele Bürger aus Varena und Umgebung hatten die ganze Nacht über Schlange gestanden, um das Ereignis nicht zu versäumen. Die meisten waren natürlich abgewiesen worden und warteten nun draußen in der Kälte, schwatzten miteinander oder kauften sich an den rasch auf den umliegenden Wiesen errichteten Ständen warme Speisen, Würzwein und billigen Schmuck.

An der Nordseite des Hofes erhob sich unübersehbar der Erdhügel über den Toten der letzten Pestwelle. Er war immer noch kahl – ein düsteres Mahnmal. Dann und wann gingen Männer und Frauen hinüber und stellten sich im eisigen Wind schweigend davor.

Hartnäckige Gerüchte hatten behauptet, der Oberste Patriarch persönlich werde die Reise von Rhodias nicht scheuen, um König Hildrics Andenken zu ehren, doch sie hatten sich nicht bestätigt. Im Heiligtum und außerhalb davon glaubte man auch den Grund dafür zu kennen.

Die Mosaikleger – zwei bekannte einheimische Meister aus Varena – waren dem Wunsch der jungen Königin gefolgt und hatten Heladikos auf der Kuppel dargestellt.

Athan, der Oberste Patriarch, hatte – wie allgemein vermutet auf Druck des Ostens – die gemeinsame Erklärung mit unterschrieben, wonach alle Darstellungen von Jads sterblichem Sohn verboten waren. Nun konnte er wohl kaum ein Heiligtum besuchen, das seinem

Willen so dreist zuwiderhandelte. Andererseits ging es auf der batiaranischen Halbinsel unter den Antae nicht an, eine solche Zeremonie einfach nicht zu beachten. Die Antae hatten mindestens ebenso sehr über den Sohn wie über den Vater zum Glauben an Jad gefunden, und sie waren nicht bereit, sich von Heladikos abzuwenden, was immer die beiden Patriarchen auch sagen mochten. Man hatte also ein… Problem.

Herausgekommen war erwartungsgemäß ein Kompromiss. Ein halbes Dutzend hochrangiger Geistlicher war über die schlammigen Straßen von Rhodias nach Varena gereist und zwei Tage zuvor mitten im Dykania-Trubel eingetroffen.

Jetzt saßen die Männer mit verbissenen Gesichtern ganz vorn vor dem Altar und der Sonnenscheibe und vermieden es tunlichst, zur Kuppel aufzublicken. Die zeigte nicht nur ein Abbild des goldenen Jad, sondern, in nicht minder kräftigen Farben, auch eine verbotene Darstellung seines Sohnes, wie er mit der Fackel in der Hand in seinem Wagen vom Himmel stürzte.

Wer etwas davon verstand, hielt die Mosaiken für sehr gelungen, auch wenn es abfällige Äußerungen über die Qualität des verwendeten Glases gegeben hatte. Wichtiger war vielleicht, dass die neuen Bilder an der Decke die frommen Bürger von Varena, die am längsten gewartet hatten und dafür mit Plätzen im hinteren Teil belohnt worden waren, in tiefes Staunen versetzten. Ehrfürchtiges Gemurmel durchzog den Raum. Die Königin hatte zu Ehren ihres mächtigen Vaters so viele Kerzen anzünden lassen, dass der Eindruck entstand, als brenne Heladikos' Fackel tatsächlich. Milde schauten der goldene Gott und sein todgeweihtes Kind auf die versammelten Gläubigen herab.

Hinterher fand man allzu nahe liegende Vergleiche und zog höchst komplizierte und widersprüchliche Lehren aus den grausamen Ereignissen dieses Morgens, der kalt, grau und windig begann, sich an geweihter Stätte mit Kerzenschein und Gebeten feiern ließ und schließlich in einem Blutbad endete, bei dem auch der Altar und die Sonnenscheibe dahinter besudelt wurden.

Pardos wusste genau, dass heute der wichtigste Tag seines bisherigen Lebens war. Und er überlegte sogar ganz ernsthaft, ob es nicht *überhaupt* der wichtigste Tag seines Lebens sei, obwohl ihn der Gedanke in seiner Ungeheuerlichkeit ein wenig erschreckte. Am Ende käme dann nichts mehr, was damit zu vergleichen wäre.

Zusammen mit Radulph, Couvry und den anderen saß er – er stand nicht, er *saß!* – in dem Bereich des Heiligtums, der den Handwerkern vorbehalten war: Zimmerleuten, Steinmetzen, Maurern, Schmieden, Fresko-Malern, Glasern, Mosaiklegern und allen anderen.

Auf Anweisung des Hofes hatte man in den letzten Tagen mit Hilfe von zusätzlichen Arbeitern im ganzen Heiligtum Holzbänke aufgestellt. An einer Stätte des Gebetes zu *sitzen,* war ungewohnt. Pardos trug die neue braune Tunika mit Gürtel, die Martinian für alle seine Leute gekauft hatte, und bemühte sich verzweifelt, einerseits reif und abgeklärt zu wirken und sich trotzdem keinen einzigen Augenblick des Geschehens entgehen zu lassen.

Er musste zumindest versuchen, einen würdevollen Eindruck zu machen; schließlich war er kein Lehrling mehr. Martinian hatte gestern Nachmittag die Gesellenbriefe für ihn, Radulph und Couvry unterzeichnet. Damit hatten sie offiziell ausgelernt. Nun konnten sie für jeden Mosaikmeister arbeiten, der sie einstellte, und sogar – obwohl das töricht wäre – selbst Aufträge annehmen. Radulph wollte nach Baiana zurückkehren; das hatte er immer schon gesagt. In dem Seebad gab es genügend Arbeit. Er war Rhodianer und seine Familie war mit Gott und der Welt bekannt. Pardos war Anta und kannte außerhalb Varenas keinen Menschen. Er und Couvry hatten vor, bei Martinian zu bleiben – vielleicht kehrte ja auch Crispin irgendwann einmal aus dem ruhmreichen, schrecklichen Osten zurück. Pardos hätte nie geglaubt, dass er einen Mann vermissen könnte, der ihn regelmäßig mit grausamsten Verstümmelungen bedroht hatte, aber so war es nun einmal.

Martinian hatte die Lehrlinge Geduld, Disziplin, Ordnung gelehrt und ihnen gezeigt, wie sich Vorstellungen und Möglichkeiten in Einklang bringen ließen. Von Crispin hatte Pardos *sehen* gelernt.

Jetzt versuchte er, Crispins Lektionen auf die Kleidung der stämmigen Antae-Führer und der vornehmen Rhodianer männlichen und weiblichen Geschlechts anzuwenden, die sich im Heiligtum versammelt hatten. Martinians Frau trug über ihrem dunkelgrauen Gewand ein Schultertuch in einem herrlich satten Dunkelrot, das an Sommerwein erinnerte. Auf der anderen Seite des Meisters saß Crispins Mutter in einem langen dunkelblauen Mantel, vor dem ihr weißes Haar im Kerzenschein förmlich erstrahlte. Avita Crispina war eine kleine Frau, die stets nach Lavendel duftete. Ruhig und aufrecht saß sie da. Sie war gemeinsam mit Pardos, Radulph und Couvry eingezogen, hatte sie mit Namen begrüßt und sie beglückwünscht: Die drei hatten nicht geahnt, dass sie überhaupt von ihrer Existenz wusste.

Links vom Altar, dicht neben dem Podest, wo die Priester gleich den Gottesdienst und die Gedenkfeier für Hildric zelebrieren würden, saß die Königin inmitten ihrer vornehmsten Höflinge. Die bärtigen Männer mit den ernsten Gesichtern trugen dumpfe Braun-, Rot- und Grüntöne – Jägerfarben. Pardos erkannte Eudric:

strohblondes Haar, das Gesicht von Narben gezeichnet – dennoch ein gut aussehender Mann. Früher hatte er die nördlichen Kriegerscharen beim Kampf gegen die Inicier befehligt, jetzt war er Kämmerer des Antae-Reiches. Die anderen waren Pardos fast alle fremd. Einige der Männer fühlten sich ohne ihre Schwerter sichtlich unwohl. Waffen waren im Heiligtum natürlich verboten. Pardos beobachtete, wie manch einer immer wieder unruhig an seinen goldenen oder silbernen Gürtel fasste, obwohl dort nichts zu finden war.

Die Königin selbst saß auf einem hohen Stuhl, der in der ersten Reihe zwischen den Holzbänken stand. Sie trug das weiße Trauergewand; ein weißer Seidenschleier verbarg ihr Gesicht. Pardos fand sie etwas einschüchternd, aber wunderschön. Der Thronsessel und der dunkle Purpurstreifen in der weichen Kappe, die den Schleier hielt, waren heute die einzigen Zeichen ihres königlichen Rangs. Martinian hatte erzählt, zu Rhodias' Glanzzeiten sei der Schleier bei der Beisetzung eines Mannes oder seiner Gedächtnisfeier für Ehefrauen, Mütter und Töchter unerlässlich gewesen. Die weiß gekleidete, völlig verhüllte, über allen thronende Königin erschien Pardos wie ein historisches Denkmal oder wie eine Gestalt aus den Geschichten von fremden, phantastischen Welten, die man sich des Abends am Feuer erzählte.

Natürlich war von der ganzen Truppe nur Martinian jemals im Palast gewesen und hatte mit ihr gesprochen. Zum ersten Mal, als sie ihm und Crispin den Auftrag erteilte, und später, wenn er Geld brauchte und über die Baufortschritte berichtete. Radulph hatte sie einmal aus der Nähe gesehen, als sie nach einer Jagd vor den Mauern durch die Stadt ritt. Pardos war ihr nie begegnet. Radulph hatte erzählt, sie sei eine schöne Frau.

Das glaubte Pardos auch jetzt noch zu spüren, obwohl er ihr Gesicht nicht sehen konnte. Bemerkenswert, wie die weißen Gewänder inmitten der dunklen Herbstfarben alle Blicke auf sich zogen. Sehr wirkungsvoll. Ob sich der Effekt wohl verwenden ließe? Das brachte ihn wieder auf Crispin.

Ein Rascheln veranlasste ihn, schnell wieder nach vorn zu schauen. Die drei Geistlichen, die den Gottesdienst abhalten sollten – der berühmte Hofpriester Sybard von Varena und zwei Priester aus dem Heiligtum –, waren hinter der Sonnenscheibe hervorgetreten und warteten nun, zwei in gelber, der mittlere in blauer Robe, bis das Gemurmel leiser wurde und schließlich verstummte. Dann erhoben sie im flackernden Schein der Kerzen und der Olivenöllampen unter der kleinen Kuppel mit dem Bildnis des Gottes und seines Sohnes die Arme. Sechs Handflächen drehten sich nach außen und spendeten Jads Segen.

Doch was dann folgte, hatte nichts mit Frömmigkeit zu tun.

Erst hinterher verstand Pardos, dass die Segensgebärde der Priester das vereinbarte Signal gewesen war. Man hatte ein Zeichen gebraucht, nach dem sich alle Beteiligten richten konnten, und jeder wusste, wie die Zeremonie begann.

Bevor die Priester fortfahren konnten, erhob sich neben der Königin ein breitschultriger Mann mit braunem Bart – Agila, der Oberste Stallmeister. Doch das erfuhr Pardos erst später. Der kräftige Anta mit den schweren Stiefeln trat zwei Schritte auf den Altar zu und schlug vor aller Augen seinen pelzgefütterten Mantel zurück.

Er schwitzte stark, sein Gesicht war dunkelrot, und er trug ein Schwert.

Die Priester vergaßen offenbar, die Hände wieder herunterzunehmen. Aber ihr Gesang verstummte. Pardos klopfte das Herz bis zum Hals, als er weiter hinten vier Männer aufstehen und in die Gänge zwischen den Bankreihen treten sah. Auch sie schlugen die Mäntel zurück; vier Schwerter kamen zum Vorschein, wurden aus der Scheide gezogen. Das war Ketzerei, eine Entweihung des Heiligtums. Doch es kam noch schlimmer.

»*Was wollt Ihr?*«, schrie der Hofpriester mit vor Empörung überschnappender Stimme. Königin Gisel bewegte sich nicht. Der bärtige Hüne stand jetzt fast genau vor ihr, schaute aber in die Mitte des Heiligtums.

Pardos hörte Martinian flüstern: »Jad beschütze uns. Ihre Wachen warten natürlich draußen.«

Natürlich. Pardos kannte die Gerüchte, die Ängste, die Drohungen – wer kannte sie nicht? Die junge Königin aß und trank nichts, was nicht von ihren engsten Vertrauten zubereitet und vorgekostet worden wäre, und sie tat selbst innerhalb des Palastes keinen Schritt ohne ihre bewaffnete Leibwache. Nur hier war das anders. Im Heiligtum, bei der Gedenkfeier für ihren Vater, im Trauergewand, vor den Augen ihrer Untertanen aus allen Schichten, der frommen Priester und des Gottes, in einem heiligen Raum, wo keine Waffen zugelassen waren, konnte sie davon ausgehen, in Sicherheit zu sein.

Aber sie war es nicht.

»Was«, schnarrte der schwitzende Kraftprotz vor der Königin, ohne den Geistlichen zu beachten, »hält Batiara von einem Treuebruch? Wie verfahren die Antae mit Herrschern, die ihr Volk verraten?« Hart schallten die Worte durch den heiligen Raum und stiegen zur Kuppel empor.

»Was redet Ihr da? Wie könnt Ihr es wagen, bewaffnet ein Heiligtum zu betreten?« Derselbe Priester wie zuvor. Ein tapferer Mann. Wie man hörte, hatte Sybard sogar dem Kaiser von Sarantium in einer religiösen Frage schriftlich widersprochen. Dann lässt er sich sicher auch hier nicht einschüchtern, dachte Pardos. Ihm selbst zitterten die Hände.

Der bärtige Anta griff unter seinen Mantel und zog ein dickes Pergamentbündel heraus. »Ich habe Papiere!«, schrie er. »Papiere, die beweisen, dass diese falsche Königin, die falsche Tochter, die falsche Hure seit langem Anstalten trifft, uns alle an die Inicier zu verkaufen!«

Entsetztes Gemurmel durchlief den Raum. »Das«, sagte der Priester Sybard mit erstaunlicher Ruhe, »ist ohne Zweifel eine Lüge. Und selbst wenn dem nicht so wäre, ist dies kein Ort, wo man sich damit zu befassen hätte.«

»Schweig, du kastrierter Schoßhund der Hure! Wo und wann eine verlogene Hündin von ihrem Schicksal ereilt wird, entscheiden die Krieger der Antae!«

Pardos schluckte krampfhaft. Er war wie vor den Kopf geschlagen. Diese Brutalität – undenkbar. Der Mann sprach immerhin von der *Königin*!

Dann geschahen fast gleichzeitig zwei Dinge. Der Bärtige zog sein Schwert, und hinter der Königin stand ein noch größerer Mann mit kahlrasiertem Schädel auf, schritt nach vorn und stellte sich dicht vor sie. Sein Gesicht war ausdruckslos.

»Mach Platz, Stummer, sonst bist du des Todes!«, drohte der Mann mit dem Schwert. Im ganzen Heiligtum waren die Menschen aufgestanden und drängten zu den Türen. Bänke wurden gerückt, alles redete durcheinander.

Der andere Mann regte sich nicht. Er konnte die Königin nur mit seinem Körper schützen. Er trug keine Waffen.

»Legt das Schwert nieder!«, kreischte der Priester am Altar. »Schluss mit dem Wahnsinn! Dies ist ein heiliger Ort!«

»*Nun töte sie endlich!*«, hörte Pardos ganz deutlich

eine leise, tonlose Stimme aus den Reihen der Antae unmittelbar in Gisels Nähe.

In diesem Moment fing jemand zu schreien an. Die Kerzen flackerten im Luftzug, den die Flüchtenden erzeugten. Die Deckenmosaiken schienen sich im unruhigen Licht zu bewegen.

Die Königin der Antae erhob sich.

Aufrecht wie ein Speerschaft stand sie da. Sie schlug mit beiden Händen den Schleier zurück, nahm die weiche Kappe mit dem königlichen Purpurstreifen ab und legte sie behutsam auf den Thronsessel. Nun sahen alle Anwesenden ihr Gesicht.

Es war nicht die Königin.

Die Königin war jung und hatte goldenes Haar. Das wusste jeder. Diese Frau war nicht mehr jung, ihr Haar war dunkelbraun und von grauen Fäden durchzogen. Doch als sie sich an den Mann wandte, der vor ihr, hinter dem stummen Beschützer, stand, loderte in ihren Augen eine kalte Wut, die wahrhaft königlich war. »Ihr seid entlarvt, Agila. Ihr seid der Verräter. Die Gerechtigkeit nehme ihren Lauf.«

Pardos konnte genau beobachten, wie der schwitzende Agila vollends die Beherrschung verlor. Das Kinn fiel ihm herunter, die Augen wurden groß vor Staunen, ein grässlicher Wutschrei entrang sich seiner Kehle.

Der unbewaffnete Stumme stand am nächsten und starb als Erster. Agilas Schwert sauste mit grausamer Wucht schräg von oben herab und grub sich tief in seinen Hals. Agila riss die Klinge heraus. Als der Mann ohne einen Laut zu Boden fiel, spritzte sein Blut durch den heiligen Raum und traf die Geistlichen, den Altar und die goldene Sonnenscheibe. Dann stieg Agila über den Stummen hinweg und stieß der Frau, die ihn genarrt und sich für die Königin ausgegeben hatte, das Schwert mitten ins Herz.

Sie schrie in Todesqualen, krümmte sich und fiel

rücklings auf die Bank neben ihrem Sessel. Mit einer Hand fasste sie nach der Klinge in ihrer Brust, wie um sie an sich zu ziehen. Agila zerrte so heftig daran, dass sie ihr die Hand aufschlitzte.

Das Geschrei war immer lauter geworden. Die Menschen waren wie von Sinnen. Alles rannte in heller Panik zu den Ausgängen. Pardos sah, wie ein Lehrling, den er kannte, stolperte, zu Boden fiel und verschwand. Martinian stürzte sich, seine Frau und Crispins Mutter fest an den Armen haltend, ins Gewühl und strebte mit allen anderen nach draußen. Couvry und Radulph waren dicht hinter ihnen. Dann holte Couvry auf, nahm Avita Crispinas zweiten Arm und schirmte sie ab.

Pardos selbst blieb auf den Beinen, aber er rührte sich nicht vom Fleck.

Hinterher konnte er nicht sagen, warum er geblieben war. Er wusste nur, dass irgendjemand das Geschehen beobachten musste.

Und er beobachtete – ganz aus der Nähe, denn er hielt sich wie ein Fels in der Brandung –, wie der Kämmerer Eudric Goldhaar vortrat, der bis jetzt neben der Frauenleiche gestanden hatte, und mit weithin hörbarer Stimme befahl: »Leg dein Schwert nieder, Agila, sonst wird es dir abgenommen. Du hast ruchlosen Verrat begangen, du kannst nicht fliehen. Du hast dein Leben verwirkt.«

Er wirkte erstaunlich ruhig. Agila fuhr herum. Niemand behinderte ihn mehr. Alles war bereits auf der Flucht.

»Stoß dir deinen Dolch in den Arsch, Eudric! Elender Pferdeschänder! Wir haben den Umsturz gemeinsam geplant und du wirst dich jetzt nicht davonstehlen. Nur die Würfel haben entschieden, wer von uns hier oben stehen sollte. Mein Schwert soll ich niederlegen? Dummkopf! Ich brauche nur meine Soldaten zu rufen, dann ist die Sache bald geklärt.«

»Versuch es doch, du Lügner«, sagte der andere ruhig, fast streng. Die beiden standen keine fünf Schritte voneinander entfernt. »Niemand wird kommen. Meine Männer haben die deinen bereits erledigt – in ihrem Versteck im Wald.«

»Was? Du elender Verräter!«

»Ein merkwürdiger Vorwurf unter diesen Umständen«, stellte Eudric fest. Doch als sich Agila mit irrem Blick auf ihn stürzte, trat er einen Schritt zurück und rief flehentlich: *»Vincelas!«*

Etwa auf halber Höhe des Raumes befand sich eine Galerie, wo Musiker spielen konnten, ohne gesehen zu werden, und wo im Herbst und Winter, wenn ihnen der Regen den Aufenthalt im Freien verleidete, die Priester bei ihren Meditationen auf und ab gingen. Von dort kam der Pfeil, der Agila tötete, den Obersten Stallmeister der Antae. Der Mann fiel um wie ein Baum, sein Schwert schlitterte klirrend über den Boden und blieb zu Eudrics Füßen liegen.

Pardos blickte nach oben. Auf der Galerie stand ein halbes Dutzend Bogenschützen. Vier Männer – Agilas Getreue – hatten ihre Schwerter gezogen. Nun senkten sie langsam die Waffen und ließen sie fallen.

Im Augenblick der Kapitulation schwirrten sechs weitere Pfeile durch die Luft und töteten auch sie.

Pardos war ganz allein in dem für die Handwerker vorgesehenen Bereich zurückgeblieben. Nun kam er sich vor wie eine Zielscheibe. Er hatte weiche Knie und seine Hände waren schweißnass. Trotzdem ging er nicht weg, aber er setzte sich.

»Ich muss mich entschuldigen«, sagte Eudric liebenswürdig und blickte von den Toten zu den drei Priestern, die mit Gesichtern, die Pardos an Buttermilch erinnerten, immer noch vor dem Altar standen. Eudric nahm sich Zeit, den Kragen seiner Tunika und die schwere goldene Halskette zurechtzurücken. »Die

Ordnung sollte rasch wiederherzustellen sein. Wir beruhigen die Menschen und holen sie zurück. Dies ist nur eine politische Auseinandersetzung mit unerfreulichem Ausgang. Ihr seid davon nicht betroffen. Die Feier wird natürlich fortgesetzt, nicht wahr?

»Wie? Das kommt nicht in Frage!«, knirschte der Hofgeistliche Sybard. »Schämt Ihr Euch nicht, ein solches Ansinnen überhaupt zu stellen? *Wo ist die Königin?* Was hat man mit ihr gemacht?«

»Die Frage brennt mir noch mehr auf der Seele als Euch, das könnt Ihr mir glauben«, sagte Eudric Goldhaar. Pardos lauschte atemlos. Er hatte noch Agilas Worte im Ohr: *Wir haben den Umsturz gemeinsam geplant.*

»Man könnte sich denken«, fuhr Eudric immer noch liebenswürdig fort, ohne jemanden von den Anwesenden direkt anzusehen, »dass sie von Agilas schändlichem Plan erfahren hat und sich lieber in Sicherheit bringen wollte, als der Gedächtnisfeier für ihren Vater beizuwohnen. Wer wollte es ihr verdenken? Auch wenn es natürlich… einige Fragen aufwirft.« Er lächelte.

Dieses Lächeln sollte Pardos nie vergessen. Nach einer Pause fuhr Eudric fort: »Ich schlage vor, wir sorgen – natürlich im Namen der Königin – erst hier und dann im Palast für Ordnung und versuchen gleichzeitig festzustellen, wo sie sich tatsächlich aufhält. Danach«, sagte der blonde Kämmerer, »gilt es zu entscheiden, wie es mit Varena, ja mit ganz Batiara weitergehen soll. Doch zunächst« – seine Stimme strahlte eine Kälte aus, die keinen Widerspruch duldete – »sollten wir ein Missverständnis aufklären, verehrter Priester: Ich habe soeben keine Bitte ausgesprochen, sondern einen Befehl. Ihr werdet zu dritt das Heiligtum einweihen und die Trauerfeier abhalten oder es ergeht Euch wie den Toten hier. Glaubt mir, Sybard, ich habe nichts gegen Euch, aber Ihr müsst wählen. Ihr könnt jetzt sterben oder Ihr könnt weiterleben, um die Ziele zu verfolgen, die Ihr Euch und unserem Volk gesetzt habt. Dies wäre nicht das erste Heiligtum, das mit Blut geweiht würde.«

Sybard von Varena stand mit seinen langen Beinen und seinem langen Hals vor ihm und sah ihn fest an. »Wie könnte ich noch irgendwelche Ziele verfolgen«, sagte er endlich, »wenn ich Euch gehorchte? Ich muss für die Männer hier die Totengebete sprechen und ich muss ihren Familien Trost spenden. Tötet mich, wenn Ihr wollt.« Damit stieg er von dem Podest vor dem Altar und verließ das Heiligtum durch einen Seiteneingang. Eudric kniff die Augen zu schmalen Schlitzen zusammen. Aber er sagte nichts. Ein kleinerer Antae-Adliger mit glatt rasiertem Kinn und langem braunem Schnurrbart war an seine Seite getreten. Pardos sah, wie er dem Kämmerer beruhigend die Hand auf den Arm legte, als Sybard dicht an ihnen vorbeiging.

Eudric starrte schwer atmend vor sich hin. Nun gab der kleine Mann mit scharfer Stimme die Befehle. Einige Soldaten wischten mit ihren Mänteln die Blutlache um die Frau und den Stummen auf. Ihre beiden Leichen wurden als Erste durch den Seiteneingang ins Freie getragen, danach kamen Agila und seine Männer an die Reihe.

Draußen im Vorhof irrten die Menschen noch immer verängstigt umher. Etliche Soldaten gingen hinaus, um ihnen zu sagen, die Feier finde doch noch statt, und sie ins Heiligtum zurückzuschicken.

Später fand Pardos es unbegreiflich, aber obwohl sich die Leute zuvor fast zu Tode getrampelt hätten, um hinauszugelangen, kamen die meisten tatsächlich wieder. Was das über das Wesen der Menschen und ihrer Welt aussagte, wusste er nicht. Er sah Couvry und Radulph, nicht aber Martinian und die beiden Frauen, und darüber war er froh.

Er selbst blieb, wo er war. Sein Blick wanderte zwischen Eudric und dem Mann daneben und den beiden Geistlichen vor dem Altar hin und her. Einer der Priester drehte sich um, ging auf den Altar und die Sonnenscheibe zu und versuchte, mit einem Zipfel seiner Robe das Blut zu entfernen. Als er zurückkam, zeigte auch das gelbe Gewand dunkle Flecken, und Pardos sah, dass er weinte.

Eudric und der kleine Adlige nahmen dieselben Plätze wie zuvor wieder ein. Die beiden Priester schauten unruhig zu ihnen hinüber, dann hoben sie abermals die Arme, vier Handflächen zeigten nach außen, und sie stimmten in vollkommener Harmonie die liturgischen Gesänge an.

»Heiliger Jad«, sangen sie, »lass dein Licht leuchten über deinen Kindern, die hier versammelt sind, jetzt und in alle Ewigkeit. » Und die Gläubigen im Heiligtum sprachen zunächst stockend, dann zunehmend deutlicher die Responsorien. Immer neue Fürbitten sprachen die Geistlichen und das Volk antwortete willig.

Als die Trauerfeier begann, stand Pardos leise auf und drängte sich, vorbei an Couvry und Radulph und den anderen Banknachbarn, in den Ostgang hinaus. Er durchquerte unter dem Mosaik von Jad und Heladikos und seinem Feuergeschenk den ganzen Raum, trat hinaus in den kalten Hof, ging den Weg hinunter, passierte das Tor und ließ die Stätte des Grauens hinter sich.

Während im Heiligtum ihres Vaters ein Mann und eine Frau, die sie seit ihrer Kindheit geliebt hatte, in den letzten Zügen lagen, stand die Königin der Antae in Pelzmantel und Kapuze am Heck eines Schiffes, das bei rauer See von Mylasia nach Osten segelte, und schaute zurück. Dort im Nordwesten hinter Feldern und Wäldern musste Varena liegen. Tränen vergoss sie nicht mehr. Das hatte sie getan, als sie allein war. Eine Königin zeigte ihren Schmerz nicht in der Öffentlichkeit.

Die steife Brise trieb das schnittige, blitzblanke Schiff wie im Flug über das Meer. Am Hauptmast flatterten ein roter Löwe und eine Sonnenscheibe auf blauem Grund: die Fahne des sarantinischen Reiches.

Wenn die wenigen Fahrgäste aus dem Reich – Kuriere, Offiziere des Heeres, Steuerbeamte, Mechaniker – in Megarium von Bord gingen, würden sie dem Himmel danken, dass er sie sicher durch Wind und Wellen geführt hatte. So spät im Jahr waren Seereisen, selbst eine kurze Fahrt über die Bucht, nicht ohne Risiko.

Gisel würde das Schiff nicht verlassen. Sie fuhr weiter. Sie reiste nach Sarantium.

Fast alle anderen Fahrgäste dienten als Kulisse, als Tarnung, um die antaeischen Hafenbeamten in Mylasia zu täuschen. Hätte die königliche Jacht nicht im Hafen gelegen, so wären die Reisenden auf der Kaiserlichen Straße zuerst nach Nordosten und durch Sauradia wieder nach Süden nach Megarium gewandert. Bei halbwegs ruhiger See hätten sie vielleicht auch ein anderes, nicht ganz so zuverlässiges Schiff bestiegen.

Dieses Schiff mit seiner gut ausgebildeten Mannschaft hatte nur wegen eines einzigen Fahrgastes in Mylasia vor Anker gelegen, ohne zu wissen, ob dieser Fahrgast überhaupt kam.

Valerius II., Jads Heiliger Kaiser von Sarantium, hatte ein streng geheimes Schreiben an die Königin der Antae geschickt. Darin lud er sie ein, seine große Stadt, die Hauptstadt des Reiches, die schönste Stadt der Welt, zu besuchen, um sich dort bewirten und feiern zu lassen. Vielleicht fände sich auch Gelegenheit, einige Fragen zu besprechen, die für Sarantium wie für Batiara weltbewegend seien in diesem Jahr des heiligen Jad. Sechs Tage zuvor hatte die Königin dem Kapitän im Hafen von Mylasia – sehr diskret – ihr Einverständnis übermitteln lassen.

Sonst hätte man sie getötet.

Wahrscheinlich muss ich ohnehin sterben, dachte Gisel. Sie schaute zurück über die weißen Wogenkämme auf die entschwindende Küste ihrer Heimat und rieb sich die nassen Augen. Der Wind hatte nun doch Tränen hervorgelockt, aber es war nur der Wind. Das Herz lag ihr wie ein Stein in der Brust, und im Geiste sah sie den harten, grimmigen Blick ihres Vaters auf sich gerichtet. Sie wusste nur zu gut, was er von ihrer Flucht gehalten hätte. Ein Kummer unter vielen in ihrem Leben.

Eine salzige Bö riss ihr die Kapuze vom Kopf und wirbelte ihr das Haar auf. Nun war ihr Gesicht den Elementen und den Blicken der Männer preisgegeben, aber das war nicht weiter schlimm. Wer jetzt noch an Bord war, kannte sie ohnehin. Seit das Schiff mit der Morgenflut den Anker gelichtet hatte, um sie fortzutragen von ihrem Thron, ihrem Volk und ihrem Leben, brauchte sie nicht mehr ganz so vorsichtig zu sein.

Gab es einen Weg zurück? Eine Fahrrinne zwischen den Klippen der gewalttätigen Rebellion zu Hause und den Felsen im Osten, wo sich aller Wahrscheinlichkeit nach ein Heer bereitmachte, um Rhodias zurückzuerobern? Und wenn es eine solche Fahrrinne gab, wenn sie existierte in der Welt des Gottes, war sie, Gisel, dann klug genug, sie auch zu finden? Und ließe man ihr die Zeit dazu?

Von hinten kamen Schritte über das Deck. Ihre Frauen waren beide unten, sie litten schwer unter Seekrankheit. Gisel hatte sechs Mann ihrer Leibgarde mitgebracht. Nicht mehr als sechs, und Pharos, der Stumme, den sie so gern an ihrer Seite gehabt hätte, war nicht darunter. Er war eben *immer* an ihrer Seite und deshalb musste er im Palast zurückbleiben. Sonst wäre der Plan gescheitert.

Jetzt kam freilich keiner der Gardisten zu ihr, auch nicht der Kapitän des Schiffes, der übrigens immer genau die richtige Mischung von Höflichkeit und Untertänigkeit fand. Es war der andere Mann, den sie in den Palast gerufen hatte, damit er ihr half, diese Flucht zu bewerkstelligen, und der ihr erklärt hatte, warum Pharos in Varena bleiben musste. Damals hatte sie geweint.

Sie drehte den Kopf und sah ihn an. Mittelgroß, langes grauweißes Haar, ein ebensolcher Bart, ein Gesicht mit vielen Falten und tief liegenden blauen Augen, ein Stab aus Eschenholz. Er war Heide. Natürlich, dachte sie. Wie wäre das andere sonst möglich?

»Der Wind ist gut, wie ich höre«, sagte Zoticus der Alchimist gedehnt und mit tiefer Stimme. »Er wird uns rasch nach Megarium bringen, Majestät.«

»Und dort wollt Ihr mich verlassen?«

Allzu direkt, aber ihr blieb kaum eine andere Wahl. Ihre Lage war verzweifelt; wie sollte sie da unverbindlich über die Reise plaudern? Wer oder was sich zum Werkzeug eignete, musste irgendwie dazu gemacht werden.

Der Alchimist mit dem wettergegerbten Gesicht trat an die Reling, hielt aber schüchtern Abstand. Fröstelnd zog er den Mantel fester um sich, dann nickte er. »Sosehr ich es bedaure, Majestät. Wie schon zu Anfang erklärt, habe ich in Sauradia einiges zu erledigen. Ich bin Euch für die Überfahrt sehr dankbar, jedenfalls solange der Wind nicht stärker wird. In diesem Fall würde die Dankbarkeit nämlich durch meinen Magen beeinträchtigt.« Er lächelte.

Sie blieb ernst. Sie hätte ihren Soldaten befehlen können, ihn zu fesseln; sie hätte ihm auch verbieten können, in Megarium von Bord zu gehen; die Matrosen des Kaisers wären ihm wohl kaum zu Hilfe gekommen. Aber was hätte sie davon gehabt? Sie konnte den Mann an sich binden, nicht aber sein Herz und seinen Verstand, und das war es, was sie brauchte. Von ihm oder einem anderen.

»Eure Dankbarkeit ist aber nicht so groß, dass Ihr bei Eurer Königin bliebet, wenn sie Euch braucht!« Ein unverhüllter Vorwurf. Sie hatte einmal gehört, er sei in seiner Jugend den Frauen sehr zugetan gewesen. Vielleicht fiel ihr doch noch etwas ein, um ihn zu halten. Ob ihre Jungfräulichkeit ein geeigneter Köder wäre? Mit Jungfrauen mag er schon geschlafen haben, aber sicher noch nie mit einer Königin, dachte sie verbittert. Mit wundem Herzen sah sie die graue Küste zurückweichen und mit der grauen See verschmelzen. Zu Hause waren jetzt alle im Heiligtum versammelt und begannen im Schein von Kerzen und Laternen mit der Gedenkfeier für ihren Vater.

Der Alchimist wich ihrem Blick nicht aus, obwohl ihre Augen kalt wie Eis waren. Ob das der erste Preis von vielen war, die sie bezahlen musste? Hatte eine heimatlose Königin, die ihren Thron kampflos aufgegeben und sich mit nur einer Hand voll Soldaten auf das Schiff eines fremden Herrschers geflüchtet hatte, auch jeden Anspruch verwirkt, mit dem schuldigen Respekt behandelt zu werden?

Oder lag es nur an diesem Mann? Er war nicht respektlos, zugegeben, er nahm nur kein Blatt vor den Mund. Jetzt sagte er ernst: »Ich habe Euch gedient, so gut ich kann, Majestät. Aber ich bin ein alter Mann und Sarantium ist weit. Dort kann ich Euch mit meinen schwachen Kräften nicht mehr helfen.«

»Ihr verfügt über geheimes Wissen und seid weise und… wie ich immer noch glaube, treu ergeben.«

»Und damit habt Ihr Recht, Majestät. Mir liegt so

wenig wie Euch daran, dass Batiara abermals in einen Krieg gestürzt wird.«

Sie strich sich eine Haarsträhne aus der Stirn. Der Wind peitschte ihr ins Gesicht. Sie achtete nicht darauf. »Ihr versteht doch, dass ich deshalb hier bin! Nicht, um mich selbst zu retten. Dies ist keine… Flucht.«

»Ich verstehe Euch«, sagte Zoticus.

»Es geht nicht nur darum, wer von uns in Varena herrscht; was zählt, ist Sarantium. Aber das begreift im Palast offenbar niemand.«

»Ich weiß«, sagte Zoticus. »Sie werden sich gegenseitig zerfleischen, und der Kaiser braucht nur zuzugreifen.« Er zögerte. »Darf ich fragen, was Ihr in Sarantium zu erreichen hofft? Ihr habt von Rückkehr gesprochen… wie soll das möglich sein, ohne ein Heer?«

Eine schwierige Frage. Sie wusste keine Antwort darauf. »Es gibt solche Heere«, sagte sie, »und andere. Es gibt auch verschiedene Stufen der Unterwerfung. Ihr wisst, wie Rhodias heute aussieht. Ihr wisst… was wir der Stadt angetan haben, als wir sie eroberten. Vielleicht kann ich verhindern, dass Varena und der Rest der Halbinsel ebenso grausam verwüstet werden.« Sie zögerte. »Vielleicht kann ich auch verhindern, dass sie überhaupt kommen. Irgendwie.«

Er lächelte nicht und widersprach auch nicht. Er wiederholte nur: »Irgendwie. Aber zurückkehren würdet Ihr auch dann nicht, oder?«

Auch das hatte sie bedacht. »Mag sein. Den Preis müsste ich wohl bezahlen. Ich weiß nicht, was die Zukunft bringt, Alchimist, sonst bräuchte ich Euch nicht um Rat zu fragen. Bleibt bei mir. Ihr wisst doch, was auf dem Spiel steht.«

Er verneigte sich, ging aber auf ihre Bitte nicht ein. »Das weiß ich, Majestät, und ich fühle mich heute wie damals sehr geehrt, dass Ihr mich habt rufen lassen.«

Zehn Tage war das jetzt her. Sie hatte ihn unter einem durchsichtigen Vorwand zu sich bestellt. Er sollte mit seinen Zaubersprüchen aus der Zwischenwelt noch einmal versuchen, die Seelen der Toten im Pesthügel – und den Geist ihres Vaters – zu beschwichtigen. Der Tag des Totengedenkens sei nahe. Zum ersten Mal war er mehr als ein Jahr zuvor im Palast gewesen, als der Hügel aufgeschüttet wurde.

Sie hatte ihn nicht vergessen: kein junger Mann mehr, jemand, der überlegte und die Augen offen hielt. Sie fand sein Verhalten wohltuend. Er prahlte nicht, versprach keine Wunder. Dass er Heide war, störte sie nicht weiter. Es war noch nicht so lange her, dass die Antae in Sauradias schwarzen Wäldern und auf seinen blutgetränkten Feldern selbst die heidnischen Götter verehrt hatten.

Man munkelte, Zoticus halte Zwiesprache mit den Geistern der Toten. Aus diesem Grund hatte sie ihn vor zwei Sommern holen lassen. Damals hatten Angst und Schmerz die Welt beherrscht: Erst kam die Pest, danach ein grausamer Überfall der Inicier und schließlich nach dem Tod ihres Vaters ein kurzer, blutiger Bürgerkrieg. Auf der verzweifelten Suche nach Trost, nach Linderung der Qualen griff man nach jedem Strohhalm.

Gisel hatte in jenen ersten Tagen auf dem Thron kein Mittel gescheut, um den Lebenden und den Toten Frieden zu verschaffen. Deshalb hatte sie dem Alchimisten befohlen, in den Chor derer einzustimmen, die versuchen wollten, die Seelen im Hügel hinter dem Heiligtum zur ewigen Ruhe zu bringen. Und so war er eines Tages nach Sonnenuntergang, als die Priester sich nach dem Abendgebet sittsam zurückgezogen hatten, zu den Chiromanten gestoßen, die hohe Hüte mit magischen Zeichen trugen und die Eingeweide von Hühnern befragten. Was er damals gesagt oder getan hatte, wusste sie nicht, man hatte ihr nur gemeldet, dass er den Hof als Letzter verließ, nachdem die Monde längst aufgegangen waren.

Vor zehn Tagen hatte sie wieder an ihn gedacht. Pharos hatte ihr eine Nachricht gebracht, die zwar nicht unerwartet kam, sie aber doch erschreckte. Als der Alchimist eingelassen wurde, verneigte er sich höflich und blieb auf seinen Stab gestützt stehen. Bis auf den stummen Diener waren sie allein.

Sie hatte ihre Krone getragen, was sie bei privaten Anlässen meist vermied. Doch hier war es ihr wichtig erschienen. Sie war die Königin. Auch jetzt noch, auf dem Schiff. Sie erinnerte sich genau an ihre ersten Worte und nahm an, dass auch er sie nicht vergessen hatte.

»Ich soll im Heiligtum getötet werden«, hatte sie gesagt, »am Tag nach Dykania, bei der Ehrung für meinen Vater. Eudric, Agila und Kerdas die Schlange haben den Beschluss gefasst. Alle drei gemeinsam – immerhin. Ich hätte nie gedacht, dass sie sich einigen würden. Wie ich höre, wollen sie ein Triumvirat bilden, sobald ich nicht mehr bin. Sie werden behaupten, ich hätte mit den Iniciern paktiert.«

»Keine überzeugende Lüge«, hatte Zoticus ruhig festgestellt. Die blauen Augen über dem grauen Bart blickten freundlich, aber hellwach. Es war wohl für niemanden in Varena eine Überraschung, dass ihr Leben bedroht war.

»Es soll auch nicht mehr als ein Vorwand sein. Ihr ahnt doch, was dann folgt.«

»Soll ich raten? Ich würde sagen, Eudric räumt die anderen innerhalb eines Jahres aus dem Weg.«

Sie zuckte die Achseln. »Möglich. Unterschätzt Kerdas nicht, aber das ist eigentlich nicht das Wesentliche.«

»Aha«, sagte er leise. Ein kluger Mann. »Valerius?«

»Natürlich Valerius. Valerius und Sarantium. Was sollte ihn aufhalten, wenn unser Volk gespalten ist und sich in Bürgerkriegen zerfleischt?«

»Es gäbe so einiges«, sagte er ernst, »im Lauf der Zeit. Aber zunächst nicht, nein. Der Strategos, wie immer er heißt, wäre bis zum Sommer hier.«

»Leontes. Ja. Bis zum Sommer. Ich muss überleben, um ihn aufzuhalten. Ich will nicht, dass Batiara fällt, dass es noch einmal im Blut ertrinkt.«

»Niemand will das, Majestät, niemand im ganzen Land.«

»Dann müsst Ihr mir helfen«, sagte sie. Sie war bedenkenlos offen, denn sie hatte bereits entschieden, dass sie so gut wie keine Wahl mehr hatte. »An diesem Hof gibt es niemanden, dem ich trauen könnte. Ich kann die drei nicht einmal verhaften lassen, denn jeder wird auf Schritt und Tritt von einer kleinen Armee begleitet. Nehme ich einen von ihnen zum Gemahl, so rufen die anderen am nächsten Tag einen offenen Aufstand aus.«

»Und sobald Ihr eine solche Erklärung abgäbet, wärt Ihr vernichtet, jeder Macht beraubt. Die Menschen würden sich in allen Städten und auf den Feldern vor den Mauern gegenseitig abschlachten.«

Voller Angst und Verzweiflung hatte sie ihn angesehen. Sie durfte nicht zu viel erwarten. »Ich begreift also meine Lage?«

»Gewiss doch.« Er lächelte. »Ihr hättet ein Mann werden sollen, Majestät, wir bräuchten einen König wie Euch… auch wenn uns das in anderer Hinsicht um vieles ärmer machen würde.«

Ein Kompliment. Männer und Frauen. Dafür war jetzt keine Zeit. »Wie komme ich von hier weg?«, hatte sie schlicht gefragt. »Ich muss fort und ich muss die Flucht überleben, damit ich zurückkehren kann. Helft mir.«

Wieder hatte er sich verneigt. »Es ist mir eine Ehre.« Das musste er sagen. Und dann: »Wohin, Majestät?«

»Nach Sarantium.« Die Antwort kam prompt. »Es gibt da ein Schiff.«

Damit hatte sie ihn doch noch überrascht. Eine kleine Genugtuung unter der tiefen Unruhe, die sie Tag und Nacht begleitete wie ein Schatten oder ein Geist aus der Zwischenwelt.

Sie hatte sich erkundigt, ob er für sie töten könne. Das hatte sie schon einmal gefragt, als sie den Pesthügel aufschütteten. Damals war es ohne Bedeutung gewesen, sie wollte es nur wissen. Diesmal steckte mehr dahinter, aber seine Antwort fiel ganz ähnlich aus.

»Mit einer Waffe selbstverständlich, obwohl ich darin wenig Übung habe. Auch mit Gift, aber ebenso ungern wie viele andere, die dafür in Frage kämen. Und die Alchimie beschäftigt sich mit der Transmutation von Substanzen, Majestät, aber sie maßt sich – anders als die Scharlatane und die falschen Chiromanten – keine übernatürlichen Kräfte an.«

»Ist nicht der Tod auch nur eine Transmutation des Lebens?«, hatte sie ihm entgegengehalten.

Darauf hatte er gelächelt und der Blick seiner blauen Augen war unerwartet zärtlich geworden. Er musste einmal ein stattlicher Mann gewesen sein; ja, er war es noch. Sie hatte plötzlich den Eindruck, als sei auch der Alchimist nicht frei von Sorgen, sondern plage sich mit einer schweren Last herum, aber darauf konnte sie nun wirklich keine Rücksicht nehmen. Wer lebte schon ohne Kummer in Jads Welt?

»So könnte man es sehen, Majestät«, hatte er gesagt, »man könnte aber auch sagen, er sei die gleiche Reise in anderem Gewand.« Dann hatte er einen neuen Ton angeschlagen. »Um Mylasia wohlbehalten zu erreichen«, murmelte er, »müsst Ihr mindestens eine Tag- und Nachtreise von diesen Mauern entfernt sein, bevor man Euer Verschwinden entdeckt. Ihr braucht eine Person, der Ihr vertrauen könnt. Sie muss am Tag der Zeremonie die Rolle der Königin spielen.«

Er war klug und das war auch nötig. Sie lauschte aufmerksam, als er seinen Plan entwickelte.

In der zweiten Dykania-Nacht, wenn wegen der Festlichkeiten alle Tore geöffnet waren, könne sie in irgendeiner Verkleidung die Stadt verlassen. Für die Feier im Heiligtum müsse die Königin das weiße rhodianische Trauergewand mit dem dichten Schleier tragen, damit auch jemand anderer ihren Platz einnehmen könne. Dann müsse sie öffentlich verkünden, sie wolle den Tag vor der Einweihung in Abgeschiedenheit in ihren Gemächern verbringen, um für die Seele ihres Vaters zu beten. Ihre Leibwache – nicht mehr als eine Hand voll sorgfältig ausgewählter Männer – warte am besten vor den Mauern, um erst auf der Straße mit ihr zusammenzutreffen. Die Garde könne auch eine oder zwei von ihren Frauen mitbringen. Sie werde schließlich Hofdamen benötigen, nicht wahr? Zwei weitere ebenfalls für das Fest verkleidete Gardisten sollten sie durch den Dykania-Trubel aus dem Stadttor geleiten und draußen auf dem Land zu den anderen stoßen. Wenn sie wolle, stelle er gern sein eigenes Haus als Treffpunkt zur Verfügung. Dann müssten sie wie der Wind nach Mylasia reiten. Wenn sie die Nacht über im Sattel blieben, sei das bis zum Abend des nächsten Tages zu schaffen. Mit einer Eskorte von einem halben Dutzend Gardisten sei sie auf der Straße sicher. Aber könne sie die Strapazen ertragen?

Sie konnte. Sie war eine Anta. Sie ritt, seit sie ein junges Mädchen war.

Auch wenn das noch gar nicht so lange her war.

Sie ließ sich den Plan Schritt für Schritt wiederholen und ergänzte und veränderte ihn, wo es nötig war. Er kannte die Verhältnisse im Palast natürlich nicht gut genug. Für den Rückzug in ihre Gemächer vor der Einweihung wollte sie zusätzlich weibliches Unwohlsein vorschützen. Bei den Antae herrschte noch die alte Scheu vor dem Blut der Frauen. Niemand würde sie stören.

Sie rief Pharos und ließ dem Alchimisten Wein bringen, um ihm die Wartezeit zu verkürzen, während sie überlegte, wer ihre Stelle einnehmen könnte. Eine schreckliche Frage. Wer wäre glaubwürdig? Und wer wäre dazu bereit? Weder sie noch der Wein trinkende Graubart sprach es aus, aber beide wussten, dass die Betreffende dem Tod wohl kaum entrinnen würde.

Letztlich blieb nur ein Name übrig. In diesem Moment war Gisel den Tränen sehr nahe. Anissa war ihre Amme gewesen. Aber ihre Augen blieben trocken. Dann hatte Zoticus Pharos angesehen und gemurmelt: »Auch er muss bleiben und die Frau begleiten, die sich für Euch ausgibt. Sogar ich weiß, dass er Euch niemals allein lässt.«

Pharos stand noch an der Tür. Er hatte ihr die Verschwörung der drei Männer hinterbracht. Jetzt sah er den Alchimisten an, schüttelte entschieden den Kopf und stellte sich neben Gisel. Der Mann an ihrer Seite. Ihr Beschützer. Ein Leben lang. Sie blickte zu ihm auf, wandte sich dem Alchimisten zu, wollte protestieren. Doch dann schloss sie den Mund wieder, ohne etwas gesagt zu haben, und bezwang ihren Schmerz.

Der Alte hatte Recht. So schwer es auch fiel, es zuzugeben. Pharos ließ sie *nie* allein. Selbst wenn sie sich in ihren Gemächern aufhielt, stand er vor der Tür. Er musste während ihrer Flucht im Palast und dann im Heiligtum gesehen werden, sonst wäre die Flucht nicht möglich. Sie legte eine Hand auf den muskulösen Unterarm des glatt rasierten stummen Hünen. Er hatte für sie getötet, er würde für sie sterben, und notfalls würde er auch seine Seele für sie verkaufen. Jetzt kamen ihr doch die Tränen, aber sie drehte den Kopf zur Seite und wischte sie ab. Dieser Luxus war ihr nicht vergönnt.

Es war ihr offenbar nicht bestimmt, in dieser Welt Frieden oder gar Glück zu finden oder sich ihrer Macht sicher zu sein – sie durfte nicht einmal die wenigen Menschen behalten, die sie wirklich liebten.

Und so kam es, dass sich die Königin der Antae in der zweiten Dykania-Nacht fast allein aus dem Palast schlich. Sie ging unerkannt durch die Stadt, vorbei an den Feuern auf den Plätzen und den schwankenden Fackeln, und passierte schließlich inmitten von grölenden Betrunkenen das Tor. Zwei Tage später ließ sie unter einem wolkenverhangenen grauen Himmel das einzige Land hinter sich, das sie kannte, und fuhr über das spätherbstliche Meer nach Osten in die große, weite Welt hinein.

Der Alchimist, der den Fluchtplan für sie ersonnen hatte, wartete in Mylasia. Als er zehn Tage zuvor ihre Gemächer verließ, hatte er darum gebeten, auf dem Kaiserlichen Schiff mit nach Sauradia fahren zu dürfen. Er habe dort etwas zu erledigen. Eine alte Geschichte, die endlich zu Ende gebracht werden müsse.

Ob sie jemals erfahren würde, wie tief sie ihn berührt hatte?

Die kindliche Königin, allein und unnatürlich ernst, in ständiger Angst vor jedem Schatten, jedem Wort, ja sogar vor dem Wind. Wer hätte es ihr verdenken können? Sie war umlagert, bedroht von allen Seiten. In ihrer Stadt wurden Wetten abgeschlossen, wann der Tod sie ereilen werde. Und doch war sie – offenbar als Einzige im ganzen Palast – weise genug, um zu erkennen, dass die Welt größer geworden war und die Antae ihre Stammesfehden begraben mussten, wenn sie mehr sein wollten als nur ein Stamm. Fuhren sie aber fort, sich untereinander zu zerfleischen, so würden sie vertrieben von der Halbinsel, die sie erobert hatten, und konnten zusehen, wie sie sich gegen die anderen Barbarenbünde mühsam ihren Lebensraum erkämpften. Jetzt stand er in seinem Mantel im Hafen von Megarium am Kai und der Wind peitschte ihm den kalten Regen ins Gesicht. Das sarantinische Schiff fuhr wieder hinaus aufs Meer und entführte die Königin der Antae in eine Welt, deren Gefahren und Ränken selbst eine Frau von ihrer wachen Intelligenz wohl kaum gewachsen war. Manche Wahrheiten waren schwer zu ertragen.

Sie würde ihr Ziel erreichen. Er war in seinem Leben viel gereist und kannte sich aus zu Lande und zu Wasser. Er hatte sich das Schiff und den Kapitän genau angesehen. Ein breiter, schwerfälliger Kauffahrer mit großem Frachtraum hätte sich so spät im Jahr in größte Gefahr begeben. Aber ein Kauffahrer wäre gar nicht erst in See gestochen. Dieses Schiff war jedoch für eine Königin bestimmt.

Sic würde nach Sarantium kommen – sie würde die Stadt sehen, die er nie besucht hatte –, aber sie würde keine Freude daran haben. Andererseits hätte zu Hause nur der sichere Tod auf sie gewartet und sie war noch so schrecklich jung. Jung genug, um sich an das Leben zu klammern, jung genug, um sich noch Hoffnungen zu machen, jung genug, um diese Welt der ewigen Finsternis oder dem Licht ihres Gottes vorzuziehen.

Er huldigte anderen Göttern. Und er war viel älter. Die lange Finsternis war nicht unbedingt zu fürchten. Weiterzuleben war nicht unbedingt ersterbenswert. Es galt, ein Gleichgewicht zu finden, Harmonie herzustellen. Alles hatte seine Zeit. Die gleiche Reise in anderem Gewand, dachte er. Jetzt war es Herbst, in mehr als einem Sinn.

Als sie auf dem Schiff stand und Batiara im Grau hinter sich verschwinden sah, hatte sie einen Moment lang erwogen, ihn zu verführen. Es hatte ihm fast das Herz gebrochen. In diesem Augenblick war er nahe daran gewesen, für Gisel, die junge Königin eines Volkes, das nicht sein eigenes war, seine eigenen Anliegen aufzugeben, die tiefsten Erkenntnisse seiner Seele hintanzustellen und nach Sarantium weiterzureisen.

Doch es gab Mächte in der Welt, die noch über den Königen standen, und zu einer solchen Macht ging seine Reise. Wo sie zu finden war, wusste er genau. Seine Angelegenheiten waren geregelt. Alle wichtigen Papiere hatte er bei Martinian und einem Notar hinterlegt. Natürlich wäre er zunächst an dem Entschluss fast verzagt – das zu leugnen, wäre törichte Prahlerei gewesen –, aber was er zu tun hatte, war ihm immer sonnenklar gewesen.

Zu Beginn dieses Herbstes hatte er in seinem Innern einen Schrei vernommen, eine bekannte Stimme aus weiter Ferne, aus den Tiefen des Ostens. Und einige Zeit danach war ein Brief von Martinians Freund, dem Handwerker, gekommen, dem er Linon geschenkt hatte, einen seiner Vögel. Die Botschaft war sehr vorsichtig formuliert, vieldeutig und verschleiert, doch als er den Sinn erschlossen hatte, verstand er auch den Schrei. Linon. Die Kleine war als Erste gegangen. Es war ein Abschied gewesen und mehr als das.

In der Nacht nach dem Eintreffen des Briefes hatte er kein Auge zugetan. Er war aufgestanden und zuerst zu seinem Sessel und dann zur Tür seines Bauernhauses gegangen. In eine Decke gewickelt, hatte er hinausgeschaut in die klare Herbstnacht, wo sich das Licht der beiden Monde mischte und die Sterne am Himmel standen. Die geschaffene Welt – sein Haus, sein Garten, die Obstbäume, die Steinmauer, die Felder und Wälder jenseits des Straßenbandes, die beiden Monde, die immer höher stiegen und schließlich untergingen, ohne dass er sich von der Stelle gerührt hätte, und endlich die blasse Morgensonne –, das alles erschien ihm in diesem Moment fast unerträglich kostbar, überirdisch, transzendent, durchdrungen vom Glanz der Götter und Göttinnen, die es immer noch gab.

Bei Tagesanbruch hatte er seine Entscheidung getroffen, genauer gesagt: Er hatte erkannt, dass die Entscheidung gefallen war. Er musste gehen. Er würde noch einmal seinen abgewetzten, fleckigen Segeltuchranzen mit den esperanischen Lederriemen hervorholen, den er vor dreißig Jahren gekauft hatte. Er würde hineinpacken, was er unterwegs brauchte und was er sonst noch mitnehmen musste, und dann würde er sich seit fast zwanzig Jahren zum ersten Mal wieder zu Fuß auf die lange Reise nach Sauradia begeben.

Doch am selben Morgen – manchmal zeigten die unsichtbaren Mächte der Zwischenwelt einem Menschen, dass er ein Ziel erreicht, eine richtige Erkenntnis gewonnen hatte – war ein Bote von Varena gekommen, vom Palast. Die junge Königin ließ ihn rufen.

Er hatte sich angehört, was sie zu sagen hatte. Zunächst war es nichts Neues gewesen, doch dann hatte sie ihn doch noch überrascht, und er hatte so sorgfältig überlegt, wie er nur konnte. Gisel war jünger als seine eigenen Söhne und Töchter, die er nie gesehen hatte, aber vielleicht auch älter, als jeder von ihnen jemals werden musste. Er hatte Mitleid mit ihr. Und so verdrängte er die Last, die ihn bedrückte, seine Angst, die wachsende Einsicht darin, was er vor langer Zeit getan hatte und jetzt tun musste, und überreichte ihr seinen Fluchtplan wie ein Geschenk.

Und fragte dann, ob er bis Megarium mit ihr fahren könne.

Da stand er nun, ihr Schiff kämpfte sich bereits gegen den Wind und die weißen Wogen nach Süden, und ihm peitschte der kalte Regen ins Gesicht. Den Ranzen hatte er zur Vorsicht zwischen seine Füße auf die Mole gestellt. Er war kein junger Mann mehr und in allen Häfen herrschten raue Sitten. Aber er fürchtete sich nicht; nicht vor der Welt.

Und die Welt war überall, auch im Herbstregen: Matrosen, Seevögel, Essensverkäufer, Zöllner in Uniform, Bettler, Huren, die sich auf den Portiken unterstellten, Männer, die am Kai nach Tintenfischen angelten, und Kinder, denen man eine Münze zuwarf, damit sie die Schiffstaue festmachten. Im Sommer hätten sie getaucht, aber dafür war es jetzt zu kalt. Er war schon so oft hier gewesen. Damals war er noch ein anderer. Ein stolzer junger Mann, der in Mysterien und Rätseln nach Unsterblichkeit suchte wie nach der Perle in einer Auster.

Er hatte wahrscheinlich einige Kinder in dieser Stadt, fiel ihm plötzlich ein. Aber er dachte nicht daran, nach ihnen zu suchen. Das hätte jetzt keinen Sinn mehr gehabt; es wäre sogar eine Verletzung seiner Integrität gewesen. Hemmungslos sentimental. Ein greiser Vater, der auf seiner letzten, langen Reise seine geliebten Kinder in die Arme schließen wollte.

Nein. Das war nie seine Art gewesen. Er hatte sich lieber der Zwischenwelt in die Arme geworfen.

»Ist es fort?«, fragte Tiresa aus dem Ranzen. Alle sieben befanden sich darin, blind, aber nicht zum Schweigen verdammt. Das tat er ihnen nicht an.

»Das Schiff? Ja, es ist fort. In Richtung Süden.«

»Und wir?« Wenn sie auf Ordnung Wert legten, übernahm meist Tiresa die Rolle des Wortführers: das Vorrecht des Falken.

»Auch wir brechen auf, meine Lieben. Wir sind schon unterwegs.«

»Im Regen?«

»Es wäre nicht unsere erste Wanderung bei Regen.«

Er bückte sich und schulterte den Ranzen. Die glatten Lederriemen schmiegten sich weich an seine Schultern. Trotz seiner Jahre drückte ihn das Gewicht nicht. Wie denn auch, dachte er. Er hatte doch nur eine Garnitur Kleidung zum Wechseln mitgenommen, etwas Proviant, ein Messer, ein Buch und die Vögel. Alle seine Vögel, alle die Seelen, die er an sich gebunden hatte, Zeugnis seines strahlenden Lebensmutes und seiner schwarzen Kunst.

Ein Junge von vielleicht acht Jahren saß auf einem Pfosten und beobachtete, wie Zoticus dem Schiff nachsah. Der Alte griff lächelnd in die Börse an seinem Gürtel und warf ihm eine Silbermünze zu. Der Junge fing sie geschickt auf, doch als er sah, dass sie aus Silber war, bekam er große Augen.

»Wofür?«, fragte er.

»Ein Glücksbringer. Entzünde eine Kerze für mich, mein Kind.«

Dann schritt er, seinen Stab schwenkend, durch den Regen davon. Hoch erhobenen Hauptes, die Schultern straff nach hinten genommen, durchquerte er in nordöstlicher Richtung die Stadt, um durch das Landtor auf die Kaiserliche Straße zu gelangen. Den Weg hatte er früher oft genommen. Doch diesmal hatte er ein anderes Ziel: Diesmal wollte er einen Schlusspunkt setzen hinter die letzten dreißig Jahre, hinter eine Lebensgeschichte, die nicht zu erzählen war. Er wollte die Vögel nach Hause bringen, wollte die Seelen freigeben, die er gerufen und um sich geschart hatte.

Der Schrei aus der Ferne war eine Botschaft gewesen. Als er in seiner Jugend aus den Schriften der Alten ein alchimistisches Verfahren entwickelt hatte, das großartig und beängstigend zugleich war, da hatte er das *Opfer* in den sauradischen Wäldern für das Wesentliche gehalten, die Huldigung an die Macht, die im Wald verehrt wurde. Die Seelen, die man dem

Waldgott darbrachte, hatte er für Abfall gehalten, herrenloses Gut, das jedem gehörte, der es mit den Mitteln der schwarzen Kunst an sich bringen konnte.

Doch das stimmte nicht. Er hatte zwar – zunächst bestürzt, danach mit wachsender Begeisterung – entdeckt, dass er tatsächlich über das nötige Wissen verfügte, um Seelen in neue Körper zu versetzen. Doch dann hatte er in diesem Herbst eines Morgens vor seinem Bauernhaus gestanden und im Geist eine Stimme aus dem Alten Wald vernommen – Linons Frauenstimme. Er hatte sie vorher nur einmal gehört, damals, als er heimlich Zeuge ihres Todes wurde. Jetzt, als alter Mann, hatte er endlich begriffen, wie sehr er sich einst geirrt hatte.

Was immer da im Wald wohnte, erhob doch Anspruch auf die Seelen. Sie waren kein herrenloses Gut.

Auch das hatte ihm schon eine schlaflose Nacht bereitet, aus der, langsam wie der Sonnenaufgang, eine Erkenntnis erwuchs. Er war nicht mehr jung. Wer wusste, wie viele Monate oder Jahre die heiligen Götter ihm noch zustanden? Der Brief hatte nur die letzte Gewissheit gebracht. Nun wusste er, was von ihm verlangt wurde. Welche Reise auch immer ihm bevorstand, nachdem er den Mantel des irdischen Lebens abgeworfen hatte, er wollte keine unrechtmäßig erworbenen Seelen auf dem Gewissen haben, wenn er sie antrat.

Eine war nicht mehr bei ihm; sie – die Erste – war bereits zurückerstattet worden. Die anderen lagen in seinem Ranzen und er trug sie durch den Regen nach Hause.

Was *ihn* unter den Bäumen erwartete, wusste er nicht. Er hatte etwas genommen, was ihm nicht gehörte, und die Vorstellung des Ausgleichs, der Wiedergutmachung war in seiner Kunst und in den Lehren, mit denen er sich beschäftigt hatte, tief verwurzelt. Nur ein Dummkopf verleugnete seine Angst. Was geschehen musste, würde geschehen. Die Zeit verging – sie verging immer. Er besaß nicht die Gabe, in die Zukunft zu schauen. Es gab Mächte in der Welt, die noch über den Königen standen.

Er dachte an die junge Königin auf ihrem Schiff. Er dachte an Linon. Damals beim ersten Mal hatten ihm das Entsetzen, die Scheu vor dieser Macht den Magen umgedreht. Es war so lange her. Der kalte Regen, der ihm ins Gesicht schlug, fesselte ihn an die Welt wie eine Leine. Er hatte Megarium durchquert und stand an der Mauer. Die Tore waren geöffnet. Vor ihm lag die Straße und im Grau der Ferne war bereits der Alte Wald zu erahnen.

Er verharrte einen Augenblick lang und spürte die harten Schläge seines sterblichen Herzens. Jemand stieß ihn von hinten an, zischte einen sarantinischen Fluch und ging weiter.

»*Was war das?*«, fragte Tiresa. Der flinke Falke.

»*Nichts, mein Liebes. Nur eine Erinnerung.*«

»*Wieso ist eine Erinnerung nichts?*«

Ja, wieso? Er antwortete nicht, sondern fasste seinen Stab fester und trat durch das Tor. Am Graben blieb er stehen und ließ eine Karawane von berittenen Händlern und beladenen Maultieren vorbei, dann ging er weiter. Er war schon an so vielen Herbsttagen hier entlanggewandert, dass sie in seiner Erinnerung ineinander flossen. Immer allein, auf der Suche nach Ruhm, nach Wissen, nach den verborgenen Geheimnissen der Welt. Der Zwischenwelt.

Gegen Mittag erreichte er die Hauptstraße nach Osten. Im Norden marschierte der große Wald dicht neben ihm her.

So blieb es auch in den folgenden Tagen. Der Regen hielt an, nur manchmal zeigte sich die blasse Sonne; die bunten Blätter waren nass und schwer, die Bäume fast kahl. Von den Kohlenmeilern stieg Rauch auf, in der Ferne waren Axtschläge zu hören, in der Nähe rauschte ein unsichtbarer Bach. Im Süden weideten Schafe und Ziegen, bewacht von einem einsamen Schäfer. Einmal kam ein wilder Eber aus dem Wald gelaufen. Im gleichen Augenblick schaute die Sonne hinter der Wolke hervor, und das Tier schoss, erschrocken über die jähe Helligkeit, ins Dunkel zurück.

Der Wald blieb auch in den Nächten gegenwärtig, wenn er hinter geschlossenen Fensterläden in einem Gasthof saß, wo sich nach der langen Zeit niemand mehr an ihn erinnerte und auch er niemanden mehr erkannte. Er aß und trank allein und nahm auch, anders als früher, kein Mädchen mit nach oben. Sobald es im Osten hell wurde, war er wieder unterwegs.

Auch am Abend des letzten Tages war der Wald allgegenwärtig, nur einen Steinwurf von der Straße entfernt. Soeben war ein Regenschauer vorübergezogen, die untergehende Sonne stand tief und rot im Rücken des Wanderers. Er folgte seinem eigenen langen Schatten durch ein Dorf, an das er sich erinnerte – alle Läden bereits geschlossen, um die Kälte auszusperren, die einzige Straße menschenleer – und kam nicht lange danach zu dem Gasthof, wo er immer eingekehrt war, bevor er am Fest der Toten vor Sonnenaufgang hinausging, um im Dunkel des Waldes sein Werk zu verrichten.

Unschlüssig blieb er vor dem Gasthof auf der Straße stehen. Hinter der Hofmauer waren Geräusche zu hören. Pferde, das Quietschen eines Wagenrads, Gehämmer in der Schmiede, die Stimmen der Stallknechte. Ein Hund bellte. Jemand lachte. Jenseits des Gasthofs erhoben sich die ersten Ausläufer des Gebirges, das den Weg zur Küste und zum Meer versperrte. Auf der dämmrigen Wiese weideten Ziegen. Der Wind hatte sich gelegt. Der Wanderer sah sich um. Die letzten Sonnenstrahlen brachten die Wolken am Horizont zum Erglühen. Das Abendrot verhieß besseres Wetter für morgen. Im Gasthof brannte sicher ein Feuer, und es gab heißen Würzwein, um die Kälte zu vertreiben.

»Wir haben Angst«, drang es aus seinem Ranzen.

Das war nicht Tiresa, sondern Mirelle, die sonst nie etwas sagte. Er hatte ein Rotkehlchen mit kupferroter Brust aus ihr gemacht, so klein wie Linon. Die Stimme war bei allen gleich – der ironisch-aristokratische Tonfall des Juristen, an dessen offenem Grab er die schaurige Zeremonie der Namensgebung abgehalten hatte. Dass neun sauradische Mädchen, die im Alten Wald geopfert wurden, bevor er sie an sich band, wie ein hochnäsiger rhodianischer Richter sprachen, der sich zu Tode getrunken hatte, war eine Ironie ganz eigener Art. Die Stimme war die gleiche, aber er kannte die besondere Tonlage jedes einzelnen Geistes wie seine eigene.

»O meine Lieben«, sagte er sanft, *»ihr braucht euch nicht zu fürchten.«*

»Nicht um uns.« Das war Tiresa. Eine Spur von Ungeduld. *»Wir wissen, wo wir stehen. Wir fürchten um dich.«*

Das hatte er nicht erwartet. Er wusste nichts darauf zu antworten. Noch einmal schaute er die Straße zurück, dann wandte er sich wieder nach Osten. Kein Reiter, kein Wanderer. Nur vernünftige Menschen, die sich am Ende des Tages in ihre Häuser zurückzogen, um ein Dach über dem Kopf zu haben, die Fenster dicht machten und ein Feuer anzündeten, um Kälte und Dunkelheit zu vertreiben. Sein Schatten und der Schatten seines Stabes fielen auf die Kaiserliche Straße. Die letzten Sonnenstrahlen erfassten einen Hasen und scheuchten ihn auf. Er rannte Haken schlagend über das Feld und sprang in den nassen Straßengraben. Die Wolken im Westen waren rot wie Feuer, wie erlöschende Glut.

Es gab wirklich keinen Grund, den Morgen abzuwarten, auch wenn er noch so schön zu werden versprach.

Er ging allein auf der Straße weiter. Die Lichter des Gasthofs blieben hinter ihm zurück. Bald schon kam er an eine kleine, flache Brücke, die auf der Nordseite über den Straßengraben führte. Er erkannte die Stelle wieder, überquerte die Brücke wie vor vielen, vielen Jahren und ging durch das nass-schwarze Herbstgras über das Feld. Als er den Waldrand erreichte, trat er ohne Zögern mit sieben fremden und seiner eigenen Seele in die schwere Finsternis, die unter den uralten Bäumen auf ihn wartete.

Hinter ihm ging über der Welt die Sonne unter.

Finsternis lastete über dem Alten Wald, eine ewige Finsternis, die durch die Nacht noch vertieft wurde. Der Morgen war nur eine ferne Ahnung, er veränderte weder den Raum noch das Licht. Die Monde machten sich weniger durch ihren Schein bemerkbar als durch ihren Sog; manchmal waren sie allerdings kurz zu sehen, und wenn sich der Nebel lichtete, erschien auch hin und wieder ein Stern zwischen den schwarzen Ästen und den zitternden Blättern.

Auf der Lichtung, wo maskierte Priester jeden Herbst ein uraltes Blutopfer darbrachten, dessen Ursprünge längst in Vergessenheit geraten waren, war alles um eine Winzigkeit anders. Die Bäume standen so weit auseinander, dass Licht einfallen konnte, wenn keine Nebelschwaden es abhielten. Die Mittagssonne färbte die Blätter im Frühling und im Sommer grün und ließ sie im Herbst nach dem ersten Frost rot und golden leuchten. Im Winter brachte der weiße Mond die kalte, karge Schönheit der schwarzen Äste zum Vorschein, während der blaue Mond sie in das unheimliche Licht der Zwischenwelt tauchte. Hier gab es manches zu sehen.

Zum Beispiel waren Gras, totes Laub und Erdreich von einem Huf zertreten worden, der zu schwer war für diese Welt. Nun war er wieder zwischen den Bäumen verschwunden. Und auf dem harten Boden lagen sieben Vögel, künstliche Vögel, Kunstwerke. Und daneben ein Mann. Oder die Reste eines Mannes. Das Gesicht war unversehrt. Im Mondlicht – es war gerade blau – wirkte es friedlich und in sein Schicksal ergeben und strahlte eine tiefe Ruhe aus.

Er war aus freien Stücken zurückgekehrt: Das fiel ins Gewicht, wurde berücksichtigt und milderte die Strafe. Der Unterleib war von der Leistengegend bis zum Brustbein aufgerissen. Eine Spur aus Blut und Eingeweiden folgte den Hufabdrücken über das Gras.

Ein Stück davon entfernt lag ein alter, abgewetzter Ranzen mit breiten Riemen aus esperanischem Leder, die vom vielen Gebrauch weich geworden waren.

Stille herrschte auf der Lichtung. Die Zeit verging. Der blaue Mond glitt durch die Weiten des Himmels und ließ die Szene hinter sich. Kein Wind fuhr durch die kahlen Äste, kein Blatt raschelte auf dem Boden. Keine Eule rief im Alten Wald, keine Nachtigall; kein Tier erschütterte mit seinen Tritten die Erde, kein Gott kehrte zurück. Jetzt nicht mehr. Es war vorüber. Es würde sich wiederholen, viele Male noch, aber nicht in dieser Nacht.

Doch dann drangen Stimmen durch die kalte Stille. Die Vögel im Gras, aber nicht ganz. Es waren Frauenstimmen, die, weich wie das Laub die Luft, die Dunkelheit erfüllten. Frauen, die hier vor langer Zeit gestorben waren.

Hasst du ihn?

Jetzt noch? Sieh doch nur, wie er zugerichtet ist.

Nicht nur jetzt. Vorher. Früher. Ich habe ihn nie gehasst.

Wieder wurde es still. Die Zeit bedeutete hier wenig und war schwer zu messen, höchstens an der Bewegung, am Verschwinden der Sterne, falls sie überhaupt zu sehen waren.

Ich auch nicht.

Ich auch nicht. Hätten wir ihn hassen sollen?

Wieso?

Richtig. Wieso?

Seht doch nur, sagte Linon, die als Erste geholt worden und als Erste zurückgekehrt war. Es waren ihre ersten Worte. *Seht doch nur, wie teuer er bezahlen musste.*

Aber er hatte keine Angst, nicht wahr? Tiresa.

O doch, widersprach Linon. Ein Hauch in der Stille. *Aber jetzt nicht mehr.*

Wo ist er? Mirelle.

Niemand antwortete.

Wohin gehen wir jetzt?, fragte Mirelle.

Ach, das kann ich euch sagen. Wir sind bereits da. Wir sind schon nicht mehr hier. Ihr braucht nur noch Lebewohl zu sagen. Das war wieder Linon.

Dann lebt wohl, sagte Tiresa. Der Falke.

Lebt wohl, flüsterte Mirelle.

Einer nach dem anderen verabschiedete sich. Mit leisem Wispern entschwebten die Seelen ins Dunkel. Schließlich war Linon, die Erste von allen, auf der stillen Lichtung allein. Sie sprach die letzten Worte zu dem Mann im Gras, der sie jetzt nicht mehr hören konnte. Zärtliche Worte waren es, mehr als nur ein Abschied. Dann endlich nahm die gefesselte Seele die Freiheit an, die man ihr so lange vorenthalten hatte.

Mit den Seelen verließ auch das Geheimnis ihrer Transmutation die Welt des Geschaffenen, wo die Menschen lebten und starben. Die Vögel des Alchimisten Zoticus wurden unter der Sonne oder den Monden nie mehr gesehen. Mit einer einzigen Ausnahme.

Als der nächste Herbst kam, hatte sich die Welt der Sterblichen sehr verändert. Die Männer, die am Fest der Toten im Morgengrauen die Lichtung betraten, um die uralten, verbotenen Rituale zu zelebrieren, fanden keinen Leichnam und keine künstlichen Vögel. Nur ein Stab und ein leerer Ranzen mit breiten Lederriemen lagen im Gras. Die Männer rätselten nicht lange. Als sie getan hatten, wozu sie gekommen waren, nahm einer den Stab mit und ein anderer den Ranzen.

Von da an waren diese beiden für den Rest ihres Lebens vom Glück begünstigt. Als ihre Kinder nach ihrem Tod Stab und Ranzen an sich nahmen, nahmen sie auch das Glück mit und gaben es weiter an ihre Nachkommen.

Es gibt eben Mächte in der Welt, die noch über den Königen stehen.

»Meine Dankbarkeit wäre ohne Grenzen«, sagte der Priester Maximius, erster Ratgeber des Patriarchen des Ostens, »wenn mir jemand erklären könnte, was eine Kuh von so grotesker Größe an der Kuppel des Tempels von Jads Heiliger Weisheit zu suchen hat. Was hat sich der Rhodianer dabei bloß gedacht?«

Die anderen quittierten die schroffe, gehässige Bemerkung mit ablehnendem Schweigen.

»Ich glaube«, sagte der Architekt Artibasos nach einem Blick auf den Kaiser todernst, »das Tier ist in Wirklichkeit ein Stier.«

Maximius rümpfte die Nase. »Ihr kennt Euch in der Landwirtschaft sicher besser aus als ich. Aber die Frage bleibt.«

Der Patriarch in seinem weichen Polstersessel schmunzelte hinter seinem weißen Bart. Der Kaiser verzog keine Miene.

»Die Bescheidenheit steht Euch gut zu Gesicht«, sagte Artibasos freundlich. »Vielleicht solltet Ihr sie pflegen. Im Übrigen ist es guter Brauch – außer vielleicht bei der Geistlichkeit –, sich erst eine Meinung zu bilden, wenn gewisse Kenntnisse vorhanden sind.«

Diesmal lächelte Valerius. Es war spät am Abend. Man kannte die Gewohnheiten des Kaisers zur Genüge, und Zakarios, der Patriarch des Ostens, hatte sich seit langem darauf eingestellt. Die beiden Männer hatten zu einer Beziehung gefunden, die geprägt war von einer unerwarteten persönlichen Sympathie, aber auch von den realen Spannungen zwischen ihren Rollen und Ämtern, wobei letztere hauptsächlich in den Maßnahmen und Verlautbarungen ihrer Untergebenen zu Tage traten. Auch das hatte sich im Lauf der Jahre entwickelt. Beide Männer waren sich dessen bewusst.

Außer den Dienern und zwei gähnenden Schreibern, die im Schatten bereitstanden, befanden sich fünf Männer in dem Saal im kleineren Traversit-Palast. Die Entwürfe des Mosaikmeisters hatten sie hierher geführt und jeder der fünf hatte sie ausgiebig begutachtet. Der Handwerker selbst war nicht zugegen. Das schickte sich nicht. Der fünfte Mann, Pertennius von Eubulus, Schreiber des Obersten Strategos, hatte sich sogar Notizen gemacht, als er die Skizzen studierte. Niemand wunderte sich darüber: Er war als Chronist anwesend und hatte die Bauprojekte des Kaisers zu dokumentieren. Der Große Tempel war sozusagen das Kronjuwel.

Damit erhielten auch die ersten Zeichnungen für die geplanten Kuppelmosaiken aus ästhetischer wie aus theologischer Sicht eine überdurchschnittliche Bedeutung.

Zakarios hatte die kurzen, dicken Finger dachförmig aneinander gelegt. Ein Diener bot ihm Wein an, aber er schüttelte den Kopf. »Ob Kuh oder Stier«, sagte er, »es ist ungewöhnlich... wie so vieles an diesem Entwurf. Findet Ihr nicht auch, Majestät?« Er zog an den Ohrenklappen seiner Mütze. Die ungewöhnliche Kopfbedeckung mit den herunterhängenden Bändern schmeichelte seinem Aussehen nicht unbedingt, aber das spielte in seinem Alter keine Rolle mehr. Viel wichtiger war, dass er sogar im Haus ständig fror, obwohl der Winter noch gar nicht da war.

»Dem kann man kaum widersprechen«, murmelte Valerius. Er trug eine Tunika aus dunkelblauer Wolle und Hosen mit Gürtel, die nach der neuesten Mode in die schwarzen Stiefel gesteckt wurden. Arbeitskleidung, weder Krone noch Schmuck. Von allen Anwesenden war er der Einzige, der überhaupt nicht auf die Zeit achtete. Der blaue Mond stand bereits weit im Westen über dem Meer. »Hätten wir denn einen ›gewöhnlicheren‹ Entwurf für diesen Tempel vorgezogen?«

»Die Kuppel dient einem frommen Zweck«, erklärte der Patriarch entschieden. »Die Bilder – am höchsten Punkt des Tempels – sollen die Gläubigen zu heiligmäßigen Betrachtungen anregen. Dies ist kein weltlicher Prunkbau, Majestät, dieser Tempel soll auf Jads himmlischen Palast verweisen.«

»Und Ihr meint tatsächlich«, fragte Valerius, »der Vorschlag des Rhodianers würde diesem Anspruch nicht gerecht?« Es klang ziemlich spitz.

Der Patriarch zögerte. Der Kaiser hatte die lästige Angewohnheit, unbequeme Fragen zu stellen und ohne Rücksicht auf Einzelheiten direkt zum Kern eines Problems vorzustoßen. Tatsächlich waren die Kohleskizzen für die geplanten Mosaiken erstaunlich. Es gab kein anderes einfaches Wort dafür, wenigstens fiel dem Patriarchen zu dieser späten Stunde keines ein.

Allenfalls noch *überwältigend.*

Aber das war *gut*. Oder etwa nicht? Die Kuppel krönte einen Tempel – ein Haus – zu Ehren eines Gottes. Auch ein weltlicher Palast war nicht nur Wohnstatt, sondern diente zur Verherrlichung des Herrschers. Dem Gott gebührte ungleich mehr Verherrlichung, denn ein Herrscher war nur sein Statthalter auf Erden. Die Stimme von Jads Boten war die letzte, die ein Kaiser vor seinem Tod vernahm: *Leg ab die Krone, der Herr aller Herrscher erwartet dich.*

Die Gläubigen sollten Ehrfurcht empfinden angesichts der ungeheuren Weite und Macht über ihren Köpfen…

»Der Entwurf ist bemerkenswert«, sagte Zakarios offen – es war nicht ungefährlich, Valerius mit Ausflüchten zu kommen. Er legte die Hände in den Schoß. »Aber er ist auch… beunruhigend. Sollen sich die Gläubigen im Haus des Gottes unwohl fühlen?«

»Ich weiß nicht einmal, wo ich *bin*, wenn ich mir das ansehe«, klagte Maximius und trat an den großen Tisch. Pertennius von Eubulus stand immer noch über die Zeichnungen gebeugt.

»Ihr seid im Traversit-Palast«, teilte ihm Artibasos, der kleine Architekt, hilfsbereit mit. Maximius warf ihm einen bösen Blick zu.

»Was wollt Ihr damit sagen?«, fragte Zakarios. Sein oberster Berater war ein reizbarer Wichtigtuer ohne jede Phantasie, aber auf seine Arbeit verstand er sich.

»Seht doch«, sagte Maximius. »Wir sollen uns vorstellen, dass wir innerhalb des Tempels unter der Kuppel stehen. Aber am… östlichen Rand, wie ich annehme, zeigt der Rhodianer ganz eindeutig die Stadt… und auch den Tempel selbst, aus der Ferne gesehen…«

»Vom Meer her, richtig«, nickte Valerius.

»…damit sind wir *innerhalb* des Tempels, müssen uns aber vorstellen, wir *betrachteten* ihn von weitem. Davon… davon bekomme ich Kopfschmerzen«, schloss Maximius rigoros und fasste sich theatralisch an die Stirn. Pertennius streifte ihn mit einem Seitenblick.

Wieder wurde es still. Der Kaiser sah Artibasos an. Der Architekt sagte ungewohnt geduldig: »Er stellt die Stadt in einen größeren Zusammenhang. Sarantium ist die Königin der Städte, die Krone der Welt, und deshalb zeigt uns das Bild zwangsläufig auch den Tempel, zusammen mit dem Hippodrom, dem Kaiserlichen Bezirk mit seinen Palästen, den Landmauern, dem Hafen mit seinen Schiffen…«

»Aber«, sagte Maximius und hob mahnend den Zeigefinger, »mit allem schuldigen Respekt vor unserem ruhmreichen Kaiser, Sarantium ist die Krone *dieser* Welt, während das Haus des Gottes die Welten über der Welt verherrlicht… oder verherrlichen sollte.« Er sah den Patriarchen Beifall heischend an.

»Was befindet sich darüber?«, fragte der Kaiser leise.

Maximius drehte sich rasch um. »Majestät? Wie bitte… wo darüber?«

»Über der Stadt, Priester. Was seht Ihr da?«

Maximius schluckte.

»Da ist Jad, erhabener Kaiser«, antwortete Pertennius der Historiker. Dem Patriarchen fiel auf, dass sich der Schreiber sehr zurückhielt, als wäre es ihm lieber, sich zu solchen Fragen nicht äußern zu müssen. Er wollte sich lieber auf die Rolle des Chronisten beschränken. Doch er sprach die Wahrheit.

Zakarios konnte die Zeichnungen von seinem Platz aus sehen. Der Gott thronte tatsächlich prachtvoll und majestätisch in seinem Sonnenwagen über Sarantium. Schnurgerade wie die aufgehende Sonne stieg er empor, und es war ein bärtiger Gott, wie es sich für den Osten gehörte. Zakarios hatte fast damit gerechnet, ein süßlich-goldenes Bildchen nach westlichem Geschmack vorgesetzt zu bekommen. Aber das hatte der Rhodianer vermieden. Der Jad auf seiner Kuppel war streng und finster, wie ihn die Gläubigen des Ostens kannten. Er füllte eine Seite der Halbkugel fast bis zum Zenit. Ein prachtvoller Entwurf, wenn er sich so verwirklichen ließ.

»Ganz richtig, Jad«, sagte Valerius der Kaiser. »Der Rhodianer zeigt unsere Stadt in ihrer ganzen Herrlichkeit – Saranios nannte sie zunächst das Neue Rhodias, und dazu wollte er sie auch machen –, und über der Stadt, da, wo er hingehört, wo er auch ist, zeigt uns der Handwerker den Gott.« Er wandte sich an Zakarios. »Erhabener Patriarch, wo ist hier die Verwirrung? Was wird ein Weber, ein Schuhmacher oder ein Soldat in seinem Herzen mitnehmen, wenn er zu diesem Bild emporblickt?«

»Und damit nicht genug, Majestät«, fügte Artibasos ruhig hinzu. »Am Westrand der Kuppel zeigt er uns das zerstörte Rhodias – eine Mahnung an die Vergänglichkeit allen Menschenwerks. Und seht nur, am Nordrand erscheint uns die Schöpfung des Gottes in all ihrer Schönheit und Vielgestalt: Männer und Frauen, Bauernhöfe, Straßen, kleine Kinder, Tiere aller Art, Vögel, Berge und Wälder. Stellt Euch diese Bäume hier als Herbstwald vor, Ihr Herren, wie es in den Anmerkungen steht. Die Blätter in Farbe ausgeführt, von Laternen oder von der Sonne angestrahlt. Dazu gehört der Stier, er ist ein Teil von Jads Schöpfung, nicht anders als das Meer, das an der Südseite der Kuppel auf die Stadt zuwogt. Erhabener Kaiser, erhabener Patriarch, der Rhodianer schlägt vor, uns in Mosaikform auf meiner Kuppel die Welt zu zeigen, er verspricht uns so viel von der Schöpfung des Gottes, dass ich… ich gestehe, ich bin überwältigt.«

Er verstummte. Pertennius der Historiker sah ihn neugierig an. Zunächst meldete sich niemand zu Wort. Sogar Maximius schwieg. Zakarios fuhr sich mit der Hand durch den Bart und schaute zum Kaiser hinüber. Die beiden waren alte Bekannte.

»Überwältigt«, wiederholte der Patriarch und beanspruchte das Wort damit für sich. »Ist es nicht ein *zu* ehrgeiziger Plan?«

Damit hatte er einen wunden Punkt getroffen. Valerius sah ihn kurz an, dann zuckte er die Achseln. »Er hat es so gezeichnet, und er verpflichtet sich, es auch auszuführen, wenn wir ihm die Arbeitskräfte und das Material zur Verfügung stellen.« Er zuckte die Achseln. »Wenn er scheitert, kann ich ihm immer noch die Hände abhacken und die Augen ausstechen lassen.«

Pertennius hob den Kopf, doch sein schmales Gesicht blieb unbewegt. Dann beugte er sich wieder über die Skizzen. Er schien sich gar nicht davon trennen zu können.

»Eine Frage, wenn es gestattet ist?«, fragte er. »Fehlt nicht vielleicht... die Ausgewogenheit? Der Gott befindet sich stets im *Zentrum* einer Kuppel. Doch hier sieht man im Osten Jad und die Stadt, der Gott steigt an dieser Seite zum Zenit empor... aber im Westen gibt es kein Gegengewicht. Es sieht fast so aus, als... *verlange* der Entwurf eine zweite Gestalt auf der anderen Seite.«

Artibasos trat an den Tisch. »Er gibt uns einen Himmel«, sagte er. »Erde, Meer und Himmel. In den Anmerkungen wird im Westen über Rhodias ein Sonnenuntergang beschrieben. Stellt Euch das in Farbe vor!«

»Trotzdem sehe ich eine Schwierigkeit«, sagte Leontes' pferdegesichtiger Schreiber und legte den manikürten Zeigefinger auf die Kohleskizze. »Mit allem schuldigen Respekt, Ihr Herren, Ihr könntet ihm empfehlen, hier noch etwas einzufügen. Mehr, hm, nun ja... *irgendetwas*. Zum Ausgleich. Das innere Gleichgewicht ist, wie wir alle wissen, der Kern der Tugend.« Er presste die schmalen Lippen zusammen und machte ein frommes Gesicht.

Das hat wahrscheinlich wieder irgendein heidnischer Philosoph gesagt, dachte Zakarios verdrießlich.

Dieser Historiker war ihm ein Dorn im Auge. Der Mann war allgegenwärtig und beobachtete alles, ohne etwas von sich selbst preiszugeben.

»Das«, sagte Maximius etwas zu trotzig, »mag zwar sein, aber meine Kopfschmerzen gehen davon nicht weg, das kann ich Euch verraten.«

»Und dafür sind wir Euch alle sehr dankbar, Priester«, sagte der Kaiser leise.

Maximius errötete unter seinem schwarzen Bart, und als er Valerius' eisige Miene sah, die zu seinem nachsichtigen Ton in krassem Gegensatz stand, wurde er bleich. Zakarios hatte Mitleid mit seinem Ratgeber. Angesichts der offenen, zwanglosen Art des Kaisers vergaß man manchmal, mit welchen Mitteln Valerius seinem Onkel den Thron verschafft und dafür gesorgt hatte, dass er anschließend auf ihn überging.

Der Patriarch schaltete sich ein. »Ich bin bereit, mein Einverständnis zu geben. Wir finden keine ketzerischen Elemente. Der Gott wird gebührend geehrt, und die Darstellung zeigt, dass die Stadt in ihrer irdischen Pracht unter seinem Schutz steht. Wenn der Kaiser und seine Berater keine Einwände haben, billigen wir den Entwurf im Namen der Geistlichkeit und geben den Arbeiten und dem Werk unseren Segen.«

»Ich danke Euch«, sagte Valerius und nickte kurz und sachlich. »Wir hatten kein anderes Urteil erwartet. In unseren Augen ist die Vision des Tempels würdig.«

»Falls sie zu realisieren ist«, sagte Zakarios.

»Das ist immer die Frage«, nickte Valerius. »So vieles, was der Mensch anstrebt, misslingt in der Ausführung. Trinkt Ihr noch einen Becher Wein?«

Es war wirklich sehr spät, und es wurde noch später, bis sich die beiden Priester, der Architekt und der Historiker verabschiedeten und von Exkubitoren aus dem Kaiserlichen Bezirk geleitet wurden. Als sie den Raum verließen, sah Zakarios, wie Valerius einem seiner Schreiber winkte. Der Mann kam nach vorn gestolpert. Er hatte die ganze Zeit im Schatten an der Wand gestanden. Noch bevor die Tür ins Schloss fiel, hatte der Kaiser schon zu diktieren begonnen.

Das Bild prägte sich Zakarios ein, und im Gedächtnis blieb ihm auch, was er empfand, als er in tiefer Nacht aus einem Traum erwachte.

Er träumte nur selten, doch in diesem Traum stand er unter der Kuppel des Rhodianers. Sie war fertig, sie war gelungen, und als Zakarios im strahlenden Licht der Hängeleuchter, Öllampen und zahlloser Kerzen emporschaute, verstand er das Werk erst vollends, begriff es als ein Ganzes und erfasste auch, was im Westen geschah, wo der Gott nur auf einen Sonnenuntergang schaute.

Ein Sonnenuntergang, während Jad aufging? Dem Gott gegenüber? Das *ist* Ketzerei, dachte der Patriarch verwirrt. Er war mit einem Schlag hellwach und setzte sich auf. Aber er wusste schon nicht mehr, von welcher Art die Ketzerei gewesen war, und so fiel er bald wieder in einen unruhigen Schlaf. Bis zum nächsten Morgen hatte er alles vergessen bis auf den Moment, als er aufrecht im Dunkeln saß. Der Traum von Mosaiken im Kerzenschein hatte sich in der Nacht davongemacht wie das Wasser in einem rauschenden Bach, wie Sternschnuppen im Sommer, wie die Berührung eines geliebten Menschen, der einem durch den Tod entrissen wurde.

Im Grund ging es immer um das *Sehen*, pflegte Martinian zu erklären, und das hatte auch Crispin im Lauf der Jahre allen Lehrlingen gepredigt. Es war seine leidenschaftliche Überzeugung. Man sah mit dem inneren Auge, man betrachtete die Welt – und was sie einem zeigte – mit gespannter Aufmerksamkeit, und man traf eine sorgfältige Auswahl unter seinen Tessellae, Steinen und Halbedelsteinen – sofern man welche hatte. Dann stellte oder setzte man sich in den Palast, die Kapelle, das Schlafzimmer, den Speisesaal – oder wo man eben arbeiten sollte – und beobachtete einen Tag lang, wie sich das Licht veränderte. Die Prozedur wiederholte man bei Nacht im Schein von Kerzen oder Laternen, die man notfalls auf eigene Kosten entzündete.

Man trat dicht an die zu bearbeitende Oberfläche heran – auch wenn man sich dazu, wie jetzt, in schwindelerregender Höhe über dem blanken Marmorboden von Artibasos' Heiligtum auf ein Gerüst stellen musste –, berührte sie und strich mit Augen und Händen kreuz und quer darüber. Keine Wand war jemals völlig glatt, keine Kuppelwölbung war vollkommen. Jads Kinder waren nicht zur Vollkommenheit geschaffen. Aber Unvollkommenheiten ließen sich *nützen*. Sie ließen sich ausgleichen und sogar in Stärken verwandeln … wenn man sie kannte und wusste, wo sie waren.

Crispin wollte die Wölbung dieser Kuppel mit Hand und Auge auswendig lernen, bevor er auch nur die unterste, grobe Verputzschicht aufbringen ließ. Den ersten Streit mit Artibasos hatte er bereits gewonnen, mit unerwarteter Unterstützung vom Vorsteher der Maurergilde. Feuchtigkeit war der Feind jedes Mosaiks. Sobald er mit seiner Untersuchung fertig war, sollten die Maurer eine Schutzschicht aus Harz auf die Steine aufbringen. Dann mussten die Zimmerleute tausende von flachköpfigen Nägeln durch diese Schicht so in die Steine treiben, dass die Köpfe etwas hervorstanden und der ersten, rauen Verputzschicht – aus grobkörnigem Sand und zerschlagenen Ziegeln – Halt bieten konnten. In Batiara war dies das übliche Verfahren, hier im Osten war es dagegen so gut wie unbekannt. Doch Crispin hatte entschieden darauf beharrt, dass die Nägel besonders an den Wölbungen die Haftung der Verputzschicht verbessern würden. Den Wänden wollte er die gleiche Behandlung angedeihen lassen, aber das wussten bisher weder Artibasos noch die Zimmerleute. Auch sonst war ihm zu den Wänden noch einiges eingefallen. Doch darüber hatte er ebenfalls noch nicht gesprochen.

Man hatte sich geeinigt, auf die erste Verputzschicht zwei weitere aufzutragen, jede feiner als die vorhergehende. Auf der letzten Schicht wollte er mit den Gesellen und Lehrlingen seiner Wahl die Arbeit beginnen. Den Entwurf hatte er inzwischen eingereicht und der Hof und die Geistlichkeit hatten ihn genehmigt. Er wollte so viel wie möglich von der Welt, wie er sie kannte, in seinem Werk unterbringen. Auf weniger würde er sich nicht einlassen.

Denn er und Martinian hatten sich all die Jahre über geirrt oder jedenfalls nicht völlig Recht gehabt.

Das war eine der harten Wahrheiten, mit denen Crispin auf seiner Reise konfrontiert worden war. Er war in Verbitterung aufgebrochen und in einem Zustand angekommen, den er noch nicht beschreiben konnte. Das Sehen war bei diesem Spiel mit Licht und Farbe in der Tat das Kernstück – das musste es sein –, aber es war nicht alles. Man musste genau hinsehen, aber dem Sehen musste ein Wollen zu Grunde liegen, ein Drang, eine Vision. Wenn er jemals etwas schaffen wollte, was auch nur annähernd mit dem unvergesslichen Jad-Mosaik in der kleinen Kapelle am Straßenrand zu vergleichen war, musste er – irgendwie – in ähnliche Tiefen des Gefühls vorstoßen wie die unbekannten, inbrünstig frommen Männer, die den Gott dort einst abgebildet hatten.

Diese reine, unerschütterliche Glaubensgewissheit brächte er niemals auf, aber er glaubte, etwas in sich zu spüren, das ihr ebenbürtig sein könnte. Es war wie ein Wunder. Er hatte die Mauern einer Stadt im einstmals so strahlenden Westen verlassen und war mit drei toten Seelen in seinem versteinerten Herzen und einer Vogelseele um den Hals nach Osten gereist, wo ihn noch höhere Mauern erwarteten. Von Stadt zu Stadt, durch Nebel und Wildnis. Er hatte einen Wald betreten, der ihn in Todesangst versetzte – versetzen musste –, und war lebend wieder herausgekommen. Man hatte ihm das Leben geschenkt, oder – genauer vielleicht – er hatte sich sein, Vargos' und Kasias Leben mit Linons Seele erkauft, als er den Vogel auf dessen eigenen Wunsch im Gras zurückließ.

Was er im Alten Wald gesehen hatte, würde ihn bis ans Ende seiner Tage begleiten. So wie Ilandra und die Trauer um seine beiden Töchter. Man ließ auf seinem Weg durch das Leben immer wieder Dinge zurück, und dennoch blieben sie einem erhalten. Das war Menschenschicksal. Er hatte geglaubt, dem entgehen, sich nach dem Tod seiner Lieben verstecken zu können. Aber das war nicht möglich.

»Du ehrst sie nicht, wenn du lebst, als wärst auch du schon tot«, hatte Martinian einmal gesagt. Damals wäre ihm Crispin fast an die Kehle gesprungen. Jetzt überschwemmte ihn eine Welle der Zärtlichkeit für seinen fernen Freund. In diesem Augenblick hoch über Sarantium und seinen Wirren sah er so vieles, was geehrt, verherrlicht – oder auch beanstandet werden sollte. Es war *unnötig*, ja, ungerecht, wenn Kinder an der Pest starben oder junge Mädchen im Wald in Stücke gehackt oder gegen Wintergetreide ins Elend verkauft wurden.

Wenn diese Welt so war, wenn der Gott, die Götter sie so geschaffen hatten, dann konnte ein Sterblicher, konnte *er* sich damit abfinden, und er konnte der Macht, der unendlichen Majestät hinter dieser Welt die gebührende Ehre erweisen, aber er würde *nicht* sagen, dass es richtig war. Er würde sich nicht beugen, würde nicht hilflos im Wind treiben wie Staub oder wie ein welkes Blatt im Herbst.

Auch wenn er, wenn alle Menschen so hilflos sein mochten wie dieses Blatt, er würde es nicht zugeben, und er würde hier an der Kuppel ein Werk schaffen, das sich bemühte, diese Haltung auszudrücken.

Dazu war er nach Sarantium gekommen. Dazu hatte er die lange Reise unternommen, die womöglich noch gar nicht zu Ende war. In den Mosaiken des Tempels würde er die Reise des Lebens – und was dahinter stand – so umfassend darstellen, wie sein Können und sein Wollen es erlaubten.

Er würde sogar Heladikos abbilden – obwohl er wusste, dass man ihn dafür zum Krüppel machen oder blenden konnte. Nur verschleiert im Licht der untergehenden Sonne, angedeutet durch seine Abwesenheit. Wer zur Kuppel emporschaute und einen Blick für Bilder hatte, konnte sich Jads Sohn in seinem Entwurf selbst ergänzen, im Sturz über dem untergegangenen Westen, die Fackel in der Hand. Die Fackel wäre sogar vorhanden, ein Lichtspeer, der aus den dichten Abendwolken zum Himmel emporschoss oder von dort herabzuckte auf die Erde, wo die Sterblichen wohnten.

Hierhin kämen Ilandra, seine Töchter und seine Mutter und andere Gesichter aus seinem Leben, denn auch für solche Bilder war Platz, und sie gehörten dazu, sie waren Teil seiner Reise und der Reise aller Menschen. Denn die Menschen, denen man im Leben begegnete, machten das Leben aus. Was man fand, was man liebte, was man hinter sich ließ und was einem weggenommen wurde.

Jad würde er als bärtigen Gott des Ostens gestalten wie in jener Kapelle in Sauradia, aber auch der heidnische *Zubir* würde an der Kuppel erscheinen – ein Tier wie viele andere, die er darstellen wollte. Allerdings mit einem Unterschied: Nur dieses Tier würde nach Art der frühen rhodianischen Mosaiken aus schwarzen und weißen Steinen bestehen. Nur Crispin – nicht aber die Männer, die seine Kohlezeichnung genehmigt hatten – wusste, wie der sauradische Bison inmitten all der Farben wirken würde, die er zu verwenden gedachte. Und Linon sollte, mit Augen aus blitzenden Edelsteinen, neben dem Koloss im Gras liegen. Auch wenn sich alle darüber wunderten. Auch wenn sie den *Zubir* für einen Stier hielten und sich den Kopf zerbrachen, was der Vogel im Gras wohl zu bedeuten hatte. Staunen und Verwunderung waren schließlich Bestandteil des Glaubens, nicht wahr? Das wäre seine Begründung.

Er stand allein hoch oben auf dem Gerüst, den Blick starr auf das Mauerwerk gerichtet, und strich mit den Händen darüber, als wäre er blind. Dabei war er sich der Ironie der Situation wie immer voll bewusst. Gelegentlich gab er den Lehrlingen unten ein Zeichen. Wenn sie das Gerüst daraufhin weiterrollten, schwankte es so stark, dass er sich am Geländer festhalten musste. Aber er hatte in seinem Leben schon oft auf solchen Plattformen gestanden und kannte keine Höhenangst. Im Grunde war hier oben seine Zuflucht vor der Welt, vor den Lebenden und den Sterbenden, vor den Intrigen der Königshöfe und der gewöhnlichen Menschen, der Nationen, Stämme und Parteien und vor dem menschlichen Herzen, das gefangen war in der Zeit und stets mehr wollte, als ihm zustand. Crispin wollte nicht wieder hineingerissen werden in den Strudel der Verwirrung, er wollte zwar leben – wie Martinian es von ihm verlangt hatte –, aber er wollte sich fern halten von den Kämpfen, die den Blick trübten. Er wollte sein Bild von der Welt auf diese Kuppel bringen. Alles andere war zweitrangig und nicht von Dauer. Er war Mosaikleger, das hatte er den Menschen immer wieder gesagt, und hier oben war sein sicherer Hafen, hier hatte er seine Wurzeln und seine Bestimmung. Mit etwas Glück und dem Segen des Gottes konnte er hier etwas schaffen, was Bestand hatte und seinen Namen für die Nachwelt bewahrte.

So dachte er, als er von seiner luftigen Warte hinabschaute, um sich zu vergewissern, dass die Lehrlinge die Räder des Gerüstes auch wieder blockiert hatten. In diesem Augenblick betrat eine Frau durch die Silbertüren den Tempel und schritt über den glänzenden Marmorboden.

Die Anmut ihrer Bewegungen war selbst aus dieser Höhe nicht zu übersehen. Unter der Kuppel blieb sie stehen und schaute empor.

Sie war auf der Suche nach ihm, und ohne dass sie ein Wort gesprochen oder ihm auch nur zugewinkt hätte, spürte Crispin einen heftigen Ruck. Die Welt holte ihn zurück, machte gebieterisch alle Träume von einem einsamen Asketenleben zunichte. Er war nicht dafür geschaffen, sein Leben wie ein Heiliger zu verbringen, das gestand er sich am besten gleich ein. Eben hatte er noch gedacht, der Mensch sei nicht für die Vollkommenheit gemacht. Aber Unvollkommenheiten ließen sich – manchmal – in Stärken verwandeln.

Er blieb noch einen Moment lang auf seiner Plattform stehen, legte die Hände flach auf die kalten Steine der Kuppel und schloss die Augen. Hier oben war es unglaublich still. Ungestörte Einsamkeit. Eine Welt für ihn allein, in der er einen Schöpfungsakt vollbringen konnte. Das hätte ihm genügen müssen. Warum gab er sich nicht damit zufrieden? Er ließ die Hände sinken. Dann zuckte er die Achseln – eine Bewegung, die seine Mutter, seine Freunde und seine tote Frau nur allzu gut kannten –, winkte den unten Stehenden, die Plattform festzuhalten, und machte sich an den langen Abstieg.

Er gehörte in die Welt, sollte weder über ihr schweben noch durch Mauern von ihr getrennt sein. Wenn seine Reise ein Ziel gehabt hatte, dann war es diese Erkenntnis. Er würde seine Arbeit tun oder daran scheitern, ein Mensch seiner Zeit, inmitten von Freunden und Feinden. Vielleicht würde er Liebesaffären haben, vielleicht fand er sogar die Liebe. Vielleicht würde er nach Varena zurückkehren und unter den Antae leben, vielleicht blieb er auch hier in Sarantium, der Stadt aller Städte, dem Auge der Welt unter der Herrschaft des großen und ruhmreichen Dreifach Erhabenen Kaisers Valerius II., Jads Stellvertreter auf Erden, und seiner Kaiserin Alixana.

Der Abstieg war lang und mühevoll. Hände und Füße vollführten immer und immer wieder die gleichen vertrauten Bewegungen. Solange er auf der Leiter war, dachte er zur Sicherheit an gar nichts. Wer hier nicht aufpasste, setzte sein Leben aufs Spiel. Dies war die höchste Kuppel, die er kannte. Dennoch wurde der Sog mit jedem Schritt stärker: Die Welt zog ihn zu sich hinab.

Er erreichte den hölzernen Sockel über den Rädern, auf denen sich die Plattform über den Marmorboden bewegte, und schwang sich von der Leiter. Einen Augenblick lang verharrte er, ein kleines Stück vom Boden entfernt, auf den Brettern. Dann nickte er der Frau zu, die vor ihm stand. Sie hatte nicht gerufen und ihm nicht zugewinkt, aber sie war hier und hatte ihn im Namen aller anderen zurückgeholt. Hatte sie am Ende gar gewusst, was sie da tat? Auszuschließen war es nicht. Es hätte zu dem gepasst, was er bereits über sie erfahren hatte.

Mit einem tiefen Atemzug stieg er vollends vom Gerüst. Sie lächelte.